Susanne Rößner
Tiefe Stille

AF216999

Das Buch

Maria, glücklich verwitwet, reist zu einem Krimiwettbewerb an den Schliersee. Gemeinsam mit ihren Mitstreitern Leon und Christof freut sie sich darauf, einen von der Jury gestellten Mordfall zu lösen. Schnell entdecken sie in einem halb verfallenen Schuppen die Leiche und sichern mit Begeisterung die ersten Spuren. Doch plötzlich finden sich die drei in einem echten Kriminalfall wieder, allerdings nicht auf der Seite der Ermittler.

Der junge Kriminalhauptkommissar Lukas Zieringer aus der Münchener Mordkommission wagt nach einem Jahr Krisenpause einen Neustart auf dem Land. Er hatte sich darauf eingestellt, erst einmal nur harmlose Delikte aufzuklären, wird jedoch schon bald mit einem Toten und mehreren Vermissten konfrontiert. Lukas und sein Team stehen vor einem Rätsel, das sie in die Tiefen eines stillgelegten Bergwerks führt ...

Die Autorin

Susanne Rößner ist ein waschechtes Münchner Kindl. Sie ist lebenslustig, voller Leichtigkeit und Tiefgang, und nach einigen Jahren im Ausland empfindet sie ihre Heimat noch immer als ganz besonderes Fleckerl. Sie liebt die Berge zu jeder Jahreszeit, eine Brotzeit am Wegesrand, wenn unter ihr die Seen glitzern. Insbesondere die »Münchner Hausberge« rund um Schliersee und Tegernsee sind ihre bevorzugten Reviere zum Wandern, Biken und Skifahren.

Als berufliches Multitalent hat sie sich unter anderem als Werbekauffrau, Assistentin eines Magiers, Geschäftsleitungsassistentin, Key Account Managerin und Tauchlehrerin engagiert.

Ihre große Leidenschaft waren jedoch seit jeher Bücher, bereits seit früher Kindheit als begeisterte Leserin und seit 2015 als Autorin von mehreren Krimis und Liebesromanen.

SUSANNE RÖßNER

TIEFE STILLE

EIN FALL FÜR LUKAS ZIERINGER

KRIMI

Deutsche Erstveröffentlichung bei
Edition M, Amazon Media EU S.à r.l.
5 Rue Plaetis, L-2338 Luxembourg
Dezember 2018
Copyright © der deutschsprachigen Ausgabe 2018
By Susanne Rößner

Umschlaggestaltung: semper smile, München, www.sempersmile.de
Umschlagmotiv: © Africa Rising / Shutterstock; © 06photo / Shutterstock;
© FooTToo / Shutterstock; © Suriya KK / Shutterstock
1. Lektorat: Hilke Bemm
2. Lektorat: Rainer Schöttle
Korrektorat: Manuela Tiller/DRSVS
Gedruckt durch:
Amazon Distribution GmbH, Amazonstraße 1, 04347 Leipzig /
Canon Deutschland Business Services GmbH, Ferdinand-Jühlke-Str. 7,
99095 Erfurt /
CPI books GmbH, Birkstraße 10, 25917 Leck

ISBN: 978-2-91980-305-7

www.edition-m-verlag.de

PROLOG

Mit unendlich langsamen Bewegungen zog die Frau ihre Knie zum Bauch und schlang die Arme um ihren Körper. Doch nichts half gegen die Kälte, die von unten hochstieg. Und kalt war es schon lange. Viel zu lange, auch wenn sie inmitten der Schwärze längst jedes Gefühl für Zeit und Raum verloren hatte. Sie wusste nicht, welcher Tag heute war, und sie wusste nicht, wo sie war. Sie konnte sich kaum noch daran erinnern, wer sie war.

Eine Zeit lang war die niedrige Temperatur ein willkommener Gast gewesen; das einzige Mittel, das die Pein in ihren Knochen wenigstens zum Teil lindern konnte. Doch dann war der Schmerz aus ihrem Bewusstsein gewichen, genau wie ihre Erinnerungen.

Plötzlich glomm ein Funke in ihrem Kopf auf und einen Wimpernschlag lang hatte sie das Gefühl, dass ein Teil ihres Gedächtnisses zurückkehren wollte, doch die Finsternis war so undurchdringlich wie nasser Samt. Sie kroch in die Ritzen ihres Gehirns, breitete sich aus wie ein Krake und nagte an ihrem Verstand wie ein gefräßiges Ungeheuer.

Irgendwo tropfte es. Es war das einzige Geräusch seit vielen Tagen, seit endlosen Stunden. Sie streckte die Hand aus, doch da war nichts außer der Leere, die so dicht war wie die Dunkelheit, die sie umschloss. Erneut versuchte ein Gedankenfetzen, ihre Aufmerksamkeit zu erregen. Mühsam richtete sie sich auf. Irgendwo war eine Wand gewesen. An ihr rann metallisch schmeckendes Wasser herab. Es war das Köstlichste, was sie je getrunken hatte.

Sie spürte, dass der Durst ihren Mund hatte austrocknen lassen. Der Hunger hingegen, der an ihren Eingeweiden genagt hatte, war längst verschwunden. Ihr Körper hatte seinen Energiebedarf auf null heruntergefahren, als kein Nachschub mehr kam.

Erneut hob sie die Hand, doch diesmal tastete sie den Boden entlang, dem Geräusch des Plätscherns folgend. Ihre Fingerspitzen glitten über den Stein, der sich so glatt anfühlte, als hätten viele Hände ihn wieder und wieder poliert. Einmal hatte sie eine winzige raue Stelle gefunden und sie stundenlang gestreichelt wie einen kostbaren Schatz. Eine Verwerfung im Nichts der Ödnis um sie herum. Kurz kehrte ihr Gedächtnis zurück, Momente eines längst vergangenen Glücks, doch so schnell, wie es gekommen war, verschwand es wieder.

Das Glimmen in ihrem Kopf erlosch und das leise Tröpfeln verlor sich in der Einsamkeit der Finsternis.

1. Kapitel

Erschüttert ließ Maria das schwere Büttenpapier sinken. Seit einer Viertelstunde starrte sie nun schon auf die fein ziselierten Buchstaben, und noch immer hatte sie den Sinn des Schreibens nicht begriffen. Doch dann kam die Erkenntnis wie ein kalter Guss. Sie schnappte nach Luft und schaute in einem Gefühl der Hilflosigkeit zu dem hochmodernen Telefon, das auf der weiß lackierten Kommode stand und dessen Bedienung ihr nach einem halben Jahrhundert Wählscheibentelefon noch seltsam fremd war. Sie stemmte sich hoch, nur um sich gleich wieder zurück in den Sessel fallen zu lassen. Es gab keinen Menschen, den sie anrufen konnte. Zumindest niemanden, der ihre Ängste verstehen würde. Erneut las sie die wenigen Zeilen, dann strich sie mit dem Finger über den in goldenen Lettern gedruckten Satz.

Sie haben gewonnen!

Gewonnen. Sie! Einen von drei ersten Plätzen des Jahreshauptwettbewerbs des Deutschen Krimiklubs. Mechanisch griff sie nach den Fotos, die mit dem Gewinnerschreiben aus dem Umschlag geflattert waren und neben einem malerischen See mehrere imposante Berge zeigten. Als sie die Fußnoten las, blieb sie an so klingenden Namen wie *Hinteres Sonnwendjoch*, *Brecherspitz* und *Schildenstein* hängen. Nur den Begleitbrief, der dem Ganzen beigelegt war, ignorierte sie. Bevor sie weiterlas, musste sie mit jemandem reden. Erneut sah sie zum Telefon, und diesmal schaffte sie es, aufzustehen und es aus der Ladeschale zu holen. Mit zitternden Fingern wählte sie eine Nummer, die sie seit Ewigkeiten auswendig kannte. Und in dem Augenblick, in dem auf der anderen Seite abgehoben wurde, wusste sie, dass sie einen Fehler gemacht hatte.

»Du kannst auf keinen Fall mit zwei wildfremden Männern in den Urlaub fahren!« So ging das nun schon seit rund zehn Minuten, als Magdas nur kurz während Euphorie durch ein unverhohlenes Entsetzen abgelöst worden war und ihre Stimme sich mehr und mehr zu einem schrillen Crescendo gesteigert hatte.

»Natürlich kann ich das«, sagte Maria mit einem Lächeln in der Stimme. Interessanterweise wurde sie sich ihrer Sache umso sicherer, je heftiger Magda dagegen wetterte. »Und wer weiß, vielleicht wird es sogar ganz amüsant.«

»Das kann nicht dein Ernst sein! Möglicherweise ist einer davon ein Heiratsschwindler, der es von vornherein nur darauf abgesehen hat, dich auszunehmen. Außerdem verstehe ich nicht, weshalb du mich jetzt doch nicht mitnehmen willst. Schließlich war das doch deine eigene Idee gewesen.«

Tatsächlich, daher wehte der Wind. Wie Maria bereits vermutet hatte. In einem Anflug von Gedankenlosigkeit hatte sie nämlich im gleichen Atemzug, in dem sie Magda von ihrem Gewinn erzählt hatte, laut überlegt, ob es nicht schön wäre, wenn diese mitkommen würde. Und so war ihre Schwester anfangs nicht sonderlich schockiert gewesen von der Idee, für eine dreiwöchige Reise nach München zu fliegen und von dort weiter an den Schliersee zu fahren. Doch dann war Marias Blick auf das Begleitschreiben gefallen, dem sie noch immer keine Beachtung geschenkt hatte. Sie schnappte sich den Brief und las ihn Magda Wort für Wort vor. Doch in der siebten Zeile stockte sie. Dort stand schwarz auf weiß, dass der Gewinn ausschließlich für sie selbst galt und auch nicht übertragbar war. Für Magda war die schlechte Nachricht wie eine kalte Dusche gewesen und sie war prompt in ihr übliches Lamentieren verfallen und hatte sich seither auch nicht mehr beruhigt.

»Das kannst du nicht machen! Du kannst nicht so einfach alles stehen und liegen lassen. Überleg doch mal, was die Nachbarn denken!«

Maria sah das sauertöpfische Gesicht ihrer Schwester förmlich vor sich. Sie hatte es kommen sehen. Nicht einmal der Mensch, der ihr nach Gunters Hinscheiden am nächsten stand, konnte sich für sie freuen.

»Ich weiß auch nicht, was du daran großartig findest«, jammerte Magda weiter. »Ich meine, natürlich gönne ich dir, dass du was gewonnen hast. Aber eine Krimirallye? Wenn ich geahnt hätte, welche Komplikationen das nun aufwirft, hätte ich dich ganz sicher daran gehindert, überhaupt an so einem Unfug teilzunehmen.«

»Ach Magda.« Maria seufzte. »Wieso siehst du nur überall Probleme? Und was die Nachbarn sagen, ist mir offen gestanden völlig wurscht.« Auch wenn das lange nicht so gewesen war. Zu sehr hatte Gunter sie in eine Welt gepresst, die außer Beten, Essen und Trinken kaum Platz zum Atmen gelassen hatte. Maria hingegen war, kaum dass sich der erste Schock gelegt hatte, froh, dass es so gekommen war. Obwohl der unerwartete Tod ihres Mannes vor zwei Jahren sie für einige Zeit aus der Bahn geworfen hatte, war sie doch inzwischen immerhin so weit, dass sie ein eigenständiges Dasein führen konnte. Und ihrer eigenen Meinung nach wurde es Zeit, dass sie endlich an dem teilnahm, was der Rest der Welt üblicherweise als *Leben* bezeichnete.

Ihre Gedanken kehrten zu ihrer Schwester zurück. »Es ist nun eben so, wie es ist. Und bitte hör auf, es mir schlechtzureden.

Ich erlaube mir nämlich, mich darüber zu freuen. Vielleicht solltest du einsehen, dass es, wie alles andere eben auch, Gottes Wille ist.«

Maria ahnte, dass Magda bei ihren Worten das Gesicht verzog und ein Kreuzzeichen machte. Ihr Blick wanderte zu dem Kruzifix, das über der Tür hing. Auch wenn das neue Leben in ihren vier Wänden bereits Einzug gehalten hatte, wie der frische Look der erst wenige Monate alten Einrichtung bewies, hatte sie sich noch nicht dazu überwinden können, das Herrgottskreuz abzuhängen, das sich neben den modernen Möbeln wie ein Fremdkörper ausnahm.

Erst als sie Magda versprach, trotz des sehr eindeutigen Wortlauts des Schreibens beim Krimiklub nachzuhaken, war diese einigermaßen besänftigt und konnte das Gespräch dann nicht schnell genug beenden, damit Maria das unerhört unanständige Angebot ablehnen und darauf bestehen konnte, dass sie nur in Begleitung einer weiteren weiblichen Person an dem aufregenden Abenteuer teilnehmen würde.

Tatsächlich wagte Maria einen telefonischen Vorstoß beim Krimiklub und hakte vorsichtig nach, ob sie den Gewinn tauschen oder, besser noch, ihre Schwester mitbringen konnte. Doch die Sekretärin machte ihr auf der Stelle einen Strich durch die Rechnung.

»Nein, das kommt keinesfalls infrage«, sagte Belinda Wieser mit überschnappender Stimme. Sie konnte überhaupt nicht verstehen, warum die Gewinnerin so einen Aufstand machte. Nachdem sie sich zuerst vorsichtig danach erkundigt hatte, ob sie möglicherweise einen der Sachpreise anstatt der Traumreise haben konnte, war sie nun auch noch drauf und dran, mit ihrer Entourage anzureisen. »Wo kämen wir denn hin, wenn jeder seine Familie mitschleppen würde!«

»Aber muss das denn schon in zwei Wochen sein?«, fragte Maria verstört. »Ich muss mich doch auf die Reise vorbereiten.«

Auch dieser Einwand fiel auf unfruchtbaren Boden. »Meine Liebe, Sie haben wirklich genügend Zeit. Schließlich geht es nicht nach Feuerland, sondern nach Oberbayern!«

Nachdem sie das Telefonat mit Belinda Wieser beendet und unmittelbar danach ihre Schwester informiert und ihr unmissverständlich klargemacht hatte, dass sie sich, aller Einwände zum Trotz, nicht von der Teilnahme an der gewonnenen Reise abbringen lassen würde, stand Maria auf und betrat das hinterste Zimmer im Flur. Es war das Einzige, das ihrer Renovierungswut, wie ihre Schwester den Umbau des Hauses von spießig-altbacken zu fröhlich-hell genannt hatte, noch nicht zum Opfer gefallen war. Doch irgendwie hatte sie das Gefühl, es Gunter schuldig zu sein, zumindest einen kleinen Teil seines Geschmacks zu bewahren, und sei es nur, um mit den Füßen am Boden zu bleiben und sich wortwörtlich vor Augen zu halten, dass das Leben nicht nur süße Trauben zu bieten hatte.

Maria schüttelte sich, als sie den Raum betrat. Erinnerung hin oder her, vielleicht war es doch an der Zeit, ihre Bedenken über Bord zu werfen. Schnell holte sie einen alten Schulatlas aus dem massiven Eicheneinbauschrank, dann verließ sie die Gruselkammer, wie sie das Zimmer insgeheim nannte, fluchtartig und lief zurück ins Wohnzimmer. Rasch blätterte sie durch das Verzeichnis, bis sie gefunden hatte, was sie suchte. Dann wanderten ihre Augen zu dem Papier, das sie zuvor achtlos auf den Tisch hatte fallen lassen, und wieder zurück zu dem kleinen Fleck am Rande der riesigen Berge. Die Hoffnung, dass sie sich geirrt hatte, schwand mit jeder erneuten Überprüfung. Der Klecks, der sich in der Weite der schneebedeckten Gipfel fast verlor, war nicht größer als eine Stubenfliege, die in einem Teller Hühnersuppe ertrank.

Maria seufzte. Nicht, dass sie grundsätzlich etwas gegen Magdas Gesellschaft einzuwenden gehabt hätte, aber als die gesichtslose Stimme Belinda Wiesers am Telefon unmittelbar einen frostigen Ton angenommen und zu bedenken gegeben hatte, dass sie als einziges Zugeständnis statt der Reise einen allerdings bereits benutzten, beutellosen Staubsauger haben könnte, hatte sie nicht länger gebohrt. *Sonnwendjoch*, das klang einfach zu gut.

* * *

»Da kannst du dich hinsetzen.« Ein knallrot lackierter Fingernagel deutete auf einen leeren Schreibtisch, der sich mit zwei weiteren das Zimmer teilte. »Das war der Platz vom Bergmaier, aber der ist seit drei Monaten in Rente.« Die Hand fuhr erschrocken zum Mund. »Mei, Entschuldigung. Ich …« Der rote Fingernagel gehörte zu einer etwa fünfundzwanzigjährigen Kollegin, deren ursprünglich blonde Haare in einem seltsamen Grünton schimmerten. Sie hatte ihn in der Wachstube im Erdgeschoss in Empfang genommen, ihn nach oben geführt und sich ihm als *Emma, Mädchen für alles,* vorgestellt. Jetzt fing sie an zu stottern. »Ich wollte nicht … ähm ja, also … das da wäre *Ihr* Schreibtisch.«

Kriminalhauptkommissar Lukas Zieringer musste grinsen, als er sah, wie eine feine Röte von Emmas Hals aufwärts in ihr Gesicht kroch, und streckte ihr nochmals die Hand hin. »Für mich passt das schon. Ich bin Lukas.«

Er lief um den Schreibtisch herum und setzte sich in den wuchtigen, äußerst komfortabel aussehenden, mit schwarzem Leder bezogenen Stuhl. Nachdem er einige Hebel betätigt hatte, um das Ungetüm auf seine Körpermaße einzustellen, sah er sich neugierig in dem großen verwaisten Büro um, das ab heute sein neuer Arbeitsplatz sein sollte. An der Wand hing neben zwei schlichten Schränken ein Kalender vom Vorjahr, ein Kleiderständer reckte zwei dürre Holzstangen in die Luft, und über der Tür hing ein handgeschnitztes Kruzifix neben einer Uhr, die so groß war, dass man ihre Zeiger aus hundert Metern Entfernung hätte lesen können. Lediglich eine purpurfarbene, üppig blühende Gloxinie am Fensterbrett verlieh dem Raum etwas Freundliches. Lukas nahm sich vor, dem Raum schnellstmöglich ein Minimum an Behaglichkeit zu verpassen. Sein Blick wanderte zu der Uhr an der Wand. Es war halb zehn und damit war er dreißig Minuten zu spät. Zu dumm, dass er dem Trugschluss aufgesessen war, dass alles Vergangene vergessen war und er einfach hereinspazieren könnte, als sei nichts gewesen. Dabei hatte er den Tag, an dem er wieder eine Polizeidienststelle betreten würde, gleichermaßen gefürchtet und herbeigesehnt. Dass er jedoch eine Stunde lang mit einem Kloß im Hals und einem Puls wie nach einem Hochleistungssprint vor dem Gebäude in seinem Fahrzeug sitzen und es nicht schaffen würde, auszusteigen, damit hatte er nicht gerechnet. Verdammt. Vielleicht hatte seine Mutter doch recht gehabt, als sie ihm prophezeit hatte, dass er nicht abgebrüht genug wäre, um zur Polizei zu gehen. Und als er dann auch noch den Weg zur Mordkommission eingeschlagen hatte, war es mit ihrem Verständnis vollends vorbei gewesen.

Doch nach ein paar Jahren musste sie zugeben, dass sie sich getäuscht hatte. Ihr einziger Sohn hatte in Rekordzeit alle nötigen Abteilungen durchlaufen und sämtliche Prüfungen mit Auszeichnung bestanden. Nach den ersten drei Leichenfunden war ihm zwar noch immer gelegentlich schlecht geworden, aber gerade seine Sensibilität war es, die ihn zum Ausnahmepolizisten machte. Dann hatte ein Vorfall im letzten Jahr seine Karriere abrupt zum Stillstand gebracht, und aus dem vor Selbstbewusstsein strotzenden Kriminalhauptkommissar war innerhalb weniger Stunden ein Wrack geworden, das nur mithilfe starker Medikamente die quälend langen und schmerz-vollen Tage überstehen konnte. Als das Brennen in seinem Herzen mit den Wochen weniger wurde, folgten Gespräche, die alles erneut aufwühlten und ihn auch noch im Schlaf verfolg-ten. Doch allen Meinungen und Ratschlägen von Freunden und Kollegen zum Trotz hatte sich Lukas tapfer zurückgekämpft. Als seine Verletzungen heilten, vernarbten auch die Wunden, die für niemanden sichtbar waren. Es folgten Monate, in denen er einige grundlegende physische Funktionen erneut lernen musste, und weitere, in denen er verbissen gegen die Dämonen der Tablettenabhängigkeit ankämpfte. Doch heute war er davon geheilt und körperlich so fit wie nie zuvor. Nur der Schock saß noch immer tief, und bis heute konnte er sich nicht vorstel-len, jemals wieder mit Mord und Totschlag zu tun haben zu müssen. Trotzdem verschwendete er keinen Gedanken daran, den Dienst zu quittieren, und er würde auch nicht das Angebot annehmen, sich in die Asservatenkammer oder eine andere, ähnlich ruhige Abteilung versetzen zu lassen. Er pochte auf das Recht der letzten Chance, die ihm nach langem Hin und Her auch gewährt wurde. Nur in einem Punkt waren sich ausnahms-los alle einig gewesen: Eine Rückkehr zur Mordkommission im Polizeipräsidium München käme auf lange Sicht nicht mehr infrage.

Der Anruf am späten Abend vor drei Wochen hatte ihn dennoch aus der Fassung gebracht. Es war sein früherer Chef gewesen, der ihm das Angebot unterbreitet hatte, die frei gewor-dene Stelle in Miesbach anzutreten. Eine kleine Dienststelle im Oberland, eine überschaubare Quote an Gewaltverbrechen und ein kleiner, dem Vernehmen nach sehr homogener Kollegenkreis. Genau das, was Kriminalhauptkommissar Lukas Zieringer jetzt brauchte.

Dass seine Kollegen noch später dran waren als er, war kaum vorstellbar, und dass auch der zweite Raum leer stand, in dem er das Büro seines neuen Vorgesetzten vermutete, ließ nur wenig Interpretationsspielraum zu. Entweder war hinter einer der verschlossenen Türen eine Besprechung im Gange, oder …

Emma deutete seinen Blick richtig. »Der Chef hat einen Arzttermin«, informierte sie ihn und zwinkerte ihm verschwörerisch zu. »Irgendeine mordswichtige Angelegenheit, die nicht länger warten konnte.«

Lukas sah die Sekretärin erleichtert an. Einen Herzschlag lang hatte er befürchtet, dass ausgerechnet an seinem ersten Arbeitstag die Nachricht über ein Schwerverbrechen eingetroffen und er als einziger Kollege nicht pünktlich zum Dienst erschienen wäre.

»Ja, also, jedenfalls lässt er sich bei dir entschuldigen«, riss Emma ihn aus seinen Gedanken. »Er müsste aber bald zurückkommen. So lange kannst du dich damit beschäftigen, dich in aller Ruhe umzusehen und die Kollegen kennenzulernen. Ich muss noch zwei Telefonate erledigen, dann führe ich dich gern herum.« Emma war fast schon wieder zur Tür hinaus, als ihr noch etwas einfiel. »Ach ja, ich soll dir ausrichten, du möchtest dir inzwischen die Akten zum Fall Drorieizkodawidianie durchlesen.«

Einen Moment lang dachte Lukas, er hätte sich verhört. Dann merkte er, dass Emma ihn mit einem gespannten Ausdruck ansah.

»Zu welchem Fall?«, tat er ihr den Gefallen, nachzufragen.

»Drorieizkodawidianie.«

»Ach so, ja klar. Das mache ich.«

Emmas Kinnlade klappte herunter. »Ähm.« Darüber hinaus fiel ihr nichts ein, was zugegebenermaßen eine echte Seltenheit war.

»Wolltest du nicht telefonieren?«, hakte Lukas nach, als sie keine Anstalten machte, sein Büro zu verlassen. Fasziniert beobachtete er, wie ihr Mienenspiel alle Facetten von *fassungslos* bis *eingeschnappt* durchlief. Es hätte nicht viel gefehlt und er wäre vor Lachen vom Stuhl gefallen. Doch dann hatte er Erbarmen mit ihr.

»Also los, spuck schon aus, was das heißen soll.«

Emmas Augen wurden schmal. Eine Sekunde lang überlegte sie, ob sie ihn damit strafen sollte, zurück zu ihrem Schreibtisch zu laufen und ihn ahnungslos zurückzulassen. Doch als sie das jungenhaft-charmante Lächeln sah, mit dem er sie musterte, schmolz sie förmlich dahin.

»Drogenring-es-ist-zum-Kotzen-dass-wir-die-Arschlöcher-nicht-erwischen.«

Nun war es an Lukas, sie entgeistert anzusehen. »Was für ein Ding?«

»Wir sind seit zwei Jahren an einem Drogenbaron dran, der sich in Hausham häuslich niedergelassen hat. Ecstasy, Crystal und alles andere, was das moderne Junkieherz begehrt«, ließ sie sich zu einer Erklärung herab. Sie setzte sich auf den wackligen Stuhl, der auf der anderen Seite seines Schreibtischs stand, beugte sich nach vorn und stützte ihre Ellbogen auf der Tischplatte ab. »Wir haben zwei Razzien in seiner Fabrik durchgeführt, seine Fahrzeuge kontrolliert, versucht, seine Arbeiter umzudrehen, aber nichts.«

»Okay.« Lukas hatte verstanden. »Und wo soll ich anfangen?«

»Da.« Der bereits bekannte rot lackierte Fingernagel deutete auf zwei große Aktenstapel, die in der Ecke auf dem Boden lagen.

Lukas musterte die Papierberge, die, jeder für sich, etwa die Höhe seiner Tischplatte erreicht hatten. »Das ist alles?«, nahm er es mit Galgenhumor.

Der Zeigefinger verharrte einen Augenblick in der Luft, dann bewegte er sich langsam in Richtung seines Gesichts und machte nur einen Millimeter vor seiner Nasenspitze Halt.

Als Lukas den Aktenstapel in der Ecke genauer betrachtete, beschlich ihn der brennende Wunsch, die Polizeidienststelle zu erkunden, ohne auf Emma zu warten. Endlos erscheinende Papierberge durchzulesen war noch nie sein Ding gewesen. Ebenso, wie er es hasste, Berichte zu schreiben. Wobei – das Lesen der Berichte anderer war womöglich noch schlimmer. Doch dann besann er sich eines Besseren. Er würde sowieso nicht drum herumkommen, alles durchzuackern, was sein Vorgänger verfasst hatte. Wenn er Emma richtig verstanden hatte, war das Projekt *Drogenring* schließlich nicht damit gestorben, dass der Bergmaier in Rente gegangen war. Er atmete einmal tief durch, schnappte sich die beiden Mappen, die zuoberst lagen, nieste, als ihm der Staub, der sich darauf abgelegt hatte, in die Nase stieg, und setzte sich hinter seinen Schreibtisch.

Bevor er den Aktendeckel aufschlug, spürte er in sich hinein. Sein Blick wanderte durch den Raum, blieb an dem alten Kalender hängen und streifte schließlich die Schreibtischplatte, die bis auf einige merkwürdige Kerben an der linken Seite so gut wie neu war. Nacheinander zog er die Schubladen auf und stellte fest, dass der Bergmaier ihm seine komplette Büroausstattung vermacht hatte. Unglaublich, was der Mann an Material gehortet hatte.

Als er nach einer Viertelstunde den ersten Ordner aufschlug, sah er, dass die unzähligen verschiedenfarbigen Post-its für Bergmaier nicht nur Dekoration gewesen waren, sondern dass er sämtliches Material auch benutzt hatte. Lukas wunderte sich nicht schlecht. Noch nie in seiner gesamten Laufbahn hatte er eine Akte gesehen, die auch nur annähernd so gut strukturiert und sorgfältig angelegt worden war. Das konnte ja heiter werden! Bergmaier hatte in einem Maß Ordnung vorgelegt, die Lukas völlig fremd war. Er war zwar keineswegs schlampig, aber bei dem Gedanken, in puncto Aktenführung an seinem

17

Vorgänger gemessen zu werden, wurde ihm ziemlich flau im Magen.

Zwei Stunden später riss ihn ein kaum zu überhörendes Räuspern aus seiner Konzentration. Dann erst merkte er, dass jemand vor seinem Schreibtisch stand. Erstaunt sah er auf. »Ach, hallo Emma. Entschuldige bitte. Ich war in Gedanken.«

Emma grinste. »Das habe ich gemerkt. Ich war schon zweimal hier, aber du warst so in das Ding da vertieft«, sie deutete auf die mittlerweile fünfte Mappe, die er aufgeschlagen vor sich liegen hatte, »dass ich dich nicht stören wollte.«

Vorsichtig lehnte sich Lukas in dem monströsen Schreibtischstuhl zurück. »Ist mir völlig entgangen«, murmelte er. »Aber so was wie das da habe ich auch noch nie gesehen.«

»Kann ich mir gut vorstellen«, sagte Emma trocken und schob eine Erklärung hinterher: »Am Bergmaier ist eine ganze Kolonie Sekretärinnen verloren gegangen. Dem war nach dem Tod seiner Frau offensichtlich so langweilig, dass er sich in seiner Freizeit damit beschäftigt hat, uns mit seinem Ordnungswahn auf die Nerven zu gehen.« Auch wenn es wirklich nervig gewesen war, dachte Emma doch mit Wehmut an den Kollegen zurück, den sie über alle Maßen geschätzt hatte.

Lukas verschränkte seine Hände hinterm Kopf. »Ich muss gestehen, dass es nicht nur seine Ordentlichkeit ist, die mich fasziniert. Aber der hat wirklich jeden Furz festgehalten, den irgendwer irgendwann gelassen hat.«

Nachdem Emma wieder in Richtung ihres Büros verschwunden war, kam jemand fluchend den Flur entlang.

»Verdammte Drecksviecher!« Wild um sich schlagend kam ein hünenhafter Mann mit hochrotem Gesichtsausdruck zur Tür herein. Die zum Gruß ausgestreckte Hand wurde, noch bevor es zu einer Berührung kam, wieder zurückgezogen, klatschte gegen den anderen Arm und hinterließ eine eklige Masse aus

Blut und einem etwa drei Zentimeter großen Insektenleib, der noch kurz zuckte.

»Sorry«, brummte der Hüne und betrachtete seine verschmierten Finger angeekelt. Zu Lukas' Erleichterung verzichtete er darauf, sie ihm erneut entgegenzustrecken.

»Sekunde«, sagte er stattdessen, machte auf der Stelle kehrt und kam zwei Minuten später wieder zurück. Er knüllte das Papierhandtuch, mit dem er sich die Hände abgetrocknet hatte, zu einem Ball und warf ihn in Lukas' Papierkorb. Dann streckte er die Hand doch noch aus.

»Ich bin Michael Fiedler und damit Ihr neuer Chef. Herzlich willkommen im Team.« Gespannt musterte Fiedler seinen neuen Mitarbeiter. Er wusste von seinem Münchner Kollegen wie auch aus Lukas' Personalakte, dass der junge Kommissar eine schwere Zeit hinter sich hatte, in der er mehrfach kurz davorgestanden hatte, sich aus dem Polizeidienst zu verabschieden. Doch letztlich hatte er lediglich um Versetzung von München in die Provinz gebeten. Nach allem, was Fiedler über die Vorfälle von vor einem Jahr wusste, wünschte er dem jungen Kollegen von ganzem Herzen einen geruhsamen Einstand.

»Sie wissen ja bereits, dass es bei uns im Oberland eher beschaulich zugeht. Und wenn ich es richtig verstanden habe, ist Ihnen das auch ganz recht. Es kommen zwar hin und wieder Tötungsdelikte vor, das sind aber meist Affekttaten aus dem familiären Umfeld, keine geplanten Morde und grässlich zugerichtete Leichen. Damit werden wir zum Glück weitgehend verschont.«

Lukas vergrub seine Fäuste tief in den Taschen seiner Jeans, um das Zittern seiner Hände zu verbergen. Allein Fiedlers Worte reichten aus, um die Erinnerung, die wie eine Natter heimtückisch in einem Erdloch auf Beute gewartet hatte, angriffslustig hervorschnellen zu lassen. Wie eine sich immer höher auftürmende

19

Welle flutete ein Anflug von Panik seinen Körper. Verdammt. Ihm wurde bewusst, dass seine Atemfrequenz sich erhöhte. Wenn er das nicht sofort in den Griff bekam, würde er zu hyperventilieren beginnen. Und was das bedeutete, hatte er in den letzten Monaten zur Genüge am eigenen Leib zu spüren bekommen. Fehlte gerade noch, dass er in Anwesenheit seines neuen Chefs in Ohnmacht fiel und sich zum Gespött der neuen Kollegen machte.

Er schrak zusammen, als eine riesige Pranke auf seiner Schulter landete.

»Entschuldigung«, sagte Fiedler mit einem Achselzucken und nahm seine Hand wieder weg. »Die Biester fressen einen bei lebendigem Leib, wenn man nicht aufpasst.«

Irritiert sah Lukas auf die Stelle, auf der eben noch, schwer und warm, Fiedlers Hand gelegen hatte. Keine Spur eines Insekts. Aber der Schlag hatte ihn zurück in die Wirklichkeit geholt, und er spürte, wie der kalte Schweiß auf seiner Stirn in dem leichten Wind abtrocknete, der durch das geöffnete Fenster hereinwehte.

»Wie ich sehe, haben Sie schon angefangen, sich in Bergmaiers Unterlagen einzuarbeiten«, sagte Fiedler mit einem anerkennenden Blick auf den bereits gelesenen Aktenstapel, der in der gegenüberliegenden Zimmerecke auf Kniehöhe angewachsen war.

Lukas verzog den Mund. »Im Moment bin ich mir aber nicht sicher, ob der Kollege sich da nicht in etwas verrannt hat. Darauf, dass irgendjemand der Polizei einen anonymen Tipp gegeben hat, dass in der Fabrik Drogen hergestellt werden, gebe ich nicht viel. Das kann auch eine Racheaktion gewesen sein.«

»Glaube ich nicht.« Fiedler zog sich einen Stuhl heran. »Wie Sie sehen, hat er jede Menge Notizen angelegt, die belegen, dass wir auf der richtigen Fährte sind.«

»Was nützen uns tausend Verdachtsmomente?«, hielt Lukas dagegen. »Wie es aussieht, ist ein Beweis exakt das, was hier fehlt. Selbst wenn er auch noch so klein ist. Und die verschwundenen Frauen …« Lukas machte eine hilflose Geste. »Natürlich hätte auch ich mir meinen Teil gedacht, als bekannt wurde, dass sie zuletzt in der Umgebung des Firmeninhabers gesehen wurden, vor allem, weil ich nicht an Zufälle glaube. Und an mehrere schon gleich gar nicht. Aber trotzdem lässt sich nichts beweisen.«

Fiedler verschränkte die Arme hinterm Kopf. »Das ist ein Dilemma«, gab er zu. »Trotzdem hat die Indizienlage immerhin ausgereicht, dass uns ein Richter einen Durchsuchungsbeschluss ausgestellt hat.«

So weit war Lukas noch nicht gekommen. »Und? Was kam dabei raus?«

»Lesen Sie die Akten.«

»Das ist nicht Ihr Ernst!« Lukas schüttelte den Kopf. »Ich denke nicht im Traum daran, mich hier durchzulesen, um irgendwann die Nadel im Heuhaufen zu finden.«

Fiedler grinste. Er hatte nur wissen wollen, ob Zieringer kuschte, wenn man ihn dazu aufforderte. »Nichts ist dabei rausgekommen. Wir sind dort mit zwanzig Mann rein, aber die ganze Bude war so sauber wie ein Kinderpopo.«

»Und trotzdem haben Sie nie daran gedacht, dass es vielleicht überhaupt nichts zu finden gibt? Dass Bergmaier sich doch getäuscht hat?«

»Nur etwa fünfhundert Mal.« Fiedler verzog das Gesicht. »Ich wäre ein schlechter Polizist, wenn ich nicht zumindest gelegentlich darüber nachdenken würde, dass ich mich auch mal irren kann. Aber egal, wie man das Ding dreht und wendet, man stolpert förmlich über die Hinweise, dass eben doch etwas dran ist.« Fiedler stand auf und stellte den Stuhl zurück an die Wand. »Im Moment gibt es sonst nicht viel zu tun. Halten Sie also durch und lesen Sie weiter. Es ist gar nicht schlecht, wenn da mal jemand mit einem frischen Blick drüberschaut.«

2. Kapitel

Die beiden Wochen bis zu Marias Abreise waren verflogen wie im Nu. Unzählige Male hatte sie kontrolliert, ob sie an alles gedacht und ihre ganzen Sachen auch wirklich gut verstaut hatte. Als Magda am Morgen der Abfahrt vor der Tür stand und fragte, ob sie fertig wäre, war Maria voller Vorfreude und vor Aufregung ängstlich zugleich.

»Hast du deine Medikamente eingepackt?« Unbeholfen nestelte Magda an ihrem Sicherheitsgurt. Schon die Fahrt zum Flughafen hatte sie den letzten Nerv gekostet und dann musste sie in dem unübersichtlichen Parkhaus auch noch eine halbe Ewigkeit suchen, bis sie zwei nebeneinanderliegende freie Plätze gefunden hatte, in die sie ihren alten Golf mit Müh und Not hatte bugsieren können.

»Natürlich«, bejahte Maria die unnötige Frage geduldig. Unnötig deshalb, weil sie wie durch ein Wunder seit dem Tod ihres Mannes mit jedem Monat gesünder geworden war, was allerdings keinem Hexenwerk, sondern dem Umstand geschuldet war, dass Gunter ihr in dreißig Jahren Ehe systematisch die Luft zum Atmen abgeschnürt hatte und sie, aus einem kleinen nordbayrischen Kaff kommend, jungfräulich und auch in allen anderen Belangen unerfahren in die Ehe gegangen war. Als der despotische Ehemann von einem auf den anderen Tag das Zeitliche gesegnet hatte, brauchte Maria einige Zeit, um sich von dem Schock zu erholen, doch dann kam sie zu der Erkenntnis, dass die Luft um sie herum wärmer schien und plötzlich süß und verheißungsvoll schmeckte.

»Was ist denn?«, quengelte Magda. »Die Parkgebühren hier sind horrend. Ich möchte ungern ein Vermögen dafür ausgeben, nur weil du vor dich hinträumst.«

Maria schloss für einen Moment die Augen, atmete tief durch und blendete das Gemecker ihrer Schwester aus. Dann gab sie sich einen Ruck, öffnete die Beifahrertür und sprang leichtfüßig aus dem Wagen.

»Machen wir es kurz«, sagte sie mit einem leisen Bedauern in der Stimme. Sie hätte Magda gern noch auf Kaffee und Kuchen eingeladen und selbstverständlich hätte sie auch das Parkticket bezahlt, aber vielleicht war es besser, kein großes Abschiedsgewese zu machen. Schließlich blieb sie nur drei Wochen fort. Ein Wimpernschlag in einem ganzen Leben, nicht mehr und nicht weniger.

»Lass dich umarmen, Schwesterherz. Hier …« Sie drückte der verdutzten Magda einen Hunderteuroschein in die Hand, gab ihr einen Kuss auf die Wange und wuchtete ihren Koffer aus dem Wagen. »Das reicht sicher für den Sprit und das Parken. Ich muss mich beeilen, sonst komme ich zu spät.«

Fünf Minuten später stand Maria staunend in der riesigen Halle des Frankfurter Airports. Sie war bisher nur ein einziges Mal in ihrem Leben geflogen, und das war, als ihre Mutter ihre beiden vorpubertären Töchter mit nach Venedig genommen hatte.

Gunter hingegen hatte nichts vom Reisen gehalten. Für ihn war damit lediglich eine Geldverschwendung verbunden. Geld, das sie seinen Worten zufolge nicht hatten, und Maria hatte sich seinen Wünschen gefügt, wie es sich für eine brave Ehefrau schickte. Als sie nach seinem Tod das erste Mal in ihrem Leben

Einsicht in seine beiden Konten erhalten hatte und feststellen musste, wie viel Geld er dort gebunkert hatte, war sie fast in Ohnmacht gefallen. Ganz sicher hätten sie mit so viel finanziellem Rückhalt nicht immer nur sparen müssen. Und als ihr wenige Wochen später ein Schreiben ins Haus geflattert kam, in dem stand, dass Gunter zum Zeitpunkt ihrer Hochzeit eine Lebensversicherung abgeschlossen hatte, die ihr nun in voller Summe ausbezahlt werden würde, war sie noch mehr erschrocken. Dazu kam seine Witwenrente, die ihr, so bescheiden wie sie von Haus aus erzogen war, auch ohne weiteres Polster zum Leben gereicht hätte. Summa summarum war Maria nun, wenn zwar nicht wirklich reich, aber doch eine sehr vermögende Frau. Dennoch hatte sie sich noch nicht daran gewöhnt, dass sie sich alles leisten konnte, was ihr Herz begehrte. Aus lauter Gewohnheit hatte sie erst einmal Urlaub gemacht, um den Schock zu überwinden – in der gleichen billigen Pension im Odenwald wie die fünfzehn Jahre davor. Einfach mal zum Vergnügen irgendwohin zu fliegen – in diesem ihr unbekannten Teil des Universums war sie noch nicht angekommen.

Sie irrte eine Weile durch die breiten Flure des Terminals, dann fand sie schließlich den kleinen Coffeeshop, der ihr als Treffpunkt genannt worden war.

»Frau Wagner?« Eine spindeldürre Gestalt mit schlecht gefärbten Haaren erhob sich und streckte ihr die Hand entgegen. »Ich bin Belinda Wieser, wir haben telefoniert.«

Maria nahm das ätherische Wesen der Kindfrau kaum wahr. Viel interessanter fand sie den noch sehr jungen Mann, der sich ebenfalls aus der Kunstlederecke schälte, sie mit einem kleinen Diener begrüßte und sich als Leon vorstellte. Verstohlen musterte sie ihn, noch während sie einander die Hände schüttelten. Sein Händedruck war fest und angenehm warm. Ein Pluspunkt, eindeutig. Irritierend fand sie hingegen, dass er die Pubertät kaum hinter sich gebracht zu haben schien und seine pickelige, käsige Haut den Eindruck machte, dass er seine Freizeit eher im Keller als auf kriminalistischer Spurensuche verbrachte.

Trotzdem war er ihr schon auf den ersten Blick sympathisch. Der verschmitzte Gesichtsausdruck verriet den Lausbuben in ihm, und sein dichtes Haar hatte eine schöne dunkelbraune Farbe. Allerdings hätte ihm ein moderner Schnitt durchaus gut zu Gesicht gestanden. Und der zwei Nummern zu große hellbraun-beige karierte Pullunder, den er über einem blauen Hemd samt einer schlackernden Jeans und ausgetretenen Sneakers trug, sah einfach fürchterlich aus.

Maria bestellte sich einen großen Kaffee und überlegte einen Moment lang, ob sie es wagen konnte, ihm nahezulegen, sich noch vor dem Abflug neu einzukleiden. Das Gesicht war attraktiv und die Figur unter den, salopp gesagt, legeren Klamotten offensichtlich prima, aber alles an der Gestalt schrie förmlich danach, unsichtbar zu sein. Letztlich hakte sie den Gedanken als unschicklich ab. Es ging sie nichts an, wie er aussah. Und dass sie sich eben mal als seine Mutter aufspielte, kam sowieso nicht infrage. Nur dass man sie drei Wochen lang als selbige ansehen würde, ging ihr gegen den Strich.

Mit halbem Ohr folgte sie den Ausführungen Belinda Wiesers zum Ablauf der Reise, steckte die Unterlagen ein, die sie ausgehändigt bekam, und trank den letzten Schluck Kaffee. Zum wiederholten Mal warf sie einen Blick auf die Uhr, da sie unsicher war, wie lange sie brauchen würden, um von hier bis zum Flieger zu gelangen.

»Sie sollten sich so langsam auf den Weg machen, dann haben Sie keinen Stress«, sagte Belinda Wieser mit ihrer piepsigen Stimme und erlöste Maria damit von ihren Ängsten. »Ich verabschiede mich hier von Ihnen. Einen guten Flug und einen schönen Aufenthalt im Süden der Republik. Wie gesagt kann es wegen des Hagelsturms gestern zu ein paar Verzögerungen kommen. Die armen Leutchen da unten haben im Moment sicher alle

Hände voll zu tun, um die Schäden zu beseitigen. Lassen Sie sich also davon nicht irritieren, in Oberbayern geht's ja generell ein bisschen gemütlicher zu. Sie haben jedenfalls genügend Zeit, ihr Rätsel zu lösen, auch falls es später beginnen sollte. Dann machen Sie sich vorher einfach ein paar entspannte Tage auf der Alm.«

»Sind Sie schon oft geflogen?«, fragte Leon höflich. Er hatte seine Begleiterin die letzte halbe Stunde über aufmerksam beobachtet. Auch wenn er noch nicht viel sagen konnte, machte sie einen netten Eindruck auf ihn. Seine Befürchtungen, dass er als Teenager nicht für voll genommen werden könnte, hatten sich fast völlig zerstreut. Sie war zwar sicher schon so alt wie seine Mutter, aber zum einen war sie für ihr fortgeschrittenes Alter ziemlich lässig angezogen, zum anderen hatte sie bereits durchblicken lassen, dass sie ihn ernst nahm. Nur eines irritierte ihn: Obwohl sie einen durchaus resoluten Gesamteindruck machte, wirkte sie seltsam unsicher. Aber da er nicht so viel mit älteren Leuten außer seinen Eltern zu tun hatte, konnte es allemal sein, dass er sich täuschte.

Maria indes bekam nichts davon mit, wie intensiv er über sie nachdachte, da sie zu sehr damit beschäftigt war zu überlegen, wie weit sie ihm schon jetzt vertrauen wollte. Sie war es nicht gewohnt, fremde Menschen zu treffen, und schon gar nicht, den wenigen etwas von sich zu verraten. Aber jetzt damit anzufangen, war ihr ein bisschen zuwider. Doch dann rief sie sich ins Gedächtnis, dass Lügen, dem alten Sprichwort nach, kurze Beine hatten und nur weitere Unwahrheiten nach sich zogen. Und das war ihr schlicht zu anstrengend.

»Nur ein einziges Mal«, gestand sie ihm. »Und das ist sehr lange her.«

Hatte er es sich doch gedacht. Er nahm ihr die Bordkarte aus der Hand und warf einen Blick darauf. »Ich bin schon oft geflogen. Wir sollten die Plätze tauschen, damit Sie am

Fenster sitzen können. Dann sehen Sie die Berge und bekommen auch gleich im Anflug auf München einen Eindruck von der Gegend.« Erschrocken hielt er inne. »Oder haben Sie etwa Flugangst?«

Die Zeit verging im wahrsten Sinn des Wortes wie im Flug und Maria konnte sich kaum sattsehen an dem Panorama, das sich unter ihnen auftat. Da bestes Flugwetter herrschte, hatte sie ihre anfängliche Befangenheit über Bord geworfen und Leon gestattet, sich über sie hinweg zum Fenster zu beugen und ihr zu erklären, was unter ihnen lag. Während es anfangs nur kleinere Dörfer und Felder zu sehen gab, wurde die Aussicht immer spektakulärer, je näher sie den Alpen kamen.

Leon war die Strecke schon viele Male geflogen. Nachdem sich seine Eltern getrennt hatten, kaum dass er in die Pubertät gekommen war, hatte er seinen Vater regelmäßig in München besucht und kannte sich daher in der Umgebung recht gut aus. Marias geografische Kenntnisse hingegen hatten sich erst in den letzten beiden Wochen schlagartig verbessert, da sie alles über das bayerische Oberland verschlungen hatte, was sie in die Finger bekam.

So gelang es ihnen gemeinsam, in der Ferne den Starnberger See zu identifizieren, da der Pilot eine weite Schleife drehte und München von Westen her anflog. Während das Stadtgebiet der bayerischen Landeshauptstadt rechts an ihnen vorbeizog, folgte ihr Blick der träge dahinfließenden Isar, deren schier endlos langes Band in der Sonne glitzerte. Sie erkannten die Innenstadt, die sich winzig klein ausnahm, mitsamt der Frauenkirche und dem Olympiaturm, und dahinter den Alpenhauptkamm, der aufgrund einer Föhnlage so klar und deutlich auszumachen war, als würde er sich direkt vor den Toren Münchens erheben. Unzählige Berge reckten ihre noch mit Schnee bedeckten Gipfel in den wolkenlosen Himmel, und schließlich überflogen sie die markante Allianzarena, für die sich Leon als eingefleischter Bayern-München-Fan besonders begeisterte. Kurz darauf ging die Landschaft erneut in kleinere Baggerseen und Ackerböden über, auf denen sie die Bauern sehen konnten, die mit ihren großen Maschinen ihre Felder bestellten.

Dann wandte sich Maria wieder ihrem Begleiter zu und entschuldigte sich für ihre Unhöflichkeit.

»Ach was.« Leon winkte ab. »Wir haben ja fast drei Wochen Zeit, um zu reden.« Eingequetscht zwischen Maria und einer beleibten Mittsechzigerin freute er sich über die begeisterten Ausrufe, die seine Reisebegleiterin von sich gab. Auch wenn sie nach wie vor einen ziemlich unbeholfenen Eindruck machte, war sie doch sehr nett, und seine Befürchtungen, dass es spießig-langweilige Wochen werden würden, verflüchtigten sich immer mehr.

»Wie kommt es eigentlich, dass du so lange bleiben kannst?«, wollte Maria wissen. »Die Ferien dauern doch nur zwei Wochen.«

»Weil ich vor zwei Jahren eine Klasse übersprungen habe und deswegen heuer Abi mache«, erklärte Leon bereitwillig. »Die schriftlichen Prüfungen sind schon vorbei und jetzt stehen nur noch die mündlichen an. Bis dahin findet kein Regelunterricht mehr statt. Schauen Sie mal aus dem Fenster.«

Maria stieß einen spitzen Schrei aus, als sie den Schwarm schwarzer Vögel sah, der in der Ferne kreiste und einen reizvollen Kontrast gegen den tiefblauen Himmel und die weiß gezuckerten Berggipfel bildete. »Mein Gott, ist das schön!« Und dann entdeckte sie noch mehr. »Leon, schau mal, da unten. Die vielen Schafe!«

Es dauerte keine fünf Minuten, und sie hatte sich, obwohl sie noch keinen Fuß auf oberbayerischen Boden gesetzt hatte, schon bis über beide Ohren in die Gegend verliebt. Und dann setzte der Airbus auch schon mit einem sanften Ruck auf der Rollbahn des Flughafens Franz Josef Strauß auf.

Als sie eine halbe Stunde später ihr Gepäck vom Band geholt und den Weg ins Terminal 1 gefunden hatten, warteten sie am Schalter der Autovermietung geduldig darauf, dass sie an die Reihe kamen.

Maria sah Leon mit einem verlegenen Blick an. »Sollen wir das Auto auf dich anmelden?«

»Äh, nein, ich bin ja erst siebzehn.«

Oh Gott. Das konnte ja heiter werden.

»Wieso?«, setzte er nach. »Sie haben doch einen Führerschein?«

»Ja, schon«, gab Maria zögerlich zu. »Aber erst seit einem Jahr. Ich habe noch nicht viel Fahrpraxis.«

Leon verzichtete darauf, kundzutun, was er davon hielt. Er hatte seinen Schein bereits in der Tasche und konnte es kaum erwarten, bis der Tag kam, an dem er ohne Begleitung fahren durfte. »Sie schaffen das schon«, sagte er schließlich, ohne sich sicher zu sein, dass er mit seiner Vermutung auch richtiglag. »Außerdem haben wir sowieso keine andere Wahl, oder?«

Zum Glück bewies der Angestellte am Schalter eine Engelsgeduld, als Maria ihm in einer zehnminütigen Diskussion auszureden versuchte, ihr einen Mittelklassewagen anzudrehen.

»Haben Sie denn kein Fiat 500 Cabrio?«, hinterfragte sie hartnäckig. »Damit kenne ich mich nämlich aus.«

Nun intervenierte Leon, dem schwante, dass er als Jüngster der Gruppe den Schwarzen Peter ziehen würde. »Wir sind ab morgen doch zu dritt.«

Maria sah ihn verständnislos an. »Ja und?«

Leon zog die Schultern hoch. »Äh, wie sollen wir denn alle in so eine winzige Fischdose passen?«

Maria schnappte empört nach Luft. »Das ist ein Viersitzer!«

Letztlich gab Leon klein bei, auch wenn ihm sein Rücken allein bei dem Gedanken, wie er seine eins siebenundachtzig auf die Rücksitzbank quetschen würde, bereits jetzt schmerzte. Immerhin konnte er sie dazu überreden, ein Navi dazuzubuchen.

Zu Marias Schrecken wollte das Gerät sie allerdings erst mal schnurstracks nach München hineinlotsen. »Sieh nach, ob wir nicht außen herumfahren können«, bat sie Leon, als sie sich bereits auf der Autobahn befanden. »Große Städte machen mir Angst.«

Leon hatte mittlerweile begriffen, dass Maria trotz ihrer unterschwelligen Unsicherheit einen ziemlich energischen Willen besaß. Deswegen verzichtete er auf die Bemerkung, dass eine Fahrt auf der Schnellstraße mit dem Spucknapf vermutlich nicht weniger riskant war als eine Tour durch einen Großstadtdschungel, wozu man München sowieso nicht zählen konnte. Schließlich war das eine ordentliche deutsche Stadt und nicht Bangkok oder Rio. Er fummelte kurz an den Knöpfen herum und wählte im Menü *schnellste Route* aus. Zehn Sekunden später bat die charmante Stimme aus den Lautsprechern darum, an der nächsten Ausfahrt abzufahren, und Maria seufzte erleichtert auf.

Eine gute Stunde später ließ Leon die Bemerkung fallen, dass sie die Alm vermutlich nicht vor Anbruch des Winters erreichen würden, falls Maria ihren Reisestil nicht grundlegend überdachte.

»Ich frage mich gerade, wieso Sie so Angst vor der Stadt haben. Und auch, warum wir diesen Winzling hier gemietet haben. Sie fahren nämlich richtig gut. Aber wenn wir weiterhin alle fünf Minuten anhalten, dann sind die drei Wochen rum, ohne dass wir den Schliersee jemals erreicht haben.«

Maria errötete vor Freude über sein Kompliment. »Das ist nett, dass du das sagst.«

»Es ist nicht nett, sondern ehrlich«, gab er zurück und es war sein voller Ernst. Dann stöhnte er auf, als Maria schon wieder eine Parkbucht ansteuerte.

»Nun hab dich nicht so.« Maria zog die Handbremse und sprang aus dem Wagen. »Ich war noch nie hier, da muss ich mir das doch alles genau anschauen.«

Als sie nach gefühlt hundert Fotostopps endlich in Fischbachau ankamen, dirigierte Leon Maria die letzten beiden Kilometer mittels einer Zeichnung, die Belinda Wieser ihnen mitgegeben hatte, da das Navigationssystem das etwas abgelegene Grundstück nicht gespeichert hatte. Und dann standen sie fünf Minuten später tatsächlich vor dem großen Tor der Alm, das entgegen allen Vorhersagen jedoch nicht offen stand. Unschlüssig hielt Maria den Wagen an.

Bevor sie aussteigen und klingeln konnten, tauchte wie aus dem Nichts ein alter Mann in abgetragenen Lederhosen und mit einem Gamsbarthut auf dem Kopf neben dem Wagen auf und klopfte an das Beifahrerfenster.

»Seawus beianand. Seids ia de Grubbn, de des Heisl drei Wocha lang gmiadt hod?«

Maria beugte sich über Leon und blickte in lustig blitzende Augen in einem wettergegerbten Gesicht. Dann ging ihr auf, dass er etwas gefragt hatte. »Entschuldigung, könnten Sie das bitte wiederholen?« Möglichst auf Deutsch, dachte sie sich, traute sich aber nicht, es laut auszusprechen.

»Äh, ja. Oiso, i bin da Sepp.« Er hielt einen Augenblick inne. Offensichtlich ging ihm auf, dass er so nicht weiterkam. »Also. Sind Sie die Gruppe, die die Hütte gemietet hat? Die Familie Wagner?«, fragte er schließlich hölzern.

Maria fasste Leon am Arm, da sie ahnte, dass er zu einer ebenso langatmigen wie für den alten Bayern unverständlichen Erklärung ihrer nicht vorhandenen Familienverhältnisse ansetzen wollte.

»Ja, wir sind die Wagners«, bestätigte sie und deutete auf das pittoreske Anwesen hinter dem hübschen Holzzaun. »Ist das da unsere Alm?«

Über das Gesicht des Mannes glitt ein bedauerndes Lächeln und er schüttelte den Kopf. »Keine Alm. Entschuldigung. Die hatte …« Verzweifelt suchte er nach einem Wort und raufte sich die Haare, als es ihm nicht einfallen wollte.

Inzwischen nutzten Maria und Leon die Gelegenheit, um auszusteigen. Als Maria den Wagen umrundet hatte, schüttelte Sepp ihr begeistert die Hand. Auch wenn er, wie die meisten Oberbayern, keine Preußen ausstehen konnte, wie hier jeder Auswärtige von jenseits des Weißwurstäquators, respektive der Donau, genannt wurde – diese Maria war eine ganz Fesche und da konnte man schon mal etwas freundlicher sein.

»Jednfois is des Heisl gesdan obgsuffa«, erzählte er, bevor er sich daran erinnerte, dass sie ihn nicht verstand. »Es hat Wasser gegeben. Nach dem Hagel von gestern. Das Dach ist kaputt, deswegen ist das Haus derzeit nicht bewohnbar.«

Entsetzt sahen sich Maria und Leon an, dann fingen sie gleichzeitig an, auf den Alten einzureden.

»Hoit, langsam. Nicht alle auf einmal, meine ich. Hier können Sie jedenfalls nicht übernachten. Aber es gibt ein Gästehaus, gleich da drüben. Das haben wir für Sie hergerichtet.«

Maria und Leon blickten dem ausgestreckten Arm hinterher und sahen – nichts. Jedenfalls war in der angegebenen Richtung weit und breit weder ein Hotel noch auch nur eine Pension zu sehen. Nur ein kleiner Verschlag, der inmitten der üppigen Vegetation fast verschwand, versperrte ihnen die Sicht. Erneut wechselten Maria und Leon einen Blick. Doch diesmal stand völlige Fassungslosigkeit darin.

Das angebliche Gästehaus hatte seine besten Tage eindeutig längst hinter sich. Die kleinen Fenster waren von einem riesigen

Efeu derart zugewuchert, dass kaum Tageslicht ins Innere drang, von den Fensterläden blätterte der Lack und nicht alle Dachschindeln hatten den letzten Winter heil überstanden.

»Was sagen Sie dazu?«, fragte Leon unsicher.

»Dass das nicht wahr sein darf!« Maria stemmte die Hände in die Hüften. Das Gebäude zu betrachten hatte ihren kriminalistischen Spürsinn entfacht. »Das ist auch kein Gästehaus, das ist im besten Fall ein Gartenhaus.«

»Das denke ich auch. Immerhin hat es keinen Kamin.«

»Genau. Und kein Kamin – kein Wohngebäude.« Maria lächelte gequält. »Und was machen wir jetzt?«

Leon zog die Schultern nach oben. »Gute Frage. Ich habe aber noch eine bessere. Und zwar, ob diese Situation bereits Teil der neuen Rallye sein soll.«

Der Gedanke war auch Maria bereits gekommen. Sie verstanden sich also jetzt schon blind. In stillem Einvernehmen lächelten sich die beiden zu. Dann ergriff Leon die Initiative. »Lassen Sie uns doch einfach einen Blick hineinwerfen.«

Eine Minute später sahen sie sich entsetzt in der alten Gartenlaube um. Als genau das hatte sich ihr unerwartetes Zuhause nämlich herausgestellt. Und auch wenn sich Sepp alle erdenkliche Mühe gab, ihnen die Unterkunft schmackhaft zu machen, es war und blieb eine alte und zugige Hütte. Erschwerend kam hinzu, dass sie nur getrennt durch eine dünne Wand neben einem etwas windschiefen Stall lag, dessen Bewohner sie schon riechen konnten, bevor sie ihn hörten.

»Also, wenn das schon ein Teil unseres Ermittlungsauftrags sein soll, dann weiß ich aber auch nicht«, gestand Maria. »Hier riecht es nach Ziegenbock und das Gemecker hört sich auch an wie ein Ziegenbock.« Naserümpfend betrachtete sie das improvisierte Lager, das immerhin zwar sauber war, aber für ihr Dafürhalten nicht infrage kam. Und bei näherer Betrachtung sahen sie, dass es auch nichts nützen würde, nachts das Fenster zu schließen, um dem Geruch ihres Nachbarn zu entgehen, da die Holzbretter, die den Stall von der Gartenlaube trennten, voller Astlöcher waren. Ganz davon abgesehen, dass es nur einen Raum gab; und dass Maria tatsächlich in einem Raum mit zwei Männern schlafen sollte, war nun wirklich keine Option.

»Vielleicht kann man das Vieh ja so anbinden, dass es im Wind steht«, sinnierte Leon, ohne etwas von Marias Nöten zu ahnen. »Dann hätten wir wenigstens ein Problem gelöst.«

»So geht das nicht«, stellte Maria fest. »Hier können wir jedenfalls nicht bleiben, das ist doch bestenfalls ein Scherz.«

Während der folgenden halben Stunde sank Marias Laune in den Keller. Sepp gab sich zwar redlich Mühe, dennoch verfiel er immer wieder in seinen unverständlichen Dialekt, und Maria hatte irgendwann keine Lust mehr, alles fünffach zu hinterfragen. Zumindest eines ging aber klar aus seinen Erklärungsversuchen hervor: Die Alm litt tatsächlich unter einem derart schweren Wasserschaden, dass sie auf Wochen nicht bewohnbar war. Kurzerhand zog Maria ihr Smartphone aus der Handtasche und drückte etwas hilflos darauf herum, bis sie Belinda Wiesers Nummer gefunden hatte. Doch anstelle der Sekretärin des Krimiklubs ging nur ein Anrufbeantworter dran.

»Mist«, entfuhr es Maria. Etwas von der Situation überfordert legte sie auf, ohne eine Nachricht zu hinterlassen. »Die Leute vom Klub sind schon im Wochenende«, informierte sie Leon und schob ihm das iPhone in die Hand. Sie hatte sich das Ding erst zu Weihnachten selbst geschenkt, sich aber noch nicht näher damit befasst.

»Und was soll ich damit?«, fragte Leon ratlos.

»Die Nummer der Touristeninformation herausfinden, dort anrufen und nachfragen, wo es in der Nähe freie Zimmer gibt.«

Fünf Minuten später wurde jedoch klar, dass man ihnen auch dort nicht weiterhelfen konnte, da wegen der Pfingstferien sämtliche Hotels und Pensionen in der näheren Umgebung ausgebucht waren.

»Und jetzt?« Maria sah Leon erschüttert an. »Das kann doch nicht alles Teil der neuen Rallye sein.«

»Vielleicht finden wir ja jemanden, der privat Zimmer vermietet. Wir könnten doch …« Leon unterbrach sich, da Sepp sie zu sich winkte.

»Kimmts her! Es gibt a Brotzeit.«

»Himmlisch.« Beim Anblick der Köstlichkeiten, die der alte Mann in der Zwischenzeit ausgepackt und auf einem wackligen Tischchen angerichtet hatte, lief Maria das Wasser im Mund zusammen. Sie warf alle Bedenken über Bord, ärgern konnte sie sich später schließlich immer noch. Sie setzte sich mit Leon auf die schiefe Holzbank, die an der Wand der Gartenlaube stand, und langte kräftig zu. Die dünne Salami schmeckte zwar nach Schaf, war aber trotzdem hervorragend, das Bauernbrot war kräftig gewürzt und hatte eine resche Kruste, und die Tomate, in die sie hineinbiss, war so süß und fleischig, dass ihr der Saft über das Kinn lief. Zu guter Letzt vertrieb die süffige Hefeweiße alle noch übrig gebliebenen trüben Gedanken.

»Ist dir eigentlich schon aufgefallen, wie schön es hier ist?«, wollte Maria von Leon wissen und deutete auf die Berge, die sich um sie herum erhoben. »Ich habe mich so über die Zimmersituation geärgert, dass ich das noch gar nicht richtig wahrgenommen habe.«

»Schön ist es schon«, bestätigte Leon, der nach einem halben Glas Weißbier bereits einen leichten Schwips hatte. »Das ändert aber nichts an unserer Lage.«

»Das tut es nicht«, bestätigte Maria. »Aber vielleicht genießen wir jetzt einfach den Augenblick und hören auf zu denken.«

»Damit wir dann später betrunken Auto fahren müssen?«

»Ach, komm schon.« Maria knuffte ihn in die Seite. »Wir machen das Beste daraus. Eine andere Möglichkeit haben wir sowieso nicht.«

Und dann ging plötzlich alles blitzschnell. Sepp sprang mit einem Satz von seinem Stuhl auf und schüttelte den Besuchern die Hände. »Bitte bassds auf, dass da Pepe koane Danazapfn frissd.« Sepp machte eine Geste, als ob er die Hosen herunterlassen und sich hinsetzen wollte, dann winkte er zum Abschied, quetschte sich in seinen alten Opel, orgelte, bis der Motor endlich ansprang, und fuhr in halsbrecherischem Tempo vom Hof.

In Marias Gesicht spiegelten sich widersprüchliche Gefühle. »Hast du kapiert, was er uns damit sagen wollte?«

Leons Mundwinkel zuckten. »Dass wir Pepe daran hindern sollen, die Tannenzapfen zu fressen, die hier überall herumliegen, weil er davon Dünnschiss bekommt.«

Eine Weile sagte niemand etwas. Als Leon urplötzlich nach vorn sackte, schreckte Maria hoch und konnte ihn gerade noch auffangen, bevor er von der Bank kippte. Sie hatte sich doch gedacht, dass es keine gute Idee war, das selbst gebrannte Zwetschgenwasser gleich dreimal zu probieren, von dem Sepp aus einer unbeschrifteten Steingutflasche immer wieder nachgeschenkt hatte. Aber Leon hatte ja nicht auf sie hören wollen. Als ihr klar wurde, dass mit ihm vorerst nicht mehr zu rechnen war, stand sie auf und fing an, das Grundstück zu erkunden.

Nachdem sie die Inspektion eine Viertelstunde später beendet hatte, setzte sie sich erneut auf die Bank und dachte nach. Egal, wie schön es vielleicht sein mochte, so nah an der Natur zu wohnen, eine Lösung für mehr als eine Nacht war das hier sicher nicht. Wasser stand ihnen nur über eine mechanisch zu bedienende Pumpe zur Verfügung und dem miefenden Plumpsklo konnte sie auch keine Romantik abgewinnen.

3. KAPITEL

Als Maria von einem ziehenden Schmerz in ihrer rechten Schulter aufwachte, wurde es draußen gerade hell. Einen Moment lang konnte sie sich nicht erinnern, wo sie sich befand, doch dann nahm sie einen strengen Geruch wahr. Sie rümpfte die Nase, nieste und dann kam die Erinnerung zurück.

»Oh Gott.« Müde rieb sie sich die Augen und tastete mit der rechten Hand dem sägenden Geräusch entgegen. Sie bekam einen dünnen Stoff zu fassen und fing an, daran zu zupfen.

»Leon? Leon!« Da er gar nicht daran dachte zu reagieren, zupfte sie fester. Als auch das nichts half, boxte sie leicht gegen seinen Arm.«

»Himmel, was ist denn?«, brummte er unwillig.

»Wach auf!« Maria schlug die dünne Decke zur Seite und hätte es sich fast wieder anders überlegt. Das fadenscheinige Gewebe hatte ihr nachts zwar nur einen unzureichenden Schutz geboten, aber erst jetzt spürte sie, wie kalt es wirklich war. Sie biss die Zähne zusammen, sprang auf und wäre fast über ihren Koffer gestolpert, den sie am Abend aus Platzmangel direkt vor ihre Seite des behelfsmäßigen Bettes geschoben hatte.

Maria rieb sich die Arme. »Puh, ist das frisch.«

»Genau«, brummte es unter der Decke hervor. »Deswegen schlage ich vor, dass Sie sich wieder in Ihr Bettchen kuscheln und mich mit Ihren frühmorgendlichen Aktivitäten verschonen.«

»Nix da«, stellte Maria kategorisch fest. »Du schnarchst wie eine Sägefabrik, vom Stall kommt ein Geruch herüber, als hätte sich dort eine ganze Herde Ziegenböcke eingenistet, und die Schweinekälte halte ich auch nicht länger aus. Also sieh zu, dass du aus den Federn kommst. Ich brauche einen Kaffee.«

»Woher soll der denn kommen?«, protestierte Leon schwach. »Schon vergessen, dass es hier in dieser Einöde rein gar nichts gibt?«

»Und wohin sollen wir gehen?«, fragte Leon eine Stunde später ratlos. Um Maria noch eine Weile hinzuhalten, hatte er sich vorsichtig danach erkundigt, wie er am Vorabend überhaupt ins Bett gekommen war, was er aber schnell bereute, als sie erzählte, wie es mit Anbruch der Dunkelheit schlagartig eiskalt geworden war und sie aus Angst, er könne sich in der frostigen Nacht den Tod holen, seinen sich in einem komatösen Zustand befindenden Körper in das Gartenhäuschen gezerrt hatte. Zumindest erklärte das damit versäumte Zähneputzen den scheußlichen Geschmack in seinem Mund.

»Egal«, holte ihn Maria aus seinen Gedanken in die Gegenwart zurück. »Eine Richtung ist so gut wie die andere. Hauptsache, wir unternehmen irgendetwas!«

Letztlich wurde ihnen die Entscheidung abgenommen, als sie in der Ferne einen weißen Lieferwagen sahen, der in einem Affentempo den kleinen Feldweg, der unter einem sanft ansteigenden Hügel vorbei bis auf das Nachbargrundstück führte, entlanggebraust kam und vor einem verfallenen Stadel so scharf abbremste, dass der Staub, der vom Boden aufwirbelte, die ganze Umgebung einnebelte. Kaum dass das Fahrzeug zum

Stehen kam, sprangen zwei Männer heraus und betraten heftig gestikulierend das baufällige Gebäude.

Maria beschattete ihre Augen mit der Hand. Rufen war sinnlos; die Männer waren zu weit weg, als dass sie sie hätten hören können. »Die können uns bestimmt sagen, wo wir ein Frühstück bekommen.«

»Woher wollen Sie das denn wissen?«, hakte Leon nach. »Können Sie plötzlich hellsehen?« Eigentlich war er gar kein Miesepeter, aber die Nacht auf dem unbequemen Lager steckte ihm in den Knochen, und wenn er so einen Bärenhunger hatte wie gerade eben, war seine Laune auf dem absoluten Tiefpunkt.

»Weil es Einheimische sind. Oder denkst du, dass Touristen hier mit solch seltsamen Kisten herumkurven?« Maria lief einfach los. Er würde ihr schon folgen, da war sie sich sicher. Zu dumm nur, dass ein unter Strom stehender Weidezaun verhinderte, dass sie einfach quer über die Wiese hätten laufen können, die zwischen ihnen und der Bruchbude lag, in der die Männer verschwunden waren. So mussten sie einen nicht unerheblichen Umweg in Kauf nehmen, um auf den Weg zu gelangen, den auch der Kastenwagen bereits genommen hatte.

Als sie etwa die Hälfte des Weges zurückgelegt hatten, hörten sie einen scharfen Knall. Maria zuckte zusammen. »Was war das?«, fragte sie ängstlich.

»Ein Schuss«, stellte Leon fachmännisch fest. »Das war bestimmt ein Jäger. Hier gibt es ja auch genügend Wald.«

Kurz bevor sie den Schuppen erreichten, rannte der Fahrer wie von einem Dutzend Teufeln gehetzt wieder heraus, sprang in seinen Wagen, legte den Gang ein und fuhr mit durchdrehenden Reifen davon.

Maria konnte sich gerade noch rechtzeitig hinter einem niedrigen Mäuerchen vor dem Steinhagel in Sicherheit bringen, Leon jedoch hatte nicht so viel Glück. Bevor er den anfliegenden

Kieseln ausweichen konnte, traf ihn einer an der Stirn und hinterließ eine kleine Platzwunde.

»Au!«

»Alles okay?«, fragte Maria, als der Lieferwagen außer Sicht war. Sie zog eine Packung Taschentücher aus ihrer Jackentasche, zupfte eines heraus und hielt es ihm vor den Mund, als er anfing zu jammern.

»Was soll ich denn …?«

»Draufspucken natürlich«, antwortete sie und lächelte verschmitzt. »Nun stell dich nicht so an. Du willst ja wohl kaum, dass ich das mache.«

Sie drückte ihm das angefeuchtete Papiertaschentuch auf die Wunde, nahm seine Hand und legte sie obendrauf.

»Aber …«

»Kein aber. Du wirst das überleben, wenn du nur ganz fest dran glaubst«, zog sie ihn auf. »Press das Tempo einfach auf die Wunde, dann geht das schon. Und jetzt komm mit.«

»Mitkommen? Wohin denn?«

Maria deutete auf die baufällige Hütte. »Fragen, wo es Kaffee gibt, natürlich. Der zweite Mann ist ja noch immer da drin.«

Mit einem unwilligen Naserümpfen folgte Leon Maria, die sich gerade unter einem herabgestürzten Dachbalken wegduckte, der den Eingang zur Hälfte versperrte. Er wagte es nicht, das Taschentuch von der Wunde zu nehmen. Man konnte schließlich nicht wissen, ob nicht urplötzlich von den wenigen noch an Ort und Stelle verbliebenen Dachbalken ein Stück Dreck herunterfiel und er sich auch noch eine Blutvergiftung zuzog.

»Das gibt's ja nicht!« Maria blieb so abrupt stehen, dass Leon fast in sie hineinlief. »Sieh dir das an!« Sie drehte sich wie ein Wirbelwind zu ihm herum und ihre Augen strahlten vor Freude. Vergessen war der Kieselhagel; die kalte Nacht und sogar der stinkende Ziegenbock gehörten mit einem Mal der Vergangenheit an. »Die Rallye hat tatsächlich gerade begonnen!«

Leon schlüpfte unter dem Balken hindurch und versuchte in dem staubigen Zwielicht, das in der Hütte herrschte, etwas ausmachen zu können. Seine Augen mussten sich erst an das diffuse Licht gewöhnen, und als ein Sonnenstrahl, der sich einen Weg durch das offene Gebälk gesucht hatte, sein rechtes Auge traf, sah er für einen Moment lang gar nichts mehr und er musste mehrmals blinzeln. Doch dann nahm der unförmige Gegenstand, der auf dem Boden lag, im wahrsten Sinne des Wortes Gestalt an.

»Nichts anfassen!«, entfuhr es ihm nach einer Schrecksekunde.

Maria sah ihn entrüstet an. »Denkst du, ich weiß das nicht?«

»Doch. Doch, natürlich. Entschuldigung. Ein reiner Reflex.« Hilflos sah er sie an. »Was machen wir denn jetzt?«

»Wir ermitteln, was denn sonst? Deswegen sind wir doch hier.« Maria musterte den Scheintoten eingehend. »Findest du nicht auch, dass sie das wirklich gut hinbekommen haben? Er sieht richtig echt aus.« Sie beugte sich über das Gesicht und besah sich das Loch in der Stirn genauer. »Er riecht sogar nach – wie heißt das Zeug? Kobalt?«

Leon schnupperte. »Kordit.« Sie hatte recht. Seltsam. Normalerweise beschränkten sich die Organisatoren nur darauf, dass die Leichendarsteller möglichst tot aussahen. Den Geruch hatten sie bisher aber immer vernachlässigt. Doch offensichtlich legte der bayerische Ableger des Klubs mehr Wert auf Authentizität. Und dann fiel ihm auf, dass auch noch ein weiterer Geruch in der Luft hing.

»Kommen Sie mal hier rüber«, forderte er Maria auf. »Riechen Sie das?«

Maria sog die Luft ein und rümpfte umgehend die Nase. »Du hast recht! Das riecht nach Benzin.«

41

»Nach Diesel, um genau zu sein.« Leon verzog das Gesicht. »Und irgendwie, als hätte jemand gekotzt.« Er stand auf und sah sie unsicher an. »Was machen wir denn jetzt? Sollen wir warten, bis Christof Bichler angekommen ist? Immerhin gehört er auch zum Team.«

Maria warf einen Blick auf die Uhr und schüttelte den Kopf. »Sein Flieger aus Köln landet erst gegen dreizehn Uhr in München. Bis wir wieder zurück sind, vergehen also noch mindestens fünf Stunden. Ich fürchte, auf diesen Teil der Aufgabe muss er verzichten. Das machen wir allein. Und zwar jetzt gleich.«

»Aber wir haben doch gar nichts dabei.«

Über Marias Gesicht glitt ein Lächeln. Sie öffnete den Reißverschluss ihrer Handtasche, griff hinein und zog ein Röhrchen heraus. »Wir können immerhin schon mal anfangen, Spuren zu sichern.« In ihrem ersten Jahr im Klub war es ihr unglaublich albern vorgekommen, Spurensicherung zu spielen, da natürlich niemand irgendwelche Beweise wirklich auswerten konnte. Doch als sie sich daran gewöhnt hatte, begann es, ihr immer mehr Spaß zu machen. Die angeblichen Indizien wurden akribisch mit Abnahmeort und -stelle beschriftet und anschließend den Veranstaltern zur Begutachtung übergeben. Einige Stunden später erfuhr man, ob man einen Treffer gelandet hatte oder eben nicht. Da Maria davon ausging, dass es hier ähnlich vonstattenging, zog sie das Wattestäbchen mit einem Ruck aus der Hülse, beugte sich über den Mann und schob es ihm in den Mund. Auch hier machte sich die Professionalität der Bayern bemerkbar. Während die meisten Leichendarsteller während der Prozedur zu kichern anfingen, verzog der Akteur hier keine Miene. Einen winzigen Moment lang war Maria versucht, ihn zu kitzeln, tat den Gedanken aber als albern und unprofessionell ab. Schließlich verschloss sie den DNA-Träger wieder und blinzelte Leon zu.

»Das hätten wir schon mal. Und jetzt holen wir unsere Spurensicherungskoffer.« Maria freute sich riesig. Es war unglaublich, wie viele Hinweise auf den neuen Fall sie schon entdeckt hatten, dabei hatten sie noch gar nicht richtig mit der Arbeit begonnen. Sie verstaute das Röhrchen in ihrer Tasche und machte sich auf den Rückweg, noch bevor Leon merkte, was sie vorhatte.

»Nun warten Sie doch«, rief Leon ihr hinterher. Er musste laufen, um sie einzuholen. »Uns rennt doch nichts davon.«

»Du hast recht«, gab Maria zu und blieb stehen. Dann fasste sie einen Entschluss. »Wir werden ja drei Wochen auf engstem Raum zusammenarbeiten, und bevor wir weitermachen, möchte ich dir das *Du* anbieten. Natürlich nur, wenn das für dich okay ist.«

»Ja, sehr gern«, freute sich Leon und wurde prompt rot. »Was schlagen Sie also, äh, was schlägst du vor?«

Maria wollte bereits zu einer Antwort ansetzen, als ihr etwas einfiel. »Irgendwie merkwürdig, das Ganze«, murrte sie und legte den Kopf schief. »Zu welchem Klub gehörst du eigentlich und wie lange bist du schon dabei?«

Leon grinste. Das Bedürfnis, andere auszufragen, musste mit dem Älterwerden zusammenhängen. »Wiesbaden, seit knapp drei Jahren.«

»Drei Jahre?«, wiederholte sie erstaunt. Da war er ja gerade mal vierzehn gewesen. Ihre Gedanken glitten zu den etwa vierzig Mitgliedern der nördlichsten Unterabteilung des Münchner Ablegers in Würzburg, von denen kaum eines unter fünfunddreißig war. Die Vorstellung, als halbes Kind unter den ganzen Erwachsenen irgendwelche pseudomäßigen Ermittlungen mitzumachen, hätte sie sicher todlangweilig gefunden. »Wie kamst du dazu, bei so etwas mitzumachen? Ich meine, Jungs in deinem Alter haben doch ganz andere Interessen, oder nicht?«

Leon grinste verlegen. »Daran ist ein Deal mit einem Richter schuld. Der wollte vermutlich verhindern, dass ich den ganzen Tag vor dem Computer rumhänge und zum Nerd mutiere.«

»Was ist das denn, ein Nöad?«, fragte Maria, die mit dem Begriff nichts anzufangen wusste.

»Jemand, der den ganzen Tag und die halbe Nacht vor dem Rechner hockt und schon mit fünfzehn schlechte Augen hat.«

»Na, das hat bei dir ja gut geklappt«, sagte Maria mit einem Blick auf seine dickrandige Brille. »Und was hat das mit einem Deal mit einem Richter zu tun?«

Leon zog sich an einer kleinen Mauer hoch und ließ die Beine baumeln. »Ich war sieben, als mein älterer Halbbruder mir gezeigt hat, wie ein Computer funktioniert. So richtig, meine ich. Er hat mir erklärt, wie man einfache Programme schreibt, und als ich meine erste Routine zum Laufen gebracht habe, war das schon voll krass. Ich war dann auch recht schnell davon besessen. Na ja, und dann habe ich ein Gespräch zwischen ihm und ein paar seiner Kumpel mitbekommen, dass man von E-Mail-Konten über Bankkonten bis hin zu großen Firmen so ziemlich alles hacken kann, was am Netz hängt.« Er warf ihr einen treuherzigen Blick zu und zog die Schultern hoch. »Da war ich gerade an einem Punkt angelangt, wo ich es öde fand, Programme zu schreiben.«

Maria, die höchstens die Hälfte verstanden hatte, sah ihn mit großen Augen an. »Und dann hast du das eben auch mal ausprobiert.«

Leon kicherte. »So *einfach mal ausprobieren* geht natürlich nicht. Hacken ist schon eine ganz andere Liga. Das Schwierigste ist, an die Informationen zu kommen, wie man in ein fremdes Netzwerk eindringen kann. Wenn man es nämlich einfach mal so probiert, dann wird man genauso einfach auch dabei erwischt.«

Maria seufzte. Das war nicht ihre Welt, und so genau wollte sie es auch nicht wissen. »Machen wir es kurz«, sagte sie deshalb. »Du hast es doch versucht und bist dabei erwischt worden.«

»Äh, ja.« Leon wurde vor Verlegenheit rot. »Das war aber erst viel später. Ich habe klein angefangen und dann ziemlich schnell den Ehrgeiz entwickelt, schwierigere Dinger abzuziehen.«

»Und das heißt?«

»Na ja, große, gut gesicherte Firmen eben.« Als Maria nichts darauf sagte, nannte er ihr ein paar Namen.

Erschüttert starrte sie ihm ins Gesicht. Während er erzählt hatte, war ihr bewusst geworden, wie naiv sie selbst noch immer an das Thema Internet heranging. Da hatte sie definitiv einiges an Nachholbedarf. Dann fiel ihr ihre Ausgangsfrage wieder ein. »Du wolltest erzählen, was deine Mitgliedschaft im Klub mit einem Richter zu tun hat.«

»Ich bin nicht nur erwischt, sondern auch angezeigt worden«, murmelte Leon, während er seine Schuhspitzen fixierte. »Bei der Verhandlung kam der Richter auf die Idee, dass ich mit meinen Fähigkeiten besser auf die richtige Seite des Gesetzes umziehen sollte, und hat mich statt zu Sozialstunden zur Mitgliedschaft im Klub verdonnert. Vielleicht war er der Meinung, dass ich dabei Lust auf richtige Polizeiarbeit bekommen würde, anstelle weiter irgendeinen Unfug zu treiben.«

»Und wie hat dir die Idee gefallen?«

Leon zögerte mit seiner Antwort. Offensichtlich fand er seine eigenen Gedanken uncool. »Anfangs voll bescheuert, aber dann ging mir auf, dass das schon fett war«, gestand er schließlich. »Der Richter war ein krasser Typ, das ist mir aber erst ein Jahr später klar geworden, als ich einen Kumpel getroffen habe, der wegen eines Einbruchs in einen Spielwarenladen dazu verdonnert worden war, Sozialstunden abzuleisten. Und das muss voll ätzend gewesen sein. Ich meine, der Krimiklub, das sind ja fast nur alte Leute wie du, aber Spaß macht es mir trotzdem.

Und als die mitbekommen haben, was ich kann, wollten sie alle, dass ich ihnen zeige, wie sie ihre Geräte gegen Angriffe schützen können. Das ist schon sehr geil.« Er zuckte die Achseln. »Wie lange bist du schon dabei?«

»Auch seit drei Jahren.« Maria war einen Moment lang in Versuchung, ihm einen Rüffel zu erteilen. Immerhin war sie vor Kurzem erst fünfzig geworden, da verbot es sich von selbst, sich als *alt* bezeichnen zu lassen. Doch dann erinnerte sie sich, dass sie im zarten Teenageralter auch jeden über dreißig so empfunden hatte. Nachdenklich musterte sie ihn. »Hast du schon mal erlebt, dass es vor einer Ermittlung keinerlei Instruktionen zu dem jeweiligen Fall gab?«

»Noch nie«, antwortete Leon und sprang von der Mauer. Dann setzte er eine leidende Miene auf. »Können wir erst mal in den nächsten Ort fahren und was frühstücken? Mir ist schon ganz schlecht vor Hunger.«

Maria schüttelte den Kopf. »Wir müssen erst noch die restlichen Spuren sichern.«

»Aber die laufen uns doch nicht davon. Ich muss was essen, ich wachse ja noch.«

Belustigt von seiner Argumentation musste Maria schmunzeln. »Hast du schon mal Leiche gespielt?«

»Was, ich? Natürlich nicht.«

»Schade«, stellte Maria fest. »Ich schon, gleich zu Anfang, als ich dem Klub beigetreten bin. Deswegen weiß ich auch, wie langweilig und anstrengend es ist, ewig stillzuliegen, bis die anderen mit ihren Untersuchungen fertig sind.«

»Das kann ich mir auch vorstellen, ohne mich tot zu stellen«, beharrte Leon. »Worauf wollen Sie …« Irritiert verlangsamte er seine Schritte, dann korrigierte er sich. »Worauf willst du eigentlich hinaus?«

»Darauf, dass der arme Kerl im Schuppen sicher was Besseres zu tun hat, als stundenlang auf dem harten Boden auszuharren, bis wir uns den Bauch vollgeschlagen haben. Und außerdem wäre so ein Verhalten ausgesprochen unprofessionell.«

»Also gut.« Leon seufzte. »Dann eben erst die Arbeit, dann das Frühstück.«

»Prima.« Maria nickte zufrieden. Inzwischen waren sie an ihrer Unterkunft angelangt, und sie schlüpfte hinein, um nur zwanzig Sekunden später mit einem kleinen Koffer in der Hand wieder herauszukommen. »Hol dein Zeug, dann können wir gleich wieder los. Je eher wir anfangen, desto früher sind wir fertig.«

»Ähm, du hast doch schon alles, was wir brauchen. Wir müssen doch nicht zwei von den Dingern durch die Gegend schleppen.«

»Auch wieder wahr«, murmelte Maria belustigt. Sie hatte eine sehr konkrete Ahnung, worauf er hinauswollte. »Dann trägst du halt meinen.«

Als sie sich erneut auf den Weg machen wollten, gab es ein explosionsartiges Krachen und beide zuckten erschrocken zusammen.

»Was war denn das?«, fragte Maria alarmiert.

»Keine Ahnung. Aber es kam von dort.« Leon deutete in die Richtung, in der der verfallene Stadel lag.

Und dann sahen sie, wie eine dicke schwarze Rauchfahne über den Bäumen aufstieg, die das Häuschen verdeckten.

»Um Gottes willen!«, rief Maria und fing an zu laufen. Sie warf einen Blick über die Schulter und sah, dass Leon noch immer wie angewurzelt dastand. »Nun komm schon!«

Einige Minuten später standen sie keuchend vor dem lichterloh brennenden Gebäude.

»Das gibt's doch nicht.« Maria, die ihr Leben lang kaum Sport getrieben hatte, stützte sich mit den Händen auf den Oberschenkeln ab. »Wir können da doch nicht rein.«

»Natürlich nicht.« Nachdenklich kaute Leon auf seiner Unterlippe herum. »Ich verstehe nicht, wieso das so brennt«, murmelte er. »Das war doch nur Diesel.«

»Darum geht es doch gar nicht«, schrie Maria panisch. »Da drin liegt ein Mann, hast du das vergessen?«

»Nein.« Leon schüttelte den Kopf. »Natürlich nicht. Aber das gehört doch mit Sicherheit zum Spiel. Der ist doch nicht so dämlich und bleibt liegen, während die Hütte abfackelt.«

Auch wieder wahr. Maria beruhigte sich ein wenig. Trotzdem war ihr das Ganze nicht geheuer. So einen komischen Fall hatte sie in den ganzen drei Jahren noch nicht zu lösen gehabt. Aber wie auch immer, es war nun mal so, wie es war. Hier mussten sie sich einfach den Gegebenheiten anpassen.

»Und jetzt? Wie sollen wir den Brand löschen?«

»Gar nicht«, antwortete Leon. »Wir warten, bis die paar Balken heruntergebrannt sind, und suchen dann nach Hinweisen, wie wir weiter vorzugehen haben.«

»Wir sollten wenigstens die Feuerwehr verständigen«, sagte Maria in einem Anflug schlechten Gewissens. Krimirallye hin oder her, aber man konnte doch nicht ein ganzes Gebäude herunterbrennen lassen, ohne etwas dagegen zu unternehmen!

»Von einem ganzen Gebäude kann man bei den paar Brettern kaum sprechen.« Leon grinste, während Maria, die sich dabei ertappt fühlte, ihre Gedanken laut ausgesprochen zu haben, rot wurde. »Außerdem, was soll die Feuerwehr hier schon ausrichten? Bis die anrückt, gibt es sowieso nichts mehr zu löschen. Und da sich drum herum nichts Brennbares befindet, können wir uns das echt sparen. Wenn es nämlich ganz blöd läuft, dann schwimmt hinterher alles in Wasser, das Gelände wird abgesperrt und dann hat es sich von wegen Beweise sichern.«

So ganz besänftigt war Maria noch nicht, aber da der größte Teil des Daches der alten Scheune schon vor längerer Zeit eingestürzt war, gab der Rest der Konstruktion kurz darauf ein gequältes Ächzen von sich und brach Sekunden später, einen Funkenregen versprühend, in sich zusammen.

»Weißt du, was mich noch wundert?« Maria drehte sich einmal um ihre eigene Achse. »Dass es niemanden zu kümmern scheint, dass es hier brennt.«

»Besonders groß ist das Feuer ja nicht«, sagte Leon mit einem Blick in den Himmel. Die dünne Rauchsäule, die von dem Schuppen aufstieg, fächerte schon nach wenigen Metern auf und wurde schließlich vom Wind davongetragen. »Vermutlich wurde der Brand noch nicht bemerkt.«

»Aber ich finde es ganz schön leichtsinnig, was hier läuft«, beharrte Maria. »Zu Hause käme ohne Absprache mit der Feuerwehr niemand auf die Idee, ein derartiges Feuer anzu-zünden. Stell dir nur mal vor, wenn eine Böe die Funken zum Nachbarn rüberweht und dessen Haus auch noch zu brennen anfängt.«

Zweifelnd sah sich Leon um. »Also zum einen ist hier bis auf die abgesoffene Alm weit und breit kein anderes Haus zu sehen, und die ist weit genug weg, sodass ihr keine Gefahr droht. Und ob die Aktion nicht doch abgesegnet war, können wir nicht wissen. Vielleicht verbirgt sich hinter den Bäumen oder der Mauer da drüben ja das THW und passt auf uns auf.«

Zum Glück hatten sie keine Ahnung, dass sie tatsächlich be-obachtet wurden. Der Fahrer des weißen Lieferwagens setzte sein Fernglas ab, trank einen Schluck seines bereits warmen Biers und wischte sich den Schaum vom Mund, bevor er sein Telefon aus der Hosentasche zog und eine eingespeicherte Nummer wählte.

»Alle Spuren sind verwischt«, sagte er. »Und jetzt?«

»Mach weiter, wie wir es besprochen haben. Du erledigst auch noch den Rest und kommst zurück.«

Der Fahrer leerte die Bierdose, dann kurbelte er das Fenster hinunter, warf die Büchse hinaus und startete den Motor.

Fast wäre das Brummen im Knistern des sich abkühlenden Holzes untergegangen. Doch dann gab das Getriebe des Wagens einen kreischenden Laut von sich.

Maria schrak bei dem Krachen zusammen und sah in die Richtung, aus der das Geräusch gekommen war. »Da!« Sie packte Leon am Arm und deutete nach Süden.

»Aber das ist doch …«

»Der gleiche Lieferwagen, der vorhin hier stand.« Ein triumphierendes Lächeln überzog Marias Gesicht. »Wir sind auf der richtigen Spur«, jubelte sie und zog einen Block und Stift aus ihrer Handtasche. Rasch kritzelte sie alle Dinge, die ihr aufgefallen waren, auf das Papier. Dann merkte sie, dass Leon genau zusah, was sie schrieb.

»Darf ich?«, fragte er und nahm ihr den Block aus der Hand. Mit raschen Strichen skizzierte er das Logo, das am Heck des kleinen Wagens prangte. »Konntest du die Schrift entziffern?«, fragte er.

Maria zuckte mit den Schultern. »Nein. Dafür war er zu weit weg. Aber das in der Mitte«, sie deutete auf seine Zeichnung, »das war kein Ball, sondern eine Orange.«

4. Kapitel

Obwohl das Feuer kurz nach dem Einsturz der Dachbalken erlosch, mussten sie sich noch eine ganze Weile gedulden, bis die Asche erkaltet war. Als sie sich sicher war, dass die Scheune wieder betreten werden konnte, zog Maria zwei dünne Schutzanzüge aus dem Koffer und reichte einen davon an Leon weiter.

»Ich denke nicht, dass wir die brauchen«, sagte er belustigt. »Hier gibt es keine Spuren mehr, die wir verunreinigen können.«

Maria wunderte sich über seinen mangelnden Sachverstand. Immerhin war er genauso lang wie sie Mitglied im Klub und hatte die Fälle, die es für das Gewinnspiel aufzuklären galt, neben ihr und dem am Abend anreisenden Christof Bichler am besten gelöst. Insbesondere, wenn sie daran dachte, wie sehr sie sich ins Zeug hatte legen müssen, um besser zu sein als ihre Mitspieler, war ihr klar, dass das auch in den anderen Klubs kein Kinderspiel gewesen sein konnte, da die Aufgaben in allen Landesteilen gleich gewesen waren. Natürlich war es von Vorteil, dass sie als eines der wenigen Mitglieder nicht arbeiten musste, sondern sich die Zeit nehmen konnte, alle Spuren wieder und wieder durchzugehen, bis sie schließlich die Nadel fand, die einer der Organisatoren in dem riesigen Heuhaufen versteckt hatte.

Als sie daran zurückdachte, wie unbedarft sie gewesen war, als sie die Mitgliedschaft beantragt hatte, schüttelte sie in einem Anflug von Wehmut den Kopf. Gunter hatte sie nach gut dreißig Jahren Ehe in einem Zustand völliger Hilflosigkeit zurückgelassen. Heute konnte sie selbst nicht mehr begreifen, wie ihr Leben unter seiner Regie verlaufen war, zu schnell war sie in dem angekommen, das andere Menschen *das richtige Leben* nannten, und weinte dem, was sie vorher gekannt hatte, keine Träne hinterher, im Gegenteil. Heute wurde ihr fast schlecht, wenn sie daran dachte, was bis zu Gunters Tod ihren Alltag bestimmt hatte.

Sie war sechzehn gewesen, als sie ihn kennengelernt hatte. Vier Monate später waren sie, ungeachtet der fast fünfzehn Jahre, die er älter war als sie, ein Paar geworden. Mit knapp achtzehn kam die unerwartete Schwangerschaft, die zu einer überstürzten Hochzeit führte. Mit Schrecken dachte sie noch heute manchmal an die Krämpfe ausgerechnet in der Hochzeitsnacht und an die unendlichen Stunden, in denen sie, im Bad eingeschlossen, neben dem blutigen Klumpen in der Toilettenschüssel zwischen Erleichterung und unendlicher Trauer hin und her taumelte.

Kaum dass sie das Kind verloren hatte, merkte sie, welch kapitalen Fehler sie gemacht hatte. Sie war gerade volljährig geworden, hatte wegen der Schwangerschaft in der Oberstufe und des unmittelbar drauffolgenden Abgangs vom Gymnasium keinen Schulabschluss, war mit einem Mann, der ihr Vater hätte sein können, verbunden, *bis dass der Tod euch scheidet,* und ihre Zukunftsperspektive war gleich null. Insbesondere ihr Gatte war es gewesen, der alle ihre Bemühungen zunichtemachte, die Schule später noch zu beenden oder einen Ausbildungsplatz zu finden.

»Du bist meine Frau, kümmerst dich um den Haushalt, und Punkt. So einfach ist das.«

Aufgewachsen in einem abgelegenen nordbayrischen Dorf mit gerade mal dreihundert Einwohnern, war sie in dem Bewusstsein erzogen worden, dass Frauen das tun, was die Männer von ihnen erwarteten. Wie antiquiert diese Einstellung war, begriff sie erst, als sie nach Gunters Tod das zweite Mal in ihrem Leben in der nahe gelegenen hessischen Landeshauptstadt war. Zwischen all den fröhlichen und im Gegensatz zu ihr gut gekleideten Menschen war sie sich als genau das vorgekommen, was sie war: eine unscheinbare Landpomeranze.

Als sie damals an sich heruntersah, wäre sie am liebsten im Erdboden versunken. Alles an ihr sah altbacken aus. Eine gute hellbeige Hose, deren Schnitt vor zwanzig Jahren modern gewesen sein mochte, eine biedere Stoffbluse, nicht ganz so alt, die aber mit dem verwaschenen Muster aus Kirschzweigen wirkte wie aus dem vorletzten Jahrhundert, das alles war so schrecklich gewesen, dass sie sich gewünscht hatte, unsichtbar zu sein.

Maria spürte einen Kloß in ihrem Hals und kämpfte gegen die Tränen an. Gunter war gegen alles Moderne gewesen; er erlaubte ihr auch nur, genau eine Stunde am Tag fernzusehen. Immer um achtzehn Uhr, wenn eine Heimatdokumentation gezeigt wurde. Danach wurde das Gerät ausgeschaltet, ob die Sendung zu Ende war oder nicht, weil sie mehr Stromverbrauch nicht bezahlen konnten. Er war es auch, der immer wieder betonte, dass ihre Kleider noch viel zu gut wären, um sie wegzuwerfen, der den Katalog mit den hübschen, fast frivol anmutenden Sommerkleidchen als Teufelszeug verdammte und in den Müll warf, der ihr eine Backpfeife verpasste, als sie die Kühnheit besaß und laut davon träumte, den Führerschein zu machen, genau wie die Nachbarin zwei Häuser weiter.

»Wir haben kein Geld für so einen Mist!«, schrie er. »Nur weil diese liederliche Schlampe dir einen Floh ins Ohr gesetzt hat. Außerdem bist du viel zu blöd, um Auto zu fahren. Wer bitte soll es denn bezahlen, wenn du einen Unfall baust?«

Am nächsten Tag hatte es ihm leidgetan, dass er sie geschlagen hatte, und er hatte mit einer Überraschung aufgewartet: Sie würden nicht wie all die Jahre zuvor eine Woche Urlaub in der schäbigen Pension im Odenwald machen, sondern zehn Tage. Als er merkte, dass sie nicht gerade, wie er eigentlich erwartet hatte, in Freudentränen ausbrach, konnte sie sich gerade noch rechtzeitig ducken, um der nächsten Ohrfeige zu entgehen. Die Verlängerungstage hatte er jedenfalls sofort wieder storniert. Damals hatte es ihr auf der Zunge gelegen, ihm zu sagen, dass sie sowieso keinen Wert auf den Urlaub in der muffigen Herberge legte, sonst hätte er sich womöglich noch bemüßigt gefühlt, doch noch ein paar weitere Tage anzuhängen, wenn auch nur, um sie zu ärgern.

Doch bevor es zu dem Urlaub kam, klagte er über Schwindel und Kopfschmerzen, weigerte sich aber, zum Arzt zu gehen. Maria war im Bad, als ein lautes Poltern sie aus ihren Gedanken riss. Verwundert rief sie nach ihm.

»Gunter?« Sie lauschte, zuckte mit den Schultern, als keine Antwort kam, und fuhr fort, die billige Creme, die er ihr zugestand und die so schlecht in die Haut einzog, auf ihrem Körper zu verteilen.

Ein weiteres seltsames Geräusch, ein ersticktes Röcheln; sie blickte erschreckt zum Spiegel, dann ließ sie den Tiegel mit der Lotion fallen und rannte, nackt, wie sie war, ins Erdgeschoss.

»Oh mein Gott. Gunter!« Laut schrie sie um Hilfe, doch niemand hörte sie. Ohnmächtig kniete sie neben ihm am Boden, ohne auch nur den Hauch einer Ahnung, was sie tun sollte. Erst als das Telefon klingelte, erwachte sie aus ihrer Starre.

»Wagner?«

»Maria? Hast du das von den Heimanns gehört?« Wie ein nie versiegender Wasserfall plapperte ihre Schwester drauflos.

Und wie immer nahm sie es nicht wahr, dass Maria kaum auf das reagierte, was sie sagte. Doch dann stellte sie eine Frage.

»Maria? Maria! Was ist denn los mit dir?« Erneut setzte der Wasserfall ein, der erst stoppte, als Magda Luft holen musste.

»Gunter«, sagte Maria tonlos. »Ich glaube, er ist tot.«

Mit einem Räuspern holte Leon Maria in die Gegenwart zurück. »Ich brauche keinen Anzug«, sagte er zum wiederholten Mal.

Maria sah ihn einen Moment lang mit einem desorientierten Ausdruck an, dann fiel ihr wieder ein, wo sie war und um was es ging. »Aber deine Klamotten kannst du dir immer noch versauen, wenn du da hineintrittst. Asche ist das Schlimmste überhaupt. Die lässt sich nie wieder rauswaschen.«

Stirnrunzelnd musste er ihr recht geben. Andererseits hatte er herzlich wenig Lust dazu, in den Überresten des Schuppens herumzuwühlen. »Was hältst du davon, wenn nur einer von uns hineingeht und schaut, ob es noch was zu sehen gibt?«, fragte er bittend. »Da ich meine Sachen daheim vergessen habe, müssen wir mit den Utensilien besser haushalten. Ich glaube nicht, dass wir hier in der Gegend was nachkaufen können.« Er hätte sich selbst in den Hintern beißen können ob des Versäumnisses mit dem Koffer, den er vor lauter Aufregung zu Hause in seinem Zimmer hatte stehen lassen. Aber jetzt war es so, wie es war, und sie mussten das Beste daraus machen.

»Das stimmt«, gab Maria zu. »Und da ich das Ding schon mal anhabe …« Sie zuckte unsicher mit den Schultern. »Also wenn es dir recht ist …«

»Absolut«, sagte Leon, heilfroh, dass Maria ihm nicht ernsthaft böse war.

Vorsichtig, um nichts aufzuwirbeln, trat Maria in die Überreste der Scheune. Sie schob die verkohlten Holzbohlen zur Seite und arbeitete sich zu der Stelle vor, an der der Leichendarsteller gelegen hatte. Als sie sah, dass sich unter dem

Holz etwas Großes, Längliches abzeichnete, wurde ihr schwindlig. Rasch streckte sie die Hand aus, um sich an der trotz des Brandes stabil wirkenden Grundmauer des Stadels abzustützen.

Dann sah sie, dass es nur ein paar aufgeschichtete alte Dachziegel waren, und sie stöhnte vor Erleichterung laut auf.

Leon war der Ton nicht entgangen. »Hast du was gefunden?«, rief er ihr zu.

»Nein, nichts. Ich dachte nur einen Augenblick lang, dass hier tatsächlich ein Toter liegt, aber ich habe mich zum Glück getäuscht.«

»Oh, Gott sei Dank!«, rief Leon erleichtert aus. Allein die Vorstellung jagte ihm einen Schauer über den Rücken.

Maria stocherte noch eine Weile in der kalten Asche herum, dann hakte sie die Brandstätte als unergiebig ab und kam wieder aus der Ruine heraus.

»Hier ist nichts mehr«, sagte sie frustriert. »Ich kann mir auch nicht vorstellen, dass wir den ganzen Mist abtragen müssen, nur damit wir unseren nächsten Hinweis finden.«

»Die Einheimischen wären uns auch kaum dankbar, wenn wir alles aufwirbeln und ihnen eine neue Aschewolke bescheren würden«, witzelte Leon. »Hast du sonst noch eine Idee, wie wir weitermachen sollen?« Er blickte sich suchend um. Normalerweise gab es zumindest einen winzigen Hinweis, wo man weitersuchen konnte. Hier aber gab es gar nichts.

»Lass uns den Weg abgehen bis dahin, wo der Lieferwagen stand«, schlug Maria vor. Sie klopfte bedächtig den Staub von dem weißen Papieranzug und schlüpfte anschließend vorsichtig heraus.

Leon, der bereits ahnte, dass er die nächsten Wochen viel zu Fuß würde laufen müssen, fügte sich ihrem Vorschlag ohne Murren. Zumindest fast. »Das Ding schleppe ich aber nicht den ganzen Tag durch die Gegend«, protestierte er, als sie ihm den Koffer erneut aufs Auge drücken wollte. »Der bleibt hier, bis wir zurückkommen, und damit basta. Sollten wir ihn brauchen, kann ich ihn immer noch holen.«

Maria merkte, dass jede Widerrede zwecklos war. Sie bückte sich zu dem Koffer und nahm ein paar durchsichtige Plastiktüten heraus. »Aber die nehmen wir mit, die wiegen schließlich nichts.«

Eine Stunde später waren sie zurück in ihrer behelfsmäßigen Behausung, ohne dass sie neue Erkenntnisse vorzuweisen hatten. Lediglich eine Bierdose und zwei Zigarettenstummel hatten sie an ungefähr der Stelle gefunden und eingesammelt, an der der Lieferwagen gehalten hatte. Jetzt fühlte sich Leon ausgelaugt wie ein Hundertjähriger, wie er zu Maria sagte, und weigerte sich, auch nur irgendeinen weiteren Schritt zu unternehmen, solange er nicht endlich etwas Vernünftiges zu essen bekam.

»Ich rede von etwas *Vernünftigem*«, murrte er, als Maria ihm einen Apfel reichte, den sie noch in ihrem Reisegepäck gefunden hatte. »Damit meine ich einen Schweinsbraten mit Knödel oder eine große Pfanne Kaiserschmarrn. Meinetwegen auch Brot, Wurst und Käse, aber ganz sicher keinen Apfel.« Dann musterte er sie nachdenklich. »Ich finde, wir sollten unsere Kräfte aufteilen«, sagte er nach einer Weile. »Hast du eine Flatrate auf deinem Handy?«

»Das weiß ich nicht«, entgegnete Maria hilflos, die den Begriff schon mehrfach gehört hatte, aber nichts damit anfangen konnte. »Was ist das überhaupt?«

Leon seufzte. Maria erschien ihm so weltfremd, als hätte sie fast jede technische Entwicklung der letzten zwanzig Jahre verpasst. Er streckte die Hand aus. »Lass mich mal sehen.«

Erleichtert reichte sie ihm ihr iPhone, doch er schüttelte den Kopf. »Du musst es vorher entsperren.«

»Ach so, klar. Entschuldigung.« Maria wurde rot und senkte den Kopf. Sie presste ihren rechten Daumen auf den *Home*-Button und drückte ihm das Telefon erneut in die Hand.

Nachdem er ihr auch noch das Passwort für ihren Provider aus der Nase gezogen und sie im gleichen Atemzug ermahnt hatte, es sofort zu ändern und nie wieder so leichtsinnig herauszurücken, hatte er in weniger als einer halben Minute gefunden, was er wissen wollte.

»Dein Vertrag beinhaltet eine Surf-Flatrate von zehn Gigabyte pro Monat und eine Telefonflatrate. Du kannst also telefonieren, bis dir das Ohr raucht, und auch beim Surfen wirst du kaum über deine Freigrenze kommen. Es sei denn, du lädst dir pausenlos irgendwelche Filme herunter.«

Maria lachte. »Ich wüsste ja nicht mal, wie das geht.«

Das hatte er sich bereits gedacht, aber das war es nicht, worauf er hinauswollte. »Was ich dir damit sagen will, ist, dass du kaum etwas mit dem Ding anstellen kannst, was dich im Nachhinein viel Geld kosten könnte. Wieso also rufst du nicht beim Klub an und fragst, was die in Hinsicht auf die versprochene Alm zu tun gedenken? Wir können den Mief von dem Stinkebock schließlich nicht drei Wochen ertragen. Ganz abgesehen davon, dass die Laube für drei Personen viel zu eng ist. Und wenn die vom Klub nichts in petto haben, dann müssen wir eben selbst im Internet nach verfügbaren Unterkünften suchen und gegebenenfalls auch gleich online buchen.«

»Würdest du das übernehmen?«, fragte Maria hilflos. »Falls da irgendwelche Fragen gestellt werden, kannst du die sicher besser beantworten als ich. Und etwas im Internet zu buchen traue ich mir noch nicht zu.«

Leon blinzelte gegen die Sonne. Das hier würde schwieriger werden, als er es sich jemals ausgemalt hatte. Dann riss er sich zusammen. »Du schaffst das schon, da bin ich mir sicher.« Er stand auf und reckte sich. »Aber wie schon gesagt, könnten wir uns die wichtigsten Aufgaben teilen.«

»Was meinst du damit?«

»Einer von uns telefoniert und sucht gegebenenfalls im Internet, der andere holt Christof Bichler vom Flughafen ab.«

Maria wurde blass. Da Leon noch nicht allein Auto fahren durfte, erübrigte sich die Frage, wer welchen Teil übernehmen konnte.

»Maria«, sagte Leon mit einem belustigten Lächeln. »Du schaffst das, da bin ich mir sicher. Autofahren kannst du schließlich richtig gut. Und wenn du nicht wieder dreißig Fotostopps machst, dann kommst du sogar pünktlich.«

»Aber was ist, wenn ich mich nicht zurechtfinde?«

»Das wird nicht passieren«, versuchte Leon sie zu beruhigen. »Das Navi führt dich zum Flughafen, dort fährst du den Hinweisen zur Mietwagenrückgabe nach und parkst einfach dort, wo du den Wagen abgeben könntest. Das wird zwar vermutlich nicht unbedingt gern gesehen, aber wenn du dich nicht direkt vor das Büro der Mietwagenfirma stellst, merkt das schon keiner.« Leon griff in seinen Rucksack und wühlte nach einem Stift. Als er fündig geworden war, schrieb er in großen Buchstaben *Christof Bichler* auf ein Blatt Papier. »Vom Parkhaus läufst du Richtung Terminal 2, gehst hinein und begibst dich geradeaus zum Ankunftsbereich. Das ist ganz einfach, es ist alles auf der gleichen Ebene«, beruhigte er Maria, die nervös an ihrem kleinen Finger kaute. »Dort hältst du das Schild hoch und wartest, bis er auf dich zukommt. Dort könnt ihr auch gleich im Supermarkt etwas zu essen besorgen.«

Schließlich gab Maria nach. Leon hatte recht, Millionen Touristen fanden sich jedes Jahr am Flughafen zurecht, also würde auch sie das hinbekommen. Trotzdem hätte sie Leon gern an ihrer Seite gehabt, falls doch etwas Unerwartetes passierte.

Leon kratzte sich am Kopf. »Ich kann schon mitkommen. Aber dann kann ich mich nicht um eine andere Unterkunft kümmern«, sagte er. »Wenn ich beim Autofahren schreiben oder lesen muss, wird mir schlecht.«

Als Maria, mit ihrer Tasche unterm Arm, endlich abmarschbereit war, begleitete Leon sie zum Auto. Einen Augenblick lang dachte er, an Sehstörungen zu leiden.

»Das darf doch nicht wahr sein!«, murmelte er und lief um den Wagen herum.

»Was ist denn?«, fragte Maria, die sich keinen Reim auf seinen verstörten Gesichtsausdruck machen konnte.

»Sieh dir das an!«, sagte er mit aufgerissenen Augen und deutete auf den kleinen Fiat.

Maria brauchte eine Weile, um zu entdecken, was er meinte. »Kann es sein, dass zu wenig Luft in dem Reifen da vorn ist?«

»Ganz sicher sogar! Und zwar nicht nur in einem, sondern in allen.« Verständnislos schüttelte Leon den Kopf. »Es kann ja schon mal passieren, wenn man sich einen Nagel einfährt oder das Ventil nicht mehr dicht ist. Aber bei allen vieren? Niemals!«

»Und was bedeutet das?« Hilflos sah Maria Leon an.

»Dass jemand absichtlich die Luft herausgelassen hat.«

»Absichtlich?«, echote Maria. »Aber … aber das wäre ja Sabotage!«

»Genau.« Nachdenklich kaute Leon auf seiner Unterlippe. Dann warf er Maria einen unsicheren Blick zu. »Maria, hast du – warst du das vielleicht?«

»Ich?«, fragte Maria entsetzt. »Wieso hätte ich das tun sollen?«

Leon zuckte die Schultern. »Keine Ahnung.«

»Eben«, sagte Maria mit Nachdruck. Dann, etwas freundlicher: »Und was ist mit dir?«

»Was soll mit mir sein?«

»Hast du die Luft rausgelassen?«

»Nein!«, antwortete Leon empört. »Was denkst du denn von mir?«

»Du hast mich das auch gefragt«, erinnerte Maria ihn. »Was machen wir jetzt? So kann ich doch nicht zum Flughafen fahren!«

»Auf keinen Fall«, gab Leon ihr recht. »Wir können allerdings fast schon wieder dankbar sein, dass derjenige, wer auch immer es gewesen ist, die Luft nur halb rausgelassen hat.«

»Wieso dankbar? Das ist doch eine Sauerei sondergleichen!«

»Das schon«, stimmte Leon ihr zu. »Aber immerhin kann man, zumindest vorsichtig, noch ein Stück weit fahren, ohne dass die Felgen oder die Pneus kaputtgehen. Wir müssen nur irgendwie zu einer Tankstelle kommen, dann können wir wieder so viel Luft nachfüllen, dass du weiterfahren kannst.«

Nun war allerdings kein Drandenken mehr, dass Leon hierbleiben und sich um ein Hotel kümmern könnte.

»Du kommst mit«, sagte Maria rigoros. »Ich weigere mich, allein mit dem Ding auch nur einen Meter zu fahren, solange damit nicht wieder alles in Ordnung ist!«

Schließlich gab Leon klein bei, da jede weitere Diskussion nur noch mehr Zeitverlust bedeutet hätte, wie Maria ihm energisch klarmachte. Er sprang auf den Beifahrersitz und gab ihr Anweisungen, wie sie die Schlaglöcher zu nehmen hatte, mit denen der kleine Weg übersät war, und sprach ihr ruhig zu, als sie in Panik ausbrach, weil immer klarer wurde, dass sie es niemals pünktlich zum Flughafen schaffen würden.

Aufgrund des Schneckentempos, mit dem sie gezwungen waren sich fortzubewegen, verging eine halbe Stunde, bis sie die nächstgelegene Tankstelle erreichten. Und dann dauerte es weitere zwanzig Minuten, bis alle Reifen wieder genügend Druck hatten, da die Tankstelle nicht über eine moderne, digitale Luftfüllanlage verfügte, sondern nur ein kleines Gerät mit einer geringen Kapazität besaß, das zum Nachladen immer wieder erneut auf seine Station gehängt werden musste.

Unterdessen wurde Maria immer unruhiger. »Mein Gott, wir kommen viel zu spät! Herr Bichler wird sicher denken, wir hätten ihn vergessen!«

»Im Moment brauchst du dir den Kopf noch nicht zu zerbrechen«, versuchte Leon sie zu beruhigen. »Er landet erst in einer halben Stunde, dann muss er noch auf seinen Koffer warten und zum Ausgang kommen.« Er sah auf die Uhr. »Sobald die Maschine gelandet ist, können wir versuchen, ihn telefonisch zu erreichen. Das können wir doch?«, hakte er nach, als Maria das Gesicht verzog.

»Ich kann ihn nicht anrufen«, sagte Maria mit einem Anflug von schlechtem Gewissen. »Ich habe die Unterlagen mit seiner Nummer nicht dabei.«

»Oh nein!« Leon stöhnte. Auch das noch. »Hast du sie denn nicht in deinem Telefon abgespeichert?«

»Ich hab's vergessen«, gestand Maria kleinlaut. »Schließlich wusste ich nicht, dass wir die so plötzlich brauchen. Aber du warst sicher schlauer als ich, oder etwa nicht?«

Leon schüttelte missmutig den Kopf. »Ich speichere grundsätzlich keine Kontaktdaten von Leuten, die ich nicht kenne.«

»Na ja, das wird auch nicht so schlimm sein«, versuchte Maria, sich selbst zu beruhigen. »Immerhin wird Herr Bichler klug genug sein, uns anzurufen, wenn niemand am Flughafen steht, um ihn abzuholen. Während der Fahrt mag ich ohne Freisprecheinrichtung nicht telefonieren, aber er wird es sicher auch bei dir probieren, wenn ich nicht drangehe.«

Genau da lag der Hund begraben. Leon hatte es bewusst vermieden, dem Veranstalter seine Mobilnummer zu geben. Immer wieder hatte er bei seinen illegalen Aktivitäten mitbekommen, welch fatale Folgen es haben konnte, wenn persönliche Informationen in irgendwelchen Datenbanken gespeichert wurden. Deswegen war er mit der Bekanntgabe seiner eigenen Daten ausgesprochen knausrig.

»Aber was machen wir denn jetzt?«, fragte Maria verstört. »Sollen wir noch mal zurückfahren und den Zettel holen?«

»Nein. Wir machen da weiter, wo wir vorhin schon waren«, fasste Leon einen Entschluss. »Du fährst allein zum Flughafen und lässt mir dein Telefon hier. Ich fahre mit dem Bus bis Fischbachau und laufe von dort zu Fuß zurück zu unserem Häuschen. Sobald der Flieger landet, rufe ich Herrn Bichler an und erkläre ihm, was passiert ist. Und dann versuche ich, ein paar vernünftige Zimmer für uns aufzutreiben.«

»Was willst du?«, fragte Maria ratlos, als er ihr die Hand hinstreckte.

»Dein Telefon.«

»Wieso nimmst du nicht dein eigenes?«

Leon verzog den Mund. »Weil ich keine Flatrate habe, sondern eine Prepaidkarte, auf die ich monatlich nur zwanzig Euro aufladen darf. Auch so eine Auflage des netten Richters.«

»Ach so. Warte.« Maria holte ihre Tasche vom Rücksitz und fing an zu suchen. Während Leon ungeduldig wartete, wurde Maria immer hektischer.

»Das gibt's doch nicht«, murmelte sie und schüttete kurzerhand den gesamten Inhalt ihrer Handtasche auf den Beifahrersitz. »Es ist weg!«

»Es kann nicht weg sein«, widersprach Leon. »Ich habe doch erst vorhin nachgeschaut, wie viel Datenvolumen du hast.«

»Das weiß ich selbst. Aber hier ist es trotzdem nicht.«

»Dann muss es in der Gartenlaube liegen. Deswegen macht es umso mehr Sinn, wenn ich zurücklaufe. Ohne Telefon kann ich weder Herrn Bichler verständigen, dass du später kommst, noch den Klub anrufen oder mich um die Zimmer kümmern.«

5. Kapitel

Als Maria nach vier Stunden noch nicht zurückgekommen war, wurde Leon mit jeder Minute nervöser. Er hatte Maria sein eigenes Handy mit der Mahnung mitgegeben, nur zu telefonieren, wenn es unbedingt nötig war, da er von seinem Guthaben bereits zwei Drittel verbraucht hatte.

Nachdem er Maria noch den Sperrcode aus den Rippen geleiert hatte, war er aus lauter Vorfreude, dass er, solange sie unterwegs war, endlich wieder nach Herzenslust im Internet surfen konnte, auf dem Rückweg fast gerannt. Doch Fehlanzeige. Eine halbe Stunde lang hatte er alles auf den Kopf gestellt, doch ihr Telefon fand er nicht. Und somit hatte er Herrn Bichler auch nicht benachrichtigen können, dass Maria später kam. Er konnte nur hoffen, dass der nicht die Geduld verlor, wenn ihn nach seiner Ankunft niemand in Empfang nahm.

Als der kleine rote Fiat endlich auf den Hof gefahren kam, war Leon so erleichtert, dass er drauf und dran war, Maria aus dem Auto zu ziehen und sie in seine Arme zu schließen.

»Entschuldige bitte, dass es so lange gedauert hat«, sagte Maria, als sie aus dem Wagen sprang. »Wir standen am Autobahnkreuz Eching eine halbe Ewigkeit im Stau.« Sie öffnete den Kofferraum und holte mehrere Tüten mit Essen heraus.

Da ihm schon ganz schlecht vor Hunger war, verzichtete Leon auf die Bemerkung, dass sie besser noch auf dem Rücksitz nach ihrem Handy hätte sehen sollen, bevor sie ihn nur mit sich selbst dieser Einöde überließ. Er konnte sich nicht erinnern, dass er sich jemals zuvor derart gelangweilt hatte wie in den letzten Stunden. Bevor er jedoch alle Manieren vergaß, wartete er, bis der Mann mit der modischen schwarzen Brille und den krausen, schon leicht angegrauten Haaren sich aus dem Wagen schälte, und streckte ihm die Hand hin, kaum dass er aufrecht stand.

»Hallo, ich bin Christof«, kam der Neuankömmling ihm mit einem Lächeln zuvor und bot ihm auch gleich das *Du* an. »Du musst Leon sein.«

Nachdem die beiden einander begrüßt und für durchaus sympathisch befunden hatten, knurrte Leons Magen so laut und vernehmlich, dass Maria den Small Talk unterbrach und auf den Tisch deutete, auf den sie in Ermangelung von Geschirr und Besteck mehrere Tüten mit Lebensmitteln abgestellt hatte.

»Was hast du in Erfahrung gebracht?«, fragte sie Leon, der sofort mit Heißhunger über die mitgebrachten Sandwiches herfiel.

»Überhaupt nichts«, antwortete er mit vollem Mund. »Dein Handy ist nämlich nicht hier.«

»Wie, nicht hier?«, fragte Maria, die keine Ahnung hatte, wieso er eine Schnute zog. »Natürlich ist es hier. Du hast sicher nur nicht richtig gesucht.«

»Habe ich wohl«, beharrte Leon. »Es ist aber trotzdem nicht da. Vermutlich ist es dir im Auto aus der Tasche gefallen und unter den Sitz gerutscht.«

»Das kann doch nicht sein«, sagte Maria wenig später verunsichert, nachdem sie das Wageninnere auf den Kopf gestellt hatte. »Es ist auch nicht im Auto.«

»Nicht aufregen«, sagte Christof, der die Ruhe selbst war. Und wie er Leon erklärte, hatte es ihn noch nicht mal gestört, dass er eine halbe Ewigkeit am Flughafen auf Maria hatte warten müssen. »Ich dachte mir schon, dass es einen triftigen Grund für die Verzögerung gab. Deswegen habe ich auch nicht bei euch angerufen, weil ich euch keinen Druck machen wollte. Ich habe mich einfach in den Starbucks gesetzt, von wo man einen guten Blick auf die Abholer hat, und habe gewartet, bis jemand auftaucht, auf den eure Beschreibung zutrifft.« Er wandte sich wieder an Maria. »Das mit deinem Handy haben wir gleich. Gib mir deine Nummer, dann rufe ich dich an.«

Mit einem ratlosen Gesichtsausdruck legte er wenig später auf. »Nur die Mailbox.«

Eine halbe Stunde später verwandelte sich Marias Unsicherheit in eine ausgewachsene Panik. »Das kann doch nicht sein«, wiederholte sie ein ums andere Mal. »Das blöde Ding kann doch nicht einfach weg sein. Was mache ich denn jetzt?«

»Wenn du dir ganz sicher bist, dass du es nicht irgendwo sonst liegen gelassen hast, musst du die Karte sperren lassen.«

Doch bevor sie es so weit kommen ließ, wollte Maria zurück zu der Tankstelle fahren, an der sie die Luft nachgefüllt hatten.

Christof, der ihr anbot, sie zu begleiten, schob Leon sein iPad hin. »Kümmerst du dich bitte inzwischen um ein Hotel?«

»Das ist ja ausgesprochen unbefriedigend«, stellte Christof fest, als sie von ihrer erfolglosen Suche zurückkamen und Leon sie informierte, dass wegen der Ferien tatsächlich alle Hotels und Pensionen in der gesamten Umgebung ausgebucht waren.

»Ich habe über TripAdvisor lediglich ein einziges freies Zimmer in Thalham gefunden.«

»Thalham«, murmelte Maria. »Da sind wir doch durchgefahren, oder?«

»Stimmt«, bestätigte Leon. »Das liegt direkt an der Autobahnausfahrt.«

»Und?«, hakte Christof nach, als Leon nicht weiterredete.

»Nichts ›und‹. Das ist nur ein Einzelzimmer.«

»Aber mit Sicherheit besser als das hier.« Christof deutete auf die Laube. Er hatte sie zwar bislang nur von außen in Augenschein genommen, Maria hatte ihm die Situation auf der Fahrt vom Flughafen aber bereits in aller Ausführlichkeit geschildert. Auch wenn sie ihm damit nichts Neues verraten hatte, aber das hatte er ihr natürlich nicht auf die Nase gebunden. Thalham war zwar nicht unbedingt perfekt für seine Pläne, aber auch das mussten die beiden nicht wissen. Er fegte ein paar Krümel vom Tisch. »Ich finde, wir sollten uns das ansehen. Schlimmer als die Bruchbude hier kann es auch nicht sein, oder? Und wenn wir schon mal dort sind, dann haben wir gute Chancen, jedes weitere frei werdende Zimmer sofort dazubuchen zu können.«

Nachdem Leon für Maria bei ihrem Mobilfunkprovider angerufen und geklärt hatte, dass die ihr eine neue SIM-Karte postlagernd nach Miesbach schicken würden, hatte er die Pension in Thalham angerufen und gebeten, das Zimmer eine halbe Stunde reserviert zu halten.

Maria hatte inzwischen ihre Sachen zusammengesucht und wuchtete ihren schweren Koffer über den Unrat, der vor der Gartenlaube herumstand und vermutlich nur zu dem Zweck herausgeräumt worden war, um ein provisorisches Lager für sie herzurichten. Schwer atmend stellte sie das Gepäckstück zurück auf den Boden. Von hier aus würde es auch so gehen. Sie umkurvte eine alte Truhe und stieß gegen die graue Reisetasche, die Christof der Bequemlichkeit halber daraufgestellt hatte.

Maria unterdrückte einen Schrei, ließ ihren Trolley los und griff nach der Tasche, die herunterzufallen drohte. Sie bekam den seitlichen Henkel zu fassen, zog mit einem Ruck daran und konnte gerade noch verhindern, dass sie weiter der Schwerkraft folgte.

Erleichtert atmete sie auf und zog weiter am Griff, damit die Tasche wieder sicher auf der Kiste stand. Dabei öffnete sich der Reißverschluss ein Stück, und obwohl sich Maria jede Neugier verbot, blieb ihr Blick an etwas bedrohlich Schwarzem hängen. Sie schluckte und warf einen unsicheren Blick hinter sich, dann atmete sie erleichtert auf. Christof stand mit dem Rücken zu ihr am Auto und telefonierte.

Rasch zog sie den Zipper ein Stück weiter auf und dann war sie sicher, dass sie sich nicht getäuscht hatte.

Sie blickte in den Lauf einer Waffe.

Nachdem die ersten Schrecksekunden vorüber waren, bemühte sich Maria, die Tasche wieder so auf der Truhe zu platzieren, dass Christof nicht merken würde, was sie durch einen puren Zufall entdeckt hatte.

»Können wir los?«

Maria stieß einen spitzen Schrei aus, als Christof unvermittelt hinter ihr auftauchte.

»Was ist los?«, fragte er misstrauisch. »Man könnte glatt meinen, du hast ein schlechtes Gewissen.«

»Unsinn«, versuchte sie ihn zu beschwichtigen und setzte ein Lächeln auf, das ihr allerdings gründlich misslang. »Ich war nur in Gedanken wegen meines Telefons.«

Fieberhaft überlegte sie, wie sie der Situation entkommen konnte. Auf gar keinen Fall würde sie irgendwo mit ihm hinfahren. Denn eines war ihr gerade klar geworden: Christof mochte alles Mögliche sein, aber der Buchhalter, für den er sich auf der Herfahrt vom Flughafen ausgegeben hatte, war er ganz sicher nicht.

Eine halbe Stunde später stellte Maria fest, dass sie in einem Dilemma steckte, von dem sie keine Ahnung hatte, wie sie es lösen konnte. Sie hatte die Abfahrt mit den abstrusesten Einwänden verzögert, bis Christof sich vor ihr aufbaute und sie zur Rede stellte.

»Sag mal, was willst du eigentlich?«, fragte er verständnislos. »Ich dachte, du bist überglücklich, das Krimiquiz gewonnen zu haben und weil wir hier zusammen einen imaginären Fall lösen dürfen. Im Moment macht es mir aber eher den Eindruck, als wäre es mit deinem Eifer nicht recht weit her.«

»Vielleicht habe ich ja nur so eine Ahnung, dass mit dir etwas nicht stimmt«, gab Maria patzig zurück. »Ich habe dich beobachtet, seit wir uns am Flughafen getroffen haben, und ich kann mich des Gefühls nicht erwehren, dass du eine wandelnde Lüge bist.« Erschrocken hielt sie inne. Er durfte auf keinen Fall merken, dass sie wusste, was sich in seiner Tasche befand.

»Ach ja?« Christof starrte sie mit zusammengekniffenen Augen an. »Und wie bitte kommst du auf das schmale Brett?«

Blitzschnell konzentrierte sich Maria auf das, was sie am besten konnte: Fakten kombinieren. »Weil du dir zwar alle Mühe gibst, wie ein biederer Spießer zu wirken, dir das aber nicht so richtig gelingt. Manchmal wirkst du sogar furchteinflößend. Ich glaube einfach nicht, dass du ein Buchhalter bist. Und außerdem habe ich das Gefühl, dass du auch überhaupt nicht wegen der Krimirallye hergekommen bist.«

Verdammte Scheiße. Er hatte nicht gedacht, dass er so einfach zu durchschauen war. Oder dass sie weitaus intelligenter war, als er ihr zugetraut hätte. Jedenfalls hatte sie die richtigen Schlüsse gezogen, und das war etwas, was er in der schwierigen Situation, in der er sich gerade befand, absolut nicht brauchen konnte.

»Natürlich ist die Rallye der Grund«, sagte er leichthin. »Was soll ich denn sonst hier?«

»Dann erzähl mir doch mal, was ich dir über die Leiche erzählt habe, die Leon und ich gefunden haben.« Sie war sich sicher, dass außer ein paar oberflächlichen Fakten nichts bei ihm hängen geblieben war. Damit würde sie im Handumdrehen beweisen, dass er nicht hier war, um ein kriminalistisches Rätsel zu lösen. Blieb nur die Frage, was er sonst wollte.

»Also gut«, unterbrach Christof ihre Gedanken amüsiert. »Die Leiche war männlich, etwa einen Meter fünfundachtzig groß und um die vierzig Jahre alt. Eine Narbe auf der rechten Wange, gut verheilt und kaum sichtbar, weswegen du vermutest, dass sie mindestens fünf Jahre alt ist. Einigermaßen volles, dunkelbraunes Haupthaar, dessen ungleichmäßige Verteilung darauf hindeutet, dass der Mann vor nicht allzu langer Zeit eine Haarverpflanzung hatte, die noch nicht vollständig eingewachsen ist. Der Zahnstatus ließ sich nicht mehr bestimmen, da die Leiche verschwunden war, bevor die Hütte abgebrannt ist, und ihr somit keine Möglichkeit hattet, weitere Untersuchungen anzustellen.«

Fast hätte er gelacht, als Maria ihn mit großen Augen anstarrte. »Des Weiteren war er recht unauffällig gekleidet mit Jeans, einem farblosen, beigebraunen Hemd und Turnschuhen in der gleichen Farbe.« Er konzentrierte sich, bevor er die weiteren Punkte aufzählte. »Tod durch einen aufgesetzten Schuss, darauf lässt der Abdruck des Pistolenlaufs um die Eintrittswunde herum schließen. Der Täter wollte die Hütte abbrennen, um seine Tat zu vertuschen, hat aber einen entscheidenden Anfängerfehler begangen, indem er Diesel als Brandbeschleuniger benutzen wollte. Nachdem er seinen Fehler bemerkt hat, ist er vermutlich zur nächsten Tankstelle gefahren, um einen Kanister Benzin zu holen.«

Maria klappte den Mund wieder zu und leistete heimlich Abbitte für den falschen Verdacht, unter den sie ihn gestellt hatte.

»Und übrigens«, fügte Christof mit einem süffisanten Lächeln hinzu. »Das in meiner Tasche ist eine Schreckschusspistole.« Er knallte die Heckklappe zu und kam zu ihr zurück. »Nur falls du dich gefragt haben solltest.«

Marias Gesicht nahm die Farbe einer reifen Tomate an. Also hatte er doch bemerkt, dass sie die Waffe gesehen hatte. Wie peinlich! Doch bevor sie auch nur ein einziges Wort zu ihrer Verteidigung hervorbringen konnte, ging ihr auf, dass er ihr gerade das Gegenteil ihrer Vermutungen bewiesen hatte. Er hatte in den wenigen Minuten, in denen sie ihm von ihrem Erlebnis in der Scheune erzählt hatte, tatsächlich sämtliche Einzelheiten im Kopf behalten.

Während Maria im Stillen Abbitte für ihren falschen Verdacht leistete, hing Christof seinen eigenen Gedanken nach. Natürlich hatte er nicht wirklich zugehört, als sie ihm auf der Herfahrt von den Vorkommnissen in der Scheune erzählt hatte, weil er schon vorher gewusst hatte, was dort passiert war. Dass Maria die Knarre gesehen hatte, konnte allerdings seine ganzen Pläne zunichtemachen. Kurz überlegte er, ob er die beiden an Ort und Stelle loswerden sollte, doch dann verwarf er den Gedanken wieder. Er hatte sich zu viel Mühe gegeben, um sich bei den beiden einzuschleichen, als dass er jetzt noch einen Rückzieher machen wollte. Außerdem wirkte er mit ihr und einem halben Kind an seiner Seite weit harmloser als allein. Dennoch musste er ihr die Wahl überlassen. Sie unter Druck zu setzen würde aller Voraussicht nach nur bewirken, dass sie komplett auf stur schaltete.

»Hör zu, Maria, wenn du mir nicht vertrauen kannst, dann ist das für mich auch in Ordnung. Du kannst gern hierbleiben, bis die drei Wochen um sind, und in dem Gartenhaus übernachten und dir den Gestank des Ziegenbocks um die Nase wehen lassen. Oder du setzt darauf, dass die Alm wieder bewohnbar wird. Ich für meinen Teil werde jetzt mit dem Bus oder per Anhalter nach Thalham fahren und darauf hoffen, dass das Zimmer noch verfügbar ist.« Er wandte sich an

Leon. »Übrigens kannst du tun und lassen, was du willst. Damit meine ich, dass du, egal, welche Variante Maria wählt, herzlich willkommen bist, mit mir zu kommen.«

»Wie geht es jetzt weiter?«, fragte Leon. Nachdem die beiden Streithähne ihren Disput begraben und anschließend angefangen hatten, sich darüber Gedanken zu machen, ob die Entfernung zwischen dem Austragungsort der Rallye und der Pension in Thalham überhaupt tragbar war, hatte er die Stimmen ausgeblendet und sich die Zeit mit einem Computerspiel vertrieben.

Da ihm niemand antwortete, blickte er hoch und merkte erst jetzt, dass er allein war. Er stand auf und lief um die Hütte herum. Als er Maria sah, die verzweifelt versuchte, Pepe daran zu hindern, die am Boden liegenden Tannenzapfen zu fressen, rannte er zurück und holte sein Telefon.

»Was grinst du denn so?«, fragte Maria, nachdem sie den Ziegenbock zurück in den Pferch gesperrt hatte.

»Über dich als Dompteurin.« Leon hielt ihr sein Handy vor die Nase und ließ das Video ablaufen, das er von ihren Verrenkungen gedreht hatte.

»Kindskopf.« Sie zeigte ihm einen Vogel. »Was wolltest du eigentlich? Doch wohl kaum einen Film über mich drehen.«

»Ich wollte wissen, ob ihr euch mittlerweile geeinigt habt«, antwortete Leon und sah sich suchend um. »Wo ist Christof?«

Maria deutete auf den kleinen Verschlag, in dessen Tür ein kleines Herz prangte.

Letztendlich entschloss sich Maria schweren Herzens, mit Christof und Leon, der sich, ohne auch nur eine Sekunde zu zögern, entschieden hatte, keine Minute länger in der zugigen Laube zu verbringen, nach Thalham zu fahren. Ob es daran lag, dass sie Christof plötzlich doch noch vertraute, oder daran, dass sie bei dem Gedanken, hier allein zurückzubleiben, ein noch bedeutend unangenehmeres Gefühl verspürte, hätte sie nicht sagen können. Und dann war da auch noch diese merkwürdige Erleichterung in seinem Gesicht, als sie ihren Koffer zum Wagen zerrte.

»Ist das Auto nur auf dich als Fahrerin eingetragen?«, wollte Christof wissen, nachdem er einen Teil der Rücksitzbank umgeklappt und alle Koffer und Taschen verstaut hatte.

»Ja. Warum?«

»Weil du dann die Einzige bist, die das Ding fahren darf. Das heißt aber auch, dass du als unsere Chauffeurin herhalten musst.«

Maria fühlte sich überrumpelt. Sie bückte sich nach dem Schlüssel, der neben ihr in den Staub gefallen war. »Bist du sicher, dass du dir das antun willst?«

Christof sah sie verständnislos an. »Ich wüsste nicht, was ich mir damit antun würde. Auf der Herfahrt vom Flughafen habe ich mich neben dir jedenfalls gut aufgehoben gefühlt.«

Maria wurde vor Freude über das Kompliment rot. »Nett, dass du das sagst. Ich habe meine Fahrerlaubnis aber erst seit einem Jahr. Deswegen dachte ich …«

Christof hatte sich so etwas schon gedacht. Auch wenn sie für die wenige Fahrpraxis wirklich gut fuhr, war es ihm nicht entgangen, dass sie manchmal die Gänge verwechselte und beim Wechsel auf eine andere Spur deutlich verunsichert wirkte. »Das stört mich nicht.« Er marschierte um den Kleinwagen herum. »Dann hast du damit ja eine gute Gelegenheit, um weiter zu üben.« Außerdem war es immer eine gute Idee, den Gegner mit etwas Unerwartetem zu überraschen. Und sei es nur, dass jemand am Steuer saß, der nicht fahren konnte.

»Haben wir ein Glück!«, sagte Maria und nippte zufrieden an ihrem Milchkaffee. Sie waren auf dem Weg zu der Pension durch Miesbach gekommen und hatten zufällig gesehen, wie ein schlanker Mann den dicken weißen Balken entfernte, der quer über ein Schild verlief, auf dem *Zimmervermietung* stand.

»Sie haben wirklich Glück«, bestätigte Franz Mayer, der Inhaber vom Gästehaus Wendelstein. »Wir haben erst vor zehn Minuten eine Absage für zwei Zimmer bekommen.«

Von außen machte das Haus einen etwas biederen Eindruck, was der für die Gegend so typischen Lüftlmalerei geschuldet war, doch gleich im Vorraum war die Handschrift einer Frau zu erkennen, die ein wunderbares Gespür für Dekoration und kleine Geschenke hatte. Auf einem Sideboard waren handgeschöpfte Naturseifen dekoriert, die ein Schild als von der Hausherrin selbst gemacht auswies, es gab hausgemachte Marmeladen, kleine Stoffherzen, Duftkissen, Zugluftstopper mit Hirschmotiv, Türschilder und vieles mehr. Maria konnte sich kaum sattsehen und hätte am liebsten alles aufgekauft, hätte Leon sie nicht davon abgehalten. »Das läuft dir doch nicht weg«, sagte er und verdrehte belustigt die Augen. »Es ist ja kaum zu erwarten, dass die anderen Gäste in den nächsten Stunden in einen Shoppingwahn verfallen und du nichts mehr bekommst.«

Als sie im ersten Stock dann aber einen Leiterwagen aus Holz entdeckte, auf dem ein hübscher Steinbock aus künstlich gerostetem Metallblech stand, konnte sie nicht widerstehen.

»Schreiben Sie ihn auf die Rechnung«, bat sie die Hausherrin, die sich inzwischen ebenfalls zu ihnen gesellt hatte und geduldig wartete, bis Maria alles inspiziert hatte.

Im zweiten Stock gab es nur noch zwei Zimmer. Maria war allein schon entzückt, als sie die aus Holz und besticktem Filz gearbeiteten Türschilder sah, die allesamt Namen von den Bergen der Umgebung trugen.

»Unsere *Gindelalm*.« Alexandra Mayer öffnete die Tür zu einem mit viel altem Holz wunderschön ausgebauten Dachgeschosszimmer. Zwei riesige Sessel luden zum bequemen Verweilen ein, im Bad flutete ein Dachflächenfenster über der

Dusche den Raum mit Licht, und auf dem großzügigen Balkon konnte man am Abend den Tag ausklingen lassen.

Maria seufzte. Hier wollte sie gern länger bleiben. Sollte das Zimmer nach dem Ende der Krimirallye frei sein, würde sie den Rückflug verfallen lassen und ein paar Wochen Ferien dranhängen.

»Das andere Zimmer ist auch ein Doppelzimmer, aber eine Ecke kleiner«, riss Franz Mayer sie aus ihren Träumen. »Komm mit, dann zeige ich es dir«, sagte er zu Leon.

»Ähm, nein, das ist ein Missverständnis«, stammelte Maria, als ihr aufging, dass die überaus sympathischen Inhaber der Pension ganz offensichtlich dachten, sie und Christof wären ein Paar. »Das kleinere Zimmer nehme ich.«

»Gott sei Dank gibt es hier WLAN, und ich kann endlich ins Internet. Ich möchte versuchen, etwas über das Logo herauszufinden, das wir auf dem Lieferwagen entdeckt haben«, erklärte Leon Maria erleichtert, nachdem er seinen Laptop aufgeklappt hatte. »Falls das wirklich ein Hinweis für unser Rätsel ist, dann finde ich sicher was dazu im Netz.«

»Wie kommt es überhaupt, dass du einen Computer hast?«, fragte Maria stirnrunzelnd. »Hat dir der Richter den nicht ebenfalls untersagt?«

»Maria!« Leon kicherte. »Deine Schulzeit ist echt schon länger her, was? Heutzutage kommt man in der Schule ohne einen eigenen Rechner nicht mehr sonderlich weit. Hätte mir der Richter den verboten, hätte ich gleich von der Schule abgehen können.«

»Das wusste ich nicht.« Maria wurde rot. »Und wie funktioniert das mit der Suche, die du starten willst? Beschreibst du die Farbe und die Umrisse des Firmenzeichens?«, fragte sie neugierig. Auch wenn sie inzwischen gelernt hatte, eine E-Mail zu schreiben und banale Dinge per Suchmaschine zu finden, war ihr diese elektronische Welt alles andere als geheuer.

Leon lachte. »Nein, das wäre viel zu kompliziert und würde vermutlich zu einigen Hunderttausend Treffern führen, die aber nichts mit dem zu tun hätten, was wir suchen. Ich habe Zugriff zu einer Software, in die ich die Zeichnung des Logos hochlade. Alles Weitere macht die Routine für uns.«

»Er meint ein Programm«, erklärte Christof Maria, der gemerkt hatte, dass sie mit dem Begriff *Routine* in dem Zusammenhang nichts anfangen konnte.

»Super.« Maria hatte verstanden. »Kannst du gleich damit beginnen?«

»Klar.« Leon nickte eifrig. Die Aufgabe lag ihm. »Und während ich suche, könntet ihr euch bitte überlegen, wie es weitergehen soll.«

Zwanzig Minuten später stieß Leon einen überraschten Laut aus. »Das müsst ihr euch ansehen!« Triumphierend blickte er seine beiden Mitstreiter an. »Das Logo gehört zu einer Limonadenfabrik. Orangidas wurde neunzehnhundertachtundsechzig in einem Gebäude des stillgelegten Haushamer Pechkohlebergwerks gegründet, war fünfundvierzig Jahre lang im Familienbesitz und wurde dann vermutlich mangels eines kompetenten Nachfahrens für einen Appel und ein Ei verkauft.«

»Das hast du in der kurzen Zeit herausgefunden?«

»Nicht nur das«, beantwortete Leon Marias Frage. »Soweit ich es sehe, hat der Vorbesitzer vor knapp zwanzig Jahren das letzte Mal Geld investiert, um konkurrenzfähig zu bleiben. Was ihm aber nicht viel genützt hat, sonst hätte er den Laden sicher nicht mehr oder weniger verschenken müssen.«

»Worauf willst du hinaus?«, fragte Christof. »Ich sehe da keinen Zusammenhang mit dem verschwundenen Scheintoten.«

»Nur Geduld«, sagte Leon. »Dazu komme ich noch.« Er zog die Stirn in Falten. »Obwohl ich zugeben muss, dass das, was ich gefunden habe, tatsächlich nichts mit der Krimirallye zu tun hat. Aber mit anderen kriminellen Machenschaften, und das kann ja auch ein Hinweis sein, oder?« Als Maria ihm aufmunternd zunickte, fuhr er fort: »Der jetzige Inhaber hat die Fabrik auch nicht auf den neuesten Stand gebracht, sondern presst den Saft nach wie vor mit den völlig veralteten Maschinen. Und jetzt kommt's: Die Produktionsmenge, zu der der alte Schuppen überhaupt fähig ist, steht in keinem Verhältnis zu dem Lebensstil des neuen Betreibers. Und das geht für mich nicht zusammen.«

»Hm.« Maria kaute auf ihrer Unterlippe herum. »Das beweist aber nicht wirklich was. Immerhin ist es möglich, dass er schon vorher genug Kohle hatte, um auf großem Fuß zu leben, oder er hat weitere Einkünfte.«

»Darüber habe ich aber nichts gefunden.«

»Wart einen Moment«, bat Christof, als Maria darauf einsteigen wollte. »Lass uns den Faden doch mal weiterspinnen. Hast du ein Foto der Fabrik gefunden?«, wollte er von Leon wissen.

»Nicht nur eines.« Leon tippte etwas in den Rechner, wartete, bis die Suchmaschine das Ergebnis ausspuckte, und drehte den Laptop zu Maria und Christof.

Christof scrollte die Seite nach unten, dann nickte er zufrieden. »Was sagst du dazu?«, wollte er von Maria wissen.

»Nichts«, antwortete sie. »Ich kenne mich mit solchen Firmen nicht aus.«

»Musst du auch nicht. Lass die Gebäude auf dich wirken und sag mir, ob du dort arbeiten wollen würdest.«

Maria hatte keine Ahnung, worauf die beiden Männer hinauswollten. Sie besah sich das Haupthaus und das Nebengebäude, das vermutlich eine Produktionshalle war, eine Weile und schüttelte dann den Kopf. Beide machten einen heruntergekommenen Eindruck und auch die Gerätschaften, die ohne erkennbaren Sinn und Zweck im Hof herumstanden, hatten ihre besten Zeiten offensichtlich längst hinter sich. Der Gipfel aber war die bedrohlich wirkende Felswand, die steil emporragte und zumindest auf dem Foto kein Ende zu nehmen schien. Sie warf einen mächtigen Schatten auf die Gebäude und schien diese förmlich zu erdrücken. Es war Maria unverständlich, wie man in einer derart unfreundlichen Atmosphäre arbeiten konnte.

»In dem hässlichen Klotz? Nie im Leben«, sagte sie und schob das Notebook von sich weg. »Man muss sich ja nicht mit Gewalt einem deprimierenden Milieu aussetzen.«

»Und genau darum geht es«, sagte Christof, nachdem er einen Bericht überflogen hatte, den Leon im Internet gefunden hatte. »Dieser Klotz, wie du die Fabrik so treffend nennst, wirft keine Kohle ab. Wenn's hoch kommt, arbeitet sie gerade mal kostendeckend. Würde also jemand, der nicht darauf angewiesen ist, Geld zu verdienen, sich freiwillig in so einer tristen Umgebung aufhalten?«

»Kaum«, gab Maria zu. »Und was schließt ihr daraus?«

»Dass es dort um etwas ganz anderes als Orangensaft geht«, sagte Leon triumphierend. »Vielleicht um Geldwäsche oder Drogen. Oder beides. Und das bringt mich zu einer Überlegung, die noch viel weiter führt.« Nachdenklich sah er von Christof zu Maria. Er war sich nicht sicher, ob er sich mit der Idee, die ihm seit geraumer Zeit im Kopf herumspukte, nicht lächerlich machte.

»Dann spuck sie auch aus«, sagte Maria, die merkte, dass ihm seine Gedanken förmlich auf der Zunge brannten.

»Ich überlege, ob wir nicht auf dem Holzweg sind«, sagte Leon leise und kniff dabei die Augen zusammen. »Was, wenn das Ganze überhaupt kein Spiel ist?«

»Wie bitte?« Ruckartig schnellte Christofs Kopf nach oben. »Das ist doch völliger Quatsch!«

»Lass ihn doch ausreden!«, wies Maria Christof zurecht. Sie war zutiefst erschrocken darüber, wie heftig er auf Leons Idee reagierte. Dann forderte sie den Jungen auf, laut auszusprechen, worüber er nachdachte.

»Ich meine, vielleicht sind wir einem Irrtum aufgesessen. Vielleicht waren wir einfach zum falschen Zeitpunkt am falschen Ort«, sinnierte Leon. »Nur mal angenommen, der Wasserschaden in der Alm war gar nicht geplant, und auch nicht, dass wir in dem Schuppen nächtigen sollten. Dann hätten wir die Leiche nicht gefunden, wir wären nicht beobachtet worden und dann würde sich die Polizei jetzt um die Sache kümmern.«

»Ich finde das viel zu weit hergeholt«, sagte Christof. »Man kann es nämlich genau andersherum sehen. Außerdem hätte sich der Krimiklub dann längst bei uns gemeldet.«

»Ja wie denn?«, fragte Maria hilflos. »Mein Handy ist weg und Leon hat denen seine Nummer nicht gegeben.«

»Hallo?« Christof schnitt eine Grimasse. »Vielleicht hättest du die Güte und rufst dir in Erinnerung, dass es mich auch noch gibt. Der Klub hätte sich ja wohl auch bei mir gemeldet.«

Das war natürlich ein nicht von der Hand zu weisendes Argument. Trotzdem wusste Maria, dass der Floh, den Leon ihr mit seiner Überlegung ins Ohr gesetzt hatte, lange und heftig jucken würde. »Bevor wir weiter herumdiskutieren, sollten wir den Spieß umdrehen und die Initiative ergreifen«, beschloss sie deshalb. »Ich sehe wenig Sinn darin, darüber zu spekulieren, wen der Klub zuerst kontaktiert hätte und warum. Wir rufen jetzt selbst dort an. Ähm …« Sie verzog die Mundwinkel, als ihr einfiel, dass der Einzige, der dafür infrage kam, Christof war. »Würdest du das bitte machen?«

Christof schüttelte den Kopf. »Heute ist Samstag, da ist niemand im Büro. Ich schreibe eine E-Mail. Wenn wir Glück haben, liest die jemand am Wochenende und antwortet auch gleich darauf.«

6. Kapitel

Widerwillig tauchte Lukas aus dem Traum auf, in dem er die Ponale am Gardasee mit dem Mountainbike hinaufkurbelte, als das Schrillen des Telefons erneut einsetzte. Es klingelte bereits seit zehn Minuten in regelmäßigen Abständen und seine Hoffnung, den Samstagmorgen dazu nutzen zu können, endlich länger als bis halb sieben schlafen zu können, schwand dahin. Müde rieb er sich die Augen und stemmte sich auf die Ellbogen. Er hatte die beiden ersten Arbeitswochen damit verbracht, die Aufzeichnungen des pensionierten Bergmaier zu lesen, und gerade mal den ersten Aktenberg durchgeackert. Hätte es nicht zwischendrin einen Einbruch in eine Boutique, mehrere kleine Ladendiebstähle und einen handfesten Streit zwischen mehreren Obdachlosen aufzuklären gegeben, zu dem ihn seine Kollegin, Polizeiwachtmeisterin Kira Brecht, mitgenommen hatte, dann wäre er inzwischen vermutlich an Langeweile gestorben. So unbestritten das System des Kollegen Bergmaier seine Vorteile hatte – selten zuvor hatte er etwas derart Einschläferndes lesen müssen. Was allerdings hauptsächlich daran lag, dass die beiden Papierstapel zusammengenommen mannshoch waren. Bis zur Kniehöhe hatte Lukas die gesammelten Werke durchaus noch als interessant empfunden, aber dann wurde es einfach zu viel. Doch jetzt war Wochenende, und er hatte nicht vor, sich selbiges von wem auch immer versauen zu lassen. Als das Telefon erneut klingelte, stand Lukas kurz davor, von seiner Waffe Gebrauch zu machen.

»Lukas? Schläfst du noch?«, riss Emma ihn aus seinen Gedanken. »Ein Wanderer hat die Bergwacht verständigt, weil sein Hund eine leblose Person in einer Schlucht am Wendelstein entdeckt hat. Die Bergwachtler haben uns angerufen und zum Unfallort gebeten. Ein paar Kollegen haben sich die Situation vor Ort angesehen und daraufhin die Spusi angefordert. Mehr konnte ich nicht verstehen, weil die Telefonverbindung so schlecht war. Ich weiß noch nicht, wer der Verunfallte ist, und auch nicht, was da oben vorgefallen ist, aber ich dachte, du könntest dir das mal ansehen.«

Eine Dreiviertelstunde später hielt er einem uniformierten Polizisten, den er noch nicht kennengelernt hatte und der ihn auffordern wollte, weiterzufahren, seinen Ausweis unter die Nase. »Hauptkommissar Zieringer«, sagte er freundlich. »Wo finde ich den Verunglückten?«

Misstrauisch musterte der Polizist den Neuankömmling. »Moment bitte«, sagte er knapp und zog sein Funkgerät aus dem Gürtel.

»Sie können mit dem Wagen rauffahren«, sagte er schließlich, als die Kompetenzen geklärt waren. »Da«, deutete er mit dem Walkie-Talkie auf die geteerte Straße, die nach wenigen Metern bergauf im Wald verschwand. »Einfach bis dahin, wo die anderen stehen.«

Als Lukas an der bezeichneten Stelle ankam, wartete ein nervöser älterer Herr mit seinem Jagdhund ungeduldig neben zwei Polizisten und drei Männern, deren Jacken sie als Mitglieder der Bergwacht auswiesen.

Lukas stellte sich vor. »War schon jemand unten?«, fragte er und deutete den Abhang hinunter, wo er einen Stofffetzen entdeckt hatte, der im Wind flatterte.

Einer der Polizisten nickte. »Ja«, sagte er knapp. »Gibt aber nichts mehr zu retten.«

Lukas kniff die Augen zusammen. Dann merkte er, dass der Mann ziemlich blass um die Nase war. Rasch musterte er den anderen Kollegen und stellte fest, dass der auch nicht besser aussah. »Was ist los?«

»Ein Unfall war das jedenfalls nicht«, sagte der Ältere, trat die Zigarette aus, die er in nicht mal drei Minuten bis zum Stummel geraucht hatte, bückte sich danach und ließ sie in eine kleine Blechdose fallen, die er anschließend in seiner Hosentasche verschwinden ließ.

Lukas Augenbrauen schnellten nach oben. »Und das konnten Sie so schnell feststellen?«

»Ja«, knurrte der andere. »Ist bei einem Loch in der Stirn auch nicht so schwer zu erkennen.«

Eine Viertelstunde später ließ sich Lukas in dem Geschirr, das ihm einer der Bergwachtler geliehen hatte, die steile Böschung hinab. Als er auf dem kleinen Vorsprung ankam, auf dem der Tote lag, warf er einen prüfenden Blick nach oben. Dann nickte er. Es war plausibel, dass der Hund den Hang hinab- und auch wieder hinaufgekommen war. Auch wenn es steil war, war es für einen Jagdhund kein Problem. Und auch, dass er die Fährte aufgenommen hatte, leuchtete Lukas ein. Der Mann war schon lange genug tot, dass die milde Frühlingsluft ihr Übriges dazu getan hatte, den Verwesungsprozess in Gang zu setzen, wenngleich er dem vergleichsweise noch harmlosen Leichengeruch nach noch ganz am Anfang einer ganzen Palette an Fäulnisprozessen stand. Lukas schluckte trocken gegen den Würgereiz an. Er hatte genug gesehen. Mit einem Ruck am Seil gab er dem Mann von der Bergwacht, der ihn sicherte, zu verstehen, dass er den Rückweg antrat.

Oben angekommen, stieg er aus dem Klettergurt, legte den Kopf in den Nacken, atmete tief die würzige Waldluft ein und versuchte, das Bild der Leiche wieder aus seinem Kopf zu bekommen.

»Lassen Sie mich an Ihren Träumen teilhaben?«

Eine rauchig-tiefe Stimme riss ihn aus seinen Gedanken. Widerwillig öffnete er die Augen und sah – nichts.

»Hier oben.«

Lukas grinste, als er das Persönchen sah, das mit in die Hüften gestemmten Fäusten von einem Felsvorsprung zu ihm heruntersah. Mit ihren weißblonden, fast silbrig glänzenden Haaren und der durchscheinenden Jacke, die sie über einem weißen, zarten Kleidchen trug, sah sie aus wie ein Waldgeist. Nur ihre Stimme wollte nicht so recht zu dem Bild passen.

Nachdem sie ihm einen Moment gegönnt hatte, sie zu mustern, fragte sie: »Wollen Sie nur gucken, oder helfen Sie mir herunter?«

Lukas grinste. »Und ich dachte schon, Sie könnten fliegen.« Schließlich musste sie ja auch irgendwie dort hinaufgekommen sein. Als sie sich bückte, reichte er ihr die Hände und ließ sie erst wieder los, als sie sicher neben ihm auf dem Forstweg stand.

»Danke.« Sie zog ein Päckchen Zigaretten aus ihrer Jacke und hielt es ihm hin.

»Nein danke.«

»Also, Mister Unbekannt. Wer sind Sie und was wollen Sie hier?«

»Lukas Zieringer. Ich bin der …«

»Der neue Hauptkommissar«, fiel sie ihm ins Wort. »Na, dann herzlich willkommen im Outback!«

Lukas grinste, als sie vor Freude auflachte. »Und wer sind Sie?«

»Doktor Hanna Teufel. Die leitende Rechtsmedizinerin.«

Das Lachen gefror ihm im Gesicht. Das konnte nicht sein. Wie konnte ein derart elfenhaftes Wesen sich freiwillig das Leben versauen, indem es ständig in die finstersten menschlichen Abgründe blickte? Zudem passte der Name so gar nicht zu ihrem Äußeren. Und dann war da auch noch ihr Kleid. Das alles war einfach zu – das richtige Wort wollte ihm partout nicht einfallen.

»Zu was?«

Erschrocken sah Lukas seine neue Kollegin an, als ihm bewusst wurde, dass er laut gedacht hatte. Große Klasse, dachte er. So schnell hatte er es bisher noch nie geschafft, sich vollends zum Trottel zu machen.

»Nichts«, sagte er schnell. »Ich wundere mich nur etwas über Ihre Arbeitskleidung.«

Doktor Teufel blickte an sich herunter und fing erneut an zu lachen. »Ich war auf dem Weg zur Geburtstagsfeier meiner Nichte, als der Anruf kam«, erklärte sie. Dann wurde sie ernst. »Den Todeszeitpunkt schätze ich vorerst auf etwa vor anderthalb bis zwei Tagen ein. Genauer geht das vor der Obduktion leider nicht. Und die Todesursache ist zwar offensichtlich, aber auch das muss ich mir noch genauer ansehen.«

* * *

»Gibt es irgendwelche Hinweise darauf, wer der Tote ist?«, wollte Fiedler wissen, als Lukas am nächsten Morgen ins Büro kam.

»Nein. Kein Ausweis, keine Papiere, kein einziger Hinweis auf seine Identität. Haarfarbe, Gesichtsfarbe, Statur, Größe, Kleidung …« Lukas zuckte die Schultern. Er hatte am Vortag den Fundort gemeinsam mit der Spurensicherung noch stundenlang nach Hinweisen abgesucht, aber nichts gefunden. Und auch der Nachmittag, den er und Emma damit verbracht hatten, ihre Nasen in die Rechner zu stecken, hatte nichts Erhellendes ergeben. »Er dürfte mit ziemlicher Sicherheit mitteleuropäischer Herkunft sein. Und falls bei der Sektion nicht noch eine Überraschung auf uns wartet, war das ein Mord durch aufgesetzten Kopfschuss.«

»Was sagt die Rechtsmedizin?«

Lukas widerstand dem Impuls, sich zu wiederholen. »Das ist momentan alles. Frau Doktor Teufel vermutet, dass der Todeszeitpunkt etwa eineinhalb bis zwei Tage zurückliegt. Und der Fundort ist definitiv nicht der Tatort.«

»Weiter«, forderte Fiedler ihn auf. »Dort oben lässt sich das vermutlich nicht so einfach bestimmen.«

»Die Forststraße im Bereich des Fundorts ist die letzte Möglichkeit, mit einem Auto hinzukommen, danach wird der Weg zu schmal. Der Täter hat dort angehalten, die Leiche ausgeladen und den Abhang hinuntergeworfen. Davon zeugen Bruchspuren an den Pflanzen, über die der Tote hinweggerollt ist. An der Stelle, an der er in den Abhang eingetragen wurde, gibt es keine Hinweise, dass die Tat dort stattgefunden hat. Wobei man das nicht hundertprozentig sagen kann, da dort noch jede Menge Laub vom Herbst liegt. Theoretisch hätte der Täter sein Opfer also erschießen und den Abhang hinunterrollen können und nur das Laub, das etwas von dem Blut abbekommen hatte, zusammentragen und wegschaffen müssen. Allerdings deutet nichts auf eine derartige Vorgehensweise hin.«

»Was meint die Spusi?«

»Das Gleiche.«

»Was geben die Datenbanken her?«, wandte sich Fiedler an Emma, die es sich ebenfalls nicht hatte nehmen lassen, trotz des herrlichen Sonntagswetters ins Büro zu kommen, damit sie auch ja nichts verpasste.

Emma schüttelte den Kopf. »Bislang kein Treffer.« Als Fiedler etwas fragen wollte, hob sie die Hand. »Moment noch. Herr Zieringer hatte mich gestern bereits angerufen, als er am Fundort war, und mir die Beschreibung des Toten durchgegeben und ein Foto geschickt. In unseren Datenbanken ist der aber nicht. Ich habe das Foto und die Beschreibung der Kleidung an die Kollegen in Österreich geschickt, da warte ich aber noch auf eine Antwort.«

»Gut.« Fiedler stand auf und bückte sich nach seinem Bleistift, der über die Tischkante gerollt und zu Boden gefallen war. »Sollte die Anfrage bei den Kollegen nichts bringen, dann geben Sie eine Meldung an die Zeitungen heraus.«

»Ich wäre dafür, die Bevölkerung sofort um Mithilfe zu bitten«, wandte Lukas ein.

»Finden Sie nicht, dass das etwas zu früh ist?«

»Nein. Das Opfer ist seit mehr als vierundzwanzig Stunden tot, und wenn es bisher keine Vermisstenanzeige gibt, dann können wir nicht davon ausgehen, dass die in absehbarer Zeit bei uns eintrudelt. Falls der Tote keine Angehörigen oder einen festen Job hat, kann es noch Tage oder Wochen dauern, bis jemand ihn vermisst. Außerdem zeugt ein aufgesetzter Kopfschuss von äußerster Kaltblütigkeit. Ganz sicher ist da kein Ehestreit eskaliert und die Frau hat ihren Mann im Affekt umgebracht. Das war eine Hinrichtung. Allein aus diesem Aspekt ist höchste Eile geboten.«

»Einverstanden«, sagte Fiedler, kritzelte etwas auf den Block, der vor ihm lag, riss das Blatt ab und schob es Emma hin. »Sieh zu, dass das gleich Montagfrüh an die Tageszeitungen rausgeht. Ich möchte, dass das Foto so schnell wie möglich in jedem noch so kleinen Käseblatt mit einem entsprechenden Text erscheint.« Er warf einen Blick auf die Uhr. »Noch irgendeine Idee, wie wir weitermachen sollen?«

86

Bedrückt schüttelte Lukas den Kopf. »Solange wir nicht wissen, wer der Tote ist, haben wir keinen Anhaltspunkt, an dem wir ansetzen können. Emma und ich haben gestern wirklich jedes Staubkorn umgedreht, aber da ist rein gar nichts.«

»Dann geht nach Hause und seht zu, dass ihr wenigstens noch was vom Sonntag habt«, ordnete Fiedler an. »Keine Widerrede«, sagte er, als Lukas protestieren wollte. »Ich habe mich gestern erholen können und halte deswegen heute die Stellung. Falls es etwas Neues gibt, melde ich mich.«

* * *

»Entwarnung«, sagte Christof mit einem breiten Lächeln, als er sich an den Frühstückstisch setzte. Er öffnete eine Datei auf seinem Handy und legte das Gerät vor Maria auf den Tisch. »Wie ich gehofft habe, liest Frau Wieser auch am Sonntag ihre Mails.«

Liebe Gewinnerin und Gewinner, las sie, *es tut uns leid, dass es wegen der Unterkunft derartige Unannehmlichkeiten gibt! Leider haben wir erst gestern durch Sie erfahren, dass die Alm derzeit nicht bewohnbar ist, sonst hätten wir selbstverständlich für eine Alternative gesorgt. Zum Glück haben Sie aber etwas Adäquates gefunden, wenn man Ihnen auch derzeit dort nur zwei Zimmer anbieten kann. Bitte informieren Sie uns, ob Sie dort bleiben wollen (und können), ob Ihnen in absehbarer Zeit ein drittes Zimmer zur Verfügung steht oder ob wir etwas anderes für Sie suchen sollen. Bitte geben Sie uns im zweiten Fall einige Tage Zeit, da es,*

wie Sie bereits herausgefunden haben, wegen der
Ferien keine freien Zimmer in vertretbarer Nähe
zu unserer Rallye gibt.

Apropos Rallye: Die Instruktionen für Sie
waren in der Alm hinterlegt. Wie Herr Bichler uns
aber mitgeteilt hat, sind Sie durch einen reinen
Zufall auf die richtige Fährte gestoßen ... :-)

In diesem Sinne ein erfolgreiches »Weiter so«
und herzliche Grüße
Ihre Belinda Wieser

»Habe ich was verpasst?«

Maria schreckte hoch, als sie Leons Stimme unmittelbar hinter sich vernahm.

»Guten Morgen, du Langschläfer«, neckte sie ihn. »Ja, du hast was verpasst. Es gibt gute Nachrichten. Lies mal.« Sie drückte ihm Christofs Smartphone in die Hand.

»Puh, sehr cool.« Leon streckte zwei Finger zum Victoryzeichen in die Luft. »Da haben wir ja mal Glück gehabt.«

Maria war sich da nicht so sicher. Auch wenn das Schreiben dazu beitrug, dass ihre Bedenken bezüglich der Rallye vom Tisch waren – ihre Zweifel, was Christof anbelangte, waren es nicht. »Und wie soll es jetzt weitergehen?« Sie blickte angespannt in seine Richtung. »Da ist nämlich auch noch ...« Maria zögerte einen Moment, da sie sich nicht sicher war, ob Leon das ebenfalls wissen sollte. Doch dann sagte sie sich, dass er jedes Recht hatte zu erfahren, mit wem sich das Zimmer teilen musste. »Da ist ja noch der Revolver, den du in deiner Tasche versteckt hast.«

»Wie bitte?« Leon verschluckte sich an seinem Kaffee und bekam einen Hustenanfall. »Du schleppst *was* mit dir herum?«, keuchte er entsetzt.

»Was du gesehen hast, ist kein Revolver, sondern eine Schreckschusspistole«, sagte Christof zu Maria. »Das habe ich dir doch gestern schon erzählt.«

»Und damit bist du in Köln durch die Sicherheitskontrollen gekommen?« Leon konnte es nicht fassen.

»Eben weil das Ding nicht echt ist, war das überhaupt kein Problem.«

»Ich glaube dir kein Wort«, sagte Maria in einem resoluten Ton. »Selbst dann hätten die dich gefilzt.«

»Das glaube ich auch«, stimmte Leon ihr zu. »Bei uns gilt auch eine Schreckschusspistole als Waffe.«

»Es ist mir egal, was ihr glaubt«, versuchte Christof die Situation zu retten. »Es ist nun mal so gewesen.«

»Dann hol das Ding doch her und zeig es uns«, sagte Maria in einem zuckersüßen Ton.

»Bist du verrückt?«, fragte Christof entgeistert. »Das Ding, wie du es nennst, sieht täuschend echt aus. Was denkst du, was für einen Aufruhr es geben würde, wenn ihr damit in der Öffentlichkeit herumfuchtelt?«

»Wegen mir kannst du sie uns auch auf dem Zimmer zeigen«, sagte Maria. »Und wenn du uns weiter anlügen willst, dann überleg dir bitte eine bessere Geschichte. Mit so einem Blödsinn beleidigst du nämlich unsere Intelligenz.«

Christof wurde klar, dass er um eine wenigstens halbwegs ehrliche Erklärung nicht mehr herumkam. »Ja, es stimmt«, gab er schließlich kleinlaut zu. »Da ihr nicht am Flughafen wart, als ich angekommen bin, habe ich die Zeit genutzt und mir eine besorgt.«

»Und wie bitte kommt man an die Info, dass es am Münchner Flughafen einen Schwarzmarkt gibt, auf dem man eine Knarre kaufen kann?«

»Wer sagt denn, dass es auf dem Schwarzmarkt war?« Christof schüttelte den Kopf.

»Ich muss Maria recht geben.« Leon sah Christof finster an. »Hör auf, uns für dumm zu verkaufen. Man kann in Oberbayern genauso wenig Waffen im Supermarkt kaufen wie in Frankfurt oder Köln.«

Christof blickte auf seine sorgsam geschnittenen Fingernägel. »Würdet ihr mir denn wenigstens glauben, dass es besser wäre, wenn ich euch diese Frage nicht beantworte?«

»Ich bin mir nicht sicher«, sagte Maria. »Aber ich glaube, dass es besser wäre, wir verabschieden uns hier voneinander und gehen getrennte Wege. Ich habe nämlich kein Interesse daran, meine Zeit mit einem Menschen zu verbringen, der mich anlügt. Und von dem ich nicht weiß, ob er nicht sogar ein Krimineller ist.«

Für einen Moment dachte Maria, sie hätte ein Flackern in Christofs Augen gesehen. Als sie ihn genauer ansah, meinte sie, dass es wohl mehr so etwas wie Schuldbewusstsein gewesen war. Doch dann sagte sie sich, dass sie sich getäuscht haben musste.

»Ich habe eine Idee«, sagte Christof eine halbe Stunde später. Zum Glück hatte er Maria besänftigen können, als die bereits fest entschlossen schien, ihre Zusammenarbeit aufzukündigen. Er hatte vorgeschlagen, dass jeder für sich alle bisher gesammelten Fakten nochmals überdenken und eine Strategie austüfteln sollte, wie sie mit ihren Ermittlungen weiterkommen könnten. Jetzt sah er seine beiden Mitstreiter prüfend an, dann nickte er. »Das müsste hinhauen. Warte.« Er hob abwehrend die Hände, als Maria ihm ins Wort fallen wollte. »Gib mir noch eine Minute.« Er zog ein Blatt Papier heran und machte sich ein paar Notizen.

»Ja, das würde passen«, sagte er, nachdem aus der einen Minute zehn geworden waren. »Erst mal bräuchte ich eine Information von dir, Maria. Du bist doch vermögend, richtig?«

»Äh, ja.« Maria war von der übergriffigen Frage so überrumpelt, dass ihr keine schlagfertige Antwort einfiel. »Aber wie kommst du darauf?«

»Es war ein Schuss ins Blaue«, gab er zu. »Aber da du einen offensichtlich teuren Friseur hast und ziemlich gute Kleidung trägst, war das recht naheliegend.«

Maria errötete ob des Kompliments. »Danke.«

»Gern geschehen. Du kannst also uneingeschränkt über eine größere Summe verfügen?«

Maria sah ihn stirnrunzelnd an. »Wieso willst du das wissen?«

»Erkläre ich dir gleich. Erst mal würde ich gern wissen, ob du fest angelegte Wertpapiere besitzt oder tatsächlich kurzfristig verfügbares Geld auf dem Girokonto hast.«

Maria fühlte sich ausgesprochen unwohl dabei, über ihr Vermögen zu reden. Zumal sie keine Ahnung hatte, worauf Christof hinauswollte. Und man hörte ja so einiges über Trickbetrüger und …

»Okay, ich verstehe«, sagte Christof, der Marias Miene richtig interpretierte und dem dabei klar geworden war, dass er so nicht weiterkommen würde. »Du willst mir das nicht sagen, und das ist auch dein gutes Recht. Kannst du mir wenigstens sagen, ob du über, sagen wir mal, fünfzigtausend Euro direkt, also ohne zeitliche Verzögerung, verfügen könntest?«

»Hm.« Widerwillig nickte sie.

»Gut. Sehr gut«, befand Christof.

Bevor er weiterreden konnte, wollte Maria nun aber doch sofort wissen, weshalb er so hartnäckig auf ihren finanziellen Verhältnissen herumritt.

»Ganz einfach.« Christof grinste. »Das wirst du aber besser verstehen, wenn du meinen Vorschlag gehört hast. Im Grunde geht es bei meiner Idee darum, dass du so tun sollst, als wolltest du mit der Saftfabrik Geschäfte machen. Der Mensch ist per se nun mal so gestrickt, dass er umso glaubhafter lügen kann, je eher der Hintergrund dazu tatsächlich seinen persönlichen Möglichkeiten entspricht.«

»Du meinst, wenn ich vorgeben müsste, reich zu sein, wirke ich überzeugender, wenn ich es auch in der Realität bin?«

»Genau. Es ist vielleicht nur ein minimaler Unterschied, aber ein guter Beobachter würde eben diesen merken.«

»Aber das ist doch in dem Fall völlig egal«, mischte sich Leon ein. »Schließlich ist das Ganze nur ein Spiel. Wir werden ja wohl kaum auf unsere schauspielerischen Fähigkeiten überprüft.«

Verdammt noch mal, da hatte der Bursche völlig recht. Ein erneuter Patzer und hoffentlich der Letzte, sonst würde zumindest Maria wieder misstrauisch werden und ihm tatsächlich noch einen Strich durch die Rechnung machen. Christof lächelte gequält. »Das stimmt natürlich. Ich will einfach nur, dass wir so gut wie möglich sind.« Er atmete heimlich auf. Die Kurve hatte er gerade noch hinbekommen. Erneut wandte er sich an Maria. »Also zu meiner Idee: Kannst du dir vorstellen, in die Fabrik zu marschieren und vorzugeben, dass du auf der Suche nach einem Unternehmen bist, das in deinem Auftrag diese Gemüsepampe herstellt, die derzeit so im Trend liegt?«

»Die Gemüsepampe heißt Smoothie.« Leon verdrehte die Augen.

»Genau. Hundert Punkte für den Grünschnabel.« Christof feixte.

»Und was soll das bringen?«, fragte Maria.

»Dass du dich in der Fabrik umsehen kannst.« Leon hatte verstanden, worauf Christof hinauswollte.

»Aber ich weiß doch gar nicht, worauf ich achten soll.«

»Das besprechen wir, falls du dich in die Lage hineinversetzen kannst und auch bereit wärst, einen derartigen Versuch zu wagen.«

Maria bestellte sich bei der Bedienung einen Milchkaffee und ein großes Wasser. Da die meisten anderen Gäste mittlerweile mit dem Frühstück fertig waren, konnten sie nun unbefangener reden. »Die Idee ist gut. Und eigentlich kann dabei ja nichts passieren«, sagte sie nach einer Weile. »Aber ich befürchte, dass ich mich verraten würde, wenn ich mich allzu neugierig umsehe.«

»Das können wir mittels einer Kamera lösen.« Leon war mit einem Mal in seinem Element. »Ich könnte dich so verkabeln, dass kein Mensch merkt, was du da eigentlich machst.«

»Und wenn doch?« Maria wurde allein bei dem Gedanken übel. »Wenn ich da mit einer Kamera hineinmarschiere, dann spüren die meine Nervosität doch schon aus fünf Kilometern Entfernung.«

»Wieso sollten sie? Die werden ja wohl kaum den Verdacht haben, dass du eine alte Fabrik ausspionieren willst, die kurz vor der Pleite steht.«

»Ich glaube auch, dass das keine gute Idee ist«, kam Christof Maria zu Hilfe. »Dafür ist Maria nicht abgebrüht genug. Und außerdem, wo willst du so ein Ding herbekommen?«

Leon grinste. »Da, wo du auch deine Wumme herhast. In München. Oder vielleicht gibt es ja auch in Miesbach einen gut sortierten Elektronikmarkt. Außerdem könnte ich doch mitkommen«, sagte er eifrig zu Maria. »Du gibst dich als meine Tante aus, deren Vermögen ich irgendwann erben soll. Dann wäre es logisch, dass ich dich begleite. Immerhin habe ich dich ja auf die Idee gebracht. Behaupten wir zumindest.«

7. Kapitel

»Also ich weiß nicht so recht«, sagte Maria am nächsten Tag unschlüssig. Nachdem sie mit der Sekretärin des Geschäftsführers von Orangidas einen Termin für den späten Nachmittag ausgemacht hatte, waren sie am Vormittag in München in einem riesigen Elektronikfachmarkt gewesen und hatten ein winziges Mikrofon samt Aufnahmegerät besorgt. »Ich finde das Vorgehen des Klubs einfach nur seltsam. Ich meine, was, wenn die Fabrik überhaupt nicht zum Spiel gehört? Dann machen wir uns doch komplett lächerlich.«

»Und wenn schon«, sagte Christof leichthin. »Falls es wirklich so wäre, dass die deinen Auftritt ernst nehmen, dann macht das doch nichts. Schlimmstenfalls bekommst du ein schriftliches Angebot, wie viel Kohle sie dafür haben wollen, dass sie dir zehntausend Smoothies produzieren. Dann schreibst du eben zurück, dass irgendwas Unvorhergesehenes in deiner Familie dich derzeit daran hindert, ins Geschäft einzusteigen.«

Maria kam nicht umhin festzustellen, dass Christofs Argumente schlüssig klangen. Sie wandte sich an Leon, der seine beiden Mitstreiter unsicher ansah. »Was meinst du denn?«

»Du hast recht«, antwortete er. »Ich kenne das auch anders. Dass wir noch immer keine Infos vom Klub über den weiteren Ablauf haben, ist schon irgendwie komisch.«

»Eben«, ereiferte sich Maria. »Da stimmt doch was nicht.«

»Ich würde dem keine allzu große Bedeutung beimessen«, wiegelte Christof ab. »Andere Klubs, andere Sitten. Bei uns kommt es schon auch mal vor, dass man ins kalte Wasser geworfen wird und eine Zeit lang im Nebel stochern muss. Ich finde das aber ganz erfrischend. Die Kripo bekommt schließlich auch keinen Ablaufplan, wenn sie in einem neuen Fall ermitteln muss.«

»Es gibt nur einen entscheidenden Unterschied, den du dabei außer Acht lässt.« Zwischen Marias Augenbrauen bildete sich eine steile Falte. »Und zwar, dass wir nicht die Kripo sind, sondern drei Amateure, die spaßeshalber fiktive Fälle lösen.«

»Na und? Lasst euch doch einfach mal auf etwas Neues ein. Der bayerische Klub wird schon wissen, was er tut.«

Nach einigem Hin und Her ließ Maria das Thema auf sich beruhen, obwohl es ihrer Meinung nach einen faden Beigeschmack hatte. Außerdem gab es etwas ganz anderes, auf das sie sich in den nächsten Stunden konzentrieren musste.

»Und du bist dir ganz sicher, dass das niemandem auffällt?«, fragte sie Leon, als sie in dem größeren der beiden Gästezimmer standen, das die Männer belegt hatten.

»Überzeug dich doch selbst.« Leon deutete auf den Spiegel, der an der Wand hing.

Maria trat einen Schritt näher heran und drehte sich nach links und rechts. »Ich kann nichts sehen«, sagte sie nach mehreren Versuchen.

»Und dabei hast du sogar gezielt nach der Kamera gesucht.« Leon grinste. »Das Ding ist so klein, dass es gar nicht auffallen kann.«

Nachdem sie das Equipment in München gekauft hatten, hatte Leon Marias Modeschmuck durchwühlt und eine kleine Brosche gefunden, die sich vorzüglich für sein Vorhaben eignete. Gegen ihren Protest hatte er mit einem Schraubenzieher einen Stein herausgebrochen und die Minikamera an dessen Stelle versteckt.

»Und wo soll das Kabel hin?«, fragte Maria.

»Ich fürchte, du wirst auch noch eine Bluse oder eine Jacke opfern müssen.« Leon grinste schief. »Wie wär's mit der, die du gerade anhast?«, deutete er auf die Jeansjacke, die Maria auf den ersten Blick gefallen hatte und mittlerweile zu einem Lieblingsstück geworden war.

»Auf keinen Fall«, sagte sie entrüstet. »Wenn du mir da ein Loch hineinmachst, dann erwürge ich dich.«

Als sich Maria, nachdem Leon einfach hinüber in ihr Zimmer marschiert war und die Türen des Kleiderschranks aufgezogen hatte, auch nach der Durchsicht aller anderen geeigneten Oberteile weigerte, ihm eins davon zu überlassen, wurde es Christof, der den Disput durch die beiden geöffneten Zimmertüren mit angehört hatte, zu dumm. »Komm mit«, sagte er und stand vom Tisch auf, an dem er in einem Bergführer geblättert hatte.

»Mitkommen? Wohin denn?«

Er deutete mit dem Daumen zum Fenster hinaus. »Wir laufen die paar Meter in die Stadt und kaufen dort ein geeignetes Teil.«

Eine Stunde später, in der Maria nicht nur eine passabel aussehende Bluse gefunden hatte, sondern auch Nähzeug und eine handgefertigte Kette, die sie gleich anlegte, waren sie zurück in der Pension, und Leon machte sich an die Arbeit.

»Am besten, du befestigst das Kabel da entlang.« Er deutete auf die Schulternähte der Bluse. »Kannst du dir den Empfänger in den BH stecken? Da würde er am wenigsten auffallen.«

Zwei Minuten später war klar, dass damit tatsächlich ein perfektes Versteck gefunden worden war.

»Und wie schaltet sich das Ding ein?«, wollte Maria noch wissen.

»Entweder wir lassen die Kamera schon laufen, wenn wir von hier losfahren, oder du schaltest sie vor Ort hierüber ein.« Leon drückte ihr eine kleine Fernbedienung in die Hand. »Du musst nur aufpassen, dass du die Knöpfe nicht verwechselst. Es wäre schlecht, wenn du Fotos anstatt eines Videos machst. Trotzdem wäre ich dafür, die Aufnahme erst zu aktivieren, wenn wir in der Fabrik sind, weil wir nicht testen können, ob der Speicherplatz auf dem Chip groß genug ist, um so lange zu filmen, oder ob der Akku genügend Saft hat. Es wäre also besser, wenn du das Ding erst anknipst, wenn wir da sind.«

»Ich bin mir sicher, dass ich vor Aufregung alles falsch machen werde«, sagte Maria bang. »Kannst du das nicht übernehmen? Ich meine die Kamera einschalten? Das müsste doch gehen, wenn wir nah genug zusammenbleiben.«

»Was ist los?«, fragte Christof leise, der Maria schon seit einer geraumen Weile beobachtete.

»Mich macht die Vorstellung nervös, in die Fabrik hineinzumarschieren.« Maria hörte auf, an einem kleinen Stück Nagelhaut herumzuzupfen, und rieb sich stattdessen die Arme, als würde sie frieren. »Vielleicht bin ich nur mein Leben lang viel zu …« Krampfhaft suchte sie nach einem passenden Wort. *Eingeengt* wollte sie nicht sagen, weil es ihr wie ein Verrat an Gunter vorgekommen wäre, wobei es vermutlich kaum eine angemessenere Bezeichnung dafür gab, was er ihr dreißig Jahre lang zugemutet hatte. »Ich habe einfach noch nicht viel von der Welt gesehen und wurde von meinem Mann zu sehr behütet«, umging sie das harte Urteil. »Das Mitmachen beim Krimiklub war schon eine richtig aufregende Erfahrung für mich, daran habe ich mich aber im Lauf der Zeit gewöhnt. Doch das hier geht einfach weit über das hinaus, was ich kenne, und es verunsichert mich.«

»Hör zu, Maria. Wenn dir das zu viel ist, dann blasen wir die ganze Sache ab.« Christof sah sie mit zusammengekniffenen Augen an. Er wollte um alles in der Welt verhindern, dass sie tatsächlich absprang, aber vielleicht brauchte sie den Freiraum, es selbst entscheiden zu können. Schließlich war eine hypernervöse Maria das Letzte, was seinem Plan nutzen könnte.

»Also gut, ich mache es«, sagte Maria nach einer kurzen Bedenkzeit. »Allerdings unter einer Bedingung: Wir werden hinterher alles dransetzen, endlich jemanden vom Klub persönlich zu erreichen. Und falls uns das noch immer nicht gelingt, fahren wir zurück nach Fischbachau und suchen die Alm, die wir eigentlich bewohnen sollten. Vielleicht finden wir ja sogar …« Ein Ruck ging durch ihren Körper und dann klatschte sie in die Hände. »Oh Mann, sind wir dumm. Belinda Wieser hat in ihrer Mail doch geschrieben, dass dort Instruktionen für die Rallye hinterlegt worden sind.« Plötzlich brannte wieder ein Feuer in ihr. Aufgeregt sprang sie auf. »Sollen wir nicht besser gleich hinfahren und die Unterlagen holen?«

»Finde ich nicht so gut«, intervenierte Christof mit einem Blick auf die Uhr. »Der Termin in der Fabrik ist in einer Dreiviertelstunde, und wenn wir jetzt noch nach Fischbachau und wieder zurück wollen, dann ist das Stress pur.«

»Christof hat recht«, sagte Leon zu Maria. Ihm war ihre Nervosität ebenfalls nicht entgangen. »Aber ich verstehe, wenn du es nicht machen willst.« Er sah Christof nachdenklich an. »Wie wäre es, wenn wir beide hinfahren? Du könntest dich als mein Onkel ausgeben, der meine Tante vertritt, weil sie plötzlich krank geworden ist.«

Panik flackerte in Christofs Augen auf. Schnell senkte er den Blick, um sich nicht zu verraten. »Ich glaube nicht, dass das eine gute Idee ist«, sagte er gequetscht. »Das klingt viel zu sehr nach Ausrede. Ich meine, wie soll dein Mann so schnell nach München kommen? Außerdem warst du vor ein paar Stunden, als du mit der Sekretärin telefoniert hast, noch völlig gesund. Du musst dir einfach vor Augen halten, dass die Aktion entweder umsonst ist, weil die Fabrik nichts mit der Rallye zu tun hat, dann verschwendest du schlimmstenfalls die Zeit des Geschäftsführers. Oder wir haben richtig kombiniert, die Firma ist Teil des Spiels, dann sind wir auf der richtigen Spur, und ihr kommt mit wertvollen Informationen zurück.« Erleichtert bemerkte er, dass Maria bei seinen Worten ruhiger wurde. »Welche Situation auch zutrifft, es ist jedenfalls beides harmlos.«

* * *

»Guten Tag.« Unauffällig wischte sich Maria die rechte Hand an ihrer Jeans ab. Ihr Gesprächspartner musste ja nicht unbedingt merken, wie aufgeregt sie war.

»Seawus beianand«, begrüßte Hans Keller die beiden Besucher. Dann lachte er. »Keine Sorge, wir sprechen hier auch hochdeutsch.« Er führte sie durch einen unscheinbaren Vorraum zu einer Treppe, über die sie in den ersten Stock gelangten.

»Was kann ich für Sie tun?«, fragte er, nachdem sie sich an den Besuchertisch in seinem Büro gesetzt hatten, das in krassem Widerspruch zu den unteren, heruntergekommenen Räumen stand. Der Schreibtisch war ein hochmoderner Kubus in Betonoptik, die quietschgrünen Stühle waren dem Stil der 1960er-Jahre nachempfunden, an der Wand stand eine antike Truhe, die augenscheinlich ein Vermögen gekostet hatte, und darüber hing eine große quadratische Uhr aus gerostetem Rohstahl, die mittels geschriebener Wörter die Zeit anzeigte.

»Ja, also, ich habe etwas Geld geerbt und will das nicht auf der Bank liegen lassen«, hielt sich Maria nicht mit langen

Vorreden auf. »Außerdem will ich weg von Nordbayern, und weil ich gern mit Lebensmitteln experimentiere, hatte ich die Idee, diese Säfte zu produzieren, die gerade so modern sind. Smuti…« Sie brach ab und sah Leon hilflos an.

»Smoothies«, sprang er ein.

»Ja, genau.« Maria nickte zur Bestätigung.

»Und wie kann ich Ihnen dabei helfen?«

»Ich suche ein Unternehmen, das Interesse an einer Zusammenarbeit hat«, antwortete Maria. »Ich will keine Fabrik kaufen oder bauen; ich bin auf der Suche nach einem Betrieb, der die entsprechenden Produktionsmöglichkeiten bereits hat. Also schneiden, pressen, entsaften, wiegen und abfüllen. Was auch immer nötig ist. Und ich bin bereit, Kapital einzusetzen, falls zusätzliche Maschinen benötigt werden«, sagte sie schnell, als sich Kellers Gesicht zu einer Grimasse verzog.

Mit einem Mal glomm Interesse in seinen Augen auf. »Von welcher Summe sprechen Sie?«

Diesen Punkt hatten Maria und Christof im Vorfeld ausführlich diskutiert. Leon war ihnen dabei keine große Hilfe gewesen, da er von Investitionen keine Ahnung hatte. Immerhin hatte er im Internet herausgefunden, dass die Maschinen, die sich für derartige Zwecke eigneten, um die hunderttausend Euro kosteten.

»Damit locken wir aber niemanden hinterm Ofen vor«, sagte Christof skeptisch.

»Also hör mal«, erwiderte Maria empört. »Das ist doch eine Stange Geld.«

»Da hast du schon recht«, stimmte ihr Christof zu. »Wir müssen aber bedenken, wenn jemand wirklich in größere krumme Geschäfte verwickelt ist, dann sind hunderttausend eher kleine Fische.«

Jetzt lächelte Maria den Geschäftsführer freundlich an. »Das kommt natürlich darauf an, welche Maschinen bereits vorhanden sind und genutzt werden könnten und welche neu angeschafft werden müssten. Da wäre erst mal Ihre Erfahrung gefragt. Aber um Ihnen einen Rahmen zu nennen, würde ich von bis zu zweihundertfünfzigtausend Euro ausgehen, die ich bereit wäre auszugeben.«

Nun war Kellers Interesse definitiv erwacht. Mittels einer ahnungslosen Investorin war es relativ einfach, Geld in größeren Mengen zu waschen. Das würde er ihr aber nicht auf die Nase binden.

»Sagen wir, ich bin interessiert.« Er lächelte ein schmieriges Lächeln, das seine Augen nicht erreichte.

»Wir würden uns gern ein wenig umsehen, um einen ersten Eindruck zu gewinnen«, sagte Maria. »Wäre es möglich, dass Sie uns herumführen und die Anlage zeigen?«

»Und? Hat es funktioniert?«, wollte Christof wissen, als Maria und Leon wieder in der Pension auftauchten. Er hätte es nie zugegeben, aber er saß schon wie auf glühenden Kohlen, als der kleine Fiat endlich in den Parkplatz des Gästehauses einbog.

»Das wissen wir, wenn wir die Daten ausgewertet haben.« Leon grinste. »Erst will ich aber was essen.«

»Kannst du deinen Hunger nicht hintanstellen?«, fragte Christof ungeduldig. »Ich sitze schließlich seit einer halben Ewigkeit hier und warte auf euch.«

»Hört auf zu streiten.« Maria war unendlich erleichtert, dass die Scharade vorbei war und Keller sie ihnen offensichtlich abgenommen hatte. »Ich gehe schnell auf mein Zimmer, ziehe das hässliche Ding aus, dann besorge ich uns was im Supermarkt. Ich bin froh, wenn ich ein paar Schritte laufen kann, ich habe nämlich immer noch weiche Knie. Ihr könnt euch inzwischen mit der Aufnahme aus der Kamera beschäftigen.«

Als Maria vom Einkaufen zurückkam, schäumte sie vor Wut. Christof und Leon sahen erschrocken hoch, als sie einfach in deren Zimmer platzte und die Tür mit einem Knall hinter sich ins Schloss warf.

»Was ist denn mit dir los?«, fragte Christof, von ihrer Energie völlig überrumpelt.

»Was mit mir los ist?«, schrie Maria. »Das fragst du mich? Ausgerechnet *du?*«

»Maria, bitte komm wieder runter«, sagte Leon ängstlich, der das ungute Gefühl hatte, dass sie kurz davorstand, einen Mord zu begehen.

»Nein, ich komme nicht runter. Da!« Sie bückte sich, zog einen Packen Papier aus der Einkaufstüte und warf ihn mit so viel Schwung auf den Tisch, dass er darüber hinaussegelte und auf den Boden platschte.

Leon bückte sich und sammelte die Einzelteile ein, in die sich die Zeitung zerlegt hatte. »Was regt dich denn so auf?«, fragte er, als er sah, dass es die aktuelle Ausgabe des *Miesbacher Anzeigers* war.

»Das werde ich euch zeigen. Gib her!« Wutschnaubend riss sie ihm die Blätter aus der Hand und sortierte sie in die richtige Reihenfolge. Als das Exemplar wieder komplett war, hielt sie es Christof so dicht vor die Nase, dass er nichts lesen konnte.

»Ach Maria!« Er griff nach ihrem Arm und drückte ihn weg von sich, bis er die einzelnen Buchstaben erkennen konnte. Dann wurde er blass.

»Was ist denn?«, fragte Leon, der sich keinen Reim darauf machen konnte, was wirklich los war. Er entriss Maria die Ausgabe und setzte sich damit an den Tisch.

Entsetzt sprang er sofort wieder hoch. »Das ist nicht wahr, oder?«

»Doch.« Maria stand mit in die Hüften gestemmten Fäusten vor Christof und blitzte ihn wütend an.

Leon stellte sich neben sie und konnte plötzlich den unwiderstehlichen Drang verstehen, einen anderen Menschen erwürgen zu wollen.

»Findest du nicht, dass du uns eine Erklärung schuldig bist?«, fauchte Maria, als Christof mit herabhängenden Armen dastand und kein Wort der Entschuldigung hervorbrachte, was ihrer Meinung nach mehr als angebracht gewesen wäre. »Und jetzt erzähl mir bloß nicht, dass du nicht auf irgendeine Art und Weise deine Finger da drin hast! Deine ganzen Ausreden, deine Lügen und dazu die Pistole. Das hat alles rein gar nichts mit der Rallye zu tun, richtig?«

Christof schluckte. »Können wir uns vielleicht hinsetzen?«, fragte er mit einem leichten Zittern in der Stimme.

»Nein. Ich will mit dir an keinem Tisch mehr sitzen«, stellte Maria fest. »Im Stehen redet es sich genauso gut.«

»Lass gut sein, Maria.« Leon war offensichtlich der Einzige, der so etwas wie einen klaren Kopf behielt. Er legte die Zeitung vorsichtig auf den Tisch, packte Maria an den Schultern und schob sie zu dem Stuhl, der am Fenster stand. »Hinsetzen«, befahl er und deutete auf einen weiteren Stuhl. »Du auch«, sagte er zu Christof.

Als sie endlich alle in der Runde zusammensaßen, schrie ihnen das Foto, das auf der Titelseite des Miesbacher Anzeigers prangte, förmlich entgegen.

Wer kennt diesen Mann?

»Zumindest du kannst diese Frage beantworten, richtig?«, giftete Maria in Christofs Richtung. Dann zog sie das Blatt zu sich her und fing an, laut vorzulesen.

Am Samstag wurde ein unbekannter Toter von einem Wanderer bei einer Tour auf den Wendelstein entdeckt. Da der Mann keine Ausweispapiere bei sich trug, bittet die Polizei um Ihre Mithilfe. Sachdienliche Hinweise bitte an die Polizei Miesbach oder an jede andere Polizeidienststelle.

Maria legte den Bogen zurück auf den Tisch. Dann sah sie Christof böse an. »Und nun zu dir.«

Christof zuckte hilflos mit den Schultern. »Ich weiß nicht, wo ich anfangen soll«, sagte er kläglich.

»Am besten am Anfang.«

»Ja, das wäre vielleicht das Beste.« Er sah mit brennenden Augen von dem Foto hoch. »Dazu müsste ich aber weit ausholen.«

Maria wischte den Einwand beiseite. »Nur zu. Wir haben Zeit.«

»Also zunächst, ich heiße nicht Christof, sondern Markus.« Christof, der plötzlich nicht mehr Christof heißen wollte, war weiß wie die Wand. »Markus Hanke. Ich komme nicht aus Köln, sondern aus Hamburg. Und ich bin auch weder Mitglied im Krimiklub noch habe ich irgendeinen Preis gewonnen.«

Maria klappte die Kinnlade herunter. Ein ähnlicher Gedanke war zwar bereits durch ihr Gehirn gegeistert, als sie den Artikel gelesen hatte, sie hatte ihn jedoch als zu absurd wieder zur Seite geschoben. Doch nun zeigte sich, dass ihr Instinkt sie nicht getrogen hatte. »Das dachte ich mir bereits. Also was soll der Mist?«

»Meine Zwillingsschwester Leni kam vor fünf Wochen in die Gegend, um hier Urlaub zu machen.« Er zögerte, dann gab er sich einen Ruck. »Na ja, hauptsächlich, weil sie an einer Drogenstory dran ist. Sie ist Journalistin und lebt nördlich von München«, fügte Markus erklärend hinzu. »Ihr Freund«, er biss sich auf die Unterlippe und tippte auf das Zeitungsfoto, »Sven ist … war«, verbesserte er sich rasch, »ein Kollege von ihr. An den Nachnamen erinnere ich mich nicht. Seit einiger Zeit wird München von Drogen überschwemmt, die nachweislich hier aus der Gegend stammen.«

»Wie kann man denn so etwas nachweisen?«, unterbrach Leon ihn neugierig. Seine erste Wut war bereits verraucht, was sicherlich seiner Jugend geschuldet war. Jetzt brannte er nur noch darauf zu erfahren, was Christof, nein, halt, was Markus dazu bewogen hatte, sich mit fremden Federn zu schmücken.

»Keine Ahnung. Aber Leni hat gute Kontakte zum Münchner Drogendezernat. Möglicherweise hat sie den Tipp von dort bekommen.« Markus strich sich über seinen Dreitagebart. »Jedenfalls haben die beiden Wind von der Sache bekommen und beschlossen, auf eigene Faust Nachforschungen anzustellen.«

»Ziemlich bescheuert«, stellte Leon fest.

»Das habe ich auch zu Leni gesagt. Aber sie war schon als Kind ein Dickkopf, der alles, was ihm erst mal in den Kopf gekommen war, durchsetzte. Und wenn es mit der Brechstange sein musste.«

»Da unterscheidet sie sich offensichtlich kaum von ihrem Bruder«, sagte Maria böse und forderte ihn auf, weiterzureden, als er den Kopf hängen ließ.

»Leni und ich standen uns schon immer sehr nah. Seit sie nach Bayern gezogen ist, haben wir uns jeden Tag zumindest kurze Nachrichten geschrieben oder telefoniert, wenn es unsere Zeit erlaubte. Aber jetzt …« Er sah Maria in die Augen und nun war die nackte Angst darin förmlich greifbar.

»Wann hast du zuletzt etwas von ihr gehört?«, hakte sie leise nach. Sie hatte das erste Mal, seit sie sich kannten, das Gefühl, den echten Christof beziehungsweise Markus vor sich zu haben.

»Vor einer guten Woche. Deswegen habe ich mich ins Auto gesetzt und bin hierhergekommen. Ich hatte aber keinen Anhaltspunkt, wo ich nach ihr suchen sollte. Das heißt, sie hatte mir in unserem letzten Telefonat von der Limonadenfabrik erzählt und dass sie da hinfahren wollte.«

»Ich kapiere das alles nicht«, sagte Leon skeptisch. »Wie bist du denn auf uns gekommen?«

Maria schnappte nach Luft, als ihr etwas durch den Kopf schoss. »Und was ist mit dem echten Gewinner der Rallye passiert? Du hast ihn doch nicht ...« Die Vorstellung war so ungeheuerlich, dass sie es nicht wagte, sie laut auszusprechen.

»Umgebracht?« Markus sah Maria entsetzt an. »Natürlich nicht! Der hat sich ein Ticket nach Mallorca gekauft und liegt vermutlich mit einem Kübel Sangria am Strand von El Arenal und lässt sich die Sonne auf den Bauch scheinen.« Unschlüssig fuhr er sich mit beiden Händen durch die Haare. »Auf euch bin ich gekommen, weil ich vor der Fabrik Position bezogen und ein paar Stunden lang nur beobachtet habe, was dort passiert. Dann habe ich Sven gesehen«, er deutete mit dem Kopf zu dem Foto, »wie er sich im Hof mit jemandem gestritten hat. Anschließend sind die beiden in den Lieferwagen gestiegen und weggefahren. Ich bin ihnen mit genügend Abstand gefolgt, um nicht aufzufallen. Und als der Wagen vor der verfallenen Scheune in Fischbachau gehalten hat, habe ich mein Auto versteckt und bin ihnen zu Fuß nachgegangen.« Christof zuckte mit den Schultern. »Den Rest kennt ihr.«

»Nicht ganz«, widersprach Maria. »Erzähl zu Ende.«

Markus verzog den Mund. »Ich habe mich von hinten angeschlichen und habe gerade noch mitbekommen, wie der zweite Mann eine Pistole zog und den Freund meiner Schwester erschoss.« Schon von der Erinnerung wurde ihm erneut speiübel. »Ich war so – ich kann nicht beschreiben, wie es mir ging«, sagte er hilflos. »Erschüttert, entsetzt, ohnmächtig, alles miteinander. Man kann sich nicht vorstellen, was man empfindet, wenn direkt vor einem ein Mord passiert. Ich musste mich zusammenreißen, um mich nicht zu übergeben. Dann hat der Typ einen Kanister aus dem Wagen geholt und den Inhalt in der Scheune verteilt. Offensichtlich wollte er alles niederbrennen, damit Sven nicht mehr identifiziert werden kann.«

»Dummerweise war das aber Diesel«, erinnerte sich Leon.

»Genau.« Markus nickte. »Es gelang ihm nicht, das Zeug in Brand zu setzen, deswegen ist er weggefahren, vermutlich um einen besseren Brandbeschleuniger zu besorgen. Was mein Glück war, ich konnte mich nämlich nicht länger beherrschen und habe mich hinter dem Stadel erbrochen.«

»Dann habe ich mich nicht getäuscht«, sagte Leon. »Ich hatte doch gleich das Gefühl, dass es dort nach Kotze stank.«

»Und dann?«, fragte Maria leise. Ihr Zorn war größtenteils verraucht, und der Mann, der wie ein Häufchen Elend vor ihnen saß, tat ihr fast schon leid.

»Ich wollte hineingehen und nachsehen, ob Sven vielleicht doch noch lebt, aber dann seid ihr aufgetaucht. Ihr habt über irgendein merkwürdiges Spiel geredet, und ich habe zuerst überhaupt nichts verstanden. Doch dann ging mir ein Licht auf, und ich war drauf und dran, euch zu warnen, dass ihr auf dem Holzweg seid und dass das alles andere als ein Spiel ist. Ihr habt überlegt, ob ihr auf einen Christof Bichler aus Köln warten sollt, doch dann wurde euch klar, dass es eine Zumutung für den nur vermeintlich Toten wäre, einen ganzen Tag dumm rumliegen zu müssen. Daraufhin seid ihr abgezogen, um einen Koffer zu holen, und da ihr wiederkommen wolltet, habt ihr mir Zeit verschafft, darüber nachzudenken, was ich tun soll.«

»Und dann hast du den Schuppen selbst angezündet, anstelle mit uns zu reden.«

»Bist du irre?« Markus sah Leon mit aufgerissenen Augen an. »Das habe ich natürlich nicht getan. Außerdem wäre Sven dann ja in der Scheune geblieben und verbrannt.«

»Auch wieder wahr«, gab Leon zu und beschloss, besser den Mund zu halten. »Entschuldigung.«

»Angenommen.« Markus nickte. »Bevor ihr zurückkamt, hatte ich Zeit nachzusehen, ob Sven noch lebt.« Allein von der Erinnerung, wie er sich mit wackligen Knien in den Stadel geschlichen hatte, um den Freund seiner Schwester zu untersuchen, bekam er Gänsehaut. »Leider konnte ich keine Lebenszeichen mehr feststellen. Er war tot.« Markus schluckte. »Und dann kam auch schon der Fahrer des Lieferwagens zurück. Er hatte vermutlich bemerkt, dass ihr die Scheune betreten habt, und daraufhin beschlossen, dass es besser wäre, den Leichnam anderweitig zu entsorgen. Jedenfalls hat er ihn ins Auto gezerrt und dann das Weite gesucht. Allerdings nicht, ohne tatsächlich noch einen ganzen Kanister Benzin zu verschütten und die Hütte abzubrennen. Wahrscheinlich wollte er damit den letzten Rest jeglicher Spuren vernichten.«

»Und dann kam dir die Idee, dich bei uns einzuschleichen?«, wollte Leon wissen.

»Genau.« Markus biss sich auf die Unterlippe. »Es war zum Glück ziemlich leicht, herauszufinden, dass um die Uhrzeit nur ein Flug der Lufthansa aus Köln in München landen würde. Und dann habe ich dafür gesorgt, dass ihr nicht rechtzeitig am Flughafen auftauchen würdet.«

»Indem du uns die Luft aus den Reifen gelassen hast.«

Markus nickte betreten. »Es war das Einzige, was mir einfiel.«

»Und dann?« Maria wusste nicht, ob sie das wirklich wissen wollte. Obwohl Markus schon gesagt hatte, dass der richtige Mitspieler vermutlich gerade in der Sonne liegen würde … Nein, den Gedanken wollte sie nicht zu Ende denken.

»Dann bin ich zum Flughafen gefahren und habe mich mit einem Schild, auf dem *Christof Bichler* stand, in die Ankunftshalle gestellt und darauf gewartet, dass dieser Christof mich anspricht.«

»Und dann hast du zu ihm gesagt, dass es dir leidtut, er aber seine geplante Weiterreise nicht würde antreten können, weil du das für ihn übernimmst.«

»So ungefähr war es, ja.«

»Ich glaube dir kein Wort.« Marias Zweifel kamen mit Schwung zurück. »Du solltest aufhören, uns für dumm zu verkaufen.«

»Ach Maria, das mache ich doch gar nicht. Jedenfalls nicht mehr.« Markus lächelte gequält. Er hatte auch wieder etwas Farbe im Gesicht. »Ich habe Christof nur grob erklärt, was ich von ihm wollte. Das allein hätte vermutlich nichts bewirkt, aber alles hat natürlich seinen Preis. Und fast jeder Mensch hat den ebenfalls.«

»Du hast ihn bestochen?« Leon starrte Markus mit offenem Mund an.

»Ja, was denn sonst?« Markus machte eine entschuldigende Geste. »Es war zwar etwas teurer als gehofft, aber nicht so teuer, als dass ich es mir nicht hätte leisten können. Und außerdem ging es um meine Schwester.« Ein schmerzhafter Zug glitt über sein Gesicht. »Ich gäbe alles darum, sie lebend wiederzufinden. Aber angesichts der Ereignisse habe ich meine Zweifel. Ich werde keine Ruhe geben, solange ich nicht weiß, was aus ihr geworden ist.«

Ungläubig schüttelte Maria den Kopf. »Wieso bist du nicht zur Polizei gegangen?«

»Was hätte ich denen denn erzählen sollen?«, fragte Markus. »Dass ich Sehnsucht nach meiner Schwester habe? Ich hatte außer der Fabrik ja keinen Anhaltspunkt, wo sie sein könnte. Und wenn ich damit ohne einen einzigen Beweis bei der Polizei aufgetaucht wäre, hätten die mich nur ausgelacht.«

»Das kannst du doch gar nicht wissen!«

»Es ist eh egal.« Leon legte Maria eine Hand auf den Arm. Wieder war er es, der trotz seiner jungen Jahre einen klaren Kopf behielt. »Es ist so, wie es ist, und darüber zu diskutieren, was man hätte besser machen können, bringt nichts. Wir sollten lieber darüber reden, wie es jetzt weitergehen soll.«

»Wie es weitergehen soll?«, wiederholte Maria Leons Worte ungläubig. »Gar nicht wird es weitergehen. Jedenfalls nicht mit uns.« Sie drehte sich zu Markus. »Du hast uns in Gefahr gebracht, und dafür könnte ich dich eigenhändig erwürgen. Wenn du mit all deinen Annahmen recht hast, dann haben diese Leute deine Schwester entführt und vielleicht sogar ermordet, genau wie ihren Freund. Was zum Henker dachtest du, würden die mit uns machen, falls wir auffliegen?«

»Du hast absolut recht, Maria«, gab Markus kleinlaut zu. »Ich kann nichts dazu vorbringen, was mein Verhalten auch nur annähernd rechtfertigt. Das Einzige, was ich zu meiner Entschuldigung sagen kann, ist, dass ich so große Angst um Leni habe, dass mir jedes Mittel recht war, um sie zu finden.« Er hatte Tränen in den Augen, als er fortfuhr. »Ich weiß, dass ich es mir nie verzeihen könnte, wenn euch etwas zugestoßen wäre. Und es war mir auch vorher bewusst, dass das passieren kann. Aber ich konnte nicht aus meiner Haut, verstehst du?«

Maria dachte eine Weile über seine Worte nach. »Ich nehme an, die E-Mail vom Klub, die du uns gestern präsentiert hast, war eine Fälschung.« Es war mehr eine Feststellung als eine Frage.

»Ja«, gab Markus schuldbewusst zu. »Ich wollte euch mit aller Macht daran hindern, den Klub zu kontaktieren, da sonst natürlich alles aufgeflogen wäre.« Müde erhob er sich und ging mit wackligen Schritten zum Kleiderschrank. Er wühlte eine Weile in seiner Tasche, bis er gefunden hatte, was er suchte.

»Auch das war ich«, sagte er, als er einen flachen Gegenstand vor Maria auf den Tisch legte.

»Mein Handy!« Ungläubig sah Maria auf. »Wie kommst du denn da dran?«

»Ihr wart so abgelenkt, als ihr bemerkt habt, dass ihr keine Luft mehr in den Reifen hattet, dass ich deine Tasche durchsuchen konnte, die du auf dem Tisch hast liegen lassen. Das

110

war einfach Glück«, sagte Markus und rieb sich mit fahrigen Bewegungen übers Gesicht. »Damit war schon mal klar, dass ihr vorerst keine Möglichkeit haben würdet, im Klub anzurufen, weil Leon dir gesagt hatte, dass er kaum noch Guthaben auf seiner Prepaidkarte hat. Ich habe einfach gehofft, dass ihr das mir überlassen würdet, sobald ich bei euch eingetroffen war.«

»Ich kann nicht glauben, wie naiv wir gewesen sind«, sagte Maria. Dann verbesserte sie sich. »Wie naiv *ich* war.« Schließlich war Leon noch ein halbes Kind. Ihn traf am wenigsten eine Schuld. »Ich hatte immer wieder ein blödes Gefühl, als ob irgendetwas nicht stimmt. Und doch habe ich mich jedes Mal wieder von dir einlullen lassen.«

Unschlüssig knickte sie Eselsohren in die Zeitung. Sie musste das alles verdauen und nachdenken, und das konnte sie nicht in diesem Zimmer. »Ich muss an die frische Luft«, sagte sie und stand auf. »Allein«, setzte sie hinterher, als die beiden Männer sich ebenfalls erhoben. »Ich bin in einer Stunde zurück, dann reden wir weiter.«

8. KAPITEL

»Was hast du jetzt vor?«, wollte Maria von Markus wissen, als sie von ihrem Ausflug zurückkam. Der Spaziergang hatte ihr gutgetan und sie war auch wieder in der Lage, klar zu denken.

»Ich weiß es nicht«, gestand er. »Ich habe gehofft, dass euch irgendwas einfallen würde. Aber das ist nicht der Fall, oder?«

»Vielleicht hättest du vorher spezifizieren sollen, wonach wir Ausschau halten sollen«, sagte Maria giftig. Obwohl sie nachfühlen konnte, was ihn zu seinen Lügen getrieben hatte, tauchten immer wieder Szenarien in ihren Gedanken auf, wie schlimm es für Leon und sie hätte ausgehen können, und das sorgte dafür, dass ihr Wutpegel trotz allem am Anschlag blieb.

»Ich gebe dir in allem recht, aber ich kann dir die Frage nicht beantworten, was ich jetzt vorhabe«, sagte er, da sie ihn prüfend ansah. »Ich fahre erst mal irgendwie nach München zum Flughafen, hole mein Auto und sehe dann weiter.«

»Maria«, sagte Leon leise. »Kann ich dich unter vier Augen sprechen?«

Maria, die bereits ahnte, worauf der Jungspund hinauswollte, folgte ihm widerwillig in den Flur und verschränkte die Arme. »Was willst du?«

»Dir zuerst sagen, dass ich ganz deiner Meinung bin, dass Markus' Verhalten voll scheiße war. Das hätte in die Hose gehen können, und zwar so richtig.«

»Aber?«

»Aber er tut mir auch total leid. Ich weiß nicht, wie ich an seiner Stelle gehandelt hätte, wenn wir der einzige Strohhalm gewesen wären, den er noch gehabt hätte.«

»Weiter«, sagte Maria knapp.

»Und, ich meine, können wir ihm nicht vielleicht doch helfen?«

»Du spinnst«, stellte Maria wenig freundlich fest. »Willst du etwa so enden wie der Tote im Schuppen?«

»Natürlich nicht. Ich wollte nur versuchen, übers Internet ein paar Sachen herauszufinden. Das ist schließlich völlig ungefährlich.« Leon grinste schief und gab Maria Zeit, über seine Worte nachzudenken.

»Leon will dir einen Vorschlag machen«, sagte Maria zu Markus, als sie wieder ins Zimmer traten.

Der fast schon verzweifelte Blick, den Markus Leon zuwarf, ließ Marias Widerstand bröckeln, auch wenn sie das im Moment noch nicht zugeben wollte.

»Ja, also, ich hab mir gedacht, ich könnte vielleicht für dich ein paar Sachen herausfinden«, fing Leon unbeholfen an.

»Was meinst du damit?«

»Du weißt das ja noch nicht, aber ich habe Maria am ersten Tag erzählt, dass ich quasi Zwangsmitglied beim Krimiklub geworden bin, um einer Jugendstrafe zu entgehen.«

»Wieso denn das?« Markus' Neugier war geweckt und lenkte ihn für einen Augenblick von der Sorge um seine Schwester ab.

»Weil ich meine Nase zu tief in anderer Leute Geheimnisse gesteckt habe.« Leon feixte. »Ich habe mich in die Zentralrechner einiger großer Firmen gehackt.«

»So was kannst du? Respekt!«

Maria hüstelte und warf Markus einen warnenden Blick zu.

»Was denn?«, fragte der. »Der Bursche hier ist vernünftig genug, dass er weiß, dass das dumm war. Trotzdem ist es eine Leistung, so was zu schaffen.«

Maria beschloss, sich mit weiteren Einwänden zurückzuhalten. Schließlich war sie neugierig, wie Markus auf Leons Vorschlag reagieren würde.

»Also, jedenfalls kann ich so was. Und das waren keine kleinen Fische«, gab Leon, insgeheim stolz, zu. »Deswegen dachte ich mir, ich könnte vielleicht für dich herausfinden, wo deine Schwester untergekommen ist. Das heißt, natürlich nur, wenn sie in einer Pension oder einem Hotel gewohnt hat. Wenn sie sich privat ein Zimmer genommen oder bei Bekannten gewohnt hat, dann haben wir schlechte Karten.«

»Und wie soll das funktionieren?«

Leon wurde rot. »Wenn man in Deutschland in einer touristischen Unterkunft wohnt, muss man nicht nur das Zimmer, sondern auch eine Touristensteuer pro Tag und Kopf bezahlen, richtig?«

»Ich habe keine Ahnung, ob die überall erhoben wird, aber grundsätzlich ist das so.«

»Wenn so eine Gebühr verlangt wird, dann wird es auch eine Stelle geben, die das Geld und die Anmeldungen verwaltet, oder?«

»Mit Sicherheit.«

»Also zäumen wir das Pferd von hinten auf. Ich kann mir nämlich nicht vorstellen, dass so ein Amt so stark gesichert ist wie die NSA. Also müssten wir als Erstes herausfinden, wohin diese Steuergelder fließen, dann hacke ich mich in deren Datenbank ein und finde über den Weg heraus, von welcher Stelle der Meldezettel eingereicht wurde, den deine Schwester ausgefüllt hatte.«

»Das ist eine Wahnsinnsidee!«, rief Markus begeistert aus. »Aber was, wenn du dabei erwischt wirst?«

»So schnell kommen die nicht dahinter, woher ein Angriff kommt. Ich zweifle sogar sehr stark, dass sie es überhaupt merken würden. Außerdem gibt es die Möglichkeit, den Anschlag über ein paar weltweit vernetzte Server zu leiten, damit es so gut wie unmöglich wird, die Attacke zurückzuverfolgen.«

»Wie könnte es denn auffallen?«, wollte Maria wissen, die nicht den Hauch einer Ahnung hatte, worüber die beiden Männer sprachen. »Und wie könnte man herausfinden, wer hinter so was steckt?«

»Weil man dabei Einbruchsspuren hinterlässt«, versuchte Leon, es ihr in einfachen Worten zu erklären. »Stell dir so eine Datenbank wie dein Haus vor. Wenn du eines Tages feststellst, dass die Eingangstür nicht mehr richtig schließt, dann guckst du sie dir genauer an. Und dann stellst du fest, dass das Schloss einen Kratzer hat, und damit weißt du, dass sich jemand mit einem Dietrich daran zu schaffen gemacht hat.«

»Und was macht man in so einem Fall? Ich meine, wenn das Tourismusamt doch merkt, dass du bei denen eingebrochen bist?« Maria deutete auf seinen Computer.

»Zuerst versuchen sie über die IP-Adresse – das ist sehr vereinfacht gesagt so was wie die Postanschrift – herauszufinden, wo sich der Rechner befindet, von dem der Angriff gestartet wurde.«

»Und falls die das tatsächlich schaffen?«

»Dann sollten wir schnellstens von hier verschwinden.«

»Also ich weiß nicht.« Zweifelnd sah Maria Markus an. »Du solltest wenigstens so viel Anstand besitzen, es ihm zu auszureden.«

»Ich weiß. Aber das ist wieder ein Strohhalm, verstehst du? Außerdem verlasse ich mich auf Leon, wenn er sagt, dass er das schafft.«

»Darum geht es doch gar nicht. Es ist illegal, und Leon könnte sich damit in Teufels Küche bringen. Und wofür? Für einen Mann, von dem wir noch nicht mal wissen, ob wir ihm nach all seinen Lügen jetzt wirklich vertrauen können. Oder ob wir nicht ein weiteres Mal zum Narren gehalten werden«, setzte sie noch immer wütend hinzu.

»Könnt ihr bitte aufhören, euch zu streiten?«, bat Leon. »Ich bin nämlich noch gar nicht am Ende mit meinen Ideen.«

»Nein?« Markus sah Leon interessiert an.

»Nein. Ich würde mich an deiner Stelle fragen, ob deine Schwester überhaupt noch in der Gegend ist.«

»Natürlich ist sie das. Wo soll sie denn sonst sein? Außerdem hätte sie sich bei mir gemeldet, wenn sie abgereist wäre.«

»Hab ich schon kapiert.« Leon verdrehte die Augen. »Aber hundertprozentig ausschließen kannst du nicht, dass sie weg ist, oder?«

»Guter Punkt«, sagte Maria und warf Markus einen beredten Blick zu. Dann wandte sie sich wieder an Leon. »Und wie willst du das herausfinden?«

»Es gäbe – rein theoretisch natürlich«, Leon kicherte, als Maria ihn strafend ansah, »die Möglichkeit, die Computer der Airlines zu *befragen*, ob Leni von München aus irgendwohin geflogen ist.«

»Das geht entschieden zu weit!« Maria stemmte die Fäuste in die Hüften. »Du wirst uns hoffentlich nicht weismachen wollen, dass du so mir nichts, dir nichts in die Daten… – äh, Daten…«

»Datenbanken«, sprang Leon ein.

»Ja, genau. Jedenfalls glaube ich nicht, dass du dich auch da einhacken kannst. Die haben doch bestimmt ganz andere Sicherheitssysteme als das Touristenamt.«

»Das glaube ich auch«, sagte Markus zu Marias heimlicher Erleichterung. »Datenschutz ist deren heiligstes Gut. Und selbst falls du das schaffen könntest, ist mir die Wahrscheinlichkeit, dass du dabei auffliegst, ebenfalls zu hoch.«

Leon hatte den Disput völlig ungerührt verfolgt. Jetzt streckte er sich, dass seine Knochen knackten. »Das hätte ich nicht selbst ausprobiert«, gestand er mit einem schüchternen Lächeln. »Nicht, dass ich es nicht könnte, aber ich habe auch keine Lust, dass uns danach sämtliche Fluggesellschaften im Nacken sitzen.« Und ihn vielleicht mit einem lebenslangen Flugverbot belegen würden, was seine größte Sorge war. Das musste er den anderen aber nicht auf die Nase binden.

»Was soll der Vorschlag dann überhaupt?«, wollte Maria aber doch noch wissen.

»Ich hätte einen Freund darum gebeten.«

»Und den mit deiner Anfrage in Teufels Küche gebracht. Kommt überhaupt nicht infrage.« Maria warf Markus einen erzürnten Blick zu. »Für meinen Geschmack sind bereits viel zu viele unbeteiligte Personen in den Schlamassel hineingezogen worden.«

»Lass ihn doch erklären, wie er sich das vorstellt«, bat Markus trotzdem.

»Also, mein Kumpel hat von zu Hause aus noch ganz andere Möglichkeiten als ich hier«, setzte Leon an. »Vor allem kann der den Angriff in ein fremdes System über so viele Rechner auf der ganzen Welt umleiten, dass er dabei seine Spuren so verschleiert, dass hinterher jeder denkt, die Anfrage sei aus der hintersten Mongolei gekommen.«

Maria kaute nervös auf ihrer Unterlippe herum. »Trotzdem nein. Ende der Diskussion. Und das möchte ich auch dir geraten haben, wenn ich euch jetzt allein lasse«, sagte sie zu Markus. Sie sah auf die Uhr. »Überlegt euch genau, wie das mit dem Tourismusamt laufen soll. Ich gehe inzwischen zur Polizei.«

Markus sprang wie von der Tarantel gestochen hoch. »Zur Polizei?«, fragte er panisch. »Was willst du denn da?«

Maria deutete auf die Zeitung. »Aussagen, wer der Tote ist, natürlich.«

»Nein, Maria, bitte!« Markus warf ihr einen gequälten Blick zu. »Ich weiß, wir müssen erzählen, wer Sven war. Aber bitte, lass uns das genau überdenken. Falls wir jetzt einen Fehler machen, war vielleicht alles umsonst.«

»Aber wir können doch nicht nichts unternehmen.«

»Das ist schon richtig«, stimmte Markus ihr zu. »Trotzdem, nochmals bitte, lass uns das gut überlegen. Es ist ja auch schon Abend und vermutlich erwischen wir um diese Zeit niemanden, der mit dem Fall zu tun hat. Lass uns das auf morgen früh verschieben.«

»Wie sicher bist du dir, dass dein Freund das mit den Fluggesellschaften hinbekommen könnte?«, fragte Markus leise, nachdem Maria ihm versichert hatte, dass sie mit dem Zeitaufschub leben konnte, und in ihrem Zimmer verschwunden war.

»Annähernd hundert Prozent.« In Leons Augen glomm ein Licht auf. »Soll ich denn …?«

Markus fuhr sich mit beiden Händen durch die Haare. »Maria hat recht. Das ist eine Nummer zu groß. Aber die Idee mit dem Tourismusamt …« Ihm ging auf, dass Maria ihm einen Riesengefallen getan hatte, als sie aus dem Zimmer gerauscht war. »Maria hat sich eigentlich ja nur auf das Hacken der Airlines bezogen, oder?«

* * *

Als sie sich am nächsten Morgen im Frühstücksraum trafen, sah Leon schwer übernächtigt aus, und dazu waren seine Augen vom vielen Reiben knallrot.

Maria deutete die Zeichen sofort richtig.

»Reg dich nicht auf«, sagte Leon, bevor sie sich erneut ereifern konnte, und grinste verschmitzt. »Und bitte mach Markus keine Vorwürfe. Das Hacken ist nämlich wie eine Sucht, verstehst du? Das ist das Gleiche, wie wenn du einem Alkoholiker sagst, er soll die Finger vom Bier lassen, obwohl vor ihm ein frisch gezapftes Helles mit einer Schaumkrone steht, die aussieht wie der verheißungsvollste Nektar, den das Paradies zu bieten hat.«

»Blödmann«, kommentierte Maria seine blumige Beschreibung trocken. Dann seufzte sie und beugte sich zu ihm. »Und was kam dabei heraus, dass du dir die Nacht um die Ohren geschlagen hast?«, fragte sie so leise, dass die anderen Gäste, die bereits auf das Gespräch aufmerksam geworden waren, nicht hören konnten, worum es ging.

»Als Erstes, dass das Tourismusamt doch besser gesichert ist, als ich gedacht hätte. – Keine Panik«, sagte er schnell, da Maria ihn erschrocken ansah. »Ich bin natürlich reingekommen.«

»Ich habe keine Angst, dass es dir nicht gelungen ist, sondern vielmehr davor, dass du es geschafft hast und in fünf Minuten die Polizei vor der Tür steht.«

»Wird sie nicht.« Leon zwinkerte ihr zu und sah dabei so zufrieden aus wie eine Katze, die fünf Mäuse auf einmal erwischt hatte. »Jedenfalls habe ich …«

»Guten Morgen«, wurde er von Markus unterbrochen. »Was steckt ihr denn schon so früh am Morgen die Köpfe zusammen?«

»Ich wollte Maria gerade erzählen, dass ich das Hotel gefunden habe, in dem deine Schwester wohnt.«

Markus sah ihn an wie vom Donner gerührt. »Du hast *was?*«

»Psst, nicht so laut.« Leon winkte Markus mit dem Finger näher zu sich heran. »Leni war zwei Wochen in Holzkirchen, eine weitere in Schliersee und seit fünfzehn Tagen wohnt sie in einem kleinen Hotel hier in Miesbach, aus dem sie bislang nicht ausgecheckt hat.« Leon sah Markus bedrückt an. »Ich habe auch dem Hotel einen *Besuch* abgestattet und gesehen, dass in der ersten Woche regelmäßig Getränke oder kleine Snacks auf ihre Zimmerrechnung geschrieben wurden.«

»Und seither?«

»Nichts.«

»Verdammt.« Markus war aschfahl im Gesicht und krümmte sich, als ob er Schmerzen hatte. »Hast du sonst noch was herausgefunden?«

Leon nickte. »Deine Schwester hat das Zimmer allein belegt. Aber ich habe ihren Kollegen trotzdem gefunden, glaube ich zumindest. Ich habe mir die Gästelisten angesehen und bei allen drei Hotels taucht im jeweils gleichen Zeitraum auch immer der Name Sven Lohmann auf.«

»Das ist er.« Markus verzog schmerzlich das Gesicht. »Ich erinnere mich, dass sie den Nachnamen erwähnt hat.«

»Und jetzt?«, fragte Maria leise. »Wir müssen das der Polizei melden. Und überhaupt müssen wir denen auch alles andere erzählen, was wir herausgefunden haben.« Plötzlich hielt sie inne. »Moment mal, ich glaube ...« Sie unterbrach sich und ihre rechte Hand griff automatisch neben sich, als suche sie dort etwas. Als sie ihre Handtasche nicht finden konnte, sprang sie auf und murmelte: »Bin gleich wieder da.«

Es dauerte keine fünf Minuten und Maria kam mit einem aufgeregten Gesichtsausdruck zurück an ihren Tisch.

»Ich bin so ein Schussel«, sagte sie aufgeregt. »Mein Neffe war bei der Polizei in München tätig, hat sich aber vor einem Jahr beurlauben lassen. Wir haben uns noch nie gesehen, aber ...«, Maria winkte ab, als die beiden Männer sie ungläubig ansahen, »das ist eine lange Geschichte, die nicht hierhergehört. Wir hatten auch nur flüchtigen Kontakt. Karten zu Weihnachten und zu Ostern, so was eben. Jedenfalls hat Lukas mir vor ein paar Wochen geschrieben, dass er wieder im Dienst ist, sich aber ins bayerische Oberland hat versetzen lassen. Ich habe mir sofort vorgenommen, ihn zu besuchen, als ich vom Gewinn der Krimirallye erfahren habe. Vorausgesetzt, seine neue Dienststelle ist nicht allzu weit entfernt von Fischbachau. Vor lauter Aufregung über das, was hier alles vorgefallen ist«, sie warf Markus einen grimmigen Blick zu, »habe ich es aber zunächst wieder vergessen. Und nun ratet mal, wo er jetzt arbeitet.«

»Aber doch wohl nicht in Miesbach!«, sagte Leon ungläubig.

»Doch, genau hier. Schau!« Überglücklich drückte Maria ihm ihr Handy in die Hand, auf dem sie eine Mail geöffnet hatte. »Damit wissen wir auch, an wen wir uns wenden können!«

Markus starrte Maria mit offenem Mund an. »Willst du uns auf den Arm nehmen?«, fragte er ungläubig. »Du willst uns doch nicht ernsthaft weismachen, dass du *zufällig* einen Verwandten hast, der bei der Polizei ums Eck arbeitet und du das bis gerade eben nicht wusstest?«

»Bis gerade eben war das auch nicht wichtig«, entgegnete Maria spitz. »Besser gesagt bis gestern. Vielleicht erinnerst du dich, dass wir erst vor einem halben Tag erfahren haben, dass wir über eine echte Leiche gestolpert sind, weil du es nicht für nötig gehalten hast, uns darüber zu informieren. Und ich wollte erst die Rallye abschließen und die freien Tage danach nutzen, um mich mit Lukas zu treffen. Deswegen fand ich es auch nicht so dringlich, herauszufinden, wo er jetzt arbeitet. Jedenfalls bin ich mir sicher, dass wir ihn um Hilfe bitten können, ohne dass er uns dumm anmacht, weil wir nicht früher gekommen sind.«

»Wäre es okay, wenn wir das später machen?« Markus sah unendlich müde aus. »Ich möchte unbedingt vorher zu dem Hotel meiner Schwester fahren und nachfragen, ob ihre persönlichen Sachen noch dort sind. Oder wenn ihr wollt, könnt ihr auch allein zur Polizei gehen. Ich schreibe euch dann meine und

121

Lenis Personalien auf. Wenn es euch lieber ist, nichts mehr mit der Sache zu tun zu haben, dann verstehe ich das voll und ganz. Schließlich ist das wirklich nicht eure Angelegenheit.«

»Wegen mir können wir auch später zu den Bull... äh, zur Polizei fahren. Ich denke aber, wir können dir im Hotel kaum behilflich sein«, sagte Leon sofort. »Aber wie willst du da hinkommen?«

»Ich nehme mir ein Taxi.«

»Unsinn«, warf Maria ein. »Wenn es hier in Miesbach ist, kann es nicht weit weg sein. Wir fahren dich hin und gehen danach zur Polizei ...« Sie brach ab und sah ihn mit einem seltsamen Ausdruck an. »Es tut mir wirklich leid, Chris... äh, Markus«, verbesserte sie sich rasch. »Um deine Schwester, meine ich. Ich wünsche dir von ganzem Herzen, dass du sie bald findest und es ihr gut geht. Dass du uns in Gefahr gebracht hast, ist zwar unverzeihlich, aber da ich deine Beweggründe nun kenne und letztlich ja noch mal alles gut gegangen ist, würde ich sagen: Schwamm drüber. Wir werden das der Polizei auch nicht unter die Nase reiben, da schließlich niemand zu Schaden gekommen ist. Aber du wirst hoffentlich verstehen, dass für uns ...« Sie warf Leon einen fragenden Blick zu. Als er nickte, fuhr sie fort: »... dass an dieser Stelle für uns Schluss ist. Das Ding ist ein paar Nummern zu groß, als dass man es auf die leichte Schulter nehmen sollte, vor allem, da wir jetzt wissen, dass diese Männer völlig skrupellos sind und selbst vor einem Mord nicht zurückschrecken.« Maria holte tief Luft und eine leichte Röte überzog ihr Gesicht. »Nichtsdestotrotz hat es mir Spaß gemacht, mit dir zusammenzuarbeiten, als ich noch geglaubt habe, dass es sich nur um ein Spiel handelt. Deswegen bitte ich dich, dass du später wirklich auf die Polizeidienststelle kommst und eine Aussage machst.« Die Röte wurde tiefer. »Ich will nämlich nicht gern dein Bild als Nächstes auf der Titelseite sehen.«

Markus lächelte Maria dankbar an. »Das mache ich«, versprach er, ohne zu wissen, ob das eine wirklich gute Idee war. Er war sich sicher, dass Leni und Sven mit der Polizei gesprochen hätten, wenn sie davon überzeugt gewesen wären, dass die örtlichen Beamten sauber waren und ihre Finger nicht selbst im Drogenhandel oder sich gegen die Bezahlung eines ordentlichen Geldbetrags zum Schweigen verpflichtet hatten. Aber da er nun wusste, dass Marias Neffe zu dem Haufen gehörte, hielt er es für unangebracht, derartige Bedenken zu äußern.

Eine knappe Stunde später fuhr der Fiat langsam an dem Hotel vorbei, in dem Leni und Sven ihre Zimmer gebucht hatten.

»Ich lasse dich an der Ecke da vorn raus«, sagte Maria zu Markus, da sich an der Straße keine Möglichkeit bot, stehen zu bleiben. Sie kurvte an einem Kastenwagen vorbei, der dem Hotel gegenüber im Halteverbot stand und Kisten mit Obst für den kleinen Lebensmittelladen daneben ablud.

Beim Anblick der frischen Früchte lief Leon das Wasser im Mund zusammen. »Der Laden macht gerade auf. Können wir vielleicht …?«

»Klar«, antwortete Maria, die eine winzige Parklücke erspäht hatte. Sie rangierte souverän hinein, zog die Handbremse an und half Markus heraus, der sich freiwillig nach hinten gesetzt hatte.

Markus sah Maria und Leon noch eine Weile mit einem beklemmenden Gefühl hinterher, bis sie hinter der Tür des Tante-Emma-Ladens verschwanden, dann schüttelte er das Gefühl von Trauer ab, verdrängte alle weiteren Gedanken und betrat die winzige Lobby des Hotels. Und so bekam er nicht mehr mit, dass zwei finstere Gestalten, die in einem weißen Lieferwagen in der Vormittagshitze zu dösen schienen, mit einem Mal sehr wach aussahen und hektisch zu telefonieren begannen.

Nachdem er eine Weile im Vorraum gewartet hatte, klopfte Markus zum wiederholten Mal auf die abgegriffene Klingel, wenn auch mit deutlich mehr Energie als zuvor.

»I kimm ja scho«, murrte eine tiefe Stimme. Kurz darauf bewegte sich ein Vorhang, der ein kleines Büro verbarg, und ein verschlafen aussehender Mann trat mit geröteten Augen hinter den Tresen. Als er sah, dass im Foyer jemand stand, den er noch nie gesehen hatte, gähnte er herzhaft und ließ sich dann zu einer Antwort auf die noch gar nicht gestellte Frage herab: »Mia san voi. Kemmans in a boa Dog wieda.«

Nachdem er den hartnäckigen Besucher, der ihn mit offenem Mund anstarrte, von oben bis unten gemustert hatte, wechselte er in ein unbeholfenes Hochdeutsch.

»Wir sind voll. Kommen Sie in ein paar Tagen wieder. We are fully booked. Please come ...«

»No.« Markus hob die Hand. »Nein«, verbesserte er sich. »Meine Schwester und ein Bekannter von ihr haben hier zwei Zimmer gemietet. Leider sind sie seit über einer Woche verschwunden, verstehen Sie? Ich möchte mir das Zimmer gern ansehen ...« Markus unterbrach seinen Redeschwall, als er merkte, dass der alte Mann ihn mit einem Ausdruck völliger Verständnislosigkeit ansah.

»Nein, es ist nichts frei geworden.« Müde kratzte sich der Mann am Kopf, was ihm beim Denken zu helfen schien. »Sie wollen gar kein Zimmer!«, stellte er fest und rümpfte die Nase.

Markus war einen Moment lang in Versuchung, sich ebenfalls am Kopf zu kratzen, konnte sich in letzter Sekunde aber zurückhalten. Um nichts wollte er, dass sich der Mann, von dem er sich Hilfe erhoffte, verspottet vorkam. »Nein«, sagte er schließlich. »Meine Schwester ...« Er schluckte schwer, als ihm bewusst wurde, dass er vielleicht gleich den Grund für Lenis Verschwinden erfahren würde. Er schloss die Augen und suchte verzweifelt nach den richtigen Worten, als der alte Bayer ihn am Arm berührte.

»An Momend.« Er wandte sich zu einer schmalen Tür, die in einen Hinterhof führte, und schrie einer unsichtbaren Person etwas zu. Es dauerte keine fünfzehn Sekunden und ein zierliches junges Mädchen stob wie ein Wirbelwind herein.

»Was ist los, Papa?«

Der Bayer deutete auf Markus und bat seine Tochter in tiefstem Bayrisch, dem Gast, der doch keiner sein wollte, behilflich zu sein.

»Ich bin Sandra, guten Tag«, sagte das Mädchen in akzentfreiem Hochdeutsch belustigt. »Mein Vater meint, Sie möchten zwar ein Zimmer, aber keines mieten. Ich schätze, da hat er Sie falsch verstanden. Er hört leider nicht besonders gut.«

Erleichtert erwiderte Markus den Gruß und kam sofort zum Punkt. »Ich wollte fragen, ob ich das Zimmer meiner Zwillingsschwester sehen dürfte«, schloss er seine Erklärung. »Vielleicht finde ich dort einen Anhaltspunkt, wo ich nach ihr suchen soll.«

»Haben Sie einen Ausweis, der belegt, dass Sie auch wirklich mit Frau Hanke verwandt sind?«, fragte Sandra, nachdem sie ihren Vater über das Anliegen des ziemlich nervös wirkenden Fremden ins Bild gesetzt hatte.

»Ja, natürlich.« Markus holte seinen Geldbeutel aus der hinteren Hosentasche und zog seinen Personalausweis heraus. »Hier.«

Nachdem Sandra seinen Namen und das Geburtsdatum mit dem von Leni Hanke verglichen hatte, wechselte sie erneut ein paar Worte mit ihrem Vater, dann nickte sie. »Kommen Sie mit. Wir haben uns schon gewundert, weil Ihre Schwester und Herr Lohmann uns nicht darüber informiert haben, dass sie länger wegbleiben wollten. Aber da sie die Zimmer für vier Wochen im Voraus bezahlt und davon erzählt haben, dass sie eventuell auch mal ein paar Tage unterwegs sein würden, haben wir uns keine Sorgen gemacht. Allerdings kann ich Ihnen nur das Zimmer Ihrer Schwester öffnen, da Sie mit Herrn Lohmann nicht verwandt sind. Hier entlang, bitte.« Sandra deutete auf eine schmale Treppe, die in den ersten Stock führte. »Ich muss Ihnen mit dem Generalschlüssel aufsperren; Ihre Schwester hat ihren Zimmerschlüssel mitgenommen.«

Kurz darauf blieb sie vor einer Tür stehen, zog einen kleinen Schlüsselbund aus der Jeans und öffnete ihm. »Ich lasse Sie allein. Kommen Sie einfach nach unten, wenn Sie fertig sind, in Ordnung? Dann schließe ich wieder ab.«

Markus bedankte sich, betrat den Raum und zog die Tür hinter sich zu. Als er den kleinen handgenähten Stoffhasen auf dem Kopfkissen sah, den Leni vor Jahren von ihrer Mutter geschenkt bekommen hatte und den sie seither immer mit auf ihre Reisen nahm, wurde ihm übel. Die Angst um seine Schwester schwappte wie eine Welle über ihn hinweg, und er musste sich an einem der gedrechselten Bettpfosten festhalten, da ihm schlagartig schwindlig wurde.

Als es ihm nach ein paar Sekunden wieder besser ging, fing er an, das Zimmer nach Hinweisen zu durchsuchen. Schnell stellte er fest, dass sie keine längere Abwesenheit geplant haben konnte. Ihre Reisetasche lag im Schrank, alle Kosmetikartikel, die eine Frau normalerweise benötigte, waren in dem kleinen fensterlosen Badezimmer verstreut und ihre elektrische Zahnbürste stand in der Ladestation.

»Scheiße«, flüsterte Markus. Der winzige Hoffnungsschimmer, dass sie einfach nur irgendwo in den Bergen unterwegs war und ihr Handy den Geist aufgegeben hatte, zerplatzte wie eine Seifenblase im Wind. Verzweifelt sah er sich um, stürmte fast auf den Schreibtisch zu, der neben dem Bett stand und auch als Nachtkästchen diente, und riss die Schublade mit einem so heftigen Ruck aus der Führung, dass der Griff abbrach. Während er nach den losen, mit kleinen schwungvollen Buchstaben beschriebenen Blättern griff, warf er gleichzeitig einen Blick aus dem Fenster, das zur Straße führte.

Dort entdeckte er Maria und Leon, die mit zwei großen Tüten beladen aus dem Lebensmittelladen kamen. Er riss das Fenster auf und wollte sich bemerkbar machen, als zwei grobschlächtige Männer aus einem weißen Lieferwagen sprangen und das ungleiche Paar überrumpelten. Bis die beiden überhaupt bemerkten, was ihnen geschah, wurden ihnen Lappen in die Gesichter gedrückt, die offensichtlich mit etwas getränkt waren, denn nach einem kurzen Zucken wurden ihre Glieder schlaff, sie wurden grob in den Laderaum gestoßen, die beiden finsteren Gestalten sprangen vorn hinein und dann fuhr der Wagen mit quietschenden Reifen davon.

Markus war starr vor Schreck. Die ganze Aktion hatte keine halbe Minute gedauert, und als er endlich realisierte, was sich vor seinen Augen abgespielt hatte, merkte er, dass außer ihm niemand etwas davon mitbekommen hatte.

»Oh Gott.« Mit fahrigen Händen fuhr er sich übers Gesicht. Nun war nicht nur Leni wie vom Erdboden verschwunden, auch Maria und Leon waren entführt worden. Und das war zweifelsohne ganz allein seine Schuld. Verzweifelt kämpfte er gegen die Gallenflüssigkeit an, die sich ihren Weg nach oben suchte.

Wie Pingpongbälle schossen seine Gedanken hin und her, als er von der Toilette zurückkam und sich mit weichen Knien auf dem Bett niederließ. Die Idee, zur Fabrik zu fahren und lautstark auf den Putz zu hauen, verwarf er sofort. Zu lange hatte er schon damit gezögert, das zu tun, was nach nüchterner Betrachtung das einzig Richtige war. Er rannte aus dem Zimmer, ohne die Tür hinter sich zuzuziehen, polterte die Treppe hinab und schrie schon im Laufen nach einem Taxi.

Diesmal hielt er sich nicht mit langen Vorreden auf. »Guten Tag«, sagte er, als er die Polizeidienststelle betrat. »Gibt es hier einen Kommissar mit Vornamen Lukas, der mit Frau Maria Wagner verwandt ist?«

Das zielgerichtete Auftreten des fremden Besuchers ließ die beiden Staatsdiener, die in der Wache damit beschäftigt waren, Berichte in ihre Computer zu tippen, erschreckt aufsehen.

Markus wischte alle Fragen der Polizisten mit einer Handbewegung beiseite. »Bitte, es ist sehr wichtig!« Er unterstrich die Dringlichkeit seiner Worte mit einem verzweifelten Gesichtsausdruck.

Die beiden Beamten wechselten einen raschen Blick, dann griff der eine zum Telefonhörer, wählte eine Nummer und gab Markus' Anliegen weiter. Er hörte eine Weile zu, beendete das Telefonat, stand auf und trat an den Tresen, an dem Markus ungeduldig wartete. Dann deutete er mit dem Stift auf eine kleine Bank. »Warten Sie bitte da drüben. Es kommt gleich jemand zu Ihnen.«

Es dauerte keine zwei Minuten, bis die Tür aufging und ein hochgewachsener Mann in Zivil den Vorraum betrat. »Lukas Zieringer«, stellte sich der Polizist mit einem festen Händedruck und einem jungenhaften Lächeln vor. »Ich bin mir nicht sicher, ob ich meinen Kollegen richtig verstanden habe, aber er meinte, dass Sie von meiner Tante kommen?«

»Ja, das stimmt«, sagte Markus verzweifelt. Er hatte keine Zeit für Höflichkeiten. »Ich … Es geht um eine Entführung. Und um meine Schwester, die seit über einer Woche verschwunden ist. Ich bin mir sicher, dass das alles mit der Saftfabrik in Hausham zusammenhängt.« Markus hielt inne, als ihm bewusst wurde, dass er sein Gegenüber mit seinem unzusammenhängenden Potpourri aus Ereignissen überforderte. Und es entging ihm völlig, dass sich Zieringers Gesichtsausdruck beim Erwähnen der Fabrik schlagartig veränderte.

9. Kapitel

Maria stöhnte, als sie das Bewusstsein wiedererlangte. Zuerst nahm sie das Pochen in ihrem Kopf nur am Rande ihres Bewusstseins wahr, doch je mehr ihr Geist in die Gegenwart zurückglitt, umso schlimmer wurde der Schmerz. Als schließlich ein Schwall Magensäure in ihre Speiseröhre schwappte, war sie mit einem Schlag hellwach. Mühsam richtete sie sich auf und kniff die Augen zusammen, da das grelle Licht, das von irgendwoher kam, das Pochen zu einem Trommelwirbel anschwellen ließ.

»Wie nett, die über alles geschätzte Dame ist endlich wach.«

Maria schauderte, als sie das ekelhafte, raue Lachen vernahm, das dem sarkastischen Tonfall der Worte folgte. Sie hätte den Besitzer der Stimme unter tausend anderen wiedererkannt und ihr gesamtes Vermögen dafür gegeben, wenn das alles nur ein Traum gewesen wäre.

Solange sie die Augen geschlossen hielt, schaffte sie es, die Illusion am Leben zu erhalten. Doch dann traf ein Schwall eiskaltes Wasser ihr Gesicht, und sie schnappte erschrocken nach Luft.

»Hier wird nicht geschlafen, herzallerliebste Maria. Ich darf Sie doch so nennen?« Kalte Schweinsäuglein musterten sie böse.

»Oder ist Ihr Name genauso eine Lüge wie das Ammenmärchen, dass ich Tomaten für Sie auspressen soll?«

»Das war keine Lüge«, protestierte Maria schwach. »Ich weiß überhaupt nicht, was Sie von mir wollen. Und warum Ihre Männer mich betäubt und hierher verschleppt haben.« Insgeheim betete sie, dass Leon Kellers Schergen entkommen war. Sie richtete sich auf und sah sich unauffällig in dem gewölbeartigen Gebäude um. Die Unregelmäßigkeit und Struktur der Wände wies darauf hin, dass der Raum nicht von Menschenhand geschaffen war. Schlagartig wurde ihr bewusst, dass sie sich in einer Höhle befand. Von einer niedrigen Stelle der Decke hingen vergilbte, schwere Plastikplanen herab, die den Bereich, in dem sie gefangen gehalten wurde, von dem Rest der Höhle abtrennten. Und dann nahm sie wahr, dass von dort ein ekelerregender Gestank nach Ammoniak herüberwehte. Erneut schaffte sie es nur mit Mühe, den Brechreiz zu unterdrücken. Sie krümmte sich, doch das machte es nur schlimmer, da ihr Blick auf das Polster fiel, auf dem sie saß. Die Ecken waren mit schimmligen Flecken überzogen, und woher die rostbraunen und gelblichen Spritzer kamen, mochte sie sich erst gar nicht ausmalen.

Plötzlich spürte sie hinter sich eine Bewegung. Sie wagte nicht, sich umzudrehen, doch dann vernahm sie ein leises Stöhnen. Leon! Ihre Hoffnung, dass er es geschafft hatte, zu entkommen und Hilfe zu holen, verflüchtigte sich wie ein Staubkorn im Wind. Sie biss die Zähne zusammen, um nicht ebenfalls aufzustöhnen. Der Nebel, der, verursacht durch das Betäubungsmittel, in ihrem Kopf umherwaberte, verzog sich zusehends. Dann merkte sie, dass Hans Keller sie lauernd beobachtete. Vermutlich wartete er nur darauf, dass sie klar genug war, um seine Fragen zu beantworten.

In einem gespielten Schwächeanfall überwand sie ihren Ekel, ließ sich zurück auf die fleckige Unterlage sinken und wimmerte nun doch leise vor sich hin. »Wasser«, flüsterte sie und schloss die Augen. »Mir ist so schlecht.«

»Bedaure.« Keller lachte höhnisch. »Es gibt erst was zu trinken, wenn ich weiß, was ich wissen will. Quid pro quo, verstanden?«

Fieberhaft überlegte Maria, wie sie sich verhalten sollte, doch vor Angst konnte sie kaum einen klaren Gedanken fassen.

»Wir können das Ganze gern abkürzen.« Keller näherte sich Maria und blies ihr seinen schlechten Atem ins Gesicht. Dann streckte er seine Zunge heraus und schleckte ihr über die Wange.

Angewidert zuckte Maria zurück. Der feuchte Schleim roch nach einer Mischung aus zu vielen Zigaretten, Knoblauch und schlechter Mundhygiene.

Keller schnaubte und wechselte unvermittelt zum *Du*. »Gefällt es dir nicht? Vielleicht stehst du ja auf etwas ganz anderes.« Er machte eine obszöne Geste und lachte noch mehr, als Maria blass um die Nase wurde.

»Tut mir leid, meine Süße, aber darauf musst du noch etwas warten. Ich habe nämlich eine Überraschung für dich.« Er griff nach einem Tablett, auf dem eine Schale mit einem bräunlichen, kristallinen Klotz, ein verbogenes Messer, ein Stößel und ein kurzes pfeifenförmiges Glasröhrchen lagen.

»Das hat mein Hausdesigner extra für euch kreiert. Was sagst du dazu?« Verschlagen musterte Keller seine Gefangene. Es bereitete ihm ein höllisches Vergnügen, sich an ihrer Angst zu weiden. Wie ein verschrecktes Kaninchen kroch sie jetzt an der Wand entlang und versuchte so weit weg von ihm wie nur irgend möglich zu kommen. Locker lief er neben ihr her, dann ging er vor ihr in die Hocke.

»Aber, aber. Wer wird denn weglaufen wollen? Man könnte glatt denken, du hältst mich für einen Unmenschen.«

Keller warf den Kopf in den Nacken und brach in ein wieherndes Gelächter aus, das von den Höhlenwänden zurückgeworfen wurde. »Dabei ist das nur die Weiterentwicklung einer Substanz, die wir vor ein paar Monaten sehr erfolgreich auf den Markt geworfen haben. Ein großartiges Zeug, wie ich zugeben muss. Nach dem, was man sich so erzählt, hört man schon nach ein paar Sekunden die Englein in höchsten Tönen singen. Dazu macht das Zeug umgehend süchtig, was ein deutlicher Gewinn für mich ist, weil Folgekäufe unausbleiblich sind und der Return-of-Invest schon nach ein paar Tagen erreicht wird. Viel besser als Gras, das eine wirklich schlechte Suchtbilanz aufweist.« Aufmerksam beobachtete er Marias Reaktion auf seine Worte. Obwohl er darauf brannte zu erfahren, wie die neue Droge wirkte, bereitete es ihm ein geradezu sadistisches Vergnügen, die Frau mit der Vorstellung zu quälen, was da gleich auf sie zukam.

»Dummerweise macht die erste Version aber nicht nur innerhalb weniger Minuten süchtig, sie zersetzt das Gehirn viel zu schnell«, fuhr er fort. »Die ersten meiner hochverehten Konsumenten kollabierten bereits nach vier Wochen und hängen jetzt als dumpf vor sich hin stierende Idioten in irgendwelchen Suchtkliniken ab. Was wiederum nicht so optimal fürs Geschäft ist, das verstehst du sicher. Deswegen haben wir das Mittel weiterentwickelt, schließlich sollen unsere Abnehmer lange bei der Stange bleiben und mir viele Jahre den Nektar bringen, den unsere Früchte abwerfen.«

Er zündete sich eine Zigarette an und blies ihr den Rauch ins Gesicht. »Und jetzt kommt ihr beiden ins Spiel. Damit mir nicht noch mal so ein Fauxpas passiert, kommt ihr jetzt in das Vergnügen, Version 2.0 völlig gratis zu testen.«

* * *

Markus hatte noch nicht zu Ende geredet, da war Lukas bereits aufgesprungen und auf dem Weg zur Tür. »Warten Sie einen Augenblick, ich hole einen Kollegen dazu.«

Immer mehrere Stufen auf einmal nehmend, lief Lukas hoch in den ersten Stock. Ohne lange zu erklären, worum es ging, sagte er zu seinem Chef: »Es gibt da etwas, dass Sie sich anhören sollten.« Dann drehte er wieder um und stürmte aus Fiedlers Zimmer.

Als Lukas eine halbe Minute später aus seinem eigenen Büro zurückkam, zwei Stifte und einen Schreibblock in der Hand, stand Fiedler bei Emma und fragte, ob sie den Kollegen gesehen hatte.

»Ich bin hier«, sagte Lukas und tippte Fiedler auf die Schulter. »Kommen Sie mit.«

Auf Fiedlers Nachfrage, was Lukas' Aktionismus zu bedeuten hatte, antwortete der einsilbig: »Gleich.«

Lukas stürmte Fiedler voraus die Treppe hinab in den kleinen Raum, in dem Markus Hanke wartete. Dort stellte er ihm seinen Chef vor und deutete mit einem Zeigefinger auf einen der beiden Stühle, die dem Besucher gegenüberstanden.

Fiedler hob eine Augenbraue, sagte aber nichts. Dies war nicht der richtige Zeitpunkt, den Hauptkommissar in die Schranken zu weisen. Nicht, dass Fiedler etwas dagegen gehabt hätte, dass seine Mitarbeiter selbstbewusst waren, aber dass Zieringer seinen Chef behandelte wie einen Befehlsempfänger, ging entschieden zu weit. Doch das gehörte nicht hierhin.

Lukas räusperte sich. »Herr Hanke möchte uns etwas über die Saftfabrik erzählen.« Mehr brachte er nicht heraus. Dass seine Tante womöglich dort gefangen gehalten wurde, raubte ihm fast den Verstand.

Zwanzig Minuten später starrte Lukas wie betäubt auf die Tischplatte vor sich. Es fehlte nicht viel, und er hätte den

Idioten, der ihm gegenübersaß, eigenhändig erwürgt. Wie konnte man nur so dumm und naiv sein!

»Wie spät war es, als Sie die Entführung beobachtet haben?«, wollte Fiedler wissen.

»Um zehn nach acht«, antwortete Markus mit fester Stimme. »Das weiß ich deswegen so genau, weil Leon kurz zuvor festgestellt hatte, dass der Lebensmittelmarkt gerade aufgesperrt hatte.«

Lukas sah auf die Uhr. Jetzt war es kurz vor neun. Damit waren seine Tante und Leon seit über einer halben Stunde verschwunden. Er mochte sich gar nicht ausmalen, was in dieser Zeit alles hatte passieren können.

»Vielen Dank, Herr Hanke. Wir werden dem nachgehen«, sagte Fiedler. »Bitte halten Sie sich zu unserer Verfügung. Wo können wir Sie erreichen?«

Bevor Hanke etwas antworten konnte, sagte Lukas: »Ich halte es für keine gute Idee, wenn Sie zurück ins Gästehaus Wendelstein gehen. Je nachdem, was die Entführer mit ihren Opfern vorhaben, ist es möglich, dass einer der beiden verrät, dass es einen weiteren Komplizen gibt. Und dann sind Sie dort nicht mehr sicher.«

Daran hatte Markus noch gar nicht gedacht. Allein bei dem Gedanken, was Keller womöglich mit Maria und Lukas anstellen würde, wurde ihm übel. »Ich habe keine Ahnung, wo ich hinsoll. Wegen der Ferien hatten wir schon Mühe, überhaupt freie Zimmer zu finden.«

Bevor Lukas oder Fiedler etwas erwidern konnten, klopfte es an der Tür, und Emma kam herein. In ihrer Hand hielt sie einen Ausdruck, den sie wortlos an Fiedler reichte. Der las, was darauf stand, murmelte »Scheiße!« und gab das Blatt an Lukas weiter.

Der las nur die Überschrift *Vermisst werden drei Mitglieder des Deutschen Krimiklubs*, dann zog er die Stirn in Falten. Wieso drei? Dann fiel ihm wieder ein, dass Hanke erzählt hatte, dass er den richtigen dritten Gewinner mit Geld bestochen hatte, damit der eine Weile die Füße stillhielt. Lukas knüllte das Blatt zu einem Ball und warf ihn wütend in die Ecke. Er stand auf, stemmte seine Hände auf den Tisch und lehnte sich zu Hanke.

»Eins verspreche ich Ihnen: Wenn meiner Tante oder dem Jungen irgendetwas passiert, dann mache ich Sie persönlich dafür verantwortlich.« Bevor er auch noch den Rest seiner Beherrschung verlieren konnte, schnappte er sich den vollgekritzelten Block und stürmte aus dem Zimmer.

Fiedler ging um den Tisch herum, bückte sich, hob das Papier auf und strich es glatt. Zu Hanke sagte er: »Geben Sie uns Bescheid, ob Sie etwas anderes gefunden haben. Wenn nicht, postiere ich heute Nacht einen Streifenwagen vor dem Gästehaus.«

Als Fiedler in Lukas' Büro kam, trat der gerade mit aller Wucht gegen seinen Papierkorb, sodass der wie ein Wurfgeschoss in Richtung Tür flog.

Fiedler, der gerade noch ausweichen konnte, sagte: »Verstehen Sie mich nicht falsch, aber es nützt niemandem, wenn Sie mich umbringen.« Als er Lukas' Gesicht sah, das aus Sorge um seine Tante schneeweiß war, sagte er schnell: »Ich habe Emma angewiesen, ein SEK anzufordern.«

Es dauerte zwei Sekunden, bis Lukas begriff. Dann nickte er dankbar. »Wie schnell können die hier sein?«

»In etwa einer Stunde.«

* * *

Seit Maria in dem scheußlich nach Chemikalien riechenden Gewölbe wach geworden war und Keller damit gedroht hatte, seine neuesten Drogen an ihnen auszuprobieren, zerbrach sie sich den Kopf, wie sie aus dieser unseligen Lage wieder herauskommen sollten. Entgegen ihren Befürchtungen hatte er seine Ankündigung nicht sofort in die Tat umgesetzt, da er einen Anruf erhalten hatte, der ihn einen Fluch ins Telefon schreien ließ.

»Schade, meine Herzallerliebste, leider müssen wir unser Experiment noch etwas aufschieben«, hatte er sie angefahren, nachdem er das Telefonat beendet hatte. »Auch wenn du es sicher nicht erwarten kannst, aber im Moment stehen dringendere Geschäfte an.«

Wie viel Zeit seither vergangen war, konnte Maria nur schwer schätzen. Vergeblich hatte sie versucht, die Plastikstrippe loszuwerden, mit der Keller ihr die Hände auf dem Rücken zusammengeschnürt hatte. Und auch Leon schaffte es nicht, die Kabelbinder aufzubekommen, mit denen er an ein dickes Rohr gefesselt war.

»Wir müssen hier weg«, jammerte Maria. »Wenn er uns das Zeug erst einmal spritzt, dann sind wir verloren.«

»Wir sind sowieso am Arsch«, sagte Leon und verzichtete darauf, Maria aufzuklären, dass diese Art von Drogen nicht gespritzt, sondern geraucht oder geschluckt wurde. »Selbst falls wir es schaffen, uns zu befreien, haben wir noch immer keine Ahnung, wie wir hier herauskommen.« Im Gegensatz zu Maria hatte er mitbekommen, dass Keller die Tür, durch die er verschwunden war, von außen abgeschlossen hatte.

Marias Überlebenswille war viel zu stark, um einfach aufzugeben. »Wir müssen darauf hoffen, dass Markus uns sucht.«

Leon lachte bedrückt. »Wo soll er uns denn suchen? Und außerdem weiß er doch gar nicht, dass wir entführt wurden!«

»Dann müssen wir mit Keller verhandeln.«

Leon seufzte. Maria hatte zwar recht, doch sie hatten rein gar nichts gegen Keller in der Hand, und der saß sowieso am längeren Hebel.

* * *

»So, Gnädigste, ich hoffe, du hattest genug Zeit, um dir darüber klar zu werden, dass es keinen Sinn macht, mir noch länger einen Bären aufzubinden.«

Maria schreckte hoch, als eine unangenehm feuchte Hand ihre Wange tätschelte und Kellers Schweinsäuglein sie lüstern musterten. Ihre Hoffnung auf Rettung schwand dahin. Sie hatte heimlich gebetet, dass ihn unterwegs der Schlag treffen sollte, doch ihr Wunsch war nicht in Erfüllung gegangen.

»Bitte lassen Sie uns gehen«, flüsterte sie. »Wir verraten auch nichts.«

»Es gibt sowieso nichts zu verraten. Wenn ich hier mit euch fertig bin, dann ist der einzige Wunsch, den ihr in diesem Leben noch haben werdet, mehr von dem Stoff zu bekommen, den ich euch gnädigerweise vorerst kostenlos serviere.« Keller taxierte Maria böse. Dann kam ihm ein Gedanke. Er näherte sich ihr und erneut konnte sie den säuerlichen Geruch wahrnehmen, der von ihm ausging.

»Wenn ich dich so ansehe, erwacht in mir der Wunsch, meinen treuen Arbeitern einen kleinen Gefallen zu tun. Ich beschäftige hier einige Männer, die seit Langem keine Frau mehr hatten. Was denkst du, wie die reagieren würden, wenn ich ihnen dich als Geschenk vorwerfe?« Keller lachte hämisch auf, als er sah, dass Maria noch blasser wurde. »Der Gedanke gefällt dir, was?« Er kam noch näher und leckte wieder mit der Zunge über ihr Gesicht.

»Bitte nicht.« Heiße Tränen liefen über Marias Gesicht. »Das war doch alles nur ein Spiel.«

Keller zuckte zurück. »Was war ein Spiel?«

»Vom Krimiklub. Sie aufzusuchen war doch nur ein Teil der Rallye.«

»Krimiklub? Rallye? Was redest du da für einen Scheiß?«, fragte Keller verwirrt.

»Das ist kein Scheiß. Es ist die reine Wahrheit.« Maria schluckte. Ich muss mit ihm reden, dachte sie. Sie hatte bereits gemerkt, dass Keller nicht das hellste Licht auf der Torte war. Egal, wie viel Dreck er am Stecken haben mochte, offensichtlich ließ er sich relativ leicht ablenken. Auch wenn sie keine Ahnung hatte, ob Leon mit seiner Annahme recht hatte, dass Markus nicht nach ihnen suchen würde, mussten sie Zeit gewinnen. Jede Minute, die verstrich, barg die Chance, dass sie hier doch noch auf irgendeine Art und Weise herauskommen würden.

»Ich erzähle Ihnen die ganze Geschichte«, sagte Maria eifrig. »Aber ich habe fürchterlichen Durst. Kann ich vielleicht etwas Wasser haben?«

Keller war deutlich anzusehen, dass er keine Lust hatte, für sie den Laufburschen zu spielen. Doch andererseits musste er unbedingt herausfinden, was die beiden Gestalten wirklich von ihm wollten.

»Genug gelabert«, knurrte Keller eine Viertelstunde später. Er hatte sich die abstruse Geschichte angehört, die ihm sein Besuch aufzutischen versuchte. Mehrfach hatte er die dumme Kuh dazu ermahnen müssen, endlich auf den Punkt zu kommen. Zu ausufernd war ihre Erzählung gewesen, sodass er Mühe hatte, ihr zu folgen, da seine Gedanken wieder und wieder abschweiften. Doch nun hatte er genug.

»Denk bloß nicht, dass du mit so einem Blödsinn bei mir etwas erreichst.« Er drehte sich um und blickte suchend nach dem Tablett, das er irgendwo abgestellt hatte, als ihn der Anruf unterbrochen hatte. Als er es auf einem Labortisch erblickte, der etwa zwei Meter entfernt stand, stiefelte er mit schnellen Schritten darauf zu, hebelte mit dem Messer ein paar Brocken von dem Klumpen, die er noch weiter zerkleinerte, bevor er die Brösel in die seltsam anmutende Pfeife füllte. »Halt die

Klappe!«, schnauzte er Maria an, die einfach nicht aufhören wollte zu reden.

»Ich habe Geld«, startete Maria einen letzten verzweifelten Versuch. »Ich habe Sie nicht angelogen, als ich Ihnen erzählt habe, dass ich genügend Kapital habe, um zu investieren.« Sie stockte, als Keller in sein bellendes Lachen ausbrach, das sich an der Gewölbedecke brach und zurückhallte. Bevor er ihr über den Mund fahren konnte, redete sie schnell weiter: »Ich schwöre bei meinem Leben, ich habe das Geld. Sie können es haben. Alles. Jeden einzelnen Euro. Das verspreche ich Ihnen. Aber dafür müssen Sie uns laufen lassen. Ich gebe Ihnen mein Wort, dass wir Sie nicht verraten werden. Oder, Leon?« Maria sah zu dem Jungen hinüber.

Leon schüttelte den Kopf. »Wir werden kein einziges Wort sagen. Versprochen.«

Keller ließ die Pfeife sinken und sah Maria misstrauisch an. »Von welcher Summe sprichst du?«

»Eine halbe Million Euro«, wisperte Maria. Damit wäre ein Großteil ihres gesamten Vermögens weg. Doch was nutzte ihr schon Geld, wenn dafür ihrer beider Leben ruiniert wäre?

Hinter Kellers Stirn arbeitete es. Fünfhunderttausend waren eine hübsche Summe, das ließ sich nicht leugnen. Er dachte eine Weile darüber nach, den Vorschlag anzunehmen. Darüber, dass die Alte und der Junge ihn verpfeifen würden, machte er sich keine Sorgen. Er hatte bereits eine knappe Million in kleinen, gebrauchten Scheinen gebunkert. Zusammen mit der halben Mio, die sie ihm angeboten hatte, würde es zu einem guten Leben in Südamerika reichen. Die Frage war nur, wie er das Geld auf ein Konto dort transferieren konnte. Und wie lange er dazu brauchte, um aus Deutschland zu verschwinden.

»Wie schnell kannst du die Flocken beschaffen?«

Maria hatte keine Ahnung. Schließlich lag das Geld nicht bei ihr zu Hause unter dem Sofa. »Ich weiß es nicht genau«, gab sie zu. Auch wenn Ehrlichkeit vielleicht das Dümmste war; es nützte nichts, jetzt mit falschen Karten zu spielen. »Das Geld ist auf meinem Konto. Ich denke, die Bank wird zwei bis drei Tage brauchen, um die komplette Summe auszuzahlen.«

Keller wägte das Für und Wider gegeneinander ab. Doch dann schüttelte er den Kopf. »Das klappt nie und nimmer. Erstens werden die Bankfuzzis Fragen stellen, wozu du plötzlich so viel Kohle benötigst, und zweitens ist mir das Risiko zu groß, dass ihr mich doch verpfeift.«

»Dann lassen Sie den Jungen gehen«, rief Maria verzweifelt. »Ich gebe ihm alle Vollmachten, damit er das Geld besorgen kann.«

»Schnauze! Ich will nichts mehr davon hören.« Keller schnappte sich die Pfeife und setzte sich vor Maria auf den Boden. Ein paar Sekunden lang weidete er sich an ihrem entsetzten Blick, dann drückte er ihr das Mundstück gegen die Lippen.

»Nun mach schon das Maul auf!« Wie er schon erwartet hatte, ließ sie sich nicht freiwillig dazu herab, das Zeug zu rauchen. Das war das Dilemma, wenn man jemanden dazu zwingen wollte, gegen seinen Willen ein Pfeifchen zu paffen. Man musste ihm gleichzeitig Nase und Mund auf eine Art und Weise zuhalten, dass die einzige Möglichkeit, nach Luft zu schnappen, die war, den Rauch aus dem Röhrchen zu saugen. Einem Opfer eine Spritze zu verpassen, war da wesentlich einfacher. Dumm nur, dass das Zeug sich dafür nicht eignete. Keller griff nach einer Wäscheklammer, die ebenfalls auf dem Tablett lag, und fixierte sie brutal auf der Nase seiner Gefangenen, die auch prompt einen Schmerzensschrei ausstieß.

10. Kapitel

Lukas sah den schwarz vermummten Gestalten mit einem flauen Gefühl entgegen. Als er noch dem Polizeipräsidium München zugeordnet gewesen war, gehörte der Einsatz eines SEK oder MEK schon fast zur täglichen Routine. Doch nach dem Vorfall vor einem Jahr und der darauffolgenden Auszeit hatte er fast vergessen, was für ein beklemmendes Gefühl es war, eine Spezialeinheit in Aktion zu erleben. Die Männer waren bis an die Zähne bewaffnet und durchtrainiert bis ins Mark. Die schwarze Ausrüstung war furchteinflößend, und allein die kämpferische Attitüde, die die meisten zur Schau trugen, reichte dafür aus, dass man weiche Knie bekam. Im Gegensatz zu unzähligen Filmen, in denen die Fernsehkommissare, nur mit einer kugelsicheren Weste geschützt, den Spezialeinsatzkräften voran in eine Eskalation rannten, würde es in einer echten Gefahrensituation kein Mensch, der noch bei Verstand war, wagen, ohne hinreichende Schutzbekleidung einen Raum zu stürmen, in dem man einen oder mehrere Gefährder vermutete. Außerdem führte ein derartiges Verhalten sowohl die Ausbildung als auch den Körperschutz der Kollegen ad absurdum.

Lukas, sein Chef und auch die anderen Polizisten, die an dem Einsatz beteiligt waren, würden die Gebäude erst betreten, sobald die Kollegen vom Einsatzkommando signalisierten, dass die Räume gesichert waren. Ebenso wie Einsatzleiter Knut Gruber, der den Zugriff von einem Van aus über die Monitore beobachtete, die Bilder der Kameras zeigten, die einige der Männer an ihrer Ausrüstung befestigt hatten.

»Wie kommen wir auf den Hof?«, wollte Gruber von Lukas wissen. Mit zusammengekniffenen Augen musterte er das massive Stahlgittertor, das einen unbefugten Besucher sicher eine ganze Weile daran hindern würde, auf das Gelände zu gelangen.

Die Frage bereitete Lukas schon geraume Zeit Bauchschmerzen. Ohne Spezialwerkzeug konnten sie das Tor nicht öffnen, und selbst wenn sie das hätten, würde es viel zu lange dauern. Und das bedeutete Zeit, die sie Hans Keller verschaffen würden, seine Gefangenen und alle dort gelagerten Drogen und Beweise verschwinden zu lassen. Fiedlers Worten zufolge hatten sie bei den beiden früheren Razzien eine halbe Ewigkeit warten müssen, bis sich jemand bemüßigt gefühlt hatte, ihnen das Tor von innen aufzuschließen. Zeit, die mit Sicherheit dafür genutzt worden war, sämtliches belastende Material zu vernichten.

»Wir müssen nach Schwachstellen suchen«, stellte Gruber fest. »Das Tor ist zu schwer, das können wir nicht rammen.«

Ohnmächtig ballte Lukas eine Hand zur Faust. »Wir müssen da rein«, flüsterte er heiser. »Und zwar schnell. Da drin sind …« Er schluckte das Wort *Tante* hinunter, da ihn Gruber, der nichts von Lukas' Verbindung zu einem der Opfer wusste, sonst wegen Befangenheit aus dem Fahrzeug geworfen hätte. »Auf dem Gelände werden mindestens zwei Personen seit gut zwei Stunden gefangen gehalten, und wir haben keine Ahnung, was Keller mit ihnen vorhat.«

Gruber warf Lukas einen unergründlichen Blick zu. »Sehen Sie sich das Ding doch selbst an. Das ist massiv. Wir bräuchten einen Panzer, um es aus der Mauer zu brechen.«

Bevor Gruber weiterreden konnte, steckte ein junger Mann seinen Kopf in den Van. »Ich wär dann so weit.«

Gruber nickte knapp. Er nahm den Laptop entgegen, den ihm der Kollege entgegenhielt, und stellte ihn auf einem der anderen Geräte ab. »Dann mal los.«

Neugierig blickte Lukas auf den Bildschirm, der den Ausschnitt eines Reifens zeigte. »Eine Drohne?«, fragte er.

»Ja. Wir fliegen das Gelände ab, um einen Schwachpunkt zu finden.«

Lukas war skeptisch. »Der Krach, den das Ding macht, ist doch einen halben Kilometer weit zu hören. Da können wir auch gleich an der Tür läuten.«

»Keine Sorge«, wiegelte Gruber ab. »Die Rotoren sind wesentlich leiser als das Zeug, das man im Internet kaufen kann. Dazu ist die Kamera hochauflösend. Wir überfliegen das Gelände in einer Höhe, die es uns gerade noch ermöglicht, alle Details zu erkennen. Die Distanz wird aber auf alle Fälle groß genug sein, dass man die Drohne nicht mehr hören kann.«

Es dauerte keine fünf Minuten, in denen der Quadrocopter gut hundert Meter über der Fabrik schwebte, bis Gruber wie elektrisiert aufsprang. »Da!«, rief er. Er deutete mit dem Finger auf den Bildschirm.

Lukas und Fiedler drängten nach vorn. »Was ist da?«, wollte Lukas wissen. Ihm stand vor Nervosität der Schweiß auf der Stirn. Er beugte sich näher zu dem Monitor, konnte aber nichts ausmachen. Die Mauer sah für ihn überall gleich aus.

Gruber vergrößerte den Ausschnitt und zeigte erneut auf die Stelle. »Irgendetwas an dem Teil der Mauer ist anders. Sehen Sie sich die Ränder zwischen den Ziegelsteinen an.«

Nun sahen Lukas und Fiedler, was Gruber entdeckt hatte. Dort war ein ganzes Stück erneuert worden.

»Die haben neue Steine gesetzt, na und?« Lukas war nicht überzeugt. »Das heißt vermutlich nur, dass die Mauer dort noch stabiler ist.«

»An der Stelle schon«, gab Gruber mit einem Grinsen zu. »Für mich sieht es so aus, als ob die Wand dort eingestürzt gewesen wäre. Sehen Sie sich den alten Teil genauer an. Auch dort sieht man, dass der Zahn der Zeit daran genagt hat.«

»Sie haben recht«, entfuhr es Lukas. »Aber trotzdem bleibt es eine Mauer!«

Grubers Grinsen wurde breiter. Er wies den Drohnenpiloten an, so nah wie möglich an die Innenseite heranzuzoomen. Und auch dort sah man, dass aus den verbliebenen alten Steinen bereits kleine Brocken herausgebrochen waren. Zufrieden nickte er. Dann wandte er sich Fiedler zu.

»Um die Mauer zum Einsturz zu bringen, reicht ein leichtes Rammfahrzeug. Das haben wir. Wenn wir in der Fabrik nichts finden, was den Eigentümer belastet, müssen Sie allerdings damit rechnen, dass er sie wegen Sachbeschädigung anzeigt.«

Fiedler zuckte die Schultern. »Damit kann ich leben. Welche Optionen haben wir sonst noch?«

»Keine. Zumindest, wenn Sie darauf bestehen, dass es schnell gehen soll. Die einzige andere Möglichkeit wäre, an der Klingel zu läuten, den üblichen Satz mit dem Durchsuchungsbeschluss vorzutragen und darauf zu hoffen, dass wir etwas finden.«

Fiedler knirschte hörbar mit den Zähnen. »Wir haben keinen Durchsuchungsbeschluss.«

Das wusste Gruber längst. Fiedlers Anforderung des SEK gründete auf *Gefahr für Leib und Leben* sowie *Gefahr im Verzug*. Was aber fast genauso gut war. Bei einem begründeten Verdacht, dass ohne sofortiges Handeln ein Schaden eintreten oder Beweismittel verloren gehen könnten, konnte sich der Verantwortliche auf diese beiden Situationen berufen. Dies ermächtigte ihn, eine Wohnung oder ein Gebäude stürmen zu lassen, ohne dass der Angriff zuvor von richterlicher Seite abgesegnet werden musste.

»Sie wollen das Ding zum Einsturz bringen?« Lukas löste sich aus seiner Starre, in die er kurzzeitig verfallen war. »Schwache Mauer hin oder her, aber das schaffen Sie doch nie mit einem Fahrzeug wie diesem hier.«

Gruber strich sich über seinen Bart. »Mit dem hier nicht, da haben Sie recht. Außerdem steckt hier zu viel Überwachungselektronik drin, die ich nicht aufs Spiel setzen werde. Aber eins der anderen Fahrzeuge ist so konzipiert, dass man damit leichte Ziele rammen kann. Auch wenn man es der klapprigen Kiste kaum ansieht.«

Entgeistert fuhr Lukas zu dem altersschwachen Jeep herum, der neben dem Van stand. »Sie wollen aber nicht sagen …?«

»Doch.«

Lukas war klar, dass er jetzt besser die Klappe hielt. Sein gesunder Menschenverstand sagte ihm, dass der augenscheinlich desolate Zustand des Fahrzeugs eine derartige Aktion niemals überstehen würde. Doch Gruber wusste sicher, was er tat. Lukas hoffte nur, dass Fiedler die Aktion nicht abblies.

Der dachte gar nicht daran. »Wenn Sie überzeugt sind, dass Sie das mit dem Ding schaffen, dann machen Sie es«, gab er Gruber grünes Licht. »Aber was, wenn nicht?«

»Wie ich Sie verstanden habe, haben wir keine Zeit zu verlieren«, sagte Gruber. »Entweder wir versuchen es mit dem Kleinen, oder wir fordern schwereres Gerät an. Dann müssen Sie aber damit rechnen, dass das einige Stunden dauert.«

Mit ein paar Handgriffen wurde der innen massiv verstärkte Jeep auch äußerlich in einen Rammbock verwandelt, und nach wenigen Minuten war das Gefährt einsatzbereit. Plötzlich ging alles ganz schnell. Gruber murmelte ein paar Befehle in sein Mikrofon, seine Männer bezogen Stellung neben der Mauer, dann gab das Fahrzeug Vollgas. Kurz vor dem Aufprall verzog

Lukas das Gesicht. Er mochte sich nicht vorstellen, welche Kräfte auf den Fahrer einwirkten, der dazu verdonnert war, das Fahrzeug zu steuern. Als der Jeep das Mauerwerk traf, gab es einen riesigen Knall, das Kreischen von Metall war zu hören, dann rief jemand: »Zurücksetzen und noch mal!«

Die Mauer stand noch, war jedoch instabil geworden, wovon einzelne Steine zeugten, die auf das Dach des Jeeps prasselten. Dann bemerkte Lukas einen Mann, der mit einer Fernbedienung hantierte. Er atmete erleichtert auf. Natürlich saß niemand im Wagen. Der Jeep setzte zurück, nahm Anlauf und rammte die Mauer erneut. Und diesmal klaffte ein Loch in der Wand, das immerhin so groß war, dass die Männer sich hindurchzwängen konnten.

Als Gruber die Öffnung sah, fackelte er nicht lange. »Zugriff!«

* * *

»Victor!«, brüllte Keller quer durch das Gewölbe. Er brauchte zwei helfende Hände. Doch Victor kam nicht. Wütend warf Keller das Pfeifchen auf das Tablett und stand auf. Mit schweren Schritten stiefelte er durch den Raum, bis er an der Tür vorbeikam, die zunächst in einen langen, parallel zur Höhle verlaufenden Flur führte, von dem man über ein weiteres Tor ins Freie gelangte. Obwohl, bedingt durch den Zwischengang, normalerweise keine Geräusche in das Gewölbe drangen, konnte er hören, dass sich draußen tumultartige Szenen abspielten.

»Verdammte Scheiße!« Es war nicht zu fassen. Entweder hatten die Bullen Wind davon bekommen, dass er zwei Gefangene hatte, oder sie wagten einen erneuten Vorstoß ins Blaue hinein.

Keller fragte sich entnervt, wie oft die Trottel noch versuchen wollten, die Fabrik zu durchsuchen. Fast wäre es lustig gewesen, aber letztlich zeigte es sich wieder und wieder, dass die Beamten viel zu dämlich waren, um ihm etwas nachweisen zu können.

Er überzeugte sich, dass seine Gäste keine Chance hatten, sich aus dem Staub zu machen, dann rannte er in die kleine Nebenhöhle, die er als Büro für seine Drogengeschäfte nutzte, und studierte die Monitore, die Bilder verschiedener Kameras übertrugen. Wie er es bereits vermutet hatte: Die Bullen hatten keine Ahnung. Auch wenn sie diesmal mit einer ganzen Kampfeinheit angerückt waren, würden sie weder sein Versteck noch die beiden Geiseln finden. Trotzdem verhagelte ihm die Aktion seinen Plan. Er würde noch etwas damit warten müssen, seine Gefangenen anzufixen. Falls die Faschingsgarde durch einen blöden Zufall doch noch den Zugang zum Labor fand, würde er sich lediglich wegen Freiheitsberaubung verantworten müssen. Na ja, und bezüglich der Herstellung von Drogen vielleicht. Doch wenn die Bullen herausfanden, dass er seine beiden Gäste gezwungen hatte, hochgradig süchtig machende Substanzen zu testen, würden sie ihm auch noch schwere Körperverletzung andichten. Er schnappte sich ein altes T-Shirt, das in der Ecke lag, schnitt es in Streifen und ging zurück zu seinen Gefangenen.

»Maul auf«, befahl er und drückte Maria gleichzeitig die Spitze eines kleinen Messers so weit in die Nase, wie die Wäscheklammer es zuließ, um seinen Worten Nachdruck zu verleihen.

Ein gemeiner Schmerz durchzuckte Maria, als die Schneide in ihre empfindliche Naseninnenwand ritzte. Sie schnappte nach Luft und schrie laut auf.

Keller nutzte die Chance, stopfte ein Stück des zerschnittenen T-Shirts in ihren Mund und band ihn mit einem anderen Stofffetzen fest. Eine Weile lang ergötzte er sich an dem Anblick des Weibs, das kaum noch Luft bekam, da er aus reiner Bosheit die Wäscheklammer noch immer nicht entfernt hatte. Erst als sie rot anlief, erbarmte er sich, sie von ihren Qualen zu erlösen.

Nachdem er auch den Jungen geknebelt hatte, musterte er die beiden zufrieden.

»Nur damit ihr mir keine Dummheiten macht. Unser gemeinsames Vergnügen muss leider noch etwas warten.«

Maria, der von dem Schweißgeruch, den das T-Shirt verströmte, schlecht wurde, wimmerte. Sie bekam durch den stinkenden Knebel kaum Luft, und wenn sie sich jetzt übergeben musste, bedeutete es das Aus.

Keller zögerte nicht lange und gab ihr eine Ohrfeige, die von den Wänden zurückhallte. »Ich habe gesagt, du sollst die Schnauze halten.« Er nahm das Messer, das er auf den Boden hatte fallen lassen, und drückte ihr die Spitze in die Wange. Sofort quoll ein roter Tropfen hervor. Der Druck ließ nach, als Keller das Messer entfernte, mit der stumpfen Seite den Blutstropfen abschabte und die Klinge so hielt, dass Maria es sehen konnte.

»Wenn du nicht sofort mit deinem Gewinsel aufhörst, gebe ich dir erst recht einen Grund zu jaulen.«

Nachdem Keller sich davon überzeugt hatte, dass die beiden endlich kapiert hatten, dass es ihm ernst war, zog er sich zurück. Selbst wenn das Labor perfekt getarnt war, konnte man nie wissen, ob nicht einer seiner Arbeiter das Versteck verpfeifen würde, wenn er nur genügend unter Druck gesetzt wurde.

Keller öffnete eine unscheinbare, in der Höhlenwand eingelassene Tür und schnappte sich eine starke Taschenlampe, die auf einem kleinen Brett lag. Eine enge Treppe führte ein gutes Stück hinab zu einem der alten Stollen, die aus der Zeit des Pechkohlebergbaus übrig geblieben waren. Keller hatte den Wert des Querschlags schon bei der ersten Besichtigung der Fabrik erkannt; er war es schließlich gewesen, der den Ausschlag gegeben hatte, dass Keller die Fabrik ihrem Vorbesitzer abgekauft hatte.

* * *

»Sie können jetzt rein«, sagte Gruber eine Viertelstunde später zu Lukas und Fiedler. »Ich muss Sie aber enttäuschen. Wir haben weder irgendwelche Gefangenen noch ein Drogenlabor gefunden.«

Lukas wurde schlecht. Es war mittlerweile elf Uhr und die Zeit rann ihnen zwischen den Fingern hindurch. »Das kann nicht sein! Ihre Männer müssen eben gründlicher suchen!«

Die Selbstsicherheit des Einsatzleiters war unerschütterlich. »Das wird nichts nützen«, sagte er verbissen. Er hasste es, wenn eine Aktion nicht von Erfolg gekrönt war. »Da ist nämlich nichts. Selbst wenn die ihre Drogen ins Klo gespült haben, wo sollen die denn ein ganzes Labor oder ein paar Menschen versteckt haben? Die kann man schließlich nicht mal eben durch einen Abwasserkanal entsorgen.«

Lukas wäre vor Wut fast explodiert. »Das gibt es nicht!« Frustriert schlug er mit der Faust gegen die Tür des Vans. »Die Geiseln müssen da sein und das Labor auch.«

Gruber schüttelte den Kopf. »Wenn da etwas wäre, hätten wir es gefunden. Aber da ist nichts. Wir packen zusammen und rücken ab.«

Lukas packte ihn am Arm. »Warten Sie. Wieso setzen Sie keine Hunde ein?«

Gruber sah ihn mit zusammengekniffenen Augen an. »Das könnten wir. Aber was soll das bringen? Wir haben jeden Stein in der Fabrik umgedreht. Da wird auch ein Hund nichts finden.«

»Versuchen Sie es trotzdem.« Lukas war nicht bereit, auch nur einen Zentimeter nachzugeben. »Ich habe die Berichte gelesen, die mein Vorgänger geschrieben hat. Und die belegen klar und deutlich, dass etwas Illegales in der Fabrik vor sich geht. Ganz davon abgesehen haben wir einen Zeugen, der die Entführung beobachtet hat. Also rufen Sie die verdammten Hunde hierher.«

Gruber zuckte mit den Schultern. »Von mir aus«, sagte er trocken. »Ich werde allerdings in meinem Bericht erwähnen müssen, dass ich davon abgeraten habe.«

»Es ist mir scheißegal, wie Sie das darstellen«, mischte sich Fiedler in das Gespräch ein. Dass sie wieder nichts gefunden hatten, zerrte an seinen Nerven. »Diesmal geht es schließlich nicht nur um ein paar beschissene Pillen. Es sind drei Menschen in Lebensgefahr, und das rechtfertigt jeden Einsatz. Vor allem, wenn Sie und Ihre Männer nicht dazu fähig sind, ein verborgenes Versteck zu finden.«

Bevor die Situation eskalieren konnte, schritt Lukas ein. »Aufhören. Alle beide«, sagte er gefährlich leise. »Ich sehe keinen Sinn darin, uns gegenseitig anzuschreien.« Dann wandte er sich an Gruber. »Rufen Sie die Hunde. Bitte.«

Es dauerte eine weitere Dreiviertelstunde, bis die Hunde mit ihren Hundeführern von Ottobrunn kamen. Fünfundvierzig Minuten, in denen Lukas fast durchgedreht wäre, hätte er nicht die Zeit nützen können, um zum Gästehaus Wendelstein zu fahren. Sein Dienstausweis öffnete ihm in Sekundenschnelle die Tür zu Marias Zimmer. Er zögerte, da ihm der Gedanke, in der Kleidung seiner Tante zu wühlen, zuwider war. Doch dann warf er alle Bedenken über Bord und schnappte sich eine Bluse, die, einem kleinen Fleck zufolge, bereits getragen war. Anschließend suchte er im Nachbarzimmer ein T-Shirt heraus, das dem Motiv nach sicher eher einem Teenager als Markus Hanke gehörte.

Als Lukas erneut an der Fabrik ankam, sah er, dass der Wagen mit den Hunden eingetroffen war. Er parkte Fiedlers Dienstwagen direkt daneben, sprang mit einem Satz heraus und hielt den Kollegen die Tüten entgegen, in denen er die Kleidungsstücke verstaut hatte.

»Wir haben nur einen Personensuchhund. Meine Mara«, sagte der jüngere der beiden Hundeführer, stellte sich als Sepp Glaser vor und deutete auf einen Schäferhund, der geduldig darauf wartete, dass sein Herrchen ihm einen Befehl erteilte. Dann zeigte er auf einen braun-schwarz gefleckten Mischlingsrüden, der neben seinem Kollegen saß. »Das sind Hubert Wolf und sein Suchtmittelspürhund Mischa.«

Lukas zögerte nicht lange und drückte Sepp Glaser Marias Bluse in die Hand. Im Grunde war es sowieso egal. Wenn der Hund Maria fand, dann war auch der Junge nicht weit.

»Nach welchen Drogen sollen wir suchen?«, fragte Hubert Wolf.

»Das wissen wir nicht«, sagte Lukas. »Allerdings gehen wir von Amphetaminen aus.«

Sepp Glaser hatte Mara inzwischen an Marias Bluse schnüffeln lassen und gab ihr den Befehl, mit der Suche anzufangen. Das Prozedere mit dem Drogenhund war etwas komplizierter. Doch bevor dessen Herrchen Lukas auch nur ansatzweise erklären konnte, worin das Problem bestand, kam Glaser zurück, an der Leine einen erbärmlich winselnden Schäferhund.

Alarmiert sah Lukas auf. »Was ist denn mit ihr los? Hat sie was gefunden?«

Glaser winkte ab. »Wir können das sofort wieder vergessen. Irgendwas auf dem Gelände hat Mara so verwirrt, dass sie komplett durchdreht.«

Es dauerte eine Weile, bis Glaser das Weibchen, das wie verrückt hin und her sprang, wieder unter Kontrolle hatte. Mit viel gutem Zureden, ein paar Flaschen Wasser, die er über ihr ausleerte, und einem Tuch, mit dem er das Fell wieder und wieder abwischte, gelang es ihm schließlich, die Hündin zu beruhigen.

Lukas wäre fast an die Decke gegangen. »Was ist denn passiert?«, stieß er hervor.

»Ich denke, dass das Gelände mit einer Chemikalie besprüht worden ist, die ein Mensch nicht riechen kann, für den Hund aber, dessen Nase viel empfindlicher ist, bestialisch stinkt. Vermutlich wollte sich da jemand davor schützen, dass Suchhunde eingesetzt werden.«

Resigniert brach auch der Führer des Drogenhundes seine Bemühungen ab. »Dann können wir nicht weitermachen. Es gibt Substanzen, die die Riechrezeptoren nachhaltig schädigen können. Deswegen werde ich mit meinem Hund nicht auch noch aufs Gelände gehen.«

Lukas stürmte auf die Gruppe zu, die dicht gedrängt beieinanderstand. »Wo ist euer Chef, dieser Keller?«, schrie er die Arbeiter der Fabrik an, die zu einem Haufen gedrängt und von Polizisten bewacht im Hof standen. Als er keine Antwort bekam, war er kurz davor, handgreiflich zu werden.

»Raus mit der Sprache. Wo ist dein Boss?« Lukas schnappte sich einen Mann, der einen eingeschüchterten Eindruck machte. Er packte ihn am Kragen, riss ihn mit einem Ruck zu sich her und hätte ihm fast mit einem Kopfstoß das Nasenbein gebrochen, hätte ihn Fiedler nicht zurückgerissen.

»Lassen Sie das, Zieringer. Das bringt nichts. Außer Ihnen eine Menge Ärger.«

Enttäuscht schubste Lukas den Mann von sich weg. Mit brennenden Augen wandte er sich Fiedler zu. »Wenn wir nichts aus denen rausbekommen, sind meine Tante und der Junge tot, das ist Ihnen schon klar?«

»Brauchen Sie uns noch?«, unterbrach der Einsatzleiter die beiden Streithähne. »Ansonsten rücken wir jetzt ab.«

»Fahren Sie«, gab Fiedler dem Abzug grünes Licht, obwohl er Lukas ansah, dass der drauf und dran war, die Stadtwerke anzurufen und einen Straßenreinigungswagen anzufordern, der das gesamte Gelände desinfizierte.

»Und jetzt beruhigen Sie sich«, befahl Fiedler. Ihm war klar, dass sein Kollege nur aus Angst um seine Tante so aufgebracht war. »Solange Sie kurz vorm Durchdrehen sind, können Sie keinen klaren Gedanken fassen, und so kommen wir erst recht nicht weiter.«

Lukas schnaufte ein paar Mal tief durch. Fiedler hatte recht. Er war in der Sache viel zu emotional, und das war nicht gut. Es dauerte ein paar Minuten, dann wurde er ruhiger. Sein Herzschlag wurde langsamer, und obwohl immer noch ein Überschuss an Adrenalin durch seine Adern pulsierte, lichtete sich der Nebel in seinem Kopf.

»Wir müssen jemanden finden, der sich in der Fabrik auskennt und bereit ist, mit uns zu reden«, sagte er, als ihm ein Gedanke gekommen war. »Was ist denn mit dem Bergbaumuseum?«

Fiedler winkte ab. »Das hat nur jeweils den ersten Samstag im Monat geöffnet und wird ehrenamtlich geführt. Ich glaube kaum, dass wir da weiterkommen.«

»Egal«, beharrte Lukas. »Wir müssen das trotzdem überprüfen. Ich mache das selbst«, bot er an. »Außerdem gibt es hier im Ort sicher noch einige alte Männer, die früher im Bergwerk gearbeitet haben. Die Kollegen sollen sich umhören, ob es jemanden gibt, der uns einen brauchbaren Hinweis liefern kann.« Lukas drehte sich suchend um. Als er die zierliche Polizeimeisterin sah, die ihn vor ein paar Tagen gebeten hatte, ihr bei der Aufklärung eines Einbruchdiebstahls behilflich zu sein, winkte er sie zu sich.

»Schnapp dir ein paar Kollegen und hört euch unter den Einwohnern um«, wies er sie an, nachdem er sie informiert hatte. »Jeder, der im Dienst ist, soll alles, was nicht gerade brennt, liegen lassen. Das hier hat absoluten Vorrang.«

»Mach ich«, sagte Kira. »Was ist mit der Fabrik? Die Leute wollen wissen, ob sie wieder an ihre Arbeit gehen können.«

»Wir ziehen uns zurück«, kam Fiedler Lukas zuvor, der, seinem Gesichtsausdruck nach, am liebsten die gesamte Belegschaft festnehmen und in Beugehaft hätte stecken lassen. »Die Leute zu bedrängen nutzt nichts. Entweder sie wissen wirklich nichts oder sie wurden von Keller derart eingeschüchtert, dass sie uns sowieso nichts sagen.«

* * *

Maria war so erleichtert, als Keller hinter der unscheinbaren Tür verschwand, dass ihr heiße Tränen über die Wangen liefen. Sie hatte keine Ahnung, warum er sein Vorhaben abgebrochen hatte, doch irgendetwas, das draußen vor sich ging, schien ihn irritiert zu haben. Vielleicht hatte Markus ja doch die Polizei gerufen. Maria schloss die Augen und schickte ein Stoßgebet zum Himmel. Sie war sich sicher, dass ihr Neffe Lukas alles Menschenmögliche versuchen würde, um sie zu befreien, sobald er erfuhr, dass sie und Leon entführt worden waren.

Doch es half nichts; ihre Gebete wurden nicht erhört. Seitdem der Krach aufgehört hatte, der Keller alarmiert hatte, drangen keine Geräusche mehr in das Gewölbe, und nachdem niemand Anstalten machte, die Tür aufzubrechen, erloschen Marias Hoffnungen. Sie wurden nicht nur gefangen gehalten, sie waren in einem Versteck untergebracht, das man ohne die nötigen Ortskenntnisse nicht finden würde. Plötzlich spürte sie eine Bewegung hinter sich.

»Maria«, flüsterte Leon ihr ins Ohr. »Ich habe meine Hände freibekommen.«

Maria saß starr vor Schreck auf der schmutzigen Matte. Keller hatte sie, genau wie Leon, an ein Rohr gefesselt, das an der Wand bis zur Decke hinauf verlief, nachdem er sie eine Weile hin und her gejagt hatte. Dann spürte sie, wie Leon an dem verknoteten Streifen des T-Shirts herumfummelte, der den Knebel in ihrem Mund festhielt. Als er es geschafft hatte, spie sie das stinkende Gewebe aus und hätte am liebsten den Geschmack, der zurückblieb, gleich mit ausgespuckt. Doch das Stück Stoff hatte sämtlichen Speichel aufgesaugt. Trocken würgte Maria gegen den Brechreiz an.

»Denk an etwas anderes.« Leon, der genau wusste, wie es Maria ging, redete leise auf sie ein. »Daran zum Beispiel, dass wir jetzt hier herauskommen. Wir haben es fast geschafft.«

»Leon!« Maria biss die Zähne zusammen, als ein scharfer Schmerz durch ihr Handgelenk fuhr. Was auch immer er da trieb, es tat höllisch weh. »Au!«

»Entschuldigung«, sagte Leon zerknirscht. »Die Kabelbinder sind so fest, ich weiß nicht, wie ich sie sonst aufbekomme.«

Maria unterdrückte einen weiteren Aufschrei. »Egal. Sieh einfach zu, dass du sie durchschneidest, bevor Keller zurückkommt.«

Leon säbelte mit dem stumpfen Messer, mit dem Keller kleine Bröckchen von dem Drogenklotz gehebelt hatte, an dem Plastikstreifen, bis er ihn endlich durchgescheuert hatte.

»Kannst du aufstehen?«, fragte er besorgt. Keller hatte Maria in einer Fötushaltung festgebunden, weswegen sie jetzt vermutlich ihre Beine nicht mehr spüren konnte. Er griff ihr unter den Arm und half ihr auf. »Langsam!«, ermahnte er sie. »Du musst warten, bis die Durchblutung wieder funktioniert.«

Mühsam stemmte sich Maria hoch. Am liebsten hätte sie gelacht. Wobei sie nicht hätte sagen können, ob es aus Vorfreude war oder aus Angst, dass sie so nah dran waren, es aber vielleicht doch nicht schaffen würden, bevor Keller zurückkam. Als sie den ersten Schritt machen wollte, knickten die Beine unter ihr weg.

Leon, der damit bereits gerechnet hatte, griff beherzt zu und verhinderte, dass sie zu Boden stürzte. »Lass dir Zeit.«

»Die haben wir nicht«, wisperte Maria. »Wir müssen zusehen, dass wir hier herauskommen.«

Ihren Arm um Leons Hals geschlungen, humpelte Maria zu den milchig-gelblichen Planen, die von der Decke hingen und hinter denen es, wie sie hoffte, nach draußen ging. Vorsichtig steckte sie ihre Finger durch eine winzige Öffnung und schob das Gewebe langsam zur Seite. Erleichtert atmete sie auf, als sie niemanden sah. Sie gab Leon ein Zeichen, dann traten sie gemeinsam durch den Plastikvorhang. Wider alle Hoffnung standen sie aber nicht im Freien.

»Was ist das denn hier?«, flüsterte sie erstickt, als sie die Labortische sah, auf denen Gerätschaften herumstanden, deren Zweck sie nicht erkannte.

Leon hingegen hatte eine sehr genaue Ahnung. »Das ist ein Drogenlabor«, stellte er erschüttert fest. Er packte sie fester. Sie hatten keine Zeit, sich das genauer anzusehen. »Da drüben ist die Tür. Komm.« Doch als sie sie erreichten, mussten sie feststellen, dass sie verschlossen war.

»Verdammter Mist!«, rief Maria. »Wir brauchen den Schlüssel!«

Leon schloss für einen Moment die Augen. Er erinnerte sich, den dicken Schlüsselbund gesehen zu haben, der Keller halb aus der Hosentasche hing.

»Ich glaube, Keller hat ihn eingesteckt.« Unschlüssig schaute Leon sich um. Nichts von dem, was er sah, taugte dazu, eine Tür aufzubrechen. Und eine so schwere Feuerschutztür wie die, die ihnen den Weg in die Freiheit versperrte, erst recht nicht. Als er sich sicher war, dass Maria wieder allein stehen konnte, ließ er sie los. »Hilf mir, etwas zu suchen, womit wir das Ding aufhebeln können.«

Einige Minuten später hörte Maria aus dem Seitengewölbe, in dem Leon verschwunden war, einen erstickten Laut. Sie erschrak. Fieberhaft blickte sie sich um und griff kurzerhand nach einer leeren Glasphiole, die sie, wie sie sich vornahm, Keller über den Kopf ziehen würde, sobald sie ihn auch nur zu Gesicht bekam. Auf Zehenspitzen schlich sie sich an der Felswand entlang, bis sie den Durchgang erreicht hatte, der in die kleinere Höhle führte. Vorsichtig linste sie, die Hand mit der Laborflasche hoch über ihren Kopf erhoben, in den Raum. Irritiert stutzte sie. Und dann ließ sie den Arm wieder sinken. Außer Leon war niemand hier. Von Keller und seinem Handlanger, nach dem er vorhin so laut gerufen hatte, war weit und breit keine Spur zu sehen.

»Was ist denn los?«, fragte sie angespannt.

Leon, der sie nicht hatte kommen hören, drehte ihr das Gesicht zu. Maria erschrak. In seinen Augen lag ein irrer Ausdruck. Schnell trat sie näher und fasste ihn am Arm.

»Leon, was ist los?«, wiederholte sie. Als er wieder nicht reagierte, drückte sie seinen Unterarm so fest, bis er einen leisen Schrei ausstieß. »Sag schon, was ist denn?«

Leon drehte seinen Kopf zu einem der vier kleinen Bildschirme, die auf einem alten Schreibtisch standen.

»Schau!« Mit dem Zeigefinger seiner rechten Hand deutete er auf einen der Monitore. Maria, die seit Kindheit kurzsichtig war, musste näher herangehen, um etwas erkennen zu können. Dann sah sie, was Leon gemeint hatte. Auf dem Gelände waren einige schwarz gekleidete Männer zu sehen, die, ihrer Kleidung nach, einer Kampfeinheit der Polizei angehörten. Maria spürte, wie ihr Herz einen Hüpfer machte.

»Aber das ist doch großartig! Die sind hier, um uns zu befreien.«

Leon sah sie mit brennenden Augen an. »Vermutlich sind sie deswegen hier, das stimmt. Aber …« Erneut deutete er auf den Bildschirm. »Die haben ihre Suchaktion doch längst abgebrochen.«

Entsetzt kam Maria noch näher heran. »Wie kommst du denn da drauf?«

»Weil sie völlig entspannt sind. Wären sie noch im Einsatz, dann hätten sie ihre Waffen in der Hand und würden nicht im Hof herumstehen und sich unterhalten.«

Es dauerte ein paar Sekunden, bis die Information in Marias Gehirn angekommen war. Als ihr klar wurde, was Leons Worte bedeuteten, wurde ihr schwindlig. Rasch griff sie nach seiner Hand.

»Aber das gibt es doch nicht«, flüsterte sie bestürzt. »Wieso geben die denn schon auf?«

»Weil sie unser Versteck nicht gefunden haben«, äußerte Leon seine Befürchtungen. »Und weil ihnen niemand einen Hinweis gegeben hat, wo wir sind.«

»Dann müssen wir die Männer eben auf uns aufmerksam machen.«

Leon lachte bitter. »Und wie stellst du dir das vor? Das hier ist schlimmer als eine Gruft. Von hier dringt nichts nach draußen.«

»Das können wir doch gar nicht wissen«, widersprach Maria. »Komm mit!«

»Mitkommen? Wohin denn?«

»Wir hämmern so lange gegen die Tür, bis uns jemand hört.«

Leon, der längst begriffen hatte, dass es völlig sinnlos war, schüttelte den Kopf. Er deutete auf einen zweiten Monitor, der einen einsamen Flur zeigte. »Die Tür, die aus der Höhle führt, führt nicht ins Freie, sondern in einen Gang.«

»Das glaube ich nicht«, wehrte sich Maria gegen den destruktiven Gedanken.

Leon hätte sie nur zu gern in ihrem Unglauben gelassen. Doch er hatte das dicke Kabel bemerkt, das unter der Tür hindurch nach draußen führte. Es war genau das gleiche, das man auf einem Monitor sehen konnte, der ebendiesen langen, verlassenen Flur zeigte.

»Wenn du willst, dann machen wir Krach«, sagte er resigniert. »Vermutlich wäre es aber besser, wenn wir nachsehen, wohin Keller verschwunden ist.«

»Du willst ihm hinterher?« Marias Augen wurden vor Entsetzen groß. »Dann laufen wir ihm doch wieder in die Arme.«

»Aber diesmal sind wir darauf gefasst. Und außerdem sind wir zu zweit«, bemühte sich Leon, mehr Zuversicht zu versprühen, als er wirklich empfand.

Maria wurde bei dem Gedanken, was auch immer hinter dem Durchlass auf sie warten würde, speiübel. »Und was ist, wenn dieser Victor bei ihm ist? Gegen zwei Männer haben wir keine Chance. Bitte lass uns wenigstens versuchen, die Polizisten auf uns aufmerksam zu machen.«

Leon atmete tief durch. Seiner Meinung nach war es reine Zeitverschwendung. »Pass auf«, machte er Maria einen Vorschlag. »Du beobachtest am Monitor, ob sich draußen was tut, und ich haue auf den Putz.«

Schon drei Minuten später war Maria überzeugt, dass Leon recht hatte. Er hatte ein altes Eisen gefunden, das er mit voller Kraft gegen die Tür schlug. Es war kaum vorstellbar, dass niemand den Radau hören konnte, und trotzdem tat sich nichts. Die Männer standen weiter entspannt im Hof herum und schienen den Lärm nicht nur nicht zu hören; sie packten ihre Sachen zusammen, um geschlossen abzurücken.

»Bitte nicht!«, jammerte Maria, als sie hörte, dass Leon wieder zu ihr herüberkam. »Du hast recht«, flüsterte sie mit erstickter Stimme. »Was sollen wir denn nun machen?«

»Uns bleibt nur noch der Weg nach vorn«, beschloss Leon.

Bevor er Maria erklären konnte, was er damit meinte, sagte eine heisere Stimme hinter ihnen: »Ich bin sehr enttäuscht, dass ihr meine Gastfreundschaft nicht besser zu würdigen wisst.«

11. KAPITEL

Lukas hatte die Sachbearbeiterin des Gemeindeamts gerade noch vor ihrer Mittagspause telefonisch erwischt und wollte sie soeben um die Telefonnummer und Adresse des Mitarbeiters vom Bergbaumuseum bitten, als er es anklopfen hörte.

»Einen Augenblick bitte«, sagte er und nahm das Telefon vom Ohr. Als er auf dem Display sah, dass der zweite Anruf von Kira kam, beendete er das Telefonat mit der freundlichen Dame.

»Ich hab jemanden gefunden, der uns vielleicht weiterhelfen kann«, sagte Kira. »Es ist ein …«, sie warf dem Herrn einen Seitenblick zu, der sie neugierig beobachtete, und verkniff sich das *alter Mann*, »es ist der Herr Schmiedl. Der hat jahrzehntelang im Bergwerk gearbeitet und war zum Schluss so was wie ein Vorarbeiter.«

»Wo seid ihr?«

»Vor dem Bräuwirt in der Innenstadt. Aber warte, Lukas.« Kira warf dem Kollegen, der am Steuer des Dienstwagens saß, einen fragenden Blick zu. Als der aufmunternd nickte, fuhr sie fort: »Das ist jetzt zwar etwas unkonventionell, aber der Herr Schmiedl besteht darauf, dass wir ihn im Streifenwagen mit Blaulicht und Sirene nach Hause fahren. Erst dann will er uns etwas erzählen.«

Kira hatte von einer alten Gemüseverkäuferin den Tipp bekommen, es in der Traditionsgaststätte am Marktplatz zu versuchen, als sie ein paar Geschäfte abgeklappert und sich nach noch im Ort lebenden Bergmännern erkundigt hatte. Dort hatte sie den rüstigen Rentner entdeckt, als der gerade mit zwei voll beladenen Tüten zur Tür herauskam. Als er die hübsche junge Polizistin sah, die ihn aus dem Streifenwagen heraus anlächelte, hatte er seinen Einkauf auf den Boden gestellt und sich zum Beifahrerfenster gebeugt.

»Über die Fabrik? Ja, da kann ich Ihnen einiges erzählen. Ich habe schon als Junge im Flöz gearbeitet und es im Lauf der Jahre bis zum Obersteiger gebracht«, sagte er stolz und seine erstaunlich klaren Augen blitzten listig. »Wenn Sie also etwas wissen wollen, dann fragen Sie. Aber erst müssen Sie mich mit Tatütata in Ihrem Auto mitnehmen.«

Wäre die Situation nicht so todernst gewesen, hätte Lukas laut gelacht. Er fand es so amüsant wie liebenswert, wenn in erwachsenen Männern beim Anblick von Baggern, Streifenwagen und Traktoren wieder das Kind erwachte.

»Tu ihm den Gefallen«, sagte er. »Der Zweck heiligt schließlich fast alle Mittel. Ich würde es aber begrüßen, wenn du ihn davon überzeugen könntest, dass die Sirene ausbleiben muss. Gib mir die Adresse durch, wir kommen auch gleich dorthin.«

Mit dem Handy noch am Ohr sprang Lukas in Fiedlers Dienstwagen. Der konnte gerade noch die Beifahrertür aufreißen und sich in den Wagen fallen lassen, bevor Lukas mit qualmenden Reifen vom Hof fuhr.

»Wenn Sie uns umbringen, nützt das Ihrer Tante auch nichts mehr«, moserte er über den halsbrecherischen Fahrtstil seines Mitarbeiters. »Wohin fahren wir eigentlich?«

Lukas drückte seinem Chef das Telefon in die Hand, an dem Kira noch immer in der Leitung war. »Das sollen Sie herausfinden.«

Als Lukas in die Straße einbog, zu der Fiedler ihn navigiert hatte, sahen sie den Streifenwagen schon von Weitem. Lukas rangierte in die Parklücke dahinter und fand den vor Freude bis über beide Ohren grinsenden Rentner auf Anhieb sympathisch.

»Die Fabrik entstand in den ehemaligen Gebäuden der Bergbaugesellschaft«, erzählte Franz Schmiedl den Kommissaren bereitwillig. Er genoss die Aufregung sichtlich und hatte sich nur widerwillig aus dem Autositz geschält. Wenn es nach ihm gegangen wäre, hätten ihn die netten Polizisten gern den ganzen Tag mit Blaulicht durchs Oberland kutschieren dürfen.

»Als der Pechkohlabbau eingestellt wurde, wurden zwar fast alle Gebäude abgerissen, aber ein ehemaliger Arbeiter hat die beiden, die heute noch existieren, für einen Spottpreis erworben und darin die Saftfabrik aufgebaut. Er hat sogar einen Zuschuss vom Staat erhalten, da er den ehemaligen Kumpeln Arbeit verschaffen wollte. Jedenfalls wurden die Saftpressen subventioniert und …«

Lukas hätte den alten Mann fast geschüttelt. Es mochte zwar hochinteressant sein, wer wie und warum die Gebäude übernommen hatte, doch im Moment zählte nur, dass er seine Tante, Markus' Schwester und den Jungen befreien musste.

»Das können Sie uns gern später erzählen«, unterbrach er ihn, so freundlich er konnte. »Im Moment drängt die Zeit. Bitte beschränken Sie sich auf das Wesentliche.«

Die blauen Augen in dem wettergegerbten Gesicht verengten sich. »Wollen Sie mir nicht erst einmal verraten, was hier überhaupt los ist?«

Ganz sicher nicht. »Eine Erklärung muss leider warten«, sagte Fiedler. »Mein Kollege hier hat schon recht. Uns drängt die Zeit. Also, bitte erzählen Sie uns nur, was Sie über die Gebäude wissen.«

»Dann kommen Sie mal rein in die gute Stube«, sagte Schmiedl verschmitzt. »Hier draußen haben die Wände Ohren.«

Zur Bestätigung deutete er verstohlen auf die Nachbarn, die aufgrund des noch immer mit Blaulicht parkenden Polizeiautos auf die Straße gekommen waren, sich aber nicht näher herantrauten.

Lukas hatte den Verdacht, dass Schmiedl genau das damit bezwecken wollte: die Neugier der Anwohner damit noch zu verstärken, dass die Polizisten ihn in sein Haus begleiteten. Da er den Alten in seiner Listigkeit überaus liebenswert fand, tat er ihm gern den Gefallen.

»Auf die Handschellen können wir verzichten, denke ich«, sagte er so laut, dass das neugierige Grüppchen es sicher hören konnte.

Als sich die Tür hinter ihnen schloss, fing Schmiedl an zu kichern. »Entschuldigung.« Er wischte sich ein paar Lachtränen aus den Augen. »Jetzt werden die Knallköpfe sich sicher tagelang das Maul darüber zerreißen, was der alte Schmiedl wohl angestellt haben mag.« Er streckte sein Kreuz durch und sah Lukas mit einem merkwürdig intensiven Blick an. »Aber Sie sagten ja, dass Sie es eilig haben. Das liegt an Ihrer Jugend«, setzte er hinterher und zwinkerte Kira zu. »Also, was genau wollen Sie wissen?«

Zehn Minuten später sprang Lukas auf. »Ein Schacht?« Davon hatten die Männer vom SEK nichts erwähnt. Und auf dem Film, den Markus Hanke ihnen gezeigt hatte, war ebenfalls kein Schacht zu sehen gewesen, obwohl Maria und Leon sich bei ihrem Besuch in der Fabrik redlich bemüht hatten, jeden Winkel aufzuzeichnen.

»Der Zugang liegt in der Höhle hinter den Häusern. Er wurde natürlich so gut wie nie benutzt, da die Männer mit dem Aufzug im Förderturm in den Berg eingefahren sind«, sagte der alte Mann leise. Er schloss die Augen und massierte sich die Schläfen. Zu lange war er nicht mehr auf dem Gelände gewesen und seine Erinnerung spielte ihm gelegentlich einen Streich. »Ich kann mich nicht in allen Einzelheiten daran erinnern, schließlich ist das über fünfzig Jahre her. Aber kurz bevor bekannt wurde, dass die Zeche schließen musste, wurde noch ein Gebäude sehr nah an die Felswand herangebaut, in der die Höhle mit dem Eingang liegt.« Mit hellwachen Augen sah er auf. »Die Häuser waren allesamt nicht unterkellert und von dort gab es keine Zugänge zu den Stollen. Sie müssen in der Höhle suchen.«

Lukas warf Schmiedl einen skeptischen Blick zu. »Da war keine Höhle«, sagte er. »Sie müssen sich irren.«

Schmiedl schüttelte den Kopf. »Ganz sicher nicht«, sagte er unerschütterlich. Er drehte sich um und besah sich die unzähligen Schwarz-Weiß-Fotos, die hinter ihm an der Wand hingen. Als er gefunden hatte, was er suchte, nahm er den Rahmen ab und drückte Lukas das Bild in die Hand.

Der sprang wie von einer Tarantel gestochen auf. »Bleib hier und versuch, noch mehr herauszufinden«, wies er Kira an. »Wir fahren zurück und suchen weiter.«

* * *

Beim Klang der Stimme drehten sich Maria und Leon entsetzt um. Bevor Leon das Rohr heben konnte, das er noch immer in der Hand hielt, sprühte Keller ihnen eine stinkende Flüssigkeit ins Gesicht. Sofort fingen sie an zu würgen, und Leon ließ sich widerstandslos die Eisenstange entreißen.

Kellers Augen funkelten vor Zorn darüber, dass seine Gefangenen es geschafft hatten, sich zu befreien. Das würden sie büßen! Wenn sie dachten, dass sie ihn zum Narren halten konnten, hatten sie sich geschnitten. Rasch packte er den Jungen und zerrte ihn erneut zu dem provisorischen Lager. Mit einer Geschicklichkeit, die man ihm kaum zugetraut hätte, fesselte er Leon erneut an das Rohr, achtete jedoch darauf, den Kabelbinder an einer anderen Stelle zu befestigen als zuvor. Hier gab es nichts, woran er die Plastikstrippe würde durchscheuern können. Anschließend lief er zurück in die Nebenkammer, packte Maria an den Haaren und schleifte sie ebenfalls wieder in die Haupthöhle.

»Ich habe die Schnauze voll von eurer Arroganz«, schrie Keller Maria an, und feine Speicheltröpfchen trafen sie im Gesicht. »Ihr denkt wohl, dass ihr mich verarschen könnt.«

Keller war derart aufgebracht darüber, dass seine Gefangenen fast entkommen wären, dass er für keine Argumente zugänglich war, das wurde Maria klar, als sie sein hochrotes Gesicht sah. Ihm erneut Geld anzubieten war genauso sinnlos, wie darauf zu hoffen, dass er es sich doch noch anders überlegte und sie laufen ließ. Sie ließ den Kopf hängen. Die Männer, die sie hätten retten sollen, waren unverrichteter Dinge abgezogen, und jetzt war alles verloren. Sie spürte, wie jede Hoffnung schwand. Tränen liefen ihr übers Gesicht und tropften auf ihre Bluse. Vielleicht war es besser, Keller keinen weiteren Widerstand entgegenzusetzen. Je mehr sie sich wehrten, desto schlimmer würde es werden. Es war der Zeitpunkt gekommen, an dem sie sich ihrem Schicksal fügen musste.

* * *

Lukas bremste so heftig, dass der Wagen für einen Augenblick ins Schlingern geriet. Kaum dass das Fahrzeug stand, öffnete er die Tür, sprang heraus und wäre fast über seine eigenen Beine gestolpert.

»Warten Sie, Zieringer«, keuchte Fiedler. Er hatte unterwegs versucht, Gruber zu erreichen, um ihn und seine Männer zurück zur Fabrik zu beordern, hatte aber kein Glück gehabt, da sie bereits auf dem Weg zu einem neuen Einsatz waren.

»Ich halte es für äußerst bescheuert, nur zu zweit hineinzugehen.« Er bekam Lukas am Ärmel zu fassen und riss ihn herum. »Ein Himmelfahrtskommando wird Ihrer Tante nicht helfen«, machte er ihm deutlich. »Wir warten, bis wir zumindest die Unterstützung der Kollegen aus unserer Dienststelle haben. Und das ist keine Idee, sondern ein Befehl.«

Für den Bruchteil einer Sekunde dachte Lukas darüber nach, ob er seinen Chef niederschlagen und allein nach der Höhle suchen sollte. Auch wenn sein Verstand ihm sagte, dass eine solche Aktion nicht nur dämlich, sondern lebensgefährlich war, machte ihn die Angst um seine Tante schier wahnsinnig.

»Vorschlag …«

»Interessiert mich nicht«, unterbrach ihn Fiedler. »Die zehn Minuten, bis die Unterstützung da ist, warten wir. Basta.«

Tatsächlich hielt bereits vier Minuten später ein Streifenwagen hinter Fiedlers BMW. Die beiden uniformierten Kollegen, die aus dem Fahrzeug sprangen, kannte Lukas bereits. Und so, wie er sie einschätzte, konnte er sich bedingungslos auf sie verlassen.

Mit wenigen Worten erklärte er ihnen die neue Situation. »Leider steht uns auf die Schnelle kein SEK-Team zur Verfügung, da die Kollegen zu einem anderen Einsatz unterwegs sind. Wir haben einen Hinweis erhalten, dass es hinter den Gebäuden eine Höhle gibt, in der wir die Gefangenen vermuten. Da wir damit rechnen müssen, dass Keller in Kontakt mit seinen Mitarbeitern steht, müssen wir verhindern, dass er davon Wind bekommt, dass wir noch immer hier sind. Deswegen werden wir alle Angestellten und Arbeiter zusammentreiben und ohne ihre Telefone in einem Raum festsetzen, damit keiner den Chef warnen kann.« Lukas musste sich aufs Äußerste beherrschen, nach Vorschrift vorzugehen. Aber er wusste genau, dass er mit so wenigen Leuten kaum eine Chance hatte, unbemerkt nach der Höhle zu suchen, zumal sie keine Ahnung hatten, wer von der Belegschaft zu den Komplizen des Chefs gehörte. Wenn Schmiedl recht hatte, dass von dort aus ein Schacht in die Tiefen des Bergwerks führte, war die Gefahr zu groß, dass Keller seine Geiseln dorthin bringen und eliminieren würde, falls er gewarnt wurde.

Lukas und Fiedler warfen sich einen Blick zu. Offensichtlich hatte Hans Keller sich noch nicht wieder blicken lassen, denn ganz sicher hätte er die Arbeiter sofort angetrieben, das Loch, das die Polizei in die Mauer gerammt hatte, zu reparieren. Lukas streckte den Daumen nach oben. Behände kletterte er, gefolgt von Fiedler und den beiden Kollegen, über die Ziegelsteine hinweg, rannte zum ersten Gebäude, duckte sich unter einem Fenster weg, das zu einem Büro gehörte, und wartete an der Eingangstür, bis die anderen zu ihm aufgeschlossen hatten. Er versicherte sich, dass alle bereit waren, riss die Tür auf, rannte hinein, packte die verdutzte Sekretärin an der Hand, zog sie vom Stuhl, vergewisserte sich, dass ihr Smartphone auf ihrem Schreibtisch lag, und sperrte sie kurzerhand in die Toilette. In Windeseile hatten die vier Männer das kleine Bürogebäude durchsucht und nur noch eine andere Person gefunden, die ihren eigenen Worten nach für die Buchhaltung zuständig war. Auch sie wurde ohne ihr Handy im WC eingesperrt.

Als sie an dem großen Tor standen, das das Büro von der Produktionshalle trennte, fragte Fiedler: »Wie viele Leute sind da drin?«

»Vorhin waren es vierzehn.«

Fiedler kniff die Lippen zusammen. Vierzehn gegen vier war eine denkbar schlechte Bilanz. Er holte tief Luft und zog seine Waffe. »Los!«

Lukas stieß die Tür auf, dann rannten sie in die Halle und verteilten sich.

* * *

»Victor!«, brüllte Keller erneut nach seinem Gehilfen, diesmal mit Erfolg.

»Was ist denn?«, brummte der ungepflegte Langhaarige unwillig, als er, mit einem schmutzigen Laborkittel bekleidet, die Plastikplanen zur Seite schob und den abgetrennten Teil der Höhle betrat, als wäre es das Normalste der Welt, dass dort zwei verängstigte Gestalten gefangen gehalten wurden.

»Wie oft soll ich dir noch sagen, dass du die Dinger bei der Arbeit nicht aufsetzen sollst!« Wütend boxte Keller gegen den überdimensionalen Kopfhörer, den sich Victor um den Hals gelegt hatte.

Anstelle einer Antwort zog der eine Schachtel Zigaretten aus der Kitteltasche, klopfte einen Glimmstängel heraus und steckte ihn sich zwischen die Lippen. Bevor er jedoch dazu kam, ihn anzuzünden, schlug Keller ihm die Kippe aus dem Mund.

»Du bist so ein Idiot! Willst du, dass die ganze Bude hochgeht?«

Gelangweilt deutete Victor hinter sich. »Was soll denn da in die Luft fliegen?«, fragte er mit ausdruckslosem Blick. »Das ist doch alles massiver Fels.«

Keller verzichtete darauf, dem Trottel klarzumachen, was es bedeuten würde, käme es in dem Raum, der voller Chemikalien war, zu einer Verpuffung. »Bist du wirklich so dämlich oder stellst du dich nur so blöd an?« Da er auf die Frage keine Antwort erwartete, deutete er stattdessen auf Maria. »Halt die Frau fest. Es wird Zeit, dass sie die Englein singen hört.«

Interessiert musterte Victor Kellers Gefangene genauer. Ihre Augen waren vor Schreck unnatürlich geweitet und auf ihrer Stirn stand der Angstschweiß. Und nun fing sie auch noch an zu wimmern. Augenblicklich spürte Victor, wie sich etwas in seiner Hose regte. Ein dümmlicher Ausdruck trat auf sein Gesicht. »Was hast du danach mit ihr vor?«, fragte er. »Kann ich sie haben?«

168

Keller kniff die Augen zusammen. An sich hatte er sowieso vorgehabt, das Weib seinen Männern zu überlassen. Doch dass ausgerechnet der bekloppte Victor der Erste sein wollte, ließ sogar Keller einen Schauer über den Rücken laufen. Wenn der ungepflegte Junkie erst seinen Spaß an der Frau gehabt hatte, würden die anderen Männer sie nicht einmal mehr mit der Beißzange anfassen wollen.

»Du kannst sie haben, wenn ich mit ihr fertig bin«, wich er der Frage aus. »Frag mich einfach morgen noch mal.«

Enttäuscht bohrte Victor in den Zahnstummeln, die ihm nach jahrelangem Drogenmissbrauch noch geblieben waren.

»Und hör auf zu glotzen«, herrschte Keller ihn an. »Wir testen das Zeug jetzt.« Keller hob die Wäscheklammer vom Boden auf und setzte sie auf Marias Nase. Bei dem plötzlich einsetzenden Schmerz schossen ihr erneut Tränen in die Augen. Als sie einen Schrei ausstieß, rief Leon: »Bitte, hören Sie auf! Maria hat Ihnen doch schon ihr ganzes Geld angeboten.«

Victor, der das kleine Glasröhrchen mit weiteren Bröckchen der noch nicht getesteten Substanz füllte, fuhr herum. Bislang hatte er Kellers zweitem Opfer kaum einen Blick gewidmet. Als er sich den hübschen Jungen jetzt genauer besah, kratzte er sich am Sack. Der war ja noch besser als die Frau. Er verzog sein Gesicht zu einer Fratze. »Wenn du die Frau nimmst, kann ich dann den Jungen haben?«, wollte er von Keller wissen. »Wegen mir auch jetzt gleich.«

»Erst müssen wir wissen, wie das Zeug wirkt.« Keller musste sich beherrschen, um dem Junkie nicht das Eisenrohr an den Kopf zu schlagen, das er dem Jungen entwunden hatte. Zu dumm, dass er darauf angewiesen war, Victor bei der Stange zu halten.

Der ehemalige Chemiestudent hatte mehrere Semester auf der Uni durchgehalten und wusste genau, welche Wirkungen die einzelnen Substanzen im menschlichen Organismus entfalteten und welche Wechselwirkungen zu erwarten waren, wenn man verschiedene Stoffe miteinander kombinierte. Eines Tages war er auf den grandiosen Einfall gekommen, das Zeug, das er heimlich im Universitätslabor zusammengebraut hatte, in München unter seinen Kommilitonen zu verticken. Innerhalb weniger Wochen hatte er einen schwunghaften Handel aufgezogen, der ihm einen äußerst erfreulichen Geldsegen bescherte. Doch dann war er auf die weniger geniale Idee gekommen, sich mit einem seiner besten Kunden zu besaufen und im Suff sein Zeug selbst zu probieren, und war nicht mehr davon losgekommen. Clever, wie er zumindest damals noch war, hatte er das Universitätslabor monatelang für seine eigenen Forschungen und zur Herstellung einträglicher Mengen an Pillen missbraucht. Doch mit zunehmender Abhängigkeit ging auch eine legere Nachlässigkeit einher, die innerhalb weniger Tage seinen Professor auf den Plan gerufen hatte. Und dann war es nur noch eine Frage von wenigen Stunden, bis die Drogenküche auf- und Victor in hohem Bogen aus der Uni flog, worauf ihn Keller aufgabelte, der auf der Suche nach einem geldgierigen Studenten schon seit einiger Zeit vor den Hörsälen der Chemievorlesungen herumlungerte. Keller hielt zwar nichts von Mitarbeitern, die selbst Drogen konsumierten, da sie unzuverlässig waren und nur zur Arbeit kamen, wenn sie Stoff brauchten. Und wenn es ganz dumm lief, rannten sie zur Polizei und pfiffen wie die Spatzen auf dem Dach. Doch er war in einer verzweifelten Situation, die es ihm nicht erlaubte, wählerisch zu sein, da sein letzter Koch plötzlich eigene Wege ging und seinem bisherigen Auftraggeber Konkurrenz machte. Keller hatte sich das Problem einige Tage angesehen, dann hatte er getan, was getan werden musste, doch damit war der Nachschub abrupt versiegt, und seine Kunden hatten keine Zeit, lange zu warten. Dann war er Victor begegnet, der wie ein geprügelter Hund aus dem Rektorat schlich. In kürzester Zeit war man sich handelseinig geworden, und

Victor hatte sich trotz seiner Sucht schnell als zuverlässig herausgestellt, dazu kannte er keine Skrupel. Er tat, was man ihm auftrug, vorausgesetzt, man bezahlte entsprechend dafür. Und das war ein nicht zu unterschätzender Vorteil.

Victor hatte auch nach all den Jahren, in denen er für Keller arbeitete, kurioserweise noch immer keine Ahnung, wo sich das Labor befand, dafür hatte Keller in weiser Voraussicht gesorgt. Wenn er ihn brauchte, schickte er eine SMS und gabelte ihn an einem zuvor vereinbarten Treffpunkt in Miesbach auf. Dort setzte sich Victor in den hinteren Teil des Lieferwagens und ließ sich bereitwillig die Augen verbinden. In der Fabrik setzte Keller rückwärts so weit an das Tor im Felsen heran, dass niemand die seltsame Fracht zu Gesicht bekam, die er beförderte. Dort durfte Victor aussteigen, ließ sich von Keller einen kalten Gang entlangführen und durfte die Augenbinde erst abnehmen, wenn er sich im Labor befand. Anfangs hatte er sich gegen die Prozedur gesträubt, als ein winziger Rest Überlebenswille aufgeflackert war. Doch er hatte schnell begriffen, dass er im Paradies gelandet war. Er mischte für Keller, was auch immer der haben wollte, bekam anschließend genügend Drogen, um seinen eigenen Bedarf zu decken und einen Teil des Zeugs verhökern und sich dadurch ein angenehmes Leben machen zu können. So gesehen war es eine Win-win-Situation. Und wenn er jetzt auch noch etwas zum Ficken bekam, umso besser.

»Was ist nun?«, knurrte Keller. »Ich bezahle dich nicht fürs Träumen.«

Victor erwachte aus seiner Lethargie. Bedauernd warf er dem Jungen einen gierigen Blick zu. Doch das musste warten.

Keller konnte Maria gerade noch ausweichen, die versuchte, ihn in den Finger zu beißen. »Du blöde Schlampe«, fluchte er und verpasste ihr eine weitere Ohrfeige. »Und du mach endlich, was ich dir sage«, herrschte er Victor an. »Halt ihr den Kopf fest, bevor ich ihr die Zähne ausschlage.«

Victor näherte sich Maria von hinten und schlang einen Arm so um ihren Kopf, dass sie ihn nicht mehr bewegen konnte.

»Na also, geht doch«, stellte Keller zufrieden fest. Er schnappte sich das Röhrchen vom Tablett, steckte es Maria in den halb geöffneten Mund und presste seine linke Hand so auf ihre Lippen, dass sie keine Chance hatte, die Pfeife wieder auszuspucken. Mit der rechten holte er ein Feuerzeug aus seiner Hosentasche und zündete die winzigen Kristalle an, die in der kleinen Öffnung lagen.

In einem letzten Akt der Verzweiflung bäumte sich Maria auf. Doch die beiden Männer hielten sie mit einer Kraft fest, gegen die sie keine Chance hatte. Noch schaffte sie es, die Luft anzuhalten, doch allmählich wurde der Sauerstoff knapp und sie begann bereits rot anzulaufen.

12. Kapitel

Lukas war überrascht, dass ihnen keinerlei Widerstand entgegenschlug. Brav wie die Lemminge trotteten die Männer und Frauen in die Mitte der Produktionshalle, wo sie sich gehorsam aufstellten und auf weitere Instruktionen warteten. Lukas sah Fiedler alarmiert an. Irgendetwas stimmte nicht. Rasch zählte er die Anwesenden durch und stellte fest, dass es nur dreizehn waren. Plötzlich bemerkte er, dass einer der Männer verstohlen nach oben schielte. Lukas folgte seinem Blick und sah, wie ein Mann, der auf einer Gitterbrücke stand, ein Telefon ans Ohr hob.

Mit einer flüssigen Bewegung, die er schon geglaubt hatte, verlernt zu haben, zog Lukas seine Pistole aus dem Holster und entsicherte sie in dem gleichen Augenblick, in dem er sie anhob. »Weg mit dem Handy! Sofort!«

Der Mann zeigte keine Reaktion. Seine Augen waren weit aufgerissen auf Lukas gerichtet, doch entweder war er von der Situation hypnotisiert wie ein Kaninchen oder er glaubte nicht daran, dass Lukas wirklich schießen würde.

Erneut rief Lukas eine Warnung. Das Gesicht des Mannes nahm einen verzweifelten Ausdruck an. Entweder kam keine Verbindung zustande oder niemand hob ab. Lukas bewegte seinen Arm ein paar Millimeter nach rechts und drückte ab.

Der Mann zuckte zusammen, als das Geschoss dicht neben ihm in die Wand einschlug.

»Sind Sie taub?«, schrie Lukas. »Beenden Sie sofort das Gespräch!«

Mit zitternden Fingern gehorchte der Mann schließlich.

»Und jetzt kommen Sie da runter!« Lukas Waffe verfolgte den Weg des Mannes bis zur Treppe und dann die Stufen hinab, bis er sich zu seinen Kollegen stellte. »Legen Sie das Telefon zu den anderen«, sagte Lukas und deutete nachdrücklich auf einen Tisch, auf dem sich die gesammelten Smartphones der Belegschaft stapelten.

Als der Mann endlich tat, was ihm befohlen worden war, instruierte Fiedler die beiden uniformierten Kollegen, dass sie den Trupp allein bewachen mussten, bis die Verstärkung eintraf, die er angefordert hatte.

»Dann mal los«, sagte Fiedler und zog ebenfalls seine Waffe. »Hoffentlich hat der Krach, den Sie veranstaltet haben, Keller nicht vorgewarnt.«

Der Gedanke war Lukas schon in dem Augenblick gekommen, als das Projektil sich mit einem Höllenlärm aus dem Lauf gelöst hatte. Dennoch hatte er es nicht riskieren können, dass der Idiot auf der Brüstung seinen Chef warnte.

Fiedler lief Lukas voraus aus der Halle und umrundete das Gebäude. Doch statt vor der Höhle, die ihnen Franz Schmiedl beschrieben hatte, standen sie vor einer Steilwand.

»Das gibt's doch nicht! Wo soll diese verdammte Höhle denn sein?« Lukas' Blick wanderte die Felswand entlang. Plötzlich stutzte er. »Das gibt's doch nicht«, murmelte er erneut und trat so dicht an den Fels heran, dass er ihn mit den Fingern berühren konnte.

»Was gibt es nicht?«, wollte Fiedler wissen. »Können Sie mich aufklären, was Sie da machen?«

Lukas ließ seine Hand sinken. »Fühlen Sie mal.«

Fiedler sah ihn an, als hätte er den Verstand verloren. »Hören Sie auf mit dem Mist, Zieringer. Ich werde den Teufel tun und die Wand streicheln.«

»Aber genau das ist es doch. Das ist kein Fels, es ist eine Wand. Die mit viel Aufwand und Material so gestaltet wurde, damit sie aussieht, als ob sie natürlich wäre.«

Nun tat Fiedler doch, wozu ihn Lukas aufgefordert hatte. Kaum dass seine Fingerspitzen die Struktur berührten, wusste er, dass Zieringer recht hatte.

Lukas trat einen Schritt zurück und ließ das Gebilde auf sich wirken. »Irgendwo muss es eine Tür geben. Warum sonst sollte sich jemand so viel Mühe machen?«

Fiedler deutete auf die unzähligen Obstkisten, die kreuz und quer an der Wand aufgestapelt waren. »Wenn es eine gibt, dann muss sie dahinterliegen.«

Lukas sah seinen Chef skeptisch an. Bevor er jedoch etwas entgegnen konnte, ging Fiedler in die Hocke.

»Sieh dir das an«, sagte er und verfiel unwillkürlich ins *Du*. »Das sind doch Schleifspuren.«

Lukas konnte es kaum glauben. Sein Chef musste Augen haben wie ein Luchs. Die Kratzer waren so fein und unscheinbar, dass sie einem zufälligen Betrachter niemals aufgefallen wären. Sein Blick folgte der Spur bis zum Fels, wanderte einen Meter nach oben und blieb an einem kleinen hölzernen Bügel hängen. Mit schnellen Schritten trat er darauf zu, zog mit einem Ruck an dem Griff und konnte prompt einen fest miteinander verbundenen Kistenstapel nach vorn ziehen, der auf einer Holzpalette befestigt war, die ihrerseits dicke, luftgepolsterte Räder hatte.

»Mich laust der Affe«, murmelte Fiedler. »Kein Wunder, dass wir nie herausgefunden haben, wo Keller seine Drogen kocht.«

175

Lukas legte einen Finger auf die Lippen. Hinter dem Stapel kam eine Tür zum Vorschein. Für einen Augenblick hielt er die Luft an und drückte die Klinke vorsichtig nach unten. Nicht abgeschlossen. Er atmete aus und sah Fiedler an. Auf dessen Zeichen stieß er die Tür mit einem Ruck auf. Gleichzeitig drangen sie, die Waffen erhoben, in einen Gang ein, bei dem man sich, im Gegensatz zur Außenfassade, keine große Mühe gegeben hatte. Wer den Eingang erst einmal gefunden hatte, musste nicht weiter getäuscht werden.

Sich gegenseitig sichernd liefen sie voran, bis sie zu einem massiven Tor kamen. Das Kabel, das darunter hervorkam, führte zu einer Kamera, die Lukas erst entdeckte, als er direkt davorstand.

»Überwachung«, flüsterte er Fiedler zu und deutete auf das Gerät, an dem ein rotes Licht blinkte. Es hatte sie erfasst. Ein flaues Gefühl machte sich in seinem Bauch breit. Zu dumm, dass die Kollegen vom SEK bereits abgerückt waren. Wenn dort drin jemand bemerkt hatte, dass sie nur zu zweit dabei waren, den Raum zu stürmen, war es ein Himmelfahrtskommando. Derjenige, der sich hinter der Tür verbarg, hatte alle Vorteile auf seiner Seite. Und doch nützte es nichts. Lukas wischte sich den Schweiß, der ihm in die Augen lief, aus dem Gesicht, atmete tief durch und nickte Fiedler zu.

Fiedler machte ein rasches Kreuzzeichen, dann hob er den Daumen.

Vorsichtig drückte Lukas den Griff nach unten und betete, dass die Scharniere kein Geräusch von sich gaben. Doch als er daran zog, bewegte sich die Tür keinen Millimeter.

Fiedlers Gedanken rasten. Sie brauchten einen Schlüsseldienst. Doch bis der kam, mussten sie von hier verschwinden, damit das Risiko, dass jemand sie entdeckte, so gering wie möglich blieb. Er hatte den Gedanken kaum zu Ende gedacht, als Lukas in die Hocke ging und sich den

Schließzylinder genauer besah. Ein Grinsen überzog dessen Gesicht, als er seine Waffe neben sich auf den Boden legte und ein dünnes Mäppchen aus der Innentasche seiner Jacke zog. Er holte zwei dünne Metallstifte hervor, und bevor Fiedler es sich versah, hatte sein junger Kollege das Schloss geknackt.

Ein Instinkt hieß ihn, die Tür diesmal nicht aufzustoßen, sondern vorsichtig zu öffnen. Obwohl Lukas von seinen Kollegen früher regelmäßig ob seines Bauchgefühls verlacht worden war, hatte es ihm so manches Mal das Leben gerettet. Als er von drinnen Stimmen vernahm, sah er Fiedler an und tippte sich ans Ohr. Kurz darauf reckte er zwei Finger nach oben. Es waren zwei Personen, die sich unterhielten. Vorsichtig schlüpften sie nacheinander in den Raum, der sich als die Höhle herausstellte, die Schmiedl ihnen beschrieben hatte. Staunend glitten Fiedlers Blicke über die Tische und Apparaturen, die in der Mitte der natürlichen Halle standen. Da war es endlich, das Drogenlabor, das sie so lange gesucht hatten!

Fiedler zuckte zusammen, als Lukas ihm leicht gegen den Arm boxte. Er löste sich vom Anblick der Gerätschaften. Lukas hatte recht. Sie mussten Keller und seine Geiseln suchen.

Auf leisen Sohlen schlich Lukas voran. Wer auch immer sich dort unterhielt, war nicht zu sehen. Die Personen waren durch riesige Planen verborgen, die wie eine Art Raumteiler den hinteren Teil des Gewölbes vor Blicken schützten.

Die Waffe im Anschlag, gab Lukas seinem Chef ein Zeichen, stehen zu bleiben und zu warten. Fiedler trug Straßenschuhe, die auf dem unebenen Steinboden vernehmlich klackten. Lukas' Sportschuhe hingegen verursachten keinen Laut. Vorsichtig wich er den Labortischen aus, die ihm im Weg standen, bis er den Plastikvorhang erreicht hatte, hinter dem die Stimmen zu hören waren. Seine Sinne waren aufs Äußerste gespannt, als er einen Schritt nach vorn machte, die Folie mit einem Ruck von der Decke riss und die vier Gestalten sah, von denen zwei an dicke Rohre gefesselt waren, die an der Wand verliefen. Den Bruchteil einer Sekunde blieb sein Blick an dem Gesicht der Frau hängen. Seine Tante! Ohne auch nur einen Augenblick zu überlegen, schrie Lukas: »Lassen Sie sofort die Frau los!«

Keller fuhr erschrocken herum. Dabei ließ er die Glaspfeife, die zwischen seinen Fingern klemmte, auf den Boden fallen, wo sie in tausend Stücke zerbrach.

Der zugedröhnte Victor fing bei Lukas' Anblick an zu lachen. Er gab Marias Kopf frei, stieß sie von sich, hob die Hände und lief auf den Polizisten zu. Keller erfasste die Chance, die sich ihm bot, mit einem Blick. Victor hatte sich in seinem Drogenrausch zwischen ihn und den Bullen geschoben. Ohne überhaupt nachzudenken, warf er sich herum, rannte zu der Tür, die in einen Schacht führte, riss sie auf und schnappte sich die Taschenlampe von der Ablage.

Fiedler, der nun nicht mehr darauf achten musste, keinen Lärm zu verursachen, rannte ihm hinterher. »Bleiben Sie stehen, Keller!«

Keller zögerte, drehte sich herum und blickte in den Lauf einer Pistole. Er sah Fiedler direkt in die Augen, während ein überhebliches Grinsen sein Gesicht überzog. Der Polizist stand keine drei Meter von ihm entfernt und machte nicht den Eindruck, als ob er einfach drauflosschießen würde. Keller machte einen kleinen Schritt nach vorn und hob die Hände, gerade so, als ob er sich ergeben wollte. Doch dann packte er den Türgriff, trat einen großen Schritt zurück und riss die Tür mit sich, bis sie mit einem Knall ins Schloss fiel.

Entgeistert starrte Fiedler auf die Stelle, an der Keller noch vor einer Sekunde gestanden hatte. Die Aktion hatte keine zwei Sekunden gedauert, und dann hörte er das Knacken, mit dem das Schloss verriegelt wurde.

Lukas steckte die SPF9 zurück ins Holster, packte den wie irre kichernden Victor, drehte ihm die Arme auf den Rücken und zog mit einer geschmeidigen Bewegung Handschellen aus seiner Hosentasche. Nachdem er Kellers Handlanger gefesselt hatte, ließ er sich auf die Knie fallen.

»Tante Maria«, rief er leise. Er nahm ihr Gesicht vorsichtig in seine Hände. Ihr rechtes Auge war halb zugeschwollen, offenbar war sie geschlagen worden. Liebevoll strich er ihr über die Haare. »Maria?« Als sie nicht reagierte, befürchtete er einen Augenblick lang, dass die Frau vor ihm gar nicht seine Tante war. Doch dann hob sie den Blick. »Lukas?«, flüsterte sie, »bist du das?«

Lukas lachte vor Erleichterung. »Warte, ich binde dich los.« Mit geschickten Handgriffen trennte er den Kabelbinder durch und befreite anschließend den Jungen. Dann glitt sein Blick über den Boden. Ein Tablett mit braunen Kristallen, ein Feuerzeug und eine Glasphiole, die zerbrochen am Boden lag, bei der man aber doch noch den Pfeifenkopf erkennen konnte. Er schluckte.

»Hat er …?« Er wagte es nicht auszusprechen, was ihm durch den Kopf schoss. Seit ihrer Entführung waren fast sechs Stunden vergangen, da war es unrealistisch zu glauben, dass Keller sie nicht …

Maria war seinem Blick gefolgt. Sie schüttelte den Kopf. »Nein«, keuchte sie. »Aber du bist wirklich in letzter Sekunde gekommen.«

Lukas war so erleichtert, dass er sie am liebsten in seine Arme gezogen hätte.

»Ich könnte jemanden brauchen, der mich in den Arm nimmt«, unterbrach Maria seine Gedanken. »Und da wir ja immerhin verwandt sind …«

Sie kam nicht dazu, weiterzureden. Lukas beugte sich zu ihr hinunter, zog sie von der fleckigen Matratze hoch und drückte sie fest an sich.

Während Lukas mit Maria beschäftigt war, kümmerte sich Fiedler um Leon. Der hatte in seiner jugendlichen Unbekümmertheit die letzten Stunden etwas besser weggesteckt als seine ältere Freundin. Vielleicht lag es aber auch daran, dass Kellers Aktionen hauptsächlich Maria gegolten hatten, wie Leon Fiedler mit zitternder Stimme erzählte.

»Ich bin so froh, dass Sie rechtzeitig gekommen sind«, sagte er. »Ich glaube, wenn Sie nur eine Minute später eingetroffen wären, hätte Maria das Drecksszeug rauchen müssen.« Mit schreckgeweiteten Augen deutete er auf die Drogen, die auf dem Tablett lagen. »Ich habe die ganze Zeit wie wahnsinnig überlegt, wie ich ihr helfen kann, aber mir ist nichts eingefallen«, sagte er unglücklich. Offensichtlich hatte er das Gefühl, er hätte Maria beschützen müssen und dabei völlig versagt.

Bevor Fiedler ihn beschwichtigen konnte, ertönte vor der Tür ein Heidenlärm, und nur wenige Sekunden später stürmte ein Trupp Menschen in den Raum.

Lukas ließ Maria los, sprang auf und zog seine Waffe. »Stehen bleiben!«, schrie er aus vollem Hals, als die Meute auf ihn zugerannt kam.

»Legen Sie das Ding weg«, sagte eine Stimme neben ihm warnend.

Lukas' Herz schlug bis zum Hals. Vor seinem inneren Auge lief ein Film ab, den er nicht mehr abstellen konnte. Er kniff die Augen zusammen, versuchte, die Bilder abzuschütteln. Etwa fünfzehn Männer, alle mit Holzknüppeln bewaffnet, die ihn eingekreist hatten wie einen räudigen Hund. Er allein konnte sie niemals entwaffnen. Er konnte nur versuchen, so viele wie möglich unschädlich zu machen, bis sie ihn überwältigen und zusammenschlagen würden. Plötzlich hörte er eine sanfte Stimme. Es war die Stimme einer Frau, die ihm gut zuredete. Vielleicht war er ja schon tot. Dann merkte er, wie jemand seine

Hände, die die entsicherte Pistole auf die kleine Gruppe richteten, nach unten drückte.

»Lukas! Wach auf!« Eine leichte Ohrfeige klatschte in sein Gesicht. Und tatsächlich, es half. Lukas schüttelte die Erinnerung ab und sah in lauter erleichterte Gesichter.

»Scheiße!«, sagte er und ließ den Kopf hängen. Sein Blick fiel auf die SFP9, die wie ein Fremdkörper an seiner Hand hing. Er sicherte die Waffe und reichte sie Fiedler.

»Was soll denn das?«

»Ein Polizist, der es nicht schafft, seine Flashbacks unter Kontrolle zu halten, ist wohl kaum dazu befähigt, eine Knarre zu tragen«, stellte Lukas resigniert fest.

»Darüber reden wir später«, sagte Fiedler, nahm Lukas die Pistole aus der Hand und steckte sie zurück in dessen Holster.

Erleichtert lösten sich die Umstehenden aus der Starre, in die sie kurzzeitig verfallen waren, und redeten laut durcheinander.

»Ruhe!«, donnerte Fiedler. »Was soll das?«

Schließlich machte sich Kira bemerkbar, die zu der von Fiedler angeforderten Verstärkung gehörte und schon die ganze Zeit über jemanden im Polizeigriff festhielt. »Ich habe den Mann draußen erwischt, als er um die Gebäude schlich. Er behauptet, etwas mit den Gefangenen zu tun zu haben.«

»Du kannst ihn loslassen. Das ist Markus Hanke«, stellte Lukas betroffen fest. Er war so erleichtert darüber gewesen, dass er Maria und Leon unversehrt gefunden hatte, dass er den Gedanken an Hankes Schwester verdrängt hatte. Er trat einen Schritt auf den Mann zu. »Es tut mir leid, aber Ihre Schwester ist nicht hier.«

Markus stierte den Hauptkommissar mit weit aufgerissenen Augen an, dann ließ er einen markerschütternden Schrei los, während im gleichen Augenblick seine Beine nachgaben.

Lukas konnte gerade noch rechtzeitig nach vorn stürmen und Hanke auffangen, bevor der zu Boden ging. »Ruf einen

181

Krankenwagen«, wies er Kira an, die ebenfalls beherzt zugegriffen hatte.

»Nicht nötig«, meldete sich eine kieksige Stimme. Zwei junge Männer in der unverkennbaren Kluft der Rettungssanitäter traten nach vorn.

Lukas stand vor Überraschung der Mund offen. »Wo kommen Sie denn auf einmal her?«

»Ihre Kollegin hat uns verständigt, dass Sie einen Hinweis auf ein Drogenlabor erhalten hätten und dabei wären, das Gebäude zu stürmen. Da dachte sie wohl, dass das kaum ohne Verletzte ausgehen würde.«

Lukas sah Kira erstaunt an. »Ist das wahr?«

Kira wurde rot. »Ja. Ich weiß, das war etwas übereilt. Aber …«

»Nein, das war großartig«, unterbrach Lukas sie. »Und klug vorausgedacht.« Er hatte noch nie ein Problem damit gehabt, einen anderen Menschen zu loben. Auch wenn ein unbegründeter Ruf der Rettungsdienste Ärger nach sich ziehen konnte, hatte sie in seinen Augen alles richtig gemacht. Und in einem solchen Fall wäre er für sie in die Bresche gesprungen, selbst wenn es niemanden zu betreuen gegeben hätte.

»Es gibt noch zwei weitere Personen, die Ihre Hilfe benötigen«, sagte Lukas zu dem Sani und erklärte ihm mit knappen Worten die Situation. Dann wandte er sich an Maria und Leon. »Ist es in Ordnung für euch, wenn ihr mit eurem Freund in die Klinik fahrt?«, fragte er. »Ich hätte gern, dass ihr euch dort untersuchen lasst.« Bevor Maria etwas dagegen einwenden konnte, sagte Lukas schnell: »Ich weiß, dass Keller es nicht geschafft hat, euch die Drogen zu verabreichen. Trotzdem solltest du nicht unterschätzen, dass ein Schock auch noch später kommen kann. Bitte tut mir den Gefallen. Wir sind hier noch nicht fertig, und ich wäre froh, wenn ich euch beide in guten Händen wüsste.«

»Da muss ich Ihrem Neffen recht geben«, kam Fiedler Lukas zu Hilfe. »Auch mir wäre wohler, wenn Sie mit ins Krankenhaus fahren und dort eine Nacht bleiben würden.«

Das war Maria dann doch zu viel Fürsorge. »Die können mich gern untersuchen«, sagte sie energisch. »Übernachten werde ich dort aber auf keinen Fall.« Sie sah Leon fragend an. »Was ist mit dir? Möchtest du gern für eine Nacht ins Krankenhaus?«

Leon schüttelte den Kopf. »Nein. Was soll ich denn da? Außerdem«, grinste er, »irgendjemand muss ja auch auf dich aufpassen.«

Maria lachte, und es fühlte sich an wie eine Erlösung.

»Ich kann verstehen, dass ihr das nicht wollt«, gestand Lukas. »Lasst es einfach auf euch zukommen, okay? Wir müssen hier weitermachen, und mir ist wirklich wohler, wenn ich weiß, dass ihr in Sicherheit seid.« Vor allem, solange sie Keller nicht gefasst hatten, aber das wollte er nicht laut aussprechen.

Bevor sich Maria zum Gehen wandte, hielt Lukas sie am Arm zurück. »Hat Keller irgendetwas über Hankes Schwester gesagt?«

Marias Hand fuhr erschrocken zum Mund. Sie hatte komplett verdrängt, dass Leni letztendlich der Grund war, warum sie überhaupt hier gelandet waren. »Das habe ich völlig vergessen«, stammelte sie, und das schlechte Gewissen stand ihr ins Gesicht geschrieben. »Es tut mir so leid! Ich weiß gar nicht, was ich sagen soll. Das ist unentschuldbar. Ich – ich hatte solche Angst ...«

Da sie nicht auf seine Zeichen reagierte, packte Lukas sie an der Hand und zog sie erneut zu sich heran. »Ganz ruhig«, sagte er eindringlich und strich ihr über die Haare. »Du musst dich für nichts entschuldigen. Ihr habt Todesangst ausgestanden, da ist es euch nicht zu verdenken, dass ihr nicht mehr daran gedacht habt.«

»Aber …«

»Nichts aber«, wiegelte Lukas ab. »Vergiss das gleich wieder.« Er hob seinen Blick und sah Leon an. »Und du auch. Bleibt die nächsten Stunden auf alle Fälle zusammen. Und sobald einer von euch beiden einen Anflug von schlechtem Gewissen bekommt, redet ihr euch das bitte gegenseitig wieder aus. Habt ihr das verstanden?«

Erst als er ein zaghaftes Nicken an seiner Brust spürte, drückte er Maria wieder ein Stück weit von sich weg. Er packte sie an den Schultern und sah ihr fest in die Augen. »Kann ich mich darauf verlassen?«

In Ermangelung eines Taschentuchs wischte sich Maria die Tränen, die ihr die Wange hinunterliefen, mit den Händen aus dem Gesicht. »Ja. Ich kann dir zwar nicht versprechen, dass der Gedanke nicht wieder von allein hochkommt, aber ich werde auf alle Fälle versuchen, vernünftig zu sein.«

Lukas nickte zufrieden. »Gut«, sagte er. Das war immerhin schon etwas. »Und jetzt erinnert euch bitte, ob Keller irgendetwas gesagt oder getan hat, was darauf schließen lässt, wo er Leni Hanke gefangen hält.« Falls sie überhaupt noch lebt, dachte er. »Egal, was es ist. Jeder auch noch so kleine Hinweis hilft uns.«

Unschlüssig schüttelte Maria den Kopf. »Nein, da war überhaupt nichts.«

Auch Leon verneinte. »Er hat nichts dergleichen gesagt. Daran könnte ich mich mit Sicherheit erinnern.«

»Habt ihr mitbekommen, wohin es da geht?« Lukas deutete auf die Tür, hinter der Keller verschwunden war.

»Nein«, sagte Maria. »Er hat uns hierhergeschafft, als wir bewusstlos waren. Seitdem wir aufgewacht sind, waren wir nur hier in der Höhle.«

»Aber er ist vorher schon mal dort verschwunden«, erinnerte sich Leon. »Ich glaube, er hat gemerkt, dass ihr mit

184

einem SEK die Gebäude durchsucht habt, und sich deswegen aus dem Staub gemacht.«

»Dann ist das also sein Fluchtweg oder ein Versteck«, sprach Fiedler seine Gedanken laut aus. »Wenn der Weg noch tiefer in den Berg führt, haben wir ein Problem.«

»Das haben wir allerdings«, sagte Kira. Während sich Fiedler und Lukas um Leon und Maria gekümmert hatten, hatte sie zwei Kollegen gebeten, die Tür aufzubrechen. Nun blickten sie in ein gähnend schwarzes Loch, in dem abgetretene Stufen in eine undurchdringliche Finsternis führten.

* * *

»Können wir die Patienten jetzt mitnehmen?«, fragte der ältere der beiden Sanitäter ungehalten. »Es mag ja ganz interessant sein, worüber Sie hier beratschlagen, aber wir würden gern wieder von hier verschwinden. Wir haben schließlich noch mehr Einsätze als nur diesen hier.«

Fiedler sah Lukas an. Der nickte. »Gut. Nehmen Sie sie mit.«

Lukas wandte sich an Maria und Leon. »Wenn ihr nicht im Krankenhaus bleiben wollt, dann kommt nach der Untersuchung bitte auf direktem Weg zu uns auf die Polizeiinspektion«, bat er Maria. »Mir wäre es wohler, wenn ihr dort warten würdet, bis wir zurück sind.«

Fiedler stimmte ihm zu. Niemand wusste, wo Keller sich versteckt hatte, wo Leni Hanke gefangen gehalten wurde und ob Keller nicht alles daransetzen würde, Maria und Leon erneut zu entführen, damit die nicht gegen ihn aussagen konnten. Außerdem war er sicher, dass er sich besser auf Lukas verlassen konnte, wenn der sich um seine Tante keine Sorgen mehr machen musste.

13. Kapitel

Als Lukas den engen, in den Fels gehauenen Gang in Augenschein nahm, der nur von maroden Balken gestützt wurde, fühlte sich sein Magen an, als hätte jemand flüssigen Beton hineingegossen. Kein Mensch konnte so dumm sein, Keller dorthin zu folgen. Der Schacht gähnte ihm wie ein Schlund der Hölle entgegen. Plötzlich spürte er eine Berührung am Arm. Erschrocken drehte er sich herum.

»Alles klar mit Ihnen?«, wollte Fiedler wissen, der aus unerfindlichen Gründen zum *Sie* zurückgekehrt war. Als er das wachsbleiche Gesicht seines Kollegen sah, ließ er die Taschenlampe, die er Lukas hatte geben wollen, wieder sinken. »Ich glaube, das ist doch keine so gute Idee.«

Lukas erwachte aus seiner Starre. »Was ist keine gute Idee?«, fragte er heiser.

»Dass Sie da hinuntersteigen.« Fiedlers Blick folgte einer feinen Schweißspur, die Lukas von der Stirn ins Auge lief.

»Es geht gleich wieder«, wiegelte Lukas ab und rieb sich das Auge. »Ich hatte nur einen Flashback, von dem ich mich noch nicht ganz erholt habe.«

Fiedler kniff die Augen zusammen. Seiner Einschätzung nach war Zieringer nicht nur von einer Erinnerung überrumpelt worden, er lief Gefahr, eine handfeste Panikattacke zu erleiden, sobald er in den Stollen einstieg.

Lukas jedoch ließ sich nicht beirren. Er deutete auf die Taschenlampen in Fiedlers Händen. »Ist da eine für mich dabei?«

»Sind Sie sich sicher, dass Sie mitkommen wollen?«

Lukas war sich sogar sehr sicher. Allerdings, dass er es sich *nicht* antun wollte. Wegen Keller allein wäre er um keinen Preis der Welt in den Stollen hinabgestiegen. Aber auch wenn die Chance, dass sie Hankes Schwester noch lebend finden würden, mittlerweile bei annähernd null war, würde er nicht aufgeben. Die Vorstellung, dass sie irgendwo dort unten noch am Leben war, voller Angst und Hoffnungslosigkeit, ließ ihn nicht eher ruhen, als bis er sie gefunden hatte.

»Je länger wir zögern und um den heißen Brei herumreden, desto geringer wird die Chance, dass wir Keller finden«, sagte Lukas anstelle einer Antwort auf Fiedlers Frage. »Und wenn wir den erst einmal erwischt haben, dann bekomme ich schon aus ihm heraus, wo er Leni Hanke versteckt.« *Und wenn ich ihm jeden einzelnen Knochen im Leib brechen muss,* doch das sprach er nicht aus.

Fiedler zuckte mit den Schultern. Er konnte nur hoffen, dass Zieringer sich nicht selbst überschätzte. »Also gut«, sagte er. »Bringen wir es hinter uns. Und bleiben Sie hinter mir.«

Lukas ersparte sich die Bemerkung, dass der Gang so eng war, dass derjenige, der hinten war, sowieso keine Chance hatte zu überholen.

Bevor die beiden Männer eine Diskussion vom Zaun brechen konnten, wer von ihnen besser geeignet war, vorneweg zu gehen, lief Kira, die das Gespräch wortlos verfolgt hatte, zum Eingang des Schachts und stieg über die Schwelle. Auf der vierten Stufe blieb sie stehen und drehte sich um.

»Besser Sie beide bleiben hinten. Ich weiß, worauf …«

Fiedler zuckte zusammen, als hätte ihn ein Pferd getreten. »Kommen Sie da sofort wieder raus, Polizeimeisterin Brecht«, grollte er. »Ich weiß Ihr Engagement zu schätzen, aber das ist nichts für ...« *Für zarte Frauen* hatte er eigentlich sagen wollen, konnte es sich aber gerade noch rechtzeitig verkneifen.

»Der Chef hat recht«, sagte Lukas entsetzt. Der Gedanke, dass dem zarten Persönchen etwas zustoßen konnte, trieb ihm erneut den Schweiß auf die Stirn. »Du bist körperlich nicht in der Lage, dich gegen Keller zu wehren«, argumentierte er. »Wenn der dich aus dem Hinterhalt angreift und verschleppt, dann müssen wir noch eine Person mehr suchen.«

Lukas nahm kaum wahr, dass Kira die Stufen zurück nach oben kletterte, so geschmeidig bewegte sie sich. Zwei Sekunden später lag Lukas am Boden, bevor er überhaupt wusste, was ihm geschah.

»Verdammte Scheiße!«, fluchte Fiedler. Das Ganze war so schnell gegangen, dass er überhaupt keine Chance gehabt hatte, einzugreifen. »Was soll das, Brecht? Haben Sie den Verstand verloren?«

Lukas dagegen lachte übers ganze Gesicht. »Ich schätze, sie hat uns gerade eben vom Gegenteil dessen überzeugt, was wir beide gedacht haben.«

Kira strich sich eine Strähne aus dem Gesicht, die sich im Eifer des Gefechts aus ihrem Zopf gelöst hatte. Dann ging sie in die Knie und streckte Lukas eine Hand hin. Der war so dumm, sie zu ergreifen. In einer kaum wahrnehmbaren Bewegung drehte Kira ihn herum und nahm ihn in den Schwitzkasten.

»Ist ja schon gut«, ächzte Lukas. »Ich ergebe mich. Hab ich doch eh schon längst.« Er versuchte, sich aus der Umklammerung zu lösen, hatte aber keine Chance. Sie wusste genau, was sie tat, und das kam ganz sicher nicht davon, dass sie sich als kleines Mädchen zu viel auf dem Schulhof geprügelt hatte. »Ich bin bereit zuzugeben, dass du besser bist als wir beide miteinander. Aber nur, wenn du mich sofort loslässt.«

Kira tat ihm den Gefallen. Sie ließ ihn los, drehte ihn zurück in seine Ausgangslage und streckte ihm erneut die Hand hin.

Misstrauisch schüttelte Lukas den Kopf.

»Nun mach schon«, sagte Kira belustigt. »Ich glaube, ihr habt begriffen, was mit Keller passiert, falls er mich angreift.«

Das gilt aber kaum für den Fall, dass er dir eine Pistole an den Kopf hält, dachte Lukas. Er hatte längst verstanden, dass die kleine Polizistin eine kaum zu schlagende Waffe war. Im Grunde war sie sogar perfekt. Jeder, der sie sah, würde den gleichen Fehler machen wie Fiedler und er und sie völlig unterschätzen.

»Wieso haben Sie mich nicht gewarnt, dass das Mädel hier eine Kampfmaschine ist?«, fragte er Fiedler. Dann stand er auf und klopfte sich den Staub von der Kleidung.

»Weil ich das erst genauso lange weiß wie Sie«, brummte Fiedler. Er schnaufte wie ein Walross. »Polizeimeisterin Brecht, lassen Sie uns für einen Augenblick allein.«

Als Kira keine Anstalten machte zu gehen, sagte Fiedler etwas lauter: »Das war keine Bitte, das war eine Anweisung.«

Kira, die befürchtete, dass die Männer sie austricksen wollten, musterte ihren Chef misstrauisch. Doch anstatt sich zu entfernen, trat sie über die Schwelle auf die Treppe und lief ein paar Stufen nach unten. »Kommt einfach nach, wenn ihr fertig seid.«

Lukas hielt Fiedler zurück, der drauf und dran war, Kira hinterherzulaufen und sie aus dem Schacht zu ziehen. »Lassen Sie sie. Das Mädel ist hartnäckig wie ein Sack Flöhe am Arsch. Außerdem verlieren wir nur Zeit, wenn wir hier noch länger herumdiskutieren.«

»Das sehe ich genauso«, rief Kira. »Je länger ihr herumlamentiert, umso weiter kann Keller flüchten.«

Fiedler war deutlich anzusehen, wie unwohl er sich bei dem Gedanken fühlte, dass eine Frau mit ihnen in den Hades vordrang, wie er das Bergwerk im Stillen schon immer bezeichnet hatte. Untertagebergbau war für ihn seit jeher der Inbegriff der Hölle gewesen.

»Dann können wir nur noch beten, dass keiner von uns an Klaustrophobie leidet«, murmelte Lukas, als er nach Kira die Treppe betrat.

»Wegen mir brauchst du dir keine Sorgen zu machen«, sagte die kleine Polizistin vergnügt. »Ich bin schon als Kind mit meinem Vater beim Höhlenklettern gewesen. Ich bin enge dunkle Kriechgänge gewöhnt, weiß aber auch, dass man so was nicht auf die leichte Schulter nehmen darf.« In Wirklichkeit war sie bei Weitem nicht so abgebrüht, wie sie sich gab. Das mit dem Höhlenklettern stimmte zwar – sie war sogar später, als sie erwachsen war, zum Wracktauchen gegangen, allerdings niemals ohne spezielle Ausrüstung. In ein Bergwerk einzusteigen, das vor mehr als einem halben Jahrhundert stillgelegt worden war, bereitete ihr aber ein mulmiges Gefühl. Eine natürlich entstandene Höhle war bei Weitem stabiler als ein von Menschenhand in den Berg gesprengtes oder gegrabenes Loch. Nicht umsonst hatte man schon in der Frühzeit des Bergbaus damit begonnen, die freigelegten Stollen durch einen Holzausbau zu sichern. Auch hier waren Balken zu sehen, so weit der Schein der Taschenlampe reichte. Allerdings waren diese Stützen weit über fünfzig Jahre alt und vom Wasser, das sich durch kleine Risse im Fels seinen Weg suchte, im Laufe der Zeit morsch geworden. Dazu hatten sie keine Schutzausrüstung. Noch nicht einmal einen Helm hatten sie. Sie drehte sich um, und ihr Blick fiel auf Fiedlers Schuhe. »Seien Sie vorsichtig«, warnte sie ihn. »Straßenschuhe sind hier völlig ungeeignet. Der Fels ist durch das eingedrungene Wasser zum Teil spiegelglatt. Richten Sie den Lichtstrahl auf den Boden und seien Sie dort, wo es glänzt, besonders vorsichtig.«

Umsichtig stieg Kira die Stufen hinab, stets darauf bedacht, nicht gegen die Pfeiler zu stoßen, die die Wände stützten. Manche waren so verrottet, dass sie einfach weggefault waren und mitten in dem bedenklich engen Weg lagen, da niemand sich die Mühe gemacht hatte, sie wegzuräumen. Nach etwa vierzig Stufen ging die Treppe in einen horizontal verlaufenden Gang über. Wenigstens gab es keine Abzweigung, an der sie eine Entscheidung treffen mussten. Mit einem Blick über die Schulter überzeugte sich Kira, dass die beiden Männer noch hinter ihr waren, dann lief sie mit kleinen Schritten weiter. Zwei Minuten später blieb sie abrupt stehen. Lukas, dem das Atmen immer schwerer fiel, fragte, was los sei.

Kira drehte sich zu ihm um, was für sie einfach war, da sie aufgrund ihrer Größe und Körperstatur die Einzige war, die sich in der Enge aufrecht und locker bewegen konnte.

»Vor uns brennt Licht.«

»Lasst die Lampen an, aber drückt sie euch gegen die Kleidung«, sagte Lukas gerade laut genug, dass beide es hören konnten. Er spähte über Kiras Schulter nach vorn. Es dauerte ein paar Sekunden, bis seine Augen sich an die absolute Dunkelheit gewöhnt hatten. Und dann sah er es auch. Vor ihnen war es hell.

»Vielleicht ein Ausgang«, flüsterte Fiedler von hinten.

Bevor Lukas etwas erwidern konnte, sagte Kira: »Unwahrscheinlich. So wie der Gang liegt, führt er uns noch weiter in den Berg hinein. Die Treppe dreht sich in einem Rechtsdrall nach unten und der Gang hinter uns hat ebenfalls eine leichte Rechtsneigung.«

Die Männer machten große Augen, was Kira in der Dunkelheit aber nicht sehen konnte. Keinem von beiden war die Neigung aufgefallen, vielleicht lag es aber auch nur daran, dass Kira ihnen vorausgelaufen war. Ein leises Geräusch deutete an, dass sie wieder weiterging. Lukas nahm die Taschenlampe vom Oberschenkel und schirmte das Glas mit einer Hand ab. Zehn Meter weiter machte der Gang einen Knick nach links. Kira, der die Dunkelheit nichts auszumachen schien, schaltete ihre Lampe aus, als sie die Biegung erreicht hatte.

Lukas, der nur schemenhaft hatte wahrnehmen können, dass seine Kollegin stehen geblieben war, prallte fast auf sie. Als er das Hindernis wahrnahm, drehte er sich rasch um und warnte seinen Chef. »Anhalten!«

Kira ließ sich auf alle viere nieder. Ihr Kopf befand sich auf der Höhe eines Kleinkindes, als sie um die Ecke spähte. Ein Angreifer würde nicht erwarten, dass sein Gegner dort auftauchte, und sich von der List täuschen lassen. Lautlos bewegte sie sich im Kriechgang ein paar Zentimeter nach vorn, dann kam sie wieder auf die Füße. Sie gab Lukas ein Zeichen zu warten.

In Lukas erwachte ein unbezwingbarer Widerstand. Er konnte es keinesfalls zulassen, dass sich die junge Frau in Gefahr begab und die beiden Männer, die ihr körperlich weit überlegen waren, wie zwei Angsthasen hinter der Ecke kauerten. Ohne auch nur eine Sekunde darüber nachzudenken, schlich er ihr hinterher. Dem Rascheln in seinem Rücken entnahm er, dass auch Fiedler weiterging. Je weiter sie kamen, desto heller wurde es. Und doch war es nur eine schwache Funzel, die irgendwo vor ihnen brannte.

»Lass mich vorausgehen«, sagte Lukas in einem Tonfall, der keinen Widerspruch duldete. Bevor Kira etwas entgegnen konnte, hatte er sich an ihr vorbeigezwängt.

Ein paar Meter weiter fanden sie des Rätsels Lösung. An einen Pfeiler genagelt hing eine uralte Baulampe, die ein schummriges Licht abwarf. Ein paar dieser Lampen waren Lukas schon zuvor aufgefallen, doch sie waren entweder mit den

Balken, an denen sie befestigt waren, zu Boden gestürzt oder sie funktionierten nicht mehr. Letztendlich ließ die brennende Lampe jedoch nur den Schluss zu, dass irgendwo ein Generator stehen musste, den Keller gewartet hatte, oder er hatte einen neuen besorgt, was wahrscheinlicher war. Immerhin war der Flur sein Fluchtweg, den er sicher so gut es ging instand hielt.

»Wir müssen herausfinden, wo das Stromkabel hinführt«, sagte Fiedler verhalten, der Lukas' Blick gefolgt war. »Dann finden wir auch Keller.«

»Schlechte Chancen«, entgegnete Lukas genauso leise. Er leuchtete die Decke ab. Nur selten war das Kabel überhaupt zu sehen. Und dann war es rußschwarz und hob sich kaum vom Untergrund ab. »Nein, das bringt uns nicht weiter«, bestätigte er seine eigene Befürchtung. »Aber solange sich der Gang nicht verzweigt, ist es eh klar, wo wir lang müssen.«

Da die Lampe die einzige Lichtquelle war, mussten sie wenige Meter weiter erneut ihre Taschenlampen einschalten. Und dann standen sie plötzlich vor einer Gabelung. Obwohl es auf der Hand lag, dass nicht nur ein einzelner Stollen durch den Berg führte, hatte Lukas dennoch gehofft, dass es sich nur um einen Fluchtweg handelte, der irgendwo wieder ins Freie führte.

Fiedler fluchte. »So eine Scheiße!« Er ließ den Lichtstrahl nach links und nach rechts wandern. Da die beiden Wege in diesem Abschnitt relativ gerade verliefen, ließ sich nicht abschätzen, in welche Richtung es tiefer in den Berg und wo zum Ausgang führte. Sie würden sich aufteilen müssen, so viel war klar.

»Ihr beide bleibt zusammen«, entschied Fiedler. »Ich nehme den linken Weg, ihr den rechten. Maximal zehn Minuten pro einfache Strecke und keine Sekunde länger, verstanden?« Er hielt seine Taschenlampe so, dass er die Gesichter seiner Mitarbeiter sehen konnte, ohne sie zu blenden. Bevor Lukas protestieren konnte, schnitt Fiedler ihm das Wort ab. »Ich tue mich mit meiner Größe allein schon schwer genug, und es ist nur hinderlich, wenn ich ständig darum bitten muss, langsamer zu machen, weil ich kaum durch die Engstellen passe.« In Wirklichkeit wollte er vermeiden, dass Lukas derjenige war, der allein loszog. Nicht, dass er ihm nicht vertraut hätte, aber der junge Kollege war von den Vorfällen in seiner Vergangenheit noch immer traumatisiert, was sich an diesem Tag bereits mehrfach gezeigt hatte, auch wenn er sich wirklich tapfer geschlagen hatte. Nicht auszudenken, was passieren würde, wenn er unter Tage eine Panikattacke erlitt und niemand zugegen war, der ihm helfen konnte. Und das Mädel allein loszuschicken kam schon gleich dreimal nicht infrage.

Schließlich fügte sich Lukas Fiedlers Weisung. Bevor sie losmarschieren konnten, wiederholte Fiedler seine Zeitvorgabe. »Stellt auf euren Handys den Timer ein. In zehn Minuten kehrt ihr um. Das heißt, dass wir uns in zwanzig Minuten wieder hier treffen.«

»Das wird nicht unbedingt klappen«, flüsterte Lukas. »Wenn Sie oder wir Keller begegnen, können wir schließlich nicht einfach zu ihm sagen: Bitte warten Sie hier einen Augenblick, wir kommen gleich mit ein paar Kollegen zurück.«

Fiedler starrte Lukas finster an, was der lediglich erahnen konnte. Natürlich hatte Lukas recht. »Wenn jemand nicht zur vereinbarten Zeit zurück ist, dann dürfte der Grund auf der Hand liegen. Selbstverständlich kommen die anderen zu Hilfe«, beschloss er. »Aber falls einer von uns Keller tatsächlich findet, dann wartet derjenige möglichst so lange, bis die anderen dazugekommen sind. Im Gegensatz zu uns kennt Keller sich hier unten aus, und wir wissen nicht, was er für Überraschungen in petto hat. Keine Alleingänge, ist das klar?« Fiedler war sich durchaus bewusst, dass das für ihn mehr galt als für seine Mitarbeiter, die im Team zusammenbleiben würden.

194

Das mulmige Gefühl, das Lukas erfasst hatte, als sie in den Stollen eingestiegen waren, wurde stärker. Er spürte, wie ihm der Schweiß den Rücken hinunterlief. Dann sagte er sich, dass es seinen Kollegen bestimmt genauso ging. Trotzdem streckte er eine Hand aus und legte sie auf Kiras Schultern. »Schaffst du das?«

»Ich finde es genauso beschissen wie du«, wisperte Kira. »Nur weil ich Höhlenklettern gehe, heißt es noch lange nicht, dass ich mich in einem halb verfallenen Bergwerksstollen wie zu Hause fühle.«

»Ab jetzt bleibst du hinter mir«, beschloss Lukas. »Halte dich mit einer Hand an meinem Gürtel fest und schalte deine Lampe aus. Da das Licht brennt, treibt Keller sich vermutlich hier noch irgendwo rum. Je weniger Gelegenheit wir ihm geben, auf uns aufmerksam zu werden, desto bessere Chancen haben wir.«

Als Lukas spürte, dass sich ihre Hand unter seinen Hosenbund schob und fest zupackte, lief er langsam los. Es dauerte drei Schritte, dann hatten sie einen gemeinsamen Rhythmus gefunden. Kira, die leicht seitlich versetzt hinter ihm ging, sah es zuerst.

»Da!«, flüsterte sie.

Irritiert stoppte Lukas. »Was?«, fragte er genauso leise zurück.

»Da war eine Ratte.«

»Wo?«

»Einen Meter hinter uns. Sie ist rechts in der Wand verschwunden.«

In der Wand verschwunden? Das konnte nicht sein. Lukas hatte seine Lampe mit einem Taschentuch bedeckt, sodass er kaum etwas sehen konnte.

»Lass uns zurückgehen«, flüsterte er. Wenn es tatsächlich einen Seitenstollen gab, den sie in der Dunkelheit übersehen hatten, mussten sie wissen, dass er überhaupt existierte. Wenn sie auf dem Rückweg versehentlich falsch abbogen, wäre das mehr als fatal.

Leise trat Kira den Rückweg an, noch immer in Lukas' Hosenbund eingehakt. Sie zog ihn drei kleine Schritte mit sich, dann blieb sie stehen. »Da«, wisperte sie.

Tatsächlich, dort gab es eine Abzweigung. Lukas riskierte es, den Nebengang auszuleuchten, und unterdrückte einen Fluch. Der Seitengang war annähernd genauso breit wie der Weg, den sie gekommen waren. Zur Hölle mit diesem Drecksbergwerk! Vermutlich würden sich die Gänge noch weitere hundert Mal verzweigen. Sie hätten fünfzig Mann gebraucht, um alles abzusuchen.

»Was machen wir jetzt?«, hauchte Kira.

»Traust du dir zu, allein weiterzugehen?«

»Können wir stattdessen die Beine in die Hand nehmen, zurücklaufen und zusehen, dass wir wieder an die Oberfläche kommen? Ich geb auch einen Cappuccino aus.«

»Wenn wir wieder draußen sind, gebe ich Champagner aus.« Lukas atmete tief durch. Die Luft schmeckte eigenartig. Man konnte die Kohle förmlich auf der Zunge spüren. Genau wie Kira hätte er alles dafür gegeben, zurück an die frische Luft zu kommen.

Lukas zog sein Handy aus der Tasche. Der Timer zeigte an, dass erst vier Minuten verstrichen waren. »Also?«

»Ich schaffe das«, sagte Kira mit mehr Zuversicht, als sie wirklich empfand. »Was ist mit dir?«

Lukas knirschte mit den Zähnen. Nur nicht dran denken, was passieren kann. Und auf keinen Fall an das denken, was vor einem Jahr geschehen ist, ermahnte er sich. »Wir brauchen von hier knapp vier Minuten, um zum Treffpunkt mit dem Chef zu gelangen, also bleiben nur noch zwölf Minuten, bis wir beide uns wieder hier treffen«, versuchte er, ihnen beiden etwas Zuversicht zu vermitteln. »Wobei wir auf dem Rückweg sicher deutlich schneller sind, da wir wissen, dass dort keine Gefahr lauert. Also neun Minuten hin, drei Minuten von hier aus zurück. Okay?«

»Ja.« Kira schluckte. »Wir schaffen das.«

»Ganz sicher«, bestätigte Lukas. »Und mach nur im äußersten Notfall von deiner Waffe Gebrauch. Die Druckwelle und der Knall könnten den ganzen Mist hier einstürzen lassen.« Zu dumm, dass er nicht zuvor daran gedacht hatte. Er konnte nur hoffen, dass Fiedler ebenfalls bewusst war, welch ein fatales Ergebnis ein Schusswechsel in den baufälligen Stollen haben würde.

Bevor Lukas sich auf den Weg machte, hatte er das dringende Bedürfnis, Kira in den Arm zu nehmen. Es war eine Berührung, die nur ein paar Sekunden dauerte, doch sie gab beiden Kraft. Bevor er sie losließ, flüsterte er ihr zu: »Pass auf dich auf.«

Vorsichtig schritt er den Gang entlang. Da er sich nicht vorstellen konnte, dass Keller sämtliche Querschläge und Schächte des Bergwerks durchsucht hatte, nahm er an, dass der Verbrecher sich auf die Hauptader beschränkt hatte. Deswegen hatte er Kira in den seiner Meinung nach ungefährlicheren Nebengang geschickt. Vorsichtig duckte er sich unter einem Balken hinweg, der von der Decke gestürzt war und den Weg halb versperrte. Als er sich bückte, sah er eine Wasserlache am Boden. Er ließ den Strahl der Taschenlampe weiterwandern und sah einen noch feuchten Schuhabdruck. Sofort schlug sein Herz schneller. Er war auf der richtigen Spur. Hier war vor nicht allzu langer Zeit jemand entlanggekommen. Und dieser Jemand konnte nur Keller gewesen sein.

Als er seine Augen wieder nach vorn richtete, dachte er, einem Trugschluss aufgesessen zu sein. Erneut schien es, als ob irgendwo Licht brannte. Rasch hielt er sich seine Taschenlampe mit dem Glas voran auf seinen Oberschenkel. Auf einen Schlag war es stockfinster. Angestrengt blinzelte er in die Dunkelheit, und jetzt sah er deutlich, dass es weiter vorn hell wurde. Einen Moment hallte Fiedlers Mahnung nach, auf keinen Fall einen Alleingang zu unternehmen, doch das würde er auch nicht. Er würde nur nachsehen, ob er ein weiteres Indiz dafür fand, dass er auf der richtigen Fährte war, dann würde er zurücklaufen und seine Kollegen holen. Er richtete die Taschenlampe wieder nach vorn und bemühte sich aufzutreten, ohne ein Geräusch zu machen. Zum Glück weitete sich der Gang etwas und stieg zugleich leicht an. Erneut kam Lukas an eine Abzweigung. Einen Moment lang meinte er, das Getrappel von unzähligen Füßen zu hören. Die Kumpel, die in den Berg einfuhren! Er schüttelte den Kopf, um die Einbildung zu vertreiben. Vorsichtig schlich er weiter, während der Fleck am Ende des Ganges immer heller wurde. Lukas drückte sich so nah wie möglich an die Wand, immer darauf bedacht, an keinen der Stützbalken zu stoßen. Als er noch etwa dreißig Meter von der Lichtquelle entfernt war, wagte er es, seine Taschenlampe auszuschalten. Die Funzel, die an der Decke hing, warf gerade so viel Licht bis hierher, dass er den Boden vor sich schemenhaft erkennen konnte. Als er einen weiteren Schritt machte, hörte er ein Rascheln. Wie erstarrt blieb er stehen und lauschte. Tatsächlich. Da war etwas! Er zog seine Waffe und kontrollierte, dass sie gesichert war. Er wollte auf jeden Fall vermeiden, dass sich ein Schuss löste, falls er stolperte, was ihm in der Dunkelheit bereits mehrfach passiert war.

Je näher er kam, desto heftiger schlug sein Herz. Plötzlich sah er, dass an genau der Stelle, an der die Lampe von der Decke hing, ein weiterer Gang abging. Und von dort kamen die Geräusche. Er tat es Kira gleich und duckte sich, als er noch näher heranschlich. Vorsichtig glitt er an der Wand entlang, bis er die Abzweigung erreicht hatte. Lukas verstaute seine Taschenlampe und lehnte sich mit dem Rücken an die

Wand. Er atmete tief durch und schickte ein Stoßgebet zum Himmel, dann wirbelte er mit hoch erhobener Pistole um die Ecke. Genau in dem Augenblick vibrierte das Handy in seiner Hosentasche. Der Wecker, den er gestellt hatte, war abgelaufen.

Keller, der vor einer Metallkiste kniete, fuhr erschrocken herum, als er den Ton vernahm, der nicht hierherpasste. Bevor Lukas auch nur ein Wort sagen konnte, warf sich Keller zur Seite, schlug mit der Faust gegen die Wand und auf einen Schlag war es stockfinster.

Lukas, der mit allem gerechnet hatte, nur nicht damit, dass Keller die Möglichkeit hatte, die Stromzufuhr zu unterbrechen, spürte, wie ihn eine Panikattacke überrollte. Die Waffe hoch erhoben ins Nichts zielend, versuchte er mit schweißnassen Händen, seine Taschenlampe wieder aus der Jackentasche zu ziehen. Als er sie endlich zu fassen bekam, hatte sie sich im Futter verhakt. Hektisch zog er daran, während er hörte, dass Keller sich bewegte.

»Bleiben Sie stehen, Keller!«, rief er. »Geben Sie auf. In ein paar Minuten wird es hier von Männern wimmeln. Das Spiel ist aus.«

Keller dachte überhaupt nicht daran zu antworten. Er wusste genau, dass er sich verraten würde, sobald er nur den Mund aufmachte. Fieberhaft überlegte er. Es ließ sich nicht von der Hand weisen, dass der Polizist die Wahrheit gesagt haben könnte. Die Wahrscheinlichkeit, dass er nicht allein hier unten unterwegs war, war groß. Doch Keller kannte die Gänge wie seine Westentasche. Er hatte es sich zum Sport gemacht, die alte Zeche zu erkunden, soweit das überhaupt noch möglich war. Da offensichtlich ganz Hausham davon ausging, dass alle Zugänge zum Bergwerk verschlossen worden waren, war dieser Stollen, der in keinem Plan verzeichnet war und vermutlich als Abkürzung ins Flöz oder als Fluchtweg gedient hatte, in Vergessenheit geraten. Nur Keller wusste, wo es nach draußen ging, und auch, wo Gefahr am Boden lauerte, da es zahlreiche Stellen gab, an denen der Ausbau so marode war, dass der ganze Gang einzustürzen drohte. Vor ein paar Jahren hatte er ein höllisches Vergnügen dabei empfunden, junge Frauen, die er auf der Straße aufgelesen hatte, in das unterirdische Labyrinth zu schicken. Es dauerte nicht lange, bis man hier unten den Verstand verlor. Zumindest, wenn man nicht wusste, wo sich der nächste Lichtschalter befand.

Keller hatte so schnell auf die unerwartete Bedrohung reagiert, dass er das Gesicht des Mannes nicht gesehen hatte, bevor das Licht ausging. Trotzdem wusste er, dass es sich um einen Bullen handelte. Die hatten alle den gleichen lächerlichen Befehlston drauf. Vermutlich lernten sie so einen Scheiß auf der Polizeiakademie. Er fluchte lautlos vor sich hin. Trotz aller Vorsichtsmaßnahmen hatte der veritable Vorsprung nicht gereicht, den er sich durch das Absperren der Tür verschafft hatte. Er hätte nur zehn Minuten mehr gebraucht. Zehn Minuten, dann wäre er verschwunden gewesen und sie hätten sich dumm und dämlich suchen können und doch nichts gefunden. Rasch überschlug Keller seine Chancen. Er hatte Heimvorteil, das war klar. Doch genau wie der unerwünschte Besucher konnte er in der undurchdringlichen Finsternis nichts sehen. Wie in Zeitlupe bückte er sich, um nur ja kein Geräusch zu machen. Die Taschenlampe, die er für den Fall der Fälle immer dabeihatte, musste irgendwo in der Nähe liegen. Suchend tastete er mit den Händen, bis er die typische Riffelung des kalten Metalls fühlen konnte. Alle seine Sinne waren aufs Äußerste gespannt. Das Einzige, was er außer dem gelegentlichen Platschen eines einsamen Wassertropfens hören konnte, war ein kaum wahrnehmbares Geräusch, das sich wie ein unterdrücktes Stöhnen anhörte. Vorsichtig zog er ein Springmesser aus seiner Hosentasche, presste Daumen und Zeigefinger gegen den Auslass und drückte auf den Knopf, der das Messer herausschnellen ließ. Er bremste die Spitze mit den Fingern ab und sorgte dafür, dass die Klinge lautlos aus der Scheide glitt. Zufrieden lächelte er. Das Klacken, das normalerweise anzeigte, dass das Messer eingerastet war, hatte er unterdrückt, und so konnte der Polizist nur vermuten, dass Keller noch immer dort stand, wo er ihn überrascht hatte.

Keller machte einen Schritt zur Seite, sorgfältig darauf bedacht, nur mit den Zehenspitzen aufzutreten. Behände bewegte er sich von der Stelle weg, an der die Alukiste und die beiden großen Taschen standen, an denen er herumhantiert hatte. Die kleine Höhle, die ihm über die Jahre als Versteck gedient hatte, war eine Laune der Natur. Eine große Luftblase inmitten eines sonst massiven Felses. Vermutlich hatten die Arbeiter, die den Schacht in den Berg getrieben hatten, sie bei ihren Ausgrabungen zufällig entdeckt und sie in der Folge dazu genutzt, Material zu lagern. Als die Mine geschlossen worden war, hatte man das Inventar zurückgelassen, was Keller dankbar zur Kenntnis genommen hatte. Zudem wurde die Höhle nicht feucht, was man von dem Fluchtstollen nicht sagen konnte, der sich in den Tagen nach heftigen Regenfällen in eine nasse Rutschbahn verwandelte. Ein perfektes Versteck also. Keller war durch einen puren Zufall darauf gestoßen, dass das kleine Gewölbe noch einen weiteren Ausgang besaß. Anfangs war es nur ein winziges Loch gewesen, durch das aus der Kaverne Licht fiel, nachdem er einen Generator besorgt und die alte Beleuchtung wieder in Gang gesetzt hatte. In den Wochen darauf hatte Keller die Öffnung mit Hammer und Meißel so erweitert, dass die Höhle einen zweiten Eingang bekommen hatte. Die Idee war ihm gekommen, als er die erste Frau in der Kaverne gefangen hielt. Er hatte sie über Monate eingesperrt, sie täglich mit dem Nötigsten versorgt und ihr gelegentlich den Gefallen getan, den Behälter der Campingtoilette auszutauschen, die er für sie nach unten geschleppt hatte. Als sie mit den Wochen immer schwächer geworden war und sich letztlich in der feuchtkalten Luft eine Lungenentzündung geholt hatte, wurde ihm klar, dass er eine Entscheidung treffen musste. Selbst wenn sie sich von der Krankheit wieder erholen würde, würde sie nicht ewig leben. Fast war er ein wenig traurig gewesen. Nachdem er sie erst einmal gebrochen hatte, was ihm, zugegebenermaßen, eine diabolische Befriedigung verschaffte, war ihm ihr devotes, bettelndes Gewinsel zunehmend auf den Geist gegangen. Am liebsten hätte er sie an den Haaren gepackt, hinter sich hergeschleift, bis sie das unterirdische Labyrinth hinter sich gelassen hätten, ihr noch einen Arschtritt mit auf den Weg gegeben und ihr gesagt, sie solle sich nie wieder blicken lassen. Doch so schnell, wie der Gedanke gekommen war, hatte er ihn ad acta gelegt. Sie freizulassen wäre dem gleichgekommen, sein eigenes Urteil zu unterschreiben. Egal, wie oft sie beteuert hatte, dass sie ihn nie verraten würde, er würde sie nie wieder laufen lassen können.

Und dann war ihm die Osteuropäerin begegnet. Sie war ungebändigt, blutjung, fast noch ein Kind, und Teil einer Bande, die das Oberland mit Einbrüchen und Betteleien in Schach hielt. Abschaum, nicht mehr und nicht weniger. Und doch hatte sie es ihm angetan. Ihr Körper war noch nicht voll entwickelt, und hinter dem lasziven Getue, das ihr ganz sicher ihre Mutter, diese geile Schlampe, beigebracht hatte, leuchtete ihre Unschuld wie ein Stern in der Nacht. Es genügte, um Keller fast durchdrehen zu lassen. Er musste sie haben, koste es, was es wolle. Doch um nichts durfte sie oder einer der Männer aus ihrer Sippe auch nur im Entferntesten ahnen, was er vorhatte. Von daher beschloss er, dass Ignoranz das beste Mittel war. Wann immer er sie in Miesbach an einer windgeschützten Ecke sitzen sah, ein großes *Ich Hunger* auf ein dreckiges Stück Pappe geschrieben, warf er ihr einen Euro in die vor Schmutz starrende Schüssel, die sie vor sich gestellt hatte. Weiter widmete er ihr keinen Blick. Ein paar Wochen lang ging das so, dann kam die Gelegenheit, auf die er gewartet hatte. Kein anderer aus ihrem Clan war in der Nähe, und aufgrund der eisigen Temperaturen waren auch sonst kaum Leute auf der Straße. Keller holte eine Handvoll zerdrückter Zwanziger aus seiner Jacke, die er seit Tagen mit sich herumschleppte. Er stopfte die Banknoten so in seine Hosentasche, dass sie ein Stück weit hervorblitzten. Im Vorbeigehen warf er den obligatorischen Euro in ihre Schale und drehte sich so, dass sie die Scheine sehen musste. Langsam machte er kehrt und ging in Richtung seines Vans, den er in einer einsamen Seitengasse geparkt hatte. Während er, sein Handy am Ohr, mit weiten Armbewegungen gestikulierte, beobachtete er in einem Schaufenster, dass das Mädchen aufgestanden war und ihm folgte. Gerade als sie die Hand hob, um nach seiner Hosentasche zu greifen, beschleunigte er seinen Schritt, sodass ihre Hand ins Leere griff. Das Spiel wiederholte sich noch zwei oder drei Mal, dann hatte er die kleine Gasse erreicht. Mit raschen Schritten ging er auf den Wagen zu und blieb, noch immer gestikulierend, neben dem Auto stehen. Im glänzenden Lack des Fahrzeugs sah er, dass sein Plan aufging. Er wartete weitere zwei Sekunden, dann sah er im Augenwinkel, wie sich zarte, schmutzige Finger in sein Blickfeld schoben. Wie ein Geier schoss seine Hand nach unten, packte das Handgelenk des Mädchens, zog sie mit einem Ruck zu sich heran und legte ihr die Hand über den Mund.

Hoho, die Kleine war ein richtiger Wildfang! Vielleicht war sie es aber auch nur gewöhnt, sich mit ihren Brüdern zu raufen. Jedenfalls hatte Keller alle Mühe, sie zu bändigen. Als sie ihn schließlich in den Arm biss, hätte er sie fast losgelassen. Doch ein Instinkt warnte ihn, dass damit seine Probleme erst beginnen würden. In der Regel umfassten die Sippen zig Personen, davon einige Männer, die es gewöhnt waren, mit dem Messer zu kämpfen, und die sicherlich keine Skrupel kannten. Wenn ihm das Balg entwischte und ihn bei seinen Leuten verpfiff, dann gnade ihm Gott. Nein, das Kind lag jetzt im Brunnen. Er konnte sie nicht mehr laufen lassen. Der Schmerz, den sie ihm zugefügt hatte, war so abartig, dass er ihr in einem Reflex mit der Handkante in den Nacken drosch. Augenblicklich erlahmten ihre Bewegungen, und sie sank wie eine Lumpenpuppe zu Boden. Keller erschrak. Mit einem raschen Blick über seine Schulter vergewisserte er sich, dass keine Zeugen das Geschehen beobachtet hatten. Schnell öffnete er die Tür des Lieferwagens, hob den schmächtigen Körper hoch und warf ihn ins Innere, als sei er ein Sack Kartoffeln. Erst dann wagte er, nach ihrem Puls zu fühlen. Sie lebte. Vermutlich hatte der Schlag sie nur bewusstlos gemacht. Im schlimmsten Fall hatte seine Handkante ihr Genick so ungünstig getroffen, dass sie gelähmt war, doch Keller hatte nicht das Bedürfnis, das an Ort und Stelle herauszufinden. Geschickt drehte er aus einem der schmutzigen Lumpen, die im Wagen lagen, einen Knebel und holte aus der Werkzeugkiste, die er immer im Auto hatte, ein paar starke Kabelbinder und verschnürte das Mädchen damit zu einem kompakten Paket.

Als er mit seinem Opfer am Eingang des alten Stollens ankam, wurde ihm klar, dass Gerti einen Neuzugang nicht tolerieren würde. Es war erschreckend, welche Wesensänderung sie in der letzten Zeit durchgemacht hatte. Nachdem sie ihn wochenlang bespuckt und verflucht hatte, nicht aufhören wollte zu kreischen, sobald er ihr Gefängnis betrat, beschimpfte sie ihn seit einiger Zeit, wenn er sie zu lange allein ließ. Sie hatte ihm sogar unterstellt, dass er sie betrügen würde. Anfangs dachte er, sich verhört zu haben. Es konnte ja wohl kaum sein, dass eine Frau, die er entführt und misshandelt hatte, plötzlich darauf eifersüchtig war, dass er eine andere ihr vorziehen könnte. Dumpf brütete Keller vor sich hin. Es war keine gute Idee, das

Rumänenmädchen zu Gerti in die Höhle zu stecken. Vielleicht würde sie sich ein paar Tage um das Kind kümmern, sie gesund pflegen und bemuttern, aber ganz sicher nur, solange von ihr keine Bedrohung ausging. Und die Gefahr, die ihr verdorbenes Gehirn in dem Mädchen sehen würde, war, dass sie ihr bei Keller den Rang ablaufen würde. Wütend hieb Keller auf das Lenkrad. Was für eine Scheiße! Er musste sich eingestehen, dass er seine Idee, das Kind zu entführen, nicht gut genug durchdacht hatte. Seine pralle Hose hatte ihm offensichtlich den Verstand vernebelt. Schließlich stieg er aus, kontrollierte, dass das Mädchen auch wirklich gut gefesselt war, dann lief er in die Mine hinein. Als er die Höhle erreichte, schaute er durch das Sichtloch, das er in der Tür gebohrt hatte, und überzeugte sich, dass alles unverändert war. Wie immer saß Gerti auf der Pritsche, und ihre Hand steckte in der Eisenfessel, die an eine Kette geschweißt war, die er mit vier dicken Bolzen in die Felswand geschraubt hatte. Er schloss auf, ignorierte sie, als sie aufsprang und ihm entgegenlief, und machte sich daran, den Stahlschrank über den Boden zur gegenüberliegenden Seite zu ziehen.

»Was machst du da?«, begehrte Gerti auf.

Schwer atmend richtete Keller sich auf und stierte sie böse an. Sie hatte ihn in der letzten Woche schon mit ihren endlosen Fragen um den Verstand gebracht, warum er, einige Meter von ihrem Platz entfernt, eine weitere Kette in der Felswand verankert hatte. »Das geht dich einen Scheißdreck an. Setz dich hin und halt das Maul.«

Gehorsam wie ein geprügelter Hund folgte sie. Auch dafür hätte er sie am liebsten getreten. Es wurde wirklich Zeit, dass er sie austauschte. Doch er dachte überhaupt nicht daran, sich selbst die Hände schmutzig zu machen. Im Moment musste er nur dafür sorgen, dass Gerti das Mädchen nicht in die Finger bekam, dann würde er sie Heiner und Moritz oder vielleicht sogar Victor überlassen. Die konnten den Dreck hinterher selbst beseitigen.

Endlich stand der Schrank in der Mitte der Kaverne, hatte sich mit der Decke des Gewölbes verkeilt und war damit zum perfekten Raumteiler geworden. Gerti würde es nie und nimmer bewältigen, ihn dort wieder hervorzuziehen. Keller verließ die Höhle, die nun um ein gutes Drittel geschrumpft war, verschloss die Tür von außen und rannte den Gang nach draußen, um sein jüngstes Opfer in das neu geschaffene Verlies zu bringen. Als er das Kind von seiner Schulter auf den Boden fallen ließ, fluchte er laut. Nun hatte er zwar zwei voneinander getrennte Bereiche, der Kleinere, in dem das Zigeunermädchen untergebracht war, bot jedoch keinerlei Komfort. Fast hätte Keller laut gelacht. Wenn man eine Campingtoilette, eine durchaus stabile und breite Pritsche, die allerdings dem Umstand zuzurechnen war, dass er es beim Vögeln gern bequem hatte, und ein paar Utensilien zum Waschen als gemütlich bezeichnen konnte. Doch der kleinere Teil der Höhle besaß überhaupt nichts. Lediglich die nagelneue Kette, die verhindern würde, dass das Mädchen das Weite suchte.

Keller zuckte zusammen. Die Erinnerung, die durch seine Gedanken gehuscht war, hatte nur eine Sekunde gedauert. Und doch hatte er die unmittelbare Bedrohung, die von dem Polizisten ausging, für einen Augenblick ausgeblendet. Idiot, schalt er sich selbst. Auf leisen Sohlen schlich er in den kleinen Teil der Höhle hinüber. Den Schrank hatte er schon vor Monaten wieder zurück an seinen ursprünglichen Platz an die Felswand gezerrt. In Gedanken lobte er sich dafür. Auch wenn er geflucht hatte wie ein Henkersknecht, bis er den Spind wieder freibekommen hatte, der sich mit der Höhlendecke verkeilt hatte – jetzt war er froh darum, dass das Ding ihm nicht den Weg versperrte. Er durchquerte die Kaverne mit wenigen

Schritten, seine Hände tasteten sich an der Wand entlang, bis er auf das behelfsmäßige Loch stieß, das er dort hineingeschlagen hatte. Nun rächte es sich, dass ihn seit Wochen keine Frau auf Trab hielt. Er hatte tatsächlich etwas zugenommen, was es ihm schwer machte, sich durch die Öffnung zu zwängen.

Lukas fühlte sich, als hätte er geduscht. Sein Rücken war klatschnass und immer wieder musste er sich den Schweiß von der Stirn wischen, damit ihm die salzige Flüssigkeit nicht in die Augen lief. Und dann roch er es! Schreiende Menschen. Seine Hände zitterten, und sein Herz raste. Er musste den Leuten raushelfen! Die Stahlzargen hatten sich so verzogen, dass sie die Türen nicht mehr öffnen konnten, oder derjenige, der für dieses Inferno verantwortlich war, hatte sie eingeschlossen, sodass sie ihm nicht entkommen konnten. Er taumelte einen Schritt nach vorn, doch die Hitze machte es ihm unmöglich, in das Gebäude vorzudringen. Ein verzweifelter Ton entfuhr ihm. Dann hörte er ein Geräusch. Schritte. Verstohlen. Als ob sich jemand von hinten anschlich. Ein winziger Funke zündete in seinem Gehirn. Du stehst nicht vor einem brennenden Haus, flüsterte eine Stimme in seinem Kopf. Reiß dich zusammen! Hilflos versuchte Lukas, dem Strudel zu entkommen, der ihn immer tiefer in das Geschehen zog. Die Schritte kamen näher. Die Stimme wurde lauter. Wach endlich auf!

Lukas schlug die Augen auf. Angestrengt blinzelte er in die mattschwarze Dunkelheit. Der Rauch hatte sich verzogen, und er bekam wieder Luft. Und dann hörte er es wieder. Schritte. Leise. Ganz nah. Direkt hinter ihm. Ein kurzes Rascheln, ein geflüstertes »Adios, Amigo«, und dann wurde es schwarz um ihn.

14. Kapitel

Fiedler wusste nicht, ob er sauer oder besorgt sein sollte. Auch wenn er dem Verlangen, den Stollen weiter zu durchsuchen, kaum widerstehen konnte, hatte er dem mahnenden Vibrieren seines Handys Folge geleistet und war wieder umgekehrt, sodass er rechtzeitig am vereinbarten Treffpunkt ankam. Nur wenig später stieß Polizeimeisterin Kira Brecht zu ihm.

»Wo zum Henker ist Zieringer?«, wollte Fiedler wissen.

»Wir haben uns getrennt, weil sich der Weg gegabelt hat.« Der Stollen, in den Kira vorgedrungen war, war in einem wesentlich besseren Zustand als derjenige, der vom Drogenlabor hierherführte. Deswegen war sie schneller und weiter vorangekommen, als ihr Telefon ihr vorgegeben hatte. Gefunden hatte sie aber nichts.

Fiedler sah nervös auf die Uhr. »Himmel, Zieringer!«, zischte er durch die Zähne. »Wo bleibt er denn nur?«

Auch Kira war unruhig. Sie hatte gehofft, Lukas an der Stelle zu treffen, an der sie sich getrennt hatten. Als er dort nicht war, wartete sie etwa drei Minuten, doch als er nicht auftauchte, dachte sie, dass er bereits vorausgelaufen war und zusammen mit Fiedler auf sie wartete, auch wenn ihr der Gedanke im Rückblick unlogisch vorkam. Lukas war garantiert nicht der

Typ, der eine Frau allein in der Dunkelheit zurückließ. »Wie lange ist er schon drüber?«

»Fünf Minuten.«

Eine eisige Hand griff nach Kiras Herz. Fünf Minuten waren in der Finsternis eine Ewigkeit. Sie konnte sich nicht vorstellen, dass Lukas sein Handy überhört oder einfach ignoriert hatte. Etwas musste passiert sein.

»Wir sollten nach ihm suchen«, sagte sie mit zitternder Stimme. »Ich habe ein saublödes Gefühl!«

Fiedler nickte. »Geht mir genauso.« Er konnte nur hoffen, dass es lediglich ein Flashback war, der den Hauptkommissar ereilt und außer Gefecht gesetzt hatte.

Während sie den Weg entlangliefen, den Lukas und Kira gemeinsam genommen hatten, kamen sie rasch voran. Schließlich wusste Kira, dass es dort nichts gab, was ihnen gefährlich werden konnte. Erst als sie die Stelle erreichten, an der der Stollen sich verzweigte, bewegten sie sich langsam und vorsichtig vorwärts. Fiedler, der ständig auf der Hut sein musste, sich den Kopf nicht zu stoßen, hatte dabei deutlich größere Schwierigkeiten als Kira, die aufgrund ihrer Größe keine Probleme hatte.

»Achtung!«, flüsterte Kira. Sie hatte im schwachen Schein der abgedunkelten Taschenlampe entdeckt, dass ein Eisenteil auf einer Höhe von eins neunzig aus der Wand ragte.

Fiedler tippte ihr auf die Schulter, um ihr zu signalisieren, dass er sah, was sie meinte. Er war froh, dass sie für ihn achtgab. Hätte sie das Eisen nicht entdeckt, wäre er ganz sicher mit dem Kopf dagegengerannt. Vielleicht war Zieringer ja etwas Ähnliches passiert. Vorsichtig atmete Fiedler die verbrauchte Luft ein. Er hätte ein Vermögen darum gegeben, den Duft einer frischen Sommerwiese zu riechen. Ein kleiner Funke glitt durch sein Gehirn. Niemand konnte sagen, ob es hier unten überhaupt genügend Sauerstoff gab. Verdammt. Sie mussten Zieringer finden und so schnell wie möglich wieder verschwinden.

Kira blieb stehen. »Ich glaube, da vorn ist etwas«, flüsterte sie, als Fiedler sich zu ihr hinunterbeugte.

Fiedler starrte angestrengt an ihr vorbei. »Wo?«

Anstelle einer Antwort hob Kira ihre Taschenlampe ein kleines Stück an. Und dann sah Fiedler es auch. Irgendetwas lag dort, da hatte sie recht. Aber es konnte kein Mensch sein, dafür war es zu klein. Vorsichtig pirschte sich das ungleiche Gespann an den Gegenstand heran. Je näher sie kamen, desto verwirrter wurde Kira. Irgendwie sah es aus wie ein Bein. Doch wieso sollte ein einzelnes Bein in einem Stollen liegen? Und dann sah sie, dass es zwei waren.

»Da liegt ein Mensch.«

Fiedler kniff die Augen zusammen. Sie waren noch etwa fünf oder sechs Meter entfernt, er konnte aber noch immer nicht einschätzen, ob die Polizeimeisterin sich nicht doch irrte.

Als sie sich auf etwa einen Meter herangeschlichen hatten, bemerkten sie, dass es tatsächlich ein Mensch war. Der Rest des Körpers hielt eine Tür offen, die in einen unterirdischen Raum führte. Als Kira sah, wer da lag, vergaß sie alle Vorsicht. Sie stieß einen Schrei aus, ließ sich auf die Knie nieder und drehte sich zu Fiedler um. Panik flackerte in ihren Augen. »Es ist Lukas!«

Fiedler konnte sich nicht zu ihr bücken, dazu war der Durchlass zu schmal. Ohnmächtig musste er es Kira überlassen, den leblosen Körper auf Vitalzeichen zu überprüfen.

»Ich kann seinen Puls nicht finden!«, flüsterte Kira erstickt. Hektisch zerrte sie an seiner Jacke und legte ihre Hände auf seinen Brustkorb. Ein paar Sekunden lang hatte sie das Gefühl, dass gar nichts passierte, doch dann spürte sie ein leichtes Heben und Senken. »Er atmet«, sagte sie erleichtert. »Aber sein Puls ist so schwach, dass ich ihn nicht fühlen kann.«

»Wir müssen ihn hier herausschaffen«, sagte Fiedler. »Was ist in dem Raum?«

Kira, in der sich alles dagegen sträubte, Lukas allein zu lassen, sah sich verzweifelt um. Jetzt war sowieso alles egal. Sie schaltete ihre Taschenlampe auf höchste Stufe und leuchtete den Raum aus. »Das ist ein Hohlraum«, stieß sie entgeistert aus. »Es sieht so aus, als ob das ein natürlich entstandenes Gewölbe wäre.«

»Es interessiert mich nicht, ob das Ding künstlich ist oder nicht«, knurrte Fiedler. »Ist dort irgendwas, das wir als Bahre verwenden können?«

»Als Bahre?«, wiederholte Kira entgeistert. »Die bekommen wir doch nie hier durch.«

»Es ist aber die einzige Möglichkeit«, sagte Fiedler in einem Tonfall, der keinen weiteren Widerspruch duldete. »Ich kann ihn schließlich nicht auf meinen Schultern hier heraustragen.«

Widerwillig stand Kira auf. Dadurch, dass sie sich von Lukas entfernte, konnte auch Fiedler endlich einen Blick in das Gewölbe werfen. Was er sah, ließ ihm die Haare zu Berge stehen. An der Wand war eine große Eisenplatte befestigt, an der eine massive Kette hing, die in einer Hand- oder Fußfessel endete. »Das ist ein Gefängnis«, sagte er entsetzt. Die Vorstellung, hier unten gefangen zu sein, musste sich anfühlen, wie lebendig in einer Gruft begraben zu sein. Welch ein grauenvolles Schicksal.

Kira standen vor Erschütterung die Tränen in den Augen. Sie zog die Nase hoch und wäre fast zusammengeklappt, hätte ihr Fiedler nicht von hinten eine Hand auf die Schulter gelegt und sie im gleichen Atemzug zu sich herumgedreht. »Polizeimeisterin Brecht, reißen Sie sich zusammen«, sagte er streng. »Wir haben hier noch eine Aufgabe zu erfüllen.«

Kira schniefte die Tränen weg, dann nickte sie. Ihr Chef hatte natürlich recht. Sie kannte ihn gut genug, um zu wissen, dass ihm der Anblick ebenfalls naheging. Sie ließ ihre

Taschenlampe über das Mobiliar gleiten, das ohne erkennbaren Zweck hier gelagert war. Dabei hatte sie das Gefühl, dass das Licht der Lampe immer schwächer wurde.

»Das glaube ich nicht«, sagte Fiedler, der den hinteren Teil der Grotte durchsuchte, auf ihre Befürchtung hin. »Entweder schluckt der Fels das Licht, oder es ist eine optische Täuschung. Wir sind schon viel zu lange hier unten. Haben Sie etwas gefunden?«

»Hinter dem Schrank steckt etwas, das ein Feldbett sein könnte«, antwortete Kira. »Aber der ist so weit an die Felswand geschoben, dass er das Ding eingeklemmt.«

Fiedler kam zu ihr hinüber, öffnete den Schrank und zog kurzerhand so heftig an der Tür, dass er das Ungetüm ein Stück mit sich riss. »Versuchen Sie es jetzt noch mal«, sagte er.

Kira zerrte so heftig an dem Alugestell, dass ihr vor Anstrengung fast schwindlig wurde. »Noch ein kleines Stück«, keuchte sie.

Als sie die Liege endlich frei bekommen hatte, schüttelte Fiedler den Kopf. »Das Ding ist viel zu groß. Das kriegen wir nie durch den Stollen. Zumindest nicht, wenn ein Mensch darauf liegt.«

Kira wurde einer Antwort enthoben, da vom Eingang her ein leises Stöhnen kam. Sie ließ die Pritsche los, die mit einem lauten Knall zu Boden fiel, und rannte zu Lukas hinüber.

»Lukas! Kannst du mich hören?«, rief sie eindringlich.

»Ah.« Lukas fuhr sich mit der Hand an den Kopf. »Wo zur Hölle sind wir hier?«, krächzte er. »Wieso machst du kein Licht an?«

Kira lachte vor Freude auf. »Wir sind im alten Bergwerk, erinnerst du dich?«

Erneutes Stöhnen. »Verdammt«, flüsterte Lukas heiser. »Wie hast du mich gefunden? Ich meine, ich habe Keller gefunden. Und dann ging das Licht aus.« Er roch das Blut, das er an seinen Fingern hatte, mehr, als dass er es sah. »Er muss mich niedergeschlagen haben.«

Erleichtert ließ sich Kira erneut neben Lukas auf den kalten Boden sinken. »Siehst du mich doppelt?«, wollte sie wissen.

»Keine Ahnung«, sagte Lukas. »Um ehrlich zu sein, kann ich dich überhaupt nicht sehen. Hier drin ist es so finster wie im Arsch einer Ratte.«

»Es ist ja schön, dass Sie uns mit derart erhellenden Vergleichen unterhalten«, sagte Fiedler ironisch. »Wie wär's, wenn Sie uns auch etwas verraten würden, das uns dabei hilft, Keller zu finden?«

»Chef?«, fragte Lukas ungläubig. »Was machen Sie denn hier?«

»Wir haben Sie gesucht, nachdem Sie nicht rechtzeitig zum vereinbarten Treffpunkt gekommen sind«, klärte Fiedler ihn auf. »Nur um festzustellen, dass Sie sich hier unten auf die faule Haut gelegt haben.«

Vorsichtig kam Lukas auf die Knie und stieß sich prompt den Kopf an der Felswand. »Au. Scheiße. Wieso macht ihr eigentlich das Licht nicht an?«

»Sagen Sie bloß nicht, dass Sie hier einen Lichtschalter gefunden haben.«

»Na klar.« Lukas zeigte auf eine Stelle im Fels. »Irgendwo da drüben muss einer sein.«

Fiedler konnte im schwachen Schein der Taschenlampe nur vage sehen, wohin Lukas deutete. Als er den Schalter gefunden hatte und es augenblicklich hell um sie herum wurde, seufzte Kira erleichtert auf.

»Wir müssen Keller finden«, sagte Lukas und stand langsam auf. Seine Knie fühlten sich etwas wacklig an, im Großen und Ganzen ging es aber wieder.

»Vergessen Sie's«, sagte Fiedler. »Wir tun jetzt genau das, was wir schon längst hätten tun sollen. Wir sehen zu, dass wir hier herauskommen, und dann überlassen wir jede weitere Expedition den Fachleuten.«

»Welchen Fachleuten denn?«, wollte Lukas wissen. »Die Jungs vom SEK sind keine Höhlenforscher, und private Höhlenforscher oder irgendwelche ehemaligen Bergleute können wir hier auch nicht reinschicken, weil das viel zu gefährlich ist. Unterm Strich bleibt uns doch nur, selbst weiterzusuchen.«

»Kommt überhaupt nicht infrage.« Fiedler blieb eisern. »Und was Sie betrifft schon gleich dreimal nicht. Sie werden sich zu Ihrer Tante ins Krankenhaus begeben und sich untersuchen lassen, ob mit Ihrem Kopf alles in Ordnung ist.«

»Da gibt's nichts zu untersuchen. Ich sehe nicht doppelt, also habe ich keine Gehirnerschütterung«, beantwortete Lukas damit auch Kiras vorherige Frage, »und das, was im Moment nicht in Ordnung ist, kann eine Ibuprofen allemal richten.«

»Halten Sie die Klappe, Zieringer«, brummte Fiedler. Nachdem er sich davon überzeugt hatte, dass sein Mitarbeiter wieder sicher auf seinen eigenen Beinen stand, schob er ihn in die Richtung, aus der sie gekommen waren. »Wir brechen das Ganze an dieser Stelle ab. Von mir aus können Sie sich gern später wieder beteiligen, wenn wir mit einem größeren Trupp herkommen. Aber erst, nachdem Sie im Krankenhaus waren.« Fiedler schnitt Lukas das Wort ab. »Das ist kein Scherz. Ich möchte ausschließen lassen, dass bei Ihnen da oben doch mehr durcheinandergeraten ist, als Sie im Moment selbst wahrnehmen. Stellen Sie sich nur vor, dass Sie eine leichte Gehirnblutung haben. Von der würden Sie im Moment nichts merken, heute Nacht im Schlaf aber daran krepieren. Wollen Sie das?«

Natürlich wollte Lukas das nicht. Er hatte all das nicht gewollt. Und schon gar nicht, in einem stockfinsteren Bergwerk herumzuirren. Dennoch konnte er den Gedanken an Markus' Schwester nicht verdrängen. »Wir müssen Leni Hanke suchen, schon vergessen?«

Fiedler winkte ab. »Ohne Keller finden wir die Frau sowieso nicht. Der ist aber, wie es scheint, über alle Berge. Und je länger wir uns hier unten die Zeit vertreiben, desto weiter kommt er. Wir beenden die Aktion an dieser Stelle und kommen später mit einem Suchhund wieder her.« Er kniff die Augen zusammen, als er sich erinnerte, wie elend der Hund gewinselt hatte, als ihn sein Herrchen auf das Gelände geführt hatte. Doch dann schüttelte er den Kopf. »Ich glaube nicht, dass Keller das Zeug, das den Hund vor der Fabrik hat durchdrehen lassen, auch hier unten versprüht hat, da er nicht damit gerechnet hat, dass sein Versteck auffliegt. Wenn der Hundeführer seinem Vierbeiner ein nasses Tuch um die Schnauze bindet, müssten die beiden es bis hierher schaffen, ohne dass das Vieh einen Koller bekommt. Außerdem müssen wir eine Fahndung nach Keller herausgeben, und das lässt sich von hier unten nicht bewerkstelligen.«

* * *

Der Rückweg zur Oberfläche dauerte nur einen Bruchteil der Zeit, die sie gebraucht hatten, um das Verlies zu finden. Als sie die Tür aufstießen, die von der Treppe in das Drogenlabor führte, stießen alle drei einen abgrundtiefen Seufzer der Erleichterung aus. Kira lief voraus und jauchzte vor Freude, als sie kurz darauf ins Freie traten. Sie atmete tief durch, saugte die Luft in ihre Lungen und spürte, wie ein nie zuvor erlebtes Glücksgefühl sie durchströmte. Sie waren am Leben! Das war alles, was zählte. Keller war ihnen entwischt, na und? Sollte der sich doch nach Südamerika absetzen. Sie jedoch hatte das Gefühl, dass alle Farben plötzlich viel intensiver strahlten.

Lukas lachte übers ganze Gesicht, als er die Freude sah, mit der seine Kollegin im Hof herumsprang. Er gab ihr ein paar Sekunden, dann zog er sein Telefon aus der Tasche.

»Emma? Hier ist Lukas ...« Lukas hielt das Handy einen halben Meter von sich weg, da Emma, kaum dass sie seinen Namen gehört hatte, lauthals zu schimpfen anfing. »Emma!«, schrie er aus sicherer Entfernung, »halt die Klappe!« Misstrauisch betrachtete er das Handy, aus dem kein Geräusch mehr kam. Erleichtert stellte er fest, dass sie ihn verstanden hatte. »Ja, Emma, ich weiß, dass es schon halb fünf ist und wir seit ein paar Stunden überfällig sind. Du kannst uns auch gern später alles an den Kopf werfen, was dir in den Sinn kommt. Aber jetzt hörst du einfach nur zu und tust, was ich dir sage. Erstens, Keller ist uns entwischt. Gib eine Fahndung nach Keller raus. Flughäfen, Bahnhöfe et cetera. Und schick ein paar Kollegen zu seiner Wohnung. Ich glaube zwar nicht, dass er sich dort aufhält, aber trotzdem müssen wir uns davon überzeugen. Die Kollegen sollen die Wohnung aufbrechen und durchsuchen, ob sie einen Hinweis finden, wo er sich aufhalten könnte. Zweitens, uns allen geht es gut. Drittens, bestell noch mal ein SEK und einen Personensuchhund hierher. Was? Nein, nicht auf die Wache. Hierher in die Saftfabrik.« Lukas spuckte den nach Kohle schmeckenden Speichel aus. »Habt ihr die Arbeiter schon erkennungsdienstlich behandelt?«

Lukas stellte noch ein paar weitere Fragen, dann beendete er das Gespräch. »Wir sollten uns den Dreck aus dem Gesicht waschen, bevor wir zurück ins Büro fahren«, sagte er mit einem Blick auf Kira. Ihre blonden Haare hatten einen dunkelgrauen Schleier angenommen, ihr Gesicht war so schwarz, als hätte sie sich für den Fasching geschminkt, und die Uniform, die sie trug, war vermutlich hinüber. Zumindest konnte sich Lukas nicht vorstellen, dass sie den Kohlenstaub jemals wieder aus den Klamotten bekam. »Komisch«, murmelte er. »Wir sind doch gar nicht bis ins Flöz gekommen. Und trotzdem bist du voller Ruß.«

»Ich möchte Ihnen die Illusion nicht rauben, dass Sie besser aussehen«, sagte Fiedler amüsiert. »Jedenfalls könnten wir als Trio ungeschminkt an Halloween den ersten Preis gewinnen.«

Nachdem sie sich in den Waschräumen der Fabrik wieder einigermaßen repräsentabel hergerichtet hatten, setzten sie sich in Fiedlers Wagen, der als einziges Fahrzeug noch am Hof stand, und fuhren in die Polizeiinspektion. Schon bevor sie das Gebäude betraten, hörten sie den Höllenradau, der im Inneren herrschte.

»Was ist denn hier los?«, murmelte Fiedler.

»Das sind die Mitarbeiter der Fabrik«, klärte Lukas ihn auf. »Emma hat mich vorgewarnt, dass die sich ziemlich aufführen, weil wir sie hier festhalten.«

Nachdem Fiedler sich das Spektakel einen Augenblick lang angesehen hatte, wurde es ihm zu dumm. Er hieb mit der Faust auf den Tresen, der den Vorraum von den Schreibtischen der wachhabenden Polizisten trennte, sodass die Tassen, die darauf abgestellt waren, in die Höhe hüpften. »Ruhe!«, brüllte er. Schlagartig wurde es still. »Ich werde jeden von Ihnen, der sich weigert, seine Personalien und Fingerabdrücke abzugeben, wegen Behinderung der Polizeiarbeit in Arrest nehmen«, stellte er klar. »Solange wir nicht alle Personalien beisammenhaben, geht niemand nach Hause. Vielleicht ist Ihnen ja schon mal zu Ohren gekommen, dass wir Sie auch ohne Haftbefehl vierundzwanzig Stunden lang festhalten können. Und von diesem Recht werden wir, ohne mit der Wimper zu zucken, Gebrauch machen.«

Eine schüchterne junge Frau meldete sich zu Wort. »Bitte, ich muss meine Tochter vom Kindergarten abholen«, sagte sie verzweifelt. Ihr Blick glitt zu der Uhr, die über der Tür hing. »Ihre Kollegen haben mich zwar dort anrufen lassen, dass es etwas später wird, aber die Kita schließt bald.«

217

Bevor Fiedler etwas sagen konnte, packte Lukas ihn am Arm und schüttelte den Kopf. »Ein Kollege wird Sie dorthin begleiten«, beschloss er. Dann wandte er sich an eine Kollegin, die geduldig alle Personalien in ihren Computer eintippte. »Habt ihr die Personalien der Frau schon aufgenommen?«

Sabrina sah hoch. »Ja.«

Lukas beugte sich zu ihr hinunter. »Haben wir etwas über sie im Computer?«

Sabrina schüttelte den Kopf. »Nein. Sie ist ein gänzlich unbeschriebenes Blatt.«

Lukas nickte. So etwas Ähnliches hatte er sich schon gedacht. »Und ihr Mann?«

»Ist ein Bankangestellter und arbeitet in Holzkirchen.«

Lukas richtete sich auf und sah Fiedler an, der der Unterhaltung mit finsterer Miene zugehört hatte. »Die Frau ist harmlos«, sagte Lukas zu ihm. »Sie soll ihr Kind abholen und dann nach Hause fahren.«

»Ich hoffe, Sie wissen, was Sie da tun«, sagte Fiedler.

»Wenn ich meinem Bauchgefühl trauen darf, dann ja.« Lukas grinste. »Von mir aus können Sie es auch Menschenkenntnis nennen«, fügte er hinzu, als Fiedler den Mund verzog.

Fiedler winkte ab. »Von mir aus.«

»Den Junkie habe ich schon auf dem Schirm«, informierte Lukas Sabrina. »Habt ihr sonst noch jemanden erfasst, der Dreck am Stecken hat?«

»Warte.« Sabrina suchte in dem kleinen Papierstapel, der sich angehäuft hatte, nach zwei Profilen und reichte sie ihm. »Sieh dir die beiden mal an.«

Immer zwei Stufen auf einmal nehmend, rannte Lukas die Treppe hoch in den ersten Stock. Als er oben angelangt war, meldete ein stechender Schmerz in seinem Kopf, dass Fiedlers Sorge nicht ganz unbegründet war. Doch das Krankenhaus musste warten. Ohne anzuklopfen, stürmte Lukas in Emmas Zimmer.

»Ist die Fahndung raus?«

Emma maß ihn mit einem bösen Blick. »Was denkst du denn?«

Lukas entspannte sich ein wenig. Emma hatte natürlich recht. So wie er sie bisher kennengelernt hatte, konnte sie zwar ein schnippisches Miststück sein, dafür war sie aber auch echt auf Zack. Als er ihren lauernden Blick bemerkte, wurde ihm bewusst, dass sie nur noch darauf wartete, dass er eine ganz bestimmte Frage stellte.

»Ich muss dich vermutlich nicht fragen, ob die Fahndung schon etwas ergeben hat, richtig? Schließlich wäre das eindeutig zu früh erwartet.«

Fast enttäuscht zog Emma eine Schnute. »Richtig. Kann ich sonst noch etwas für dich tun?«

* * *

»Heiner Semmelbach?«, rief Lukas in die aufgebrachte Menge. Er hatte Emma um eine Schmerztablette gebeten und war dann wieder nach unten gelaufen. Es widerstrebte ihm, die beiden Männer, die, Sabrinas Nachforschungen zufolge, genügend auf dem Kerbholz hatten, dass es für eine ganze Kompanie gereicht hätte, zuerst zur Vernehmung zu rufen, da diese Art der Bevorzugung garantiert dafür gesorgt hätte, dass die beiden sich darüber klar wurden, in seinem Fokus zu sein. Doch die Zeit drängte zu sehr. Das SEK und der Suchhund würden in Kürze eintreffen, aber falls die in den alten Stollen nichts fanden, und davon ging er fast aus, dann mussten sie Keller erwischen. Lukas vermutete, dass die beiden Pfeifen, die augenscheinlich Kellers Handlanger waren, keine Ahnung hatten, wo ihr Boss Leni Hanke versteckt hielt.

219

»Setzen Sie sich«, forderte Lukas den ersten der beiden Kriminellen barsch auf. Er schlug die Akte auf, die eine ganze Reihe an Vergehen auflistete. »Verstoß gegen das Betäubungsmittelgesetz, Einbruchdiebstahl, schwere Körperverletzung, Nötigung, Vergewaltigung …« Lukas sah auf. Er hatte genug gelesen. »Soll ich weitermachen?«, fragte er trotzdem.

Semmelbach verschränkte die Arme und starrte den Kommissar verstockt an. »Alles Schnee von gestern«, knurrte er. »Mehr sage ich dazu nicht.«

Lukas Augen verengten sich zu schmalen Schlitzen. »Ich vermute, dass wir in nicht allzu ferner Zukunft auch noch Mord und Beihilfe zum Mord hinzufügen können.«

»Was soll denn der Scheiß?«, fauchte Semmelbach. »Was wollen Sie mir da andichten?«

»Andichten will ich Ihnen überhaupt nichts«, erwiderte Lukas kalt. »Wir haben hier eine Liste von vermissten Frauen, die in den letzten Jahren rund um die Fabrik verschwunden sind. Es dürfte uns ein Leichtes sein, ihre und auch eure DNA-Spuren zuzuordnen, die wir im Labor und in der unterirdischen Höhle gefunden haben. Und dann hat es sich mit andichten.« Lukas zog das Wort genüsslich in die Länge, um Semmelbach davon abzulenken, dass er ihm gerade einen Bären aufgebunden hatte. Er konnte nur hoffen, dass sein Gegenüber zu naiv war, um zu kombinieren, dass sie es in der kurzen Zeit niemals geschafft haben konnten, die beiden Örtlichkeiten einer kriminalistischen Untersuchung zu unterziehen. »Dann haben wir den Beweis, dass ihr die Frauen gefangen gehalten, misshandelt und missbraucht habt. Und da sie bis heute nicht wiederaufgetaucht sind, lässt das nur einen Schluss zu.« Er klappte den Aktendeckel zu. »Und dann seid ihr alle wegen Mordes dran.«

Semmelbachs Fassade bekam Risse. »Das ist doch ein ausgemachter Blödsinn!«, sagte er aufgebracht. »Wir haben niemanden ermordet.«

»Ach nein?« Nun verschränkte Lukas die Arme und lehnte sich zurück. »Aber entführt, missbraucht und misshandelt habt ihr sie?«

»Unterstellen Sie mir nicht irgendwas, was ich nicht gesagt habe!«, schrie Semmelbach. »Wir haben überhaupt nichts mit den Weibern gemacht.«

Lukas konnte nicht fassen, wie schnell Semmelbach ihm auf den Leim gegangen war. Kein Wunder, dass er bei so ziemlich jedem seiner Delikte erwischt worden war. »Wer hat mit den Weibern denn dann was gemacht?« Obwohl es ihm widerstrebte, die bedauernswerten Opfer so zu bezeichnen, spürte er, dass er sich auf den Jargon des Primitivlings einlassen musste. »Ihr habt nur geholfen, sie zu entführen, und alles andere sollen wir Keller zuschreiben?«

»Das habe ich so nicht gesagt«, sagte Semmelbach verstockt. »Und jetzt sage ich überhaupt nichts mehr.«

»Wie Sie möchten.« Lukas wirkte nach außen viel gelassener, als er in Wirklichkeit war. »Die DNA-Proben sind bereits im Labor«, bluffte er. »Und die Kriminaltechniker wissen, dass es eilt.« Lukas sah demonstrativ auf die Uhr. »In zwei bis drei Stunden haben wir die Ergebnisse. Und dann werden wir einen Haftbefehl beantragen. Bis dahin bleiben Sie auch so unser Gast. Da wir nicht wissen, wo Keller steckt, werden Sie an seiner Stelle wegen Mordes angeklagt. Wenn Sie viel Glück haben, dann schickt Ihnen Ihr Chef gelegentlich eine Karte von der Copacabana.«

Lukas stand auf und wandte sich zum Gehen. Als er die Tür des kleinen Raums fast erreicht hatte, hielt Semmelbach ihn zurück.

»Warten Sie.«

Lukas drehte sich um. »Warten? Worauf denn? Ich habe keine Lust, mir anzuhören, dass Sie so unschuldig sind wie ein Osterlamm, das man gerade zur Schlachtbank führt.«

Hinter Semmelbachs Stirn arbeitete es. Er war hin- und hergerissen, schwankte zwischen seiner Loyalität und der Verzweiflung darüber, für etwas geradestehen zu müssen, das er nicht verschuldet hatte. Zumindest zum größten Teil nicht.

»Ich weiß nichts von einem Mord«, sagte er störrisch.

»Aber Victor, der weiß vielleicht was.« Das Blut schoss ihm ins Gesicht. Es ging nicht an, einen Komplizen zu verpfeifen. Doch bei aller Ganovenehre sah er auch nicht ein, dass er für etwas in den Knast gehen musste, das er nicht getan hatte.

Lukas zog die Augenbrauen nach oben. »Victor?«

»Der Drogenkoch.« Semmelbach stierte auf die Tischplatte.

Lukas schauderte, als er sich den Junkie in Erinnerung rief. Als Keller geflohen war, war sein Handlanger in irres Kichern ausgebrochen und hatte dem Beamten, der ihn festnehmen wollte, ins Gesicht gespuckt. Victor war so fest in den Klauen seiner Abhängigkeit gefangen, dass er ganz sicher nicht in der Lage war, komplex genug zu denken, wie man eine Leiche verschwinden ließ. »Machen Sie sich nicht lächerlich. Dem haben die Drogen längst das Gehirn aufgeweicht.«

Semmelbach verzog den Mund. »Dann fragen Sie eben den anderen. Höning.«

»Höning? Geht das ein bisschen genauer?«

»Das ist der, der Keller warnen wollte, als Sie ihn auf der Empore entdeckt haben.«

Lukas setzte sich wieder hin. »Und was kann der mir erzählen, was Sie nicht wissen?«

Als Semmelbach nicht antwortete, setzte Lukas hinterher: »Dann fangen wir doch damit an, dass Sie schon früher Frauen entführt haben. Genau wie die Frau und den Jungen, die wir aus dem Labor befreit haben.«

Unter Lukas bohrendem Blick schrumpfte Semmelbach zusammen. »Nein. Ja.« Er zuckte mit der Schulter. »Die anderen Frauen nicht, aber das mit den beiden Personen aus dem Labor stimmt. Aber daran ist Keller schuld!«, spie er aus. Selbst ihm war klar, dass Leugnen zwecklos war. Da die Bullen die Frau und den Jungen befreit hatten, konnte er nicht ausschließen, dass die beiden ihn und Höning gesehen hatten, bevor sie ihnen die Lappen mit dem Narkosegas aufs Maul gedrückt hatten, und sie somit ihre Entführer identifizieren konnten. »Das war doch nur ein Scherz. Keller hat uns gesagt, dass er für die beiden eine kleine Überraschung hat. Wir sollten sie nur überrumpeln und in die Fabrik bringen. Daran war aber überhaupt nichts Böses.«

Fasziniert beobachtete Lukas, wie der Mann sich wand wie eine Schlange. Eindeutig, dass er log. »Erzählen Sie das dem Richter. Ich bezweifle allerdings, dass er Ihnen ein solches Märchen abnimmt.« Erneut stand er auf. Er tat so, als ob er gehen wollte, doch dann drehte er sich wieder um und ließ sich erneut auf den Stuhl fallen.

Semmelbach, der bereits erleichtert aufgeatmet hatte, dass die Befragung vorbei war, setzte sich erschrocken aufrecht hin. »Was ist denn noch?«

»Wo ist Keller jetzt?«

Semmelbach grinste erleichtert. »Keine Ahnung. Rufen Sie ihn doch an und fragen Sie ihn.«

Lukas drosch mit der Faust auf den Tisch. Dann sprang er auf und drückte ihn mit aller Kraft von sich weg, sodass Semmelbach sich plötzlich zwischen der Wand und der Tischplatte eingeklemmt wiederfand. »Eins sage ich Ihnen, Semmelbach«, sagte Lukas gefährlich leise. »Ich mache Sie persönlich dafür verantwortlich, wenn sich noch weitere Personen in eurer Gewalt befinden.« Er verzichtete bewusst darauf, Leni Hankes Namen zu erwähnen. Die Entführer mussten nicht wissen, was die Polizei wusste. »Sollte es noch jemanden geben, der in Lebensgefahr schwebt, drehe ich Ihnen höchstpersönlich einen Strick daraus, wenn Sie uns nicht unverzüglich die Wahrheit sagen. Außerdem sollte Ihnen klar sein, dass irgendjemand aus dem Haufen da draußen zu singen anfangen wird, das ist nur eine Frage der Zeit. Ich vermute, es wird Ihr Kollege Höning sein. Und Sie kennen das ja bestimmt aus dem Fernsehen«, sagte Lukas süffisant, »wer als Erster singt, darf mit einem milderen Urteil oder sogar mit einem Freispruch rechnen, während der andere sich auf ein langes Leben auf Staatskosten einstellen kann.«

Lukas trat zu dem uniformierten Beamten, der an der Wand lehnte und die Szene ungerührt beobachtet hatte. »Bringen Sie ihn in eine Zelle. Aber geben Sie darauf acht, dass er keine Gelegenheit hat, mit einem der anderen zu reden.« Als Semmelbach ihn erneut zurückrufen wollte, zögerte Lukas nur den Bruchteil einer Sekunde. Dann drehte er sich um und musterte den Verbrecher emotionslos. »Sie hatten Ihre Chance.«

Wie Lukas bereits befürchtet hatte, lief es mit dem zweiten der beiden Männer, die Sabrina ihm genannt hatte, nicht viel besser. Zumindest stimmte der Name mit dem überein, den Semmelbach ihm genannt hatte. Aber auch er wollte weder zugeben, die Frauen entführt oder ihnen noch Schlimmeres angetan zu haben, noch rückte er mit der Sprache heraus, wo sich Keller befand. Schließlich griff Lukas zu einer List.

»Fünfzehn Minuten«, sagte er mit einem Blick auf die Uhr. »So lange verschwenden Sie bereits meine Zeit. Ihr Kollege ist nach neunzehn Minuten eingebrochen.« Lukas warf Höning einen zufriedenen Blick zu. »Falls Sie sich beeilen, schaffen Sie es, diese Zeit zu unterbieten. Und wie es nun mal so ist, kann derjenige, der als Erstes redet, damit rechnen, dass er beim Richter auf Milde stößt. Da wir Sie nur nacheinander befragen konnten, zählt dann eben der Zeitfaktor. Derjenige, der früher das Maul aufmacht, ist der Gewinner.«

Höning warf ihm einen skeptischen Blick zu. Er weigerte sich zu glauben, dass Semmelbach sie wirklich verpfiffen hatte. Er öffnete den Mund, schloss ihn aber genauso schnell wieder.

Lukas sah die Panik, die in Hönings Augen aufflackerte. Wie er es sich bereits gedacht hatte, war der junge Mann deutlich leichter mit der Drohung auf jahrzehntelangen Knastaufenthalt zu beeindrucken als der abgebrühte Kollege, der bereits oft genug hinter schwedischen Gardinen gesessen hatte.

Lukas sortierte die losen Blätter, die er der Akte entnommen hatte, wieder in die richtige Reihenfolge. Dann klappte er die Mappe zu. »Gut«, sagte er. »Die Zeit ist sowieso gleich abgelaufen. Damit haben Sie die Chance verpasst, günstiger wegzukommen.«

In seiner Angst entging es Höning völlig, wie widersprüchlich es war, dass Lukas sich noch mit ihm herumplagte, wenn er von Semmelbach sowieso schon erfahren hatte, was er wissen wollte. »Ich erzähle Ihnen alles«, sagte er schnell. Mit schreckgeweiteten Augen starrte er auf die Uhr. »Es ist aber nicht viel, was ich weiß. Von den entführten Frauen habe ich gehört. Das ist aber mehr ein Gerücht. Ich glaube, Keller hat das alles allein durchgezogen.«

Lukas stieß einen heimlichen Seufzer der Erleichterung aus. »Was ist mit den Frauen passiert?«

»Keine Ahnung.« Höning saß da wie ein Häufchen Elend. »Wie gesagt, ich habe ja nur Gerüchte gehört.«

»Wo ist Keller jetzt?«

Höning sah den Hauptkommissar unglücklich an. »Ich weiß es nicht«, jammerte er. »Ich habe nur mitbekommen, dass er in der Nähe eine kleine Hütte besitzt.«

Lukas horchte auf. In dem Penthaus, in dem Keller offiziell gemeldet war, hatten die Streifenbeamten niemanden vorgefunden. Allerdings hatte es auch nicht so ausgesehen, als ob Keller noch mal dort gewesen wäre. Weder herrschte die zu erwartende Unordnung, die jemand unweigerlich hinterließ, wenn er auf die Schnelle packen und flüchten musste, noch waren die wichtigsten Gegenstände verschwunden, die ein Mensch mitzunehmen pflegte, wenn er verreiste. Allerdings war die Durchsuchung noch in vollem Gange. Bislang hatten die Kollegen von der Spusi weder einen Pass noch sonstige Papiere gefunden. Es war also durchaus wahrscheinlich, dass Keller einen weiteren Unterschlupf hatte, in dem er das Nötigste aufbewahrte.

»Und wo soll diese Hütte sein?«

»Weiß ich nicht«, wiederholte sich Höning. »Ich glaube aber, dass sie nicht allzu weit entfernt liegt, da der Chef vor ein paar Wochen für weniger als eine halbe Stunde weg war und ich zuvor ein Gespräch zwischen ihm und Semmelbach aufgeschnappt habe, dass er kurz dorthin wollte.«

Lukas dachte scharf nach. Wenn Höning recht hatte, dann war das Gebäude keine zehn Fahrminuten von Hausham entfernt. Zumindest, wenn man davon ausging, dass er nicht nur hin- und zurückgefahren war, sondern den Wagen abgestellt und das im Haus geholt hatte, was er gesucht hatte.

»Haben Sie mitbekommen, welche Richtung er genommen hat?«

Höning schüttelte den Kopf. »Nein. Das kann man von der Fabrik aus aber auch nicht sehen.« Doch dann fiel ihm etwas ein. »Aber ich stand im Hof, als er zurückkam«, sagte er eifrig. »Und da habe ich gesehen, dass er eine Brottüte von einer Schlierseer Bäckerei in der Hand hatte.« Höning saß wie ein Häufchen Elend auf seinem Stuhl und fing an zu flennen. »Ich bin erledigt, wenn Keller das erfährt.«

Du bist so oder so erledigt, dachte Lukas böse. »Sie können ja immer noch Semmelbach den Schwarzen Peter in die Schuhe schieben.«

15. Kapitel

»Wir müssen diese Hütte finden«, sagte Lukas nervös, nachdem er auch Höning in eine Zelle hatte bringen lassen. Inwieweit der eine Mitschuld an den Entführungen der Frauen hatte, konnte er im jetzigen Augenblick noch nicht sagen, es war ihm aber auch egal. Wichtiger war es, herauszufinden, wo Keller sich aufhielt, damit sie ihn unter Druck setzen konnten. Vielleicht gab er ja zu, wo er Leni Hanke versteckt hielt.

»Ich habe beim Gemeindeamt Schliersee angerufen, die haben aber keinen Keller auf ihrer Liste, der dort irgendwo eine Hütte besitzt«, sagte Emma. »Vom Gemeindeamt Bayrischzell warte ich noch auf eine Antwort.«

»Nicht auszudenken, wie wir das Grundstück finden sollen, falls Keller es nicht auf seinen eigenen Namen gekauft oder gemietet hat«, sagte Fiedler.

»Vermutlich hat er das auch nicht«, sagte Lukas düster. Er warf einen Blick auf die Uhr. Schon kurz vor halb sechs. »Ich fahre nach Schliersee und klappere die Bäckereien ab, solange die noch offen haben, und höre mich um, ob jemand Keller kennt. Laut Höning soll er irgendwo dort eingekauft haben. Außerdem schicke ich auch noch ein paar Kollegen in die anderen Geschäfte im Ort.«

Plötzlich ertönte im Flur ein Heidenlärm.

»Wo finde ich die Kollegen Fiedler und Zieringer?«, rief eine Stimme aufgebracht.

Zehn Sekunden später öffnete sich die Tür und ein eingeschüchterter Polizist betrat das Büro. »Das SEK ist da«, sagte er.

Lukas nickte dem Mann zu, der hinter dem Kollegen in den Raum gestürmt kam und sich knapp mit »Petersen, Einsatzleitung« vorstellte.

»Gut, dass Sie hier sind«, sagte Lukas in einem Ton, der keine Diskussion zuließ. »Inwieweit sind Sie über die Vorgänge in der Fabrik informiert?« Es war eine berechtigte Frage. Der Mann, der vor ihm stand, war nicht derselbe, der am Vormittag den Einsatz in der Fabrik koordiniert hatte.

»Ich habe mit meinem Kollegen Gruber telefoniert. Er hat mir erzählt, dass Sie einen Narren daran gefressen haben, eine Saftfabrik auseinanderzunehmen. Ich sage Ihnen gleich, dass es Konsequenzen haben wird, wenn Sie uns noch mal da hineinschicken wollen.« Der Mann maß Fiedler mit einem abschätzigen Blick. »Ich vermute, Sie sind der Chef?«

Fiedler nickte. »Keine Sorge, Sie sind nicht umsonst hier. Wir haben neue Erkenntnisse, deswegen brauchen wir Ihre Hilfe.«

»Neue Erkenntnisse, aha«, sagte Petersen süffisant. »Ich habe schon gehört, dass die Fabrik Ihr persönliches Steckenpferd ist. Sie sollten sich darüber im Klaren sein, dass wir nicht dafür da sind, persönliche Animositäten zu unterstützen. Während Sie uns abrufen, um Sie in Ihrer Voreingenommenheit gegenüber dem Besitzer der Saftfabrik zu unterstützen, fehlen wir an anderer Stelle.«

Lukas hätte dem arroganten Idioten am liebsten eins in die Fresse gehauen. Stattdessen sagte er: »Halten Sie die Klappe, Petersen. Von irgendeiner Voreingenommenheit kann hier nicht die Rede sein. Wir haben eines der Verstecke des Fabrikbesitzers gefunden. Und alles weist darauf hin, dass dort mehrere Personen gefangen gehalten wurden. Oder wie würden Sie das interpretieren?« Lukas entsperrte sein Handy, öffnete den Fotoordner und hielt ihm eine Aufnahme vor die Nase, die er in weiser Voraussicht noch in der kleinen Grotte geschossen hatte.

»Eisenfesseln?«, fragte Petersen ungläubig. »Wo haben Sie die denn entdeckt?«

»Dort, wo Ihre Kollegen nicht gründlich genug gesucht haben«, konnte Lukas sich die Spitze nicht verkneifen. Aus seiner Zeit in München war er die Zusammenarbeit mit dem SEK gewohnt und wusste, dass es unter der Kampftruppe so manchen Kollegen gab, der eine Attitüde zur Schau stellte, dass man ihm am liebsten in den Arsch getreten hätte. Petersen war offensichtlich so ein aufgeblasener Idiot.

»Wenn Sie gnädigerweise darauf verzichten könnten, herumzulamentieren, dann zeigen wir Ihnen die Stelle gern«, sagte Fiedler, dem es ähnlich ging wie Lukas.

Petersen knirschte mit den Zähnen. »Also gut. Aber wenn das wieder eine Nullnummer ist, dann machen Sie sich auf etwas gefasst. »

Bevor Fiedler oder Lukas etwas darauf erwidern konnte, klopfte es an der Tür.

»Herr Schmiedl«, rief Lukas erstaunt aus, als er den alten Herrn, der ihnen den Tipp mit der Höhle gegeben hatte, im Türrahmen stehen sah. »Was machen Sie denn hier?«

»Ich habe gehört, dass Sie einen alten Stollen entdeckt haben«, sagte Schmiedl aufgeregt. »Ich wollte meine Hilfe anbieten. Wenn sich da unten jemand auskennt, dann bin ich das.«

Rasch wechselte Lukas einen Blick mit seinem Chef. In der Tat wäre niemand besser dafür geeignet gewesen, in das Bergwerk einzusteigen. Doch der Mann war alt. Mit einem fast unmerklichen Kopfschütteln bestätigte Fiedler Lukas'

Befürchtungen. Der wandte sich an Schmiedl. »Das ist sehr freundlich von Ihnen«, sagte er mit einem leisen Bedauern in der Stimme. »Aber ich glaube, Sie sollten sich das nicht zumuten.«

Schmiedl musterte Lukas verschmitzt. »Nur weil ich ein alter Zausel bin, heißt das noch lange nicht, dass ich nicht fit genug wäre, noch einmal in die Grube einzufahren.« Das Feuer, das in Schmiedls Augen brannte, zeugte davon, dass es vermutlich sogar nichts gab, was er in seinem Leben lieber tun würde. »Schließlich gehe ich auch noch Mountainbiken und Skifahren«, setzte er hinterher. »Da werde ich es ja wohl schaffen, an meinen alten Arbeitsplatz zurückzukehren. Das ist im Vergleich zu einer Bergtour mit dem Fahrrad ein Kinderspaziergang.«

Petersen war deutlich anzusehen, was er davon hielt. Bevor er jedoch den Mund aufreißen konnte, brachte Lukas ihn mit einer Handbewegung zum Schweigen.

»Ich finde, das ist eine gute Idee.« Er wandte sich an den Einsatzleiter. »Herr Schmiedl hat lange Jahre im Bergwerk gearbeitet und war zum Schluss Obersteiger. Vermutlich finden wir niemanden, der sich in den alten Gängen besser auskennt als er. Deswegen wird er Sie begleiten.«

Petersen musterte Lukas skeptisch. »Ich würde nur ungern einen Zivilisten in Gefahr bringen.«

»Papperlapapp«, sagte Schmiedl. »Zivilist hin oder her, ohne mich finden Sie sich da unten sowieso nicht zurecht.«

Bevor Petersen erneut etwas einwenden konnte, sagte Lukas: »Ende der Diskussion. Nehmen Sie den Herrn mit und lassen Sie sich zeigen, wie es in der Zeche aussieht. Da wir nicht wissen, ob es im Bergwerk noch weitere verborgene Höhlen gibt, in denen Keller jemanden gefangen hält, müssen wir auch in Betracht ziehen, dass er nicht mehr dort ist, und anderswo nach ihm suchen.« Lukas sah Petersen nachdenklich an. »Wie viele Ihrer Männer sind über eins fünfundachtzig?«

Petersen sah ihn irritiert an. »Wozu wollen Sie das wissen?«

Lukas verdrehte die Augen. Er war daran gewöhnt, dass Personen, die er vernehmen musste, irrelevante Fragen stellten. Doch Petersen war ein Profi, der damit vertraut sein sollte, zu tun, was man ihm auftrug. »Weil die Gänge in der Zeche eng und zum Teil gerade mal einen Meter fünfundachtzig hoch sind«, erklärte er. »Je größer Ihre Männer sind, umso tiefer müssen sie sich bücken. Dazu haben sie mit ihrer ganzen Ausrüstung fast den doppelten Umfang wie ein normaler Mensch, der sich dort unten bewegen muss. Das heißt, sie müssen extrem vorsichtig sein, da die Stollen mit Holzstempeln gestützt sind, die teilweise so morsch sind, dass ein leichter Rempler genügt, um sie zusammenbrechen zu lassen. Wenn Sie also nicht alles da unten zum Einsturz bringen wollen, empfehle ich Ihnen, keine Männer reinzuschicken, die größer als die Gänge hoch sind.«

»Das kann ich bestätigen«, sagte Fiedler und deutete auf eine Schramme, die er sich zugezogen hatte, als er gegen einen First gerannt war, den er im gedimmten Licht der Taschenlampe nicht rechtzeitig gesehen hatte. »Lassen Sie die großen Männer hier. Außerdem können wir Unterstützung gebrauchen, falls«, er betonte das letzte Wort, »wir den Unterschlupf finden, in dem Keller sich verkrochen hat.«

»Also gut«, gab Petersen schließlich nach. Er musste einsehen, dass die Argumente, die die beiden Kollegen hervorbrachten, nicht von der Hand zu weisen waren. »Ich habe drei Männer, die knapp darüber sind. Die lasse ich Ihnen hier.«

Als die Haushamer Pechkohlezeche 1966 geschlossen wurde, hatte sich Franz Schmiedl nicht träumen lassen, dass er eines Tages wieder in die Grube einfahren würde. Jetzt stand er mit vor Aufregung zitternden Händen und dem alten Helm, den er über all die Jahre aufgehoben hatte, an der Treppe, die von Kellers Drogenlabor hinunter in den alten Stollen führte. Die Euphorie, die ihn bei dem Gedanken gepackt hatte, einer der wenigen Menschen zu sein, denen es vergönnt war, das alte Bergwerk noch einmal zu sehen, war einem mulmigen Gefühl gewichen. Immerhin war er keine zwanzig mehr. Er schluckte, als die martialisch aussehenden Männer des SEK-Teams ihm voraus die Treppe hinunterliefen. Doch dann sagte er sich, dass es das vielleicht letzte Abenteuer seines Lebens sein würde. Und wenn er seinen ehemaligen Kumpeln davon erzählen würde, dass er zurückgekehrt war, würden die ganz sicher vor Neid erblassen.

»Ist alles okay mit Ihnen?«, fragte ihn Gerald Hausmann. Der Leiter der Spurensicherung sollte mit zwei Kollegen die kleine Höhle, in denen die Kommissare die Fesseln gefunden hatten, auf Spuren untersuchen und Beweise sichern.

Schmiedl gab sich einen Ruck. Er richtete sich kerzengerade auf und sah Hausmann fest in die Augen. »Ja«, sagte er mit mehr Zuversicht, als er empfand. Dann stieg er über die Schwelle und lief den Männern hinterher. Da der Einsatztrupp nur langsam vorrückte, hatte Schmiedl bald aufgeschlossen, während einer der Jungs von der Spurensicherung ihm fast im Genick klebte.

Petersen blieb stehen, als er eine Weggabelung als die Stelle erkannte, die Fiedler auf einer aus dem Gedächtnis gezeichneten Karte markiert hatte. Er wies seine Männer an, den alten Herrn durchzulassen, und rief Franz Schmiedl zu sich. »Erkennen Sie irgendwas wieder?«

Schmiedls Herzschlag hatte sich beruhigt. Hier unten zu sein fühlte sich so vertraut wie auch fremd an. Die Jahre hatten die bedrückende Enge, die im gesamten Bergwerk allgegenwärtig war, gnädig an den Rand seines Bewusstseins zurückgedrängt. Doch nun kam die Erinnerung an drei Kumpel zurück, die bei einem Erdrutsch verschüttet wurden und Tage später nur noch tot geborgen werden konnten, und auch an alle anderen, die das Tageslicht nie wieder gesehen hatten. Insgesamt hatten in den gut hundert Jahren des Bestehens der Mine zweihundertsechsundvierzig tapfere Männer ihr Leben gelassen. Viele lange vor seiner Zeit, doch einen guten Teil hatte er persönlich gekannt. Das Bergwerk war nichts für Weicheier, so viel stand fest.

»Ich brauche noch eine Weile, aber mir fällt tatsächlich vieles wieder ein, das ich vergessen hatte«, antwortete Schmiedl. »Die Zeichen da an den Wänden zum Beispiel«, er deutete auf unleserliche Kreidestriche, »haben der Orientierung gedient. Der Gang da vorn gabelt sich später noch einmal und führt im rechten Korridor hinunter in die Pechsohle. Im linken Gang kommt nach ein paar Metern eine Vorratskammer, danach führt er weiter zu einem Notausgang, der etwa eineinhalb Kilometer östlich von Hausham in einem Hang endet.«

»Das muss der Weg sein, den Zieringer genommen hat«, sagte Petersen nach einem Blick auf die Karte. »Das mit der Vorratskammer würde passen.«

»Können wir bitte zusehen, dass wir das zügig hinter uns bringen?«, rief Hausmann von hinten. »Nichts für ungut, aber ich möchte so schnell wie möglich wieder hier raus.«

Schmiedl musterte den Leiter der Spurensicherung mit einem prüfenden Blick. »Sind Sie sicher, dass Sie das packen?« Er hatte die untrüglichen Zeichen von Furcht erkannt, die die meisten Menschen erfasste, wenn sie das erste Mal unter Tage waren.

Hausmann schluckte. »Wenn wir nicht mehr allzu lange herumlamentieren, dann geht es.« Vorsichtig drehte er sich in dem engen Gang um und sah seine beiden Kollegen an. »Wie ist es mit euch?«

Während der ältere der beiden die Situation mit stoischer Ruhe ertrug, stand dem jüngeren der Schweiß auf der Stirn. »Kann ich bitte wieder raus?«, wimmerte er.

Bevor Hausmann ihm sagen konnte, dass er sich zusammenreißen sollte, hielt Schmiedl ihn zurück. »Lassen Sie den

Mann rausbringen«, sagte er mit einem warnenden Unterton in der Stimme zu Petersen. »Er steht kurz vor einer Panikattacke, und glauben Sie mir, das wird hier unten nicht lustig.«

Das sah Petersen genauso. Er wies einen seiner Männer an, den Mann nach oben zu bringen und sofort wieder zurückzukehren.

»Wie stellen Sie sich das vor?«, fragte Hausmann säuerlich. »Wir brauchen hier unten jede Hand!«

»Brauchen Sie nicht«, sagte Schmiedl. »Wie ich mitbekommen habe, sollen Sie nur die Höhle durchsuchen, und die ist für drei Männer und den ganzen Kram, den Sie mit sich herumschleppen, sowieso zu klein.«

Bevor Hausmann erneut aufbegehren konnte, setzte Petersen dem Gezeter einen Schlusspunkt. »Hören Sie auf damit. Herr Schmiedl hat recht. Und damit Ende der Diskussion.« Er zog eine kleine Dose aus einer seiner unzähligen Taschen und sprühte einen weißen Pfeil an die Wand, der dem Kollegen den Weg weisen sollte, wenn' er von seiner Mission zurückkam. Außerdem war es nicht verkehrt, wenn sie später einen Orientierungspunkt hatten, wo sie schon gewesen waren. Dann holte er aus einer anderen Tasche einen Sauerstoffmesser hervor.

Schmiedl machte große Augen, als er sah, was Petersen in der Hand hielt. »So was hätten wir früher haben müssen«, sagte er mit belegter Stimme. »Das hätte uns einiges erspart.«

»Schlagende Wetter?«, fragte Petersen.

»Genau«, bestätigte Schmiedl. »Fürchterlich! Ich weiß nicht mehr, wie viele Kumpel wir verloren haben, wenn der Methangehalt anstieg und kaum noch Sauerstoff in der Luft war.«

Petersen kniff die Augen zusammen. »Welche Möglichkeiten hatten Sie denn überhaupt?«

»Jeder von uns hatte eine Grubenlampe«, sagte Schmiedl. »Darin hat sich das Methangas entzündet und eine Aureole auf der Flamme gebildet, die aussah wie ein blaues Hütchen. Je nachdem, wie hoch die Aureole war, wussten wir, wie hoch der Methananteil in der Luft war. Wenn es kritisch wurde, mussten wir die anderen warnen und zusehen, dass wir so schnell wie möglich nach oben kamen.«

»Was wäre sonst passiert?«, wollte Hausmann wissen, den die besonnene Art beruhigte, die der alte Bergmann ausstrahlte.

»Wenn der Methangehalt zu hoch wird, fängt das Gas außerhalb der Flamme zu brennen an, dann entzündet sich der Kohlenstaub, der überall in der Luft ist, und anschließend explodiert das Ganze in einem Feuerball, der durch die Stollen bis an die Erdoberfläche schießt. Bei einem schlagenden Wetter gibt es für die Männer in der Mine kaum ein Entrinnen.«

»Oh mein Gott.« Hausmann wurde schlecht. »Die Gefahr dürfte heute aber nicht gegeben sein, oder?«, fragte er ängstlich. »Da keine Kohle mehr abgebaut wird, gibt es ja auch keinen Kohlenstaub mehr.«

Schmiedl schüttelte den Kopf. »Natürlich gibt es noch den Staub, den wir mit jedem Schritt aufwirbeln. Aber es ist natürlich viel weniger als damals«, fügte er rasch hinzu, da Hausmann bei seinen Worten noch blasser geworden war. Er deutete auf das Gerät, das Petersen gerade gecheckt hatte. »Außerdem kann das Ding da viel mehr als eine Grubenlampe.«

»Das Methan stellt heute kein Problem dar«, bestätigte Petersen. Er hob die Hand, machte ein Zeichen und seine Männer drangen augenblicklich weiter in den Gang vor. Fast lautlos arbeiteten sie sich in einem Tempo voran, das Franz Schmiedl nicht für möglich gehalten hätte. Die schwarz gekleideten Gestalten schleppten so viel Ausrüstung am Körper, dass es allein schon eine Qual sein musste, damit über eine breite Straße zu laufen. Aber selbst hier unten bewegten sich die Männer so behände, als hätten sie ihr ganzes Leben nichts anderes getan. Dazu trug der Vorderste einen Schutzschild vor sich her, der ihn vor einem unerwarteten Angriff abschirmen sollte. Starke Helmlampen erhellten den Gang, der noch immer von den vereinzelten Deckenleuchten in ein schummriges Licht getaucht wurde. Im Schutz des vorauseilenden Trupps erreichten sie nach wenigen Minuten die kleine Kaverne.

»Genau!«, freute sich Schmiedl, dass sein Gedächtnis ihn nicht getrogen hatte. »Das war eines unserer Lager. Dort haben wir alles Mögliche untergebracht, was wir nicht ständig mitnehmen konnten, aber doch immer wieder brauchten. Zum Teil haben wir hier drin sogar Dynamit gelagert.« Mit vor Aufregung glänzenden Augen wollte er hineingehen und nachsehen, was von dem alten Zeug noch übrig geblieben war, doch Hausmann hielt ihn mit einem warnenden Ton zurück.

»Bitte lassen Sie das«, sagte er hektisch. »Je mehr DNA Sie zusätzlich verteilen, desto mehr Arbeit haben wir später mit der Spurenauswertung.«

»Natürlich, Sie haben recht. Entschuldigung.« Bedauernd ließ Schmiedl Hausmann und seinem verbliebenen Kollegen den Vortritt.

»Sind Sie sich sicher, dass der Gang weiter ins Freie führt?«, wollte Petersen von Schmiedl wissen.

»Ganz sicher.«

»Gibt es am Ausgang eine Straße?«

Schmiedl konzentrierte sich. Der Klenzeschacht hatte mehrere Ausgänge gehabt, die nicht der Frischluftzufuhr dienten, sondern im Falle eines schlagenden Wetters oder eines Einsturzes möglichst viele Notausgänge bereitstellen sollten, über die die Hauer und Steiger flüchten konnten. »Ich weiß nicht mehr so genau«, sagte er verwirrt. »Wir haben den Gang hauptsächlich bis zum Depot genutzt. Als Fluchtweg brauchten wir ihn Gott sei Dank nicht oft. Und ganz ehrlich, jeder von uns war froh, wenn er ihn nie zu Gesicht bekam.«

»Wie lang ist der Stollen?«

Schmiedl zuckte die Schultern. »Ich denke, nicht länger als eineinhalb Kilometer.«

»Gut. Dann sehen wir uns das mal an.« Petersen wies zwei Männer an, zum Schutz der Spurensicherer bei der Höhle zu bleiben, und gab den anderen das Zeichen, vorauszugehen. Dann fragte er Franz Schmiedl, ob er mitkommen wolle.

»Natürlich will ich das«, sagte Schmiedl bestimmt. Seine Aufregung war etwas verflogen. Er konnte die alten Stollen wieder spüren, die den Berg wie Adern durchzogen. »Soll ich vorangehen?«

»Kommt nicht infrage«, wehrte Petersen ab. »Sie bleiben schön in der Mitte.«

Der um vier Personen verkleinerte Trupp zog los. Und genau, wie Schmiedl vorhergesagt hatte, erreichten sie nach zwanzig Minuten ein altes, mit Eisen beschlagenes Holztor, das ins Freie führte. Allerdings endete der Stollen nicht an einer Straße, sondern an einem mit Gestrüpp zugewachsenen Feldweg. Obwohl Schmiedl sich anstrengen musste, zwischen den Männern hindurch, die vor ihm standen, einen Blick zu erhaschen, sah er es zuerst.

»Da stand bis vor Kurzem ein Wagen«, sagte er, nahm seinen Helm ab und wischte sich den Schweiß mit dem Ärmel seines Hemdes von der Stirn.

Petersens Blick folgte Schmiedls ausgestrecktem Arm. Tatsächlich waren im Gras Reifenspuren zu sehen. Er lief zu der Stelle, ging in die Hocke und befühlte die Knickstellen. Dann verrieb er etwas zwischen Daumen und Zeigefinger.

»Die Spuren sind frisch«, bestätigte er Schmiedls Annahme. Er zog sein Handy aus der Tasche und wählte die Nummer, die er zuvor eingespeichert hatte. Als Lukas sich meldete, setzte er ihn über die Sachlage in Kenntnis. Er hörte dem Hauptkommissar eine Weile zu, dann nickte er. »Gut, das machen wir.«

Als sie zurück in den Stollen traten, kam ihnen ein Licht entgegen. Mit kreisenden Bewegungen gab sich der Neuankömmling zu erkennen. Es war der Mann, der den panischen Spurensicherer nach oben gebracht hatte. Petersen schien zufrieden zu sein. Es entsprach nicht den Gepflogenheiten, ein Team in Untereinheiten zu zerpflücken. Je weniger Männer in einem Verband zusammenarbeiteten, desto gefährlicher konnte eine Situation werden. Das A und O der Schlagkraft einer Einsatztruppe war es unter anderem, dass eine Mindestanzahl an Männern von verschiedenen Seiten auf das Geschehen einwirken konnte. Allerdings war das in einer Räumlichkeit wie dem Bergwerk weniger von Belang, da sie die meiste Zeit sowieso nur hintereinander hertrotten konnten.

Bevor Schmiedl es merkte, hatte Petersen den Mann leise mit neuen Anweisungen versehen, denn der machte auf der Stelle kehrt und lief ohne zu zögern wieder zurück.

»Wo will der denn jetzt wieder hin?«, fragte Schmiedl.

»Er holt den Suchhund«, erklärte Petersen ihm bereitwillig.

»Aber Keller ist doch sicher längst über alle Berge.«

»Der Hund soll nicht Keller suchen, sondern die Frau, die seit zehn Tagen vermisst wird.«

Schmiedl zuckte zusammen. »Eine Frau? Was für eine Frau denn?«

Petersen winkte ab. »Herr Fiedler und Herr Zieringer werden Ihnen das sicher erklären, falls sie es für angebracht halten.«

Hinter Schmiedls Stirn arbeitete es. Bevor er jedoch Gelegenheit hatte, erneut nachzuhaken, deutete Petersen in den schwach beleuchteten Gang. »Gehen Sie weiter. Wir treffen den Mann mit dem Hund am Verlies.«

16. Kapitel

Auf Lukas' Anweisung waren erneut mehrere Beamte losgezogen, um die Einwohner zu befragen, diesmal allerdings in Schliersee. Diesmal war es Lukas selbst, der fündig wurde. Er konnte sein Glück kaum fassen, als er bereits in der ersten Bäckerei jemanden traf, der ihm einen entscheidenden Tipp geben konnte.

»Haben Sie diesen Mann schon mal gesehen?«, fragte er die Verkäuferin und hielt ihr ein Bild unter die Nase, das er von Kellers Schreibtisch genommen hatte und das Keller und zwei weitere Männer vor einem Elefantenbullen kniend zeigte, den sie offensichtlich zuvor geschossen hatten.

»Oh mein Gott, das ist ja widerlich!«, rief die Verkäuferin entsetzt aus. »Ich hoffe, Sie erwischen diese Mörder!«

Lukas hatte bewusst darauf verzichtet, das Gesicht Kellers aus dem Bild herauszuschneiden und zu vergrößern. Die Menschen hier hatten meist nichts gegen Jäger. Zumindest, wenn die dafür sorgten, dass der Wildbestand in den Wäldern nicht überhandnahm. Ein sinnloses Abschlachten der letzten verbliebenen Nashörner, Elefanten, Löwen und Ähnlichem stieß jedoch meist auf wenig Verständnis. Die Reaktion der Verkäuferin zeigte ihm, dass er mit seiner Einschätzung richtiglag.

»Wir tun, was wir können«, versprach er ihr. »Aber sehen Sie sich die Männer bitte genauer an und sagen Sie mir, ob Sie vielleicht einen davon erkennen.«

Die Verkäuferin bat ihn, einen Augenblick zu warten, und lief in das Hinterzimmer der Backstube, um ihre Brille zu holen. Sie nahm den Papierabzug in die Hand und studierte die Gesichter sorgfältig. »Der in der Mitte kommt oft hierher. Mein Gott!« Erschrocken sah sie Lukas an. »Wie soll ich dem denn noch jemals etwas verkaufen, falls er wiederkommt?«

So weit wird es hoffentlich gar nicht kommen, dachte Lukas bei sich. Sie hatte Keller eindeutig identifiziert. »Wissen Sie, wo der Mann wohnt?«

Die Verkäuferin schüttelte den Kopf. »Keine Ahnung. Aber er kommt bestimmt zwei- oder dreimal die Woche hierher.«

»Darf ich auch mal sehen?«, krächzte eine zittrige Stimme hinter Lukas.

Überrascht drehte Lukas sich um. Vor ihm stand eine annähernd hundertjährige Frau, deren von Gicht gekrümmte Hand fordernd auf das Foto zeigte. Lukas nahm es von der Verkäuferin entgegen und reichte es der Greisin.

»Den kenne ich!« Triumphierend krallten sich ihre Finger in das Papier. »Der hat eine Hütte am Schlierseeberg. Ob er da wohnt, weiß ich aber nicht.«

Lukas konnte sein Glück kaum fassen. »Sind Sie sich da ganz sicher?«

Die Frau musterte ihn mit einem strafenden Blick. »Ich bin zwar alt, aber nicht blöd, junger Mann!«

Lukas lächelte. »Das wollte ich auch in keiner Weise andeuten. Ich habe den Eindruck, dass Sie mehr bei Verstand sind als ich selbst.« Er machte eine kleine Verbeugung und stellte sich ihr vor.

Geschmeichelt zeigte die alte Frau ein zahnloses Lächeln. »Sie können froh sein, dass ich schon so alt bin, mein Lieber. Charmante Männer wie Sie gab es in meiner Jugend wenige.«

Lukas lachte. »Zu einer Dame wie Ihnen kann man doch nur charmant sein«, erwiderte er den kleinen Flirt. »Würden Sie mir nun auch noch sagen, wo genau diese Hütte liegt?«

Theresia Huber kratzte sich am Kopf. Sie hätte gern noch eine Weile mit dem jungen Hüpfer geschäkert, doch der schien anderes im Sinn zu haben. Diese Jugend von heute. Sie seufzte, dann fing sie an, es ihm zu erklären.

Nachdem er sich vergewissert hatte, dass seine neue Verehrerin regelmäßig ins Café kam, zog Lukas einen Zwanziger aus seinem Portemonnaie. »Ich muss leider zurück an meine Arbeit«, sagte er zu der alten Dame. »Obwohl ich viel lieber mit Ihnen Kaffee trinken und ein schönes Stück Kuchen essen würde. Aber leider geht das nicht«, sagte er mit einem leisen Bedauern in der Stimme. Er hatte alte Menschen schon immer gemocht, und die Frau vor ihm wusste bestimmt viele interessante Geschichten zu erzählen.

»Gestatten Sie mir, Sie einzuladen?«, fragte Lukas und reichte der Verkäuferin den Schein, als die alte Dame nickte. »Fein. Dann lassen Sie sich die nächsten Male bitte auf meine Kosten verwöhnen.«

Theresia Huber wurde rot vor Freude. Von ihrer kleinen Rente leistete sie sich gern ab und zu einen Kaffee, doch für ein Stück Kuchen reichte es selten.

»Nun verschwinden Sie schon«, sagte sie zu Lukas, der nervös auf seine Uhr schaute. »Sonst mache ich Ihnen noch einen Heiratsantrag.«

Einem spontanen Impuls folgend, bückte sich Lukas zu ihr hinunter und küsste ihr galant die Hand. »Ich gehe besser wirklich«, flüsterte er ihr ins Ohr. »Sonst komme ich noch in die Versuchung, Ihren Antrag anzunehmen.«

Als er zu seinem Dienstwagen lief, grinste er übers ganze Gesicht. Was für ein Tag! Er setzte sich ins Auto und rief in der Polizeiinspektion an. »Emma? Wir haben eine Adresse. Bitte verständige alle freien Kollegen. Weißt du, wo die Männer vom SEK stecken, die nicht mit ins Bergwerk sind?«

»Die sitzen in der Küche und plündern meinen Kaffeevorrat«, sagte Emma hörbar amüsiert. Offensichtlich hatten es ihr die vor Kraft strotzenden Männer angetan.

»Dann sag ihnen, dass das Kaffeekränzchen beendet ist und sie mich in fünfzehn Minuten an der Bahnschranke in Schliersee treffen sollen.«

»Schon klar«, seufzte Emma. »Wär ja auch zu schön gewesen.«

* * *

Als der kleine Trupp die Kaverne erreichte, waren die Spurensicherer nach wie vor damit beschäftigt, Beweise zu sichern. Während Franz Schmiedl dem Treiben interessiert zusah, warteten Petersen und seine Männer mit stoischer Ruhe auf ihren Kollegen und den Mann mit dem Hund. Entgegen aller Hoffnung witterte der Hund jedoch keine Fährte von Leni Hanke.

»Und was heißt das jetzt genau?«, wollte Petersen von Sepp Glaser wissen.

»Dass die Frau nie hier war.«

»Wie belastbar ist diese Aussage?«

»Wie belastbar wollen Sie sie denn haben?«, fragte der Hundeführer. »Selbst falls der Raum gründlich gereinigt wurde …«

»Ist er nicht«, rief Hausmann dazwischen. »Es sieht nicht so aus, als ob hier überhaupt jemals sauber gemacht worden wäre.«

»Na bitte«, sagte Glaser zufrieden. »Wenn die Bluse, die wir als Duftprobe von der Frau bekommen haben, wirklich von ihr stammt, dann kann ich zu hundert Prozent ausschließen, dass sie jemals hier war.«

Grimmig musterte ihn Petersen. »Dann müssen wir weiter in den Berg hinein.«

»Und was soll das bringen?«, hakte Glaser nach. »Die Frau wird ja wohl kaum in einem Vakuumanzug verpackt hier unten durchgelaufen sein, um sich dann erst mitten im Berg auszuziehen, nur um dann dort ein paar Spuren zu hinterlassen.«

Petersen verzog den Mund. Das, was Glaser sagte, war nicht von der Hand zu weisen. Trotzdem wollte er nicht so einfach aufgeben.

»Da es noch mehrere Zugänge zum Bergwerk gibt, ist es keinesfalls ausgeschlossen, dass die Frau woanders reingekommen ist«, überlegte er laut. »Bloß weil Ihr …«, er schluckte das Wort *Köter* im letzten Augenblick hinunter, »nur weil Ihr Hund an dieser Stelle keine Spuren gefunden hat, heißt das noch nicht, dass es auch woanders keine gibt.« Er wandte sich an Schmiedl. »Wie weit von hier ist der nächste Zugang entfernt?«

»Der liegt eine Ebene tiefer.«

Petersen sah ihn finster an. »Und wie kommen wir dorthin?«

»Da vorn geht es über einen Schacht hinunter.« Schmiedl deutete in die Richtung, in der die Treppe lag, die zum Drogenlabor führte.

»Über einen Schacht?«, hakte Petersen misstrauisch nach. »Wenn da einer wäre, hätten wir ihn entdeckt.«

Schmiedl konzentrierte sich. Dann fiel es ihm wieder ein. »Zeigen Sie mir mal die Karte, die Herr Fiedler Ihnen mitgegeben hat.«

Petersen kramte in seiner Hosentasche, bis er das mittlerweile stark zerknitterte Stück Papier gefunden hatte. Er hob sein rechtes Bein und strich das Blatt auf seinem Oberschenkel glatt. Dann hielt er es Schmiedl hin.

Schmiedl studierte die Kritzeleien. Dann nickte er. »Die Richtung stimmt schon, aber der Abgang liegt in dem Stollen, den Herr Fiedler genommen hat. Dort, wo seine Zeichnung aufhört, geht es ja noch weiter. Ich schätze, das ist der Punkt, an dem Herr Fiedler umgekehrt ist. Wäre er noch ein kleines Stück weitergegangen, hätte er die Leiter gefunden, die in die nächste Ebene hinabführt.«

Petersen musterte Schmiedl nachdenklich. Dann nickte er. »Also gut. Versuchen wir es.« Er wandte sich an die beiden Männer von der Spurensicherung, die unbeeindruckt von der Unterhaltung der Übrigen ihre Arbeit fortgesetzt hatten. »Wie lange brauchen Sie hier noch?«

»Wir sind fast fertig«, sagte Hausmann. Sie hatten Abstriche von den Schellen und Ketten genommen, im ganzen Gewölbe Luminol versprüht und den Raum mit Blaulicht ausgeleuchtet. »Wir haben an mehreren Stellen Blut gefunden«, sagte er, obwohl er nicht wusste, ob es Petersen überhaupt interessierte. »Es war aber nicht so viel, dass man davon ausgehen könnte, dass jemand größere Mengen verloren hat.«

»Also wurde hier drin niemand ermordet«, stellte Petersen fest.

»Das habe ich so nicht gesagt«, widersprach Hausmann. »Ich sage nur, dass hier niemand verblutet ist, ergo weder erschossen noch erstochen wurde. Allerdings weiß ich nicht, ob nicht vielleicht jemand erwürgt oder erschlagen wurde.«

Petersen winkte ab. »Schon gut«, presste er zwischen den Lippen hervor. »Erzählen Sie das später den Kommissaren.«

Er wartete, bis Hausmann und sein Kollege alle Utensilien in ihren Koffern verstaut hatten, dann brach der Trupp vollzählig versammelt wieder auf. Als sie die Gabelung erreichten, schickte Petersen die beiden Spurensicherer in Begleitung Sepp Glasers, der sich schlichtweg weigerte, seine Hündin noch weiter den Strapazen im Bergwerk auszusetzen, zurück nach oben. Bevor sie jedoch losmarschieren konnten, fragte er Schmiedl: »Was ist mit Ihnen?«

»Was soll mit mir sein?«

»Haben Sie noch immer nicht genug? Ist Ihnen noch immer nicht aufgegangen, dass das hier kein Kinderspielplatz ist?«

Schmiedl musste sich beherrschen, dem arroganten Jungspund nicht in die Eier zu treten. Seine Augen funkelten, als er einen Schritt näher auf Petersen zutrat und ihn mit schmalen Augen ansah. »Jetzt hören Sie mir mal zu, mein Junge. Sie trauen sich doch sowieso nur hier herunter, weil Sie von Ihren bis an die Zähne bewaffneten Männern beschützt werden. Vor dem, was wir damals hier unten geleistet haben, hätten Sie sicher schon allein beim Gedanken daran die Hosen voll. Wir sind ohne Schutzausrüstung unter höchsten Gefahren ins Bergwerk eingefahren und haben knapp tausend Meter unter der Oberfläche, überwiegend im Liegen, Schwerstarbeit geleistet. Und das im Halbdunkeln und einer Luft, in der wir kaum atmen konnten. Also kommen Sie mir nicht mit Kinderspielplätzen. Wenn Sie alle paar Wochen mal einen Einsatz haben, von denen vermutlich nicht mal ein Zehntel wirklich gefährlich ist, dann kommen Sie vielleicht auf einen Tag im Jahr, der für Sie wirklich brenzlig wird. Wir hingegen haben uns an mehr als zweihundertfünfzig Tagen im Jahr in Lebensgefahr gebracht, nur damit Ihre Großeltern Ihren Eltern eine warme Mahlzeit bereiten konnten.«

Entgeistert starrte Petersen den alten Mann an. Er hatte alles erwartet, aber nicht, dass der ihm die Hammelbeine lang zog. Als er merkte, dass die beiden Männer von der Spurensicherung bis über beide Ohren grinsten, biss er die Zähne zusammen. Schmiedl nötigte ihm Respekt ab, das musste er zugeben. Aber dass die beiden anderen wie Idioten feixten, nur weil der Alte ihm die Leviten gelesen hatte, das konnte er nicht auf sich sitzen lassen.

»Sehen Sie zu, dass Sie von hier verschwinden«, schnauzte er die beiden Männer an. »Und Sie«, sagte er zu Schmiedl, »zeigen uns, wo diese Stelle sein soll, an der es nach unten geht.«

Schmiedl nickte zufrieden. »Folgen Sie mir.«

Schmiedl war kaum zwei Schritte weit gekommen, als eine Hand seinen Arm packte und ihn zurückhielt. »Ich habe davon gesprochen, dass Sie uns den Ort zeigen sollen, nicht dass Sie wie ein Himmelfahrtskommando vorauslaufen sollen«, knurrte Petersen. »Schließlich können wir nicht davon ausgehen, dass Keller wirklich das Weite gesucht hat.«

Schmiedl lächelte in sich hinein. Natürlich ging auch Petersen davon aus, dass Keller mit dem Fahrzeug abgehauen war, das am Eingang des Stollens geparkt gewesen war. Ihm ging es nur darum, seine Macht auszuspielen, nachdem Schmiedl ihn zurechtgestutzt hatte. Schmiedl war es egal. Er war zu alt für solche Albereien.

Rasch drangen sie in den Seitengang vor, den Fiedler erkundet hatte. Da sie nun keine Rücksicht mehr darauf nahmen, ob sich außer ihnen noch jemand anderes hier unten herumtrieb, hatten sie ihre Lampen auf volle Leistung gestellt, und nun sah man deutlich, wie heftig der Zahn der Zeit an dem alten Holzausbau genagt hatte. Immer wieder mussten sie über herabgefallene Trümmerteile steigen oder sich darunter hinwegbücken, wenn das jeweilige Gebilde noch nicht gänzlich zu Boden gekracht war. Schmiedl musste die Geschmeidigkeit bewundern, mit der der schwer bepackte Mann vor ihm sich an den Hindernissen vorbeibewegte. Als sie erneut an eine Gabelung kamen, blieb der erste Mann stehen. Er drehte seinen Kopf so weit, bis er Schmiedl im Blickfeld hatte. Wohin?, fragten seine Augen.

Schmiedl biss sich nachdenklich auf die Unterlippe. Dann fiel es ihm wieder ein. »Geradeaus geht es nur noch ein paar Meter weit in eine Sackgasse. Die haben wir als Zwischenlager in den Fels gesprengt.«

»Nachsehen!«, rief Petersen von hinten. Als Schmiedl dem Mann folgen wollte, hielt ihn eine Hand zurück. »Sie nicht.«

Zwei Minuten später kam der Mann zurück. »Nichts.«

»Wohin führt der andere Gang?«, wollte Petersen von Schmiedl wissen.

Jetzt war sich Schmiedl ganz sicher. »Zu der Leiter, die eine Ebene tiefer führt. Bis dort sind es ungefähr zwei oder drei Minuten.«

Petersen wunderte sich, wie gut das Gedächtnis des alten Mannes noch funktionierte. »Also los.«

Es dauerte exakt zwei Minuten und vierunddreißig Sekunden, dann erweiterte sich der Gang und vor ihnen gähnte ein großes schwarzes Loch, das aussah wie ein Schlund, der geradewegs in die Hölle führte.

* * *

»Eine Zeugin hat Keller anhand eines Fotos eindeutig identifiziert und konnte die Hütte sehr genau beschreiben, die aller Wahrscheinlichkeit nach ihm gehört«, setzte Lukas den Trupp ins Bild, der aus sechs uniformierten Kollegen und den drei hünenhaften SEK-Beamten bestand, die Petersen nicht mit in die Zeche genommen hatte. »Deswegen können wir davon ausgehen, dass wir das Gebäude ohne Probleme finden.« Lukas wandte sich an die schwarz gekleideten Gestalten, die auch ohne den Rest ihrer Truppe beeindruckend gefährlich wirkten. »Hat Petersen Sie darüber informiert, dass Sie mir unterstellt sind, falls es hier zu einem Einsatz kommt?«

Die Männer nickten, ohne eine Miene zu verziehen. Lukas wartete, ob einer von ihnen etwas dazu sagen wollte, aber reden war anscheinend nicht ihr Ding.

»Gut«, nickte er. »Meinen Einschätzungen zufolge ist Keller bewaffnet und wird nicht zögern zu schießen, falls er darin eine Chance sieht zu entkommen. Machen Sie sich also auf alles gefasst. Ihnen fällt die Aufgabe zu, das Haus zu stürmen.

Laut der Zeugin gelangt man nur über die Eingangstür und eine Terrassentür hinein. Sie konzentrieren sich auf den Hauseingang und stürmen die Hütte von dort. Falls Keller über die Terrasse oder durch ein Fenster flüchten will, nehmen wir ihn in Empfang. Außerdem unterstützen wir Sie, indem wir Ihnen Feuerschutz geben.«

Regungslos hatte der kleine SEK-Trupp dem Hauptkommissar zugehört. Nun löste sich der Erste aus seiner Starre. »Es wäre besser, wenn Sie sich zurückhalten«, sagte er ohne zu zögern. Abschätzend musterte er Lukas und die Streifenbeamten. »Da Sie davon ausgehen, dass wir es mit einer Einzelperson zu tun haben, schaffen wir das auch ohne Sie. Uns ist es lieber, wenn sich alle, die für so einen Einsatz nicht ausreichend ausgerüstet sind, im Hintergrund halten.« Er warf einen bezeichnenden Ausdruck auf die kugelsicheren Westen, die den einzigen Schutz der Polizisten darstellten. »Wenn der Verdächtige in Panik gerät, wird er nicht zögern, auf Stellen zu zielen, die nicht geschützt sind.« Er tippte sich mit dem Finger an den Kopf.

Insgeheim musste Lukas dem Mann recht geben. Trotzdem würden er und seine Kollegen der kleinen Truppe jede Unterstützung bieten, die ihnen möglich war.

»In Ordnung«, sagte er. »Wir ziehen einen Ring um das Gebäude für den Fall, dass Keller es irgendwie schafft, Ihnen zu entwischen, halten aber mindestens fünfzig Meter Abstand.« Da die Kollegen nur zu sechst waren, würde der Ring nicht allzu groß ausfallen können. Er wandte sich an die Kollegen von der Miesbacher Dienststelle. »Haltet euch vor Augen, dass Keller ein äußerst skrupelloser und gerissener Schwerkrimineller ist, der nichts zu verlieren hat. Nach allem, was wir bisher wissen, gehen auf sein Konto nicht nur Drogenhandel, sondern auch Entführung und mehrere Morde. Auch der Tote, den der Hund des Wanderers gefunden hat, geht nach unserem derzeitigen Erkenntnisstand auf Kellers Konto«, versuchte Lukas, das

Verständnis seiner Kollegen für die Situation zu schärfen. »Er wird also nicht zögern zu handeln. Auch falls er den Eindruck macht, er würde sich ergeben, müssen wir davon ausgehen, dass das nur eine Finte ist. Solange er nicht in Handschellen liegt und vollständig auf Waffen durchsucht wurde, gehen wir davon aus, dass er uns angreift.«

Lukas warf einen Blick in die Runde. Wie er ihren Gesichtern ansehen konnte, hatte er den richtigen Ton getroffen. Die Polizisten auf dem Land wurden meist mit nichts Schlimmerem als Versicherungsbetrug, einem gelegentlichen Ladendiebstahl oder einem Einbruch konfrontiert. Deshalb war es ihm lieber, sie waren übervorsichtig, als dem Irrglauben aufzusitzen, dass jeder Mensch Skrupel haben würde, eine Waffe nicht nur zu ziehen, sondern sie auch abzufeuern. Für die meisten Menschen, und das galt auch für seine Kollegen, war es selbst in der höchsten Gefahr undenkbar, von der Waffe Gebrauch zu machen. Da nützte auch kein regelmäßiges Waffentraining. Die Hemmung, auf einen Menschen zu schießen, war viel größer, als die meisten Gemüter sich das vorstellen konnten.

»Wenn ihr euch nicht mehr zu helfen wisst, dann schießt ihm in die Beine«, schärfte Lukas ihnen ein. »Der Mann hat mutmaßlich mindestens eine weitere Frau in seiner Gewalt, von der wir nicht wissen, wo er sie gefangen hält. Deswegen brauchen wir den Mann unbedingt lebend.«

Nach Lukas Worten legte sich eine merkwürdige Stille über das kleine Grüppchen. Die bevorstehende Konfrontation mit einem Schwerstkriminellen, der selbst vor einem kaltblütigen Mord nicht zurückschreckte, war ein psychologisch schwer zu schluckender Brocken. Wegen seiner unerfahrenen Kollegen wollte Lukas das Ding unbedingt durchziehen, solange es noch hell war, da ein Einsatz bei Dunkelheit noch ganz andere Ängste zum Vorschein kommen lassen würde. Und bis dahin blieben ihnen gerade mal noch zwei Stunden. Lukas konnte nachvollziehen, was in Kira und ihren männlichen Kollegen vorging. Er hatte das Gefühl selbst erlebt, als er zu seinen ersten Einsätzen in München gerufen worden war. Einer seiner früheren Ausbilder hatte einst zu ihm gesagt: »Du wirst erst wissen, ob du wirklich dazu fähig bist, auf einen Menschen zu schießen, wenn du in allerhöchster Not bist. Verlass dich nicht darauf, dass du das kannst, egal, wie du jetzt darüber denkst. Ich habe schon Kollegen erlebt, die eigentlich Herr der Lage waren, sich aber einfach haben abknallen lassen, weil sie sich nicht dazu überwinden konnten, zuerst den Abzug zu drücken.«

Lukas hatte lange nicht glauben können, dass an den Worten seines Lehrers tatsächlich etwas dran war. Bis er in genau eine derartige Situation gekommen war. Der Mann, den er hatte festnehmen wollen, war Novize in einer Rockergang gewesen und hatte es als geeignetes Aufnahmeritual angesehen, sich das Symbol für die Tötung eines Polizisten als Trophäe auf seine Kutte nähen zu können. Der Mann war völlig irre gewesen. Lukas war sich sicher, hätte der Mann ihn tatsächlich erschossen, hätten die Rocker keine Sekunde gezögert, ihn den Wölfen, sprich der Polizei, zum Fraß vorzuwerfen. Polizistenmord war selbst unter Schwerverbrechern kein probates Mittel, um sich Freunde zu schaffen. Weder auf der einen noch auf der anderen Seite. Trotzdem war der Mann nicht davon abzubringen gewesen. Lukas hatte ihn bereits dreimal aufgefordert, seine Waffe niederzulegen, doch der Trottel lachte nur wie irre und fing an, in der Luft herumzuballern. Die Geschosse pfiffen so nah an Lukas' Ohren vorbei, dass er den Luftzug spüren konnte, bevor sie neben ihm in die Wand einschlugen. Damals hätte er nicht sagen können, ob seine Knie oder seine Hände mehr zitterten. Als er das wahnsinnige Flackern in den Augen des Möchtegernrockers sah, wusste er, dass seine letzte Stunde geschlagen hatte. Es sei denn, er schaffte es endlich, die verdammte Waffe abzufeuern!

Lukas schreckte auf, als ihn jemand gegen die Schulter stieß. »Was?« Irritiert sah er, dass Kira vor ihm stand.

»Bist du okay?«, fragte sie ihn besorgt.

Lukas fuhr sich mit den Händen durch die Haare. Er streifte die Erinnerung an den alten Fall ab. Dann nickte er. »Ja. Sind alle so weit?«

»Wenn du es bist, sind wir es auch.«

Lukas warf Kira ein schiefes Grinsen zu. Ganz schön frech, die Kleine, dachte er. Sie hatte Mumm, und das gefiel ihm. Er war sich sicher, dass aus ihr noch eine hervorragende Polizistin werden würde. Ach was, sie war bereits eine. Falls sie eines Tages zu ihm kam und ihn um eine Einschätzung bat, ob sie für eine Laufbahn im gehobenen Dienst geeignet wäre, hätte er ihr heute schon sagen können, dass er felsenfest davon überzeugt war.

* * *

Als sie vorsichtig über den Rand des etwa einen Meter breiten Schachtes in die Tiefe blickten, registrierte Schmiedl mit einem Schmunzeln, dass die Männer des Einsatztrupps das schwarze Loch mit einem skeptischen Blick musterten. Offensichtlich war ihnen der Gedanke nicht geheuer, dort hinabzusteigen. Schmiedl konnte es ihnen nicht verdenken, er bezweifelte jedoch, dass Keller jemals dort unten gewesen war. Er rieb sich die Arme, als ihm ein Schauer über den Rücken lief. Irgendetwas stimmte hier nicht. Er konnte nicht sagen, ob es die fehlenden Geräusche der unzähligen Arbeiter waren, die unter Tage rund um die Uhr in drei Schichten schufteten, oder ob sich grundlegend etwas verändert hatte. Vielleicht war er aber auch nur einfach alt geworden. Als er und seine Männer in die Schächte eingefahren waren, waren die Stollen mit Leben gefüllt gewesen. Ganz am Anfang wurden die Loren von Pferden aus dem Berg gezogen. Er selbst hatte noch die armen Tiere erlebt, die

251

unermüdlich jeweils einundzwanzig Hunte voller Kohleabbau an die Oberfläche geschleppt hatten und durch die Arbeit in der Dunkelheit unter Tage blind geworden waren.

»Es stinkt«, entfuhr es ihm.

»Wie bitte?« Petersen fuhr zu ihm herum.

»Der Geruch«, sagte Schmiedl. Seine Sinne waren aufs Äußerste geschärft. »Es roch damals ganz anders.«

»Ist ja wohl klar«, sagte Petersen. »Früher haben ein paar Hundert Männer hier gearbeitet. Da hat vermutlich alles nach Schweiß gestunken.«

Schmiedl lachte auf. »Ein paar Hundert? Kurz bevor die Mine geschlossen wurde, haben tausendsechshundert Kumpel im Berg geschuftet.« Er sog die Luft ein. »Nein, es ist nicht der Schweißgeruch, der fehlt. Es stinkt nach etwas anderem. Riechen Sie das denn nicht?«

»Doch«, kam es von einem der Männer. »Ich rieche es auch. Was ist das?«

Schmiedl verzog angewidert das Gesicht. Plötzlich erinnerte er sich, wo er schon einmal etwas Ähnliches gerochen hatte. »Es stinkt nach Ratten.«

Ratten? Petersen verzog das Gesicht. Die Vorstellung, dass es da unten von den hässlichen Nagern nur so wimmelte, ekelte ihn an. Schnell ließ er seinen Blick über Schmiedl streifen. »Sie gehen da jedenfalls nicht runter«, sagte er bestimmt. »Falls Sie recht haben und es dort Ratten gibt, dann fressen die Drecksviecher Sie bei lebendigem Leib auf.«

Schmiedl schluckte. Petersen hatte recht. Weder seine Hose noch sein dünnes Hemd boten auch nur den geringsten Widerstand, falls sich einer der Nager an ihm festbeißen würde. »Wollen Sie etwa da hinunter?«

Anstelle einer Antwort gab Petersen einem seiner Männer eine Anweisung. »SEK II erkundet die Lage«, erklärte er Schmiedl. »Falls Sie sich geirrt haben, dann kommen wir nach.«

Als er den Mann abgesucht und sich vergewissert hatte, dass es keine Stellen gab, an denen die Ratten ihn angreifen konnten, gab Petersen ihm ein Zeichen. Wortlos trat SEK II an den Rand des Lochs und stieß prüfend mit dem Fuß gegen die Leiter, die mit schweren Bolzen im Fels verankert war. Nachdem er sich davon überzeugt hatte, dass sie ihn tragen würde, stieg er rückwärts in den Steigschacht ein.

Schmiedl beobachtete den Mann, der mit einer bemerkenswerten Entschlossenheit über den Rand des Lochs kletterte. Er wunderte sich, dass die alte Eisenleiter noch keinerlei Rost angesetzt zu haben schien. Prüfend fuhr er mit der Hand über die Wand. Staubtrocken. Es war eines der Wunder, die der Berg barg. Während des aktiven Kohleabbaus hatten die riesigen Anlagen immerwährend das von allen Seiten eindringende Grundwasser abpumpen müssen, da die Grube sonst vollgelaufen wäre. An manchen höher gelegenen Stellen jedoch herrschte ein Klima wie in der Wüste. Trocken und warm. Der Steigschacht war bewusst an einer Stelle gebohrt worden, die letztere Bedingungen erfüllte. Es ergab auch wenig Sinn, einen vertikalen Schacht durch eine Wasserader zu treiben. Und doch war man vor Überraschungen nie gefeit. Schließlich folgten die Adern keinem Plan, denn das Wasser suchte sich immer einen Weg. Da, wo es Ritzen und Spalten fand, lief es hinein. Waagrecht, senkrecht nach unten oder zum Teil auch wieder nach oben, wenn der Druck auf der anderen Seite nur hoch genug war. Schmiedl erinnerte sich, dass sie an dieser Stelle unerwartet Glück gehabt hatten. Während der Bohrung waren sie kein einziges Mal auf Wasser gestoßen. Dafür war es eine Drecksarbeit gewesen, da der Fels derart verdichtet war. Unter diesen Gesichtspunkten war es nicht verwunderlich, dass die Eisenleiter noch immer in Schuss war.

Inzwischen war der Mann verschwunden. Nur das Licht der Helmlampe, die gelegentlich kurz nach oben schwenkte, zeugte davon, dass er sich weiter nach unten arbeitete.

»SEK II, kannst du etwas sehen?«, rief Petersen in den Schacht.

»Noch nicht«, antwortete der Mann. »Aber der Gestank wird schlimmer.«

Als der Hall verklungen war, sagte Schmiedl: »Fragen Sie ihn, ob sich der Geruch verändert hat.«

Petersen gab die Frage weiter. Der Mann auf der Leiter lachte heiser. »Kann ich nicht sagen. Aber es wird intensiver. Ich hätte mir mal besser Menthol in die Nase geschmiert.«

Petersen sah alarmiert auf. »Ist es ein Verwesungsgeruch?«

»Nein. Es stinkt wirklich nach nassen Viechern.« Plötzlich gab er einen merkwürdigen Laut von sich. »Da unten ist etwas.«

Gespannt ballte Schmiedl seine Hände zur Faust. Er spürte, wie sein Herz raste. Einen Augenblick lang wünschte er sich, er hätte die alte Zeche nie wieder betreten. Er hätte nicht sagen können, warum, aber das ungute Gefühl, das er schon eine Zeit lang verspürte, nahm ihm fast die Luft zum Atmen.

Petersen, der nichts von Schmiedls Nöten ahnte, beugte sich erneut über den Schacht und blickte nach unten. »SEK II«, rief er, »was ist los?«

Ein Stöhnen drang durch den Schacht. Dann ein entsetzter Laut. »Verdammte Scheiße! Nein!« Plötzlich krachte es, dann folgte ein lang gezogener Schrei. Und dann war es still.

17. Kapitel

Um keine Zeit zu verlieren, gab Lukas die Anweisung, dass alle Einheiten den Weg zur Schliersbergalm hochfahren und dort ihre Fahrzeuge stehen lassen sollten. Theresia Huber hatte ihm beschrieben, dass die Straße von dort aus weiter nach Süden verlief und nur wenige Meter unterhalb der Hütte vorbeiführte, die ihrer Meinung nach Hans Keller gehörte. Als Lukas Fiedlers Dienstwagen, den er sich kurzerhand ausgeliehen hatte, abstellte, klingelte sein Telefon. Emma. Endlich.

»Zieringer.«

»Ich habe nichts erreicht«, sagte Emma, die eine weitere Anfrage ans Schlierseer Gemeindeamt gestellt hatte. »Im Moment kann mir niemand eine Auskunft darüber geben, wem die Hütte gehört oder wer sie gemietet hat.«

Frustriert warf Lukas die Autotür zu. Wenn sie Pech hatten, dann hatte Theresia Huber sich getäuscht. Im schlimmsten Fall bewohnte Keller nicht die von ihr beschriebene Hütte, sondern eine in unmittelbarer Nähe, und dann müsste es schon mit dem Teufel zugehen, dass er die Aktion, die sie im Begriff waren durchzuführen, nicht bemerken würde. Lukas verzog den Mund. Wie auch sollten drei Männer in Kampfmontur oder ein Trupp von sechs uniformierten Polizeibeamten unbemerkt bleiben? Der Einzige, der als harmlos durchgehen würde, war er selbst, da er, anders als seine Kollegen, Zivilklamotten trug.

Wieder war es Kira, die spürte, dass etwas nicht stimmte. »Ist es doch nicht Kellers Hütte?«

Lukas zuckte die Schultern. »Emma konnte nichts dazu herausfinden.«

»Und jetzt?«, wollte sie wissen. »Gehen wir trotzdem rein?«

Lukas nickte. »Der Hinweis ist zu konkret, als dass wir ihn ignorieren könnten.« Er zog Kellers Foto aus seiner Jackentasche und reichte es herum. »Wir werden uns nicht damit aufhalten zu klopfen, sondern die Hütte stürmen und den Überraschungseffekt nutzen. Seht euch den Mann in der Mitte genau an. Falls wir eine falsche Information erhalten haben, müssen wir damit rechnen, dass wir nicht auf Keller, sondern auf unbeteiligte Personen stoßen. Geht in dem Fall mit äußerster Behutsamkeit vor. Ich will nicht, dass jemand bei dem Spektakel einen Herzinfarkt bekommt.« Die letzten Worte waren vor allem an die Männer des SEK adressiert, die mittlerweile aus ihrem Van ausgestiegen waren und sich erneut schweigend in Lukas' Nähe positioniert hatten, um auf weitere Anweisungen zu warten.

Um von den Gästen der Schliersbergalm nicht bemerkt zu werden, schlug Lukas sich oberhalb des Restaurants durch die Büsche. Ohne ein Wort folgte ihm der Rest seiner zusammen-gewürfelten Mannschaft wie eine Entenfamilie ihrer Mutter. Sie brauchten fünf Minuten, dann befanden sie sich etwa fünfzig Meter oberhalb der Hütte. Lukas staunte. Theresia Huber hatte offensichtlich ein fotografisches Gedächtnis. Das Gebäude sah genauso aus, wie sie es ihm beschrieben hatte. Seine Befürchtungen, dass sie sich geirrt haben könnte, schwanden. Wer über einen derart guten Blick fürs Detail verfügte, dem konnte man ungesehen glauben, dass er auch ein Gedächtnis für Gesichter hatte.

»An der Nordseite hat das Haus keine Fenster«, erklärte Lukas leise. Er musterte das Gelände. Die Topografie war perfekt für jemanden, der keine unerwarteten Gäste liebte. Wenn sie sich dem Haus nähern wollten, mussten sie von allen Seiten mindestens dreißig Meter über freies Gelände laufen. Denkbar schlechte Karten, um Keller einen Überraschungsbesuch abzustatten.

»Wir können es da oben versuchen«, waren die ersten Worte, die einer der drei Männer sagte. Bevor Lukas sich darüber wundern konnte, dass der Mann tatsächlich sprach, deutete der auf ein schier undurchdringliches Gebüsch. »Da verläuft ein Bach. Wir können dem Lauf folgen und so ohne großen Umweg unbemerkt an die Rückseite des Hauses gelangen.«

Lukas folgte seinem Finger mit dem Blick. Der Mann hatte recht. Wenn sie es schaffen würden, an die Nordseite zu gelangen, ohne entdeckt zu werden, könnten sie von dort direkt bis ans Haus laufen.

Lukas änderte seinen zuvor gefassten Plan und entschloss sich, mit der Elitetruppe zu gehen, um ihnen Rückendeckung zu geben und die hinteren Flanken des Hauses zu sichern. Er sah Kira an, zog sein Handy aus der Tasche und wählte ihre Nummer. »Ab sofort reden wir nur noch im Notfall.« Nachdem sie das Gespräch entgegengenommen hatte, sperrten beide ihre Handys, sodass sie über eine Standleitung miteinander verbunden waren. Lukas steckte sich einen der beiden kleinen Kopfhörer seines Headsets ins Ohr, damit er die Hände frei hatte, dann wandte er sich an die Polizisten, die noch nicht eingeteilt worden waren. »Ihr bleibt bei Polizeimeisterin Brecht. Verteilt euch so, dass ihr das Haus gut sehen und zugleich Frau Brecht im Blick behalten könnt, da sie euch Informationen weitergibt, falls ich welche melden kann. Im Gegenzug meldet ihr alles Auffällige an sie, damit sie es an mich übermitteln kann. Sobald wir an der Hinterseite des Hauses angekommen sind, gehen die Kollegen ins Haus. Falls Keller vorn aus dem Haus zu fliehen versucht, nehmt ihr ihn in die Zange. Gebt einen Warnschuss ins Gras ab, falls es nötig wird, schießt aber im äußersten Notfall direkt auf ihn. Noch einmal: Wir brauchen den Mann lebend«, sagte er eindringlich. Dann sah er, dass der SEK-Trupp nur noch darauf wartete loszulegen.

Als die Männer den Bach erreichten, zögerten sie keine Sekunde, in den Wasserlauf zu treten, obwohl nur einer von ihnen wasserfeste Kampfstiefel trug. Lukas musste die finsteren Gestalten bewundern. Sie waren darauf gedrillt, während eines Einsatzes keinen einzigen unnötigen Gedanken zu verschwenden. Ob ihre Schuhe danach hinüber waren, interessierte niemanden. Vielleicht waren sie aber auch nur so abgebrüht, dass es ihnen egal war. Lukas dagegen verzog das Gesicht, als er dem letzten der drei Männer in den Bach folgte. Dass seine Lieblingssneakers danach ein Fall für die Mülltonne waren, stand außer Frage. Mit zusammengebissenen Zähnen spürte er, wie sie in Sekundenschnelle mit dem eiskalten Bergwasser vollliefen.

Vorsichtig bewegten sich die Männer durch das Schilf, das zum Teil über zwei Meter hoch am Ufer wucherte, und erreichten zehn Minuten später die Rückseite des Hauses. Lukas konnte das Glück, das sie endlich hatten, kaum fassen. Tatsächlich war das Haus zur Wetterseite komplett mit Holz verschalt, und es gab noch nicht einmal eine kleine Luke, von der aus man hätte beobachten können, was sich draußen abspielte.

»Kira? Hörst du mich?«

»Klar und deutlich«, kam prompt die Bestätigung über den In-Ear-Kopfhörer. »Hier ist alles ruhig.«

»Wir sind hinterm Haus.« Lukas nickte den Männern zu, die sich sofort auf den Weg machten. Kaum hatte er den Satz zu Ende gesprochen, waren sie auch schon an der Hütte angelangt. »Das SEK geht jetzt rein.« Lukas' Hand fuhr in einer tausendfach geübten Bewegung zum Holster, zog die Pistole und entsicherte sie. »Haltet euch bereit.«

Die Männer hielten sich nicht damit auf, an die Tür zu klopfen. Ohne lange zu fackeln, setzten sie eine Ramme ein und sprengten die Tür auf. Blitzschnell liefen sie ins Haus, durchsuchten sämtliche Räume und kamen nach drei Minuten wieder nach draußen. Einer der Männer sah sich suchend um, bis er Lukas entdeckte. Dann hob er beide Hände. Niemand zu Hause.

»Scheiße!«, fluchte Lukas. »Kira? Das Haus ist leer.«

»Luka… – Ah! Mmmh.«

Lukas zuckte zusammen, als er die Geräusche hörte, die durch das Mikrofon in Kiras Handy verstärkt wurden. Dann vernahm er eine gehässige Stimme.

»Welch ein unerwarteter und hübscher Besuch«, knurrte Keller. »Über Sie freue ich mich ja. Aber warum mussten Sie gleich eine ganze Abteilung Ihrer Faschingsgarde mitbringen?«

Kira, die nicht in der Lage schien zu antworten, stöhnte auf.

»He! Sie da!«, rief Keller den Polizisten zu, die vor Schreck wie betäubt zu ihm herüberstarrten. »Wie Sie sehen, möchte Ihre Kollegin mir Gesellschaft leisten. Wenn Sie nicht augenblicklich von hier verschwinden, dann sehen Sie die hübsche Dame jetzt das letzte Mal.«

Offensichtlich leisteten die Polizisten seinen Worten Folge, da Keller ihnen hinterherschrie: »Und sagen Sie auch Ihren schwarz verkleideten Halloweenkaspern, dass sie sofort aus meinem Haus und von meinem Grundstück verschwinden sollen!«

Ohnmächtig vor Wut trat Lukas gegen einen Stein. Keller war ihnen nicht nur entwischt, er hatte sie geradezu übertölpelt. Dass es eine Falle gewesen war, glaubte er nicht. Der Mann hatte einfach nur mehr Glück als Verstand. Während sie den Ring um sein Haus zuzogen, war er überhaupt nicht dort gewesen, sondern war von hinten gekommen und hatte sich Kira, als vermeintlich schwächstes Glied in der Kette, als Geisel geschnappt. Schnell schaltete Lukas das Mikrofon seines Handys stumm und rief die Elitepolizisten zu sich. Mit kurzen Worten erklärte er ihnen die neue Situation. »Keller hat nicht nur die Kollegen vorn entdeckt, sondern auch euch. Der einzige Unbekannte für ihn bin ich, da er mich nicht sehen konnte, weil ich die ganze Zeit hinterm Haus war. Außerdem hat er mich in der Mine niedergeschlagen und rechnet sicher nicht damit, dass ich bereits wieder im Einsatz bin. Nehmt den gleichen Weg zurück, den ihr gekommen seid. Keller wird erwarten, dass ihr von dort zurückkommt. Wenn er euch auffordert zu verschwinden, dann macht das.«

»Und Sie?«, wollte derjenige wissen, der auch zuvor schon gesprochen hatte. »Sie wollen das Ding doch wohl nicht allein durchziehen?«

Keine Frage, dass Lukas das nicht wollte. Er spürte, wie eine Welle ihn von hinten zu überrollen drohte. Reiß dich zusammen, ermahnte er sich, deine Kollegin ist in größter Gefahr. Wenn er es nicht schaffte, sie dort heil herauszubringen, wäre es das nicht nur für Kira, sondern auch für ihn gewesen, daran hegte er keinen Zweifel. Auch wenn ihm voraussichtlich niemand einen Strick daraus drehen würde, aber für ihn selbst wäre ein Verbleib im Polizeidienst in diesem Fall nicht mehr tragbar.

»In Anbetracht der Situation bleibt uns keine andere Wahl«, sagte er angespannt. »Ich bin für Keller ein Überraschungsfaktor; mit mir rechnet er nicht.«

Da Keller bisher nicht gemerkt hatte, dass Kiras Handy aktiv war, konnte Lukas hören, wie die Polizisten auf der gegenüberliegenden Seite des Grundstücks sich zurückzogen. Zumindest, wenn man Kellers zufriedenen Worten Glauben schenken durfte, der nach wie vor hämische Worte für Kira fand. Lukas versuchte, sich in ihn hineinzuversetzen. Da Keller nun wusste, dass sein Unterschlupf aufgeflogen war, konnte er nicht länger hierbleiben. Es war nur eine Frage der Zeit, bis ein neuer, stärkerer Einsatztrupp auftauchen würde, und dann hätte er kaum noch Chancen zu fliehen. Nein, er musste sofort verschwinden. Lukas lief zum Haus, presste sich an der Wand entlang und lugte vorsichtig um die Ecke, die er vom Bach aus nicht hatte sehen können. Tatsächlich, dort stand ein Auto. Es musste Kellers Fluchtwagen sein, den er zuvor schon vor dem Notausgang der Mine versteckt hatte, wie Lukas von Petersen erfahren hatte.

Vermutlich würde Keller Kira als Garantie mitnehmen, dass er unbehelligt flüchten konnte. Erneut versetzte sich Lukas in Kellers Lage. Würde er Kira in den Kofferraum sperren oder auf den Rücksitz? Der Beifahrersitz kam aus naheliegenden Gründen nicht infrage, da sie ihm von dort ins Lenkrad greifen konnte. Möglicherweise musste sie den Wagen fahren, und Keller setzte sich daneben. Geduckt lief Lukas auf das Fahrzeug zu, umrundete es, zog an der Beifahrertür und atmete erleichtert auf, als er feststellte, dass sie unverschlossen war. Das einzig Gefährliche an der Sache war, dass der Wagen nur drei Türen hatte.

* * *

»Hauser!«, schrie Petersen in sein Mikrofon, völlig außer Acht lassend, dass während eines Einsatzes grundsätzlich keine Klarnamen verwendet wurden. Als keine Antwort kam, beugte er sich über den Rand des Schachts und leuchtete nach unten. »Hauser!«, schrie er erneut. »Was zum Teufel ist da unten los?«

Ein leises Stöhnen, unverständliches Gebrabbel und schließlich konnte er ein schweres Atmen hören.

»Verdammte Scheiße!«, fluchte Petersen. »Hauser, melden Sie sich!«

Als wieder keine Antwort kam, drehte sich Petersen um und deutete auf einen seiner Männer. »Sieh nach, was da los ist.«

Schmiedl konnte den Männern ansehen, dass sie genauso entsetzt waren wie er selbst. »Wäre es nicht besser, Sie würden denjenigen, den Sie Ihrem ersten Mann hinterherschicken, anseilen?«, fragte er. »Dann können Sie ihn wenigstens wieder nach oben ziehen, falls noch mal was passiert.«

Petersen musterte den alten Mann konsterniert. Natürlich wäre es besser gewesen, aber Gurte und ein Seil zu besorgen, das lang genug war, um bis zum Boden des Schachts zu reichen, würde zu lange dauern. Außerdem hielt er wenig davon, wenn ein Zivilist der Meinung war, er müsste ihm seine Arbeit erklären.

»Egal, was da unten passiert ist, Sie brauchen sowieso ein Seil«, beharrte Schmiedl, als Petersen keine Antwort gab. »Ansonsten bekommen Sie Ihren Mann nie wieder herauf. Und ich würde Ihnen nicht empfehlen, darauf zu setzen, dass Sie einen anderen Ausgang finden. Vermutlich sind viele der Gänge eingestürzt oder Ihre Männer verirren sich im Berg. Außerdem sind die tieferen Stollen bis zur Grundwassergrenze überflutet.«

All das hatte sich Petersen bereits selbst zusammengereimt. »Wie tief ist der Schacht?«

Schmiedl kratzte sich am Kopf. »Ich weiß es nicht«, gab er zu. »Nicht allzu tief, vermute ich. Nachdem wir diese Gänge gegraben haben, haben wir sie nur noch gelegentlich inspiziert.«

»Können Sie *nicht allzu tief* vielleicht konkretisieren?«, knurrte Petersen. Auch wenn er Schmiedls Worte nachvollziehen konnte, musste er trotzdem alle Möglichkeiten in Erwägung ziehen. Ein Seil, das fünfzig Meter lang war, würde in einem sechzig Meter tiefen Schacht nichts nützen.

»Vielleicht dreißig Meter«, sagte Schmiedl hilflos. »Aber das ist nur eine grobe Schätzung.«

Petersen wandte sich an den Mann, den er bereits zweimal zur Oberfläche geschickt hatte. »Lauf zum Auto, hol ein Fünfzigmeterseil und Klettergeschirr.«

Zu dem anderen Mann, der bereits am Rand des Lochs stand und auf weitere Anweisungen wartete, sagte er: »Steig runter. Aber pass auf, dass du nicht abrutschst.« Er nahm an, dass Hauser genau das passiert war. »Und falls du den Boden sehen kannst, Hauser aber nicht dort liegt, dann bleibst du auf der Leiter. Keine Alleingänge, Seiler, verstanden?« Schließlich konnte man nicht wissen, ob nicht ein Rudel Wölfe oder gar ein Bär in das alte Bergwerk eingedrungen war und die Stollen als Höhle nutzte.

Ein paar Minuten lang war nur das Klacken zu hören, als immer wieder Ausrüstungsteile des Mannes gegen die Leiter stießen.

»Was ist denn das für eine Scheiße?«, kam es plötzlich aus Petersens Headset.

»Was ist los?«, fragte Petersen alarmiert.

»Die Stufen hören auf.«

»Was heißt das?«, wollte Petersen wissen. »Bist du unten angekommen?«

»Nein. Die Leiter ist zu Ende. Warte einen Augenblick.« Seiler schlang einen Arm um eine der Sprossen, um einen sicheren Halt zu haben. Dann holte er mit der anderen Hand eine starke Taschenlampe aus seiner Jacke. Er schaltete sie ein und leuchtete nach unten. »Scheiße«, fluchte er.

»Was ist los?«

»Die Leiter ist nicht einfach weg, es sieht so aus, als ob sie angesägt wurde.«

»Was?«, schrie Petersen. »Bist du dir sicher?«

Der Elitekämpfer inspizierte die Stelle erneut. »Hundertprozentig kann ich es nicht sagen, da ich die Stelle nur von oben sehen kann«, erklärte er. »Ich versuche, tiefer zu kommen.« Er klemmte sich die Taschenlampe zwischen die Zähne und ließ sich vorsichtig an den Händen drei weitere Sprossen hinunter, während seine Beine frei in der Luft hingen. Als er die letzte Stufe erreicht hatte, klemmte er einen Arm ein und nahm die Taschenlampe aus dem Mund.

»Doch, eindeutig. Hier sind Sägespuren zu erkennen.« Dann leuchtete er nach unten. »Ich kann Hauser sehen. Er liegt vielleicht acht bis zehn Meter unter mir.« Dann sah er noch mehr. »Ach du Scheiße«, flüsterte er. Schnell schwenkte er den Lichtstrahl zur Seite. Nachdem er ein paar Sekunden lang den hell erleuchteten Fleck gemustert hatte, den die Taschenlampe vor ihm in den Fels malte, atmete er tief durch. Erneut richtete er die Lampe nach unten zu der Stelle hin, an der der Kollege lag. Beim zweiten Mal war der Anblick zwar nicht weniger entsetzlich, aber immerhin etwas erträglicher, da er bereits auf ihn gefasst war. Er schluckte schwer gegen die aufkommende Übelkeit an. Dann schaltete er die Taschenlampe aus und steckte sie zurück in seine Jacke, griff nach der Sprosse und begann, sich nach oben zu hangeln, bis er wieder sicher mit den Füßen auf der Leiter stand.

»Ich komme wieder rauf«, sagte er und das Grauen in seiner Stimme war unüberhörbar. »Du kannst gleich noch mal jemanden nach oben schicken. Wir brauchen eine Bahre und ein paar starke Seile.«

* * *

Lukas hatte vor Aufregung schweißnasse Hände. Er mochte sich nicht vorstellen, welche Konsequenzen es für Kira haben würde, wenn er in seiner Einschätzung von Kellers Verhalten danebenlag, zumal die Verbindung zu Kiras Handy inzwischen abgerissen war. Als er einen Blick in Kellers Wagen warf, stellte er erleichtert fest, dass die Rückbank umgeklappt und der

Kofferraum ein einziges Chaos war. Zwei Campingklappstühle, ein großer Sack Erde, eine Werkzeugkiste, ein Paar Arbeitsschuhe und jede Menge anderes Zeug lagen kreuz und quer durch- und übereinander. Zwischen all das waren zwei lose Planen gestopft. Lukas schob alles ein Stück zur Seite, kletterte in den Fond, kauerte sich auf den Boden und zog eine der beiden Planen so über seinen Kopf, dass er noch einigermaßen entspannt sitzen und das Haus beobachten konnte, von außen aber nicht zu sehen war. Da inzwischen die Dämmerung angebrochen war, musste er sich keine Sorgen machen, entdeckt zu werden. Und dann verging die Zeit unerträglich langsam. Noch immer tat sich nichts. Nervös blickte er auf seine Uhr, nur um festzustellen, dass noch keine drei Minuten vergangen waren, seit er zuletzt draufgeschaut hatte. Minuten, die ihm wie eine Ewigkeit vorgekommen waren. Keller musste doch endlich auftauchen! Plötzlich sah er, dass die Haustür aufging. Schnell duckte er sich, sodass seine Körperhaltung nicht verriet, dass da ein Mensch im Wagen saß. Es kostete ihn eine schier übermenschliche Überwindung, seinen Kopf unten zu halten und nicht nachzusehen, was draußen vor sich ging. Dann hörte er, wie jemand schrie. Sein Herzschlag beschleunigte sich. Es musste Keller sein, sonst war hier draußen niemand. Dann kam die Stimme näher und Lukas konnte die Worte verstehen.

»Stell dich nicht so an, du blöde Schlampe! Wenn du denkst, dass du Zeit schinden kannst, dann wirst du das bereuen.«

Kurz darauf wurde die Hecktür des Jeeps aufgerissen. Lukas duckte sich noch tiefer unter die Plane und versuchte, so flach wie möglich zu atmen.

»Himmel noch mal! Das machst du doch mit Absicht!«

Lukas hörte ein heftiges, klatschendes Geräusch, dann schrie Kira auf. Er schaffte es kaum, Ruhe zu bewahren, so stark war sein Drang, aufzustehen und Keller ein Loch in den Kopf zu blasen. Doch er wusste, wie aussichtslos ein derartiges

Unterfangen war. Erstens brauchten sie den Mann lebend, und zweitens hätte Keller Kira und ihn selbst längst erschossen, bevor Lukas sich unter der Plane hervorgeschält, sich in der Enge des Jeeps umgedreht und es geschafft hätte, seine Waffe auf Keller zu richten. Zur Untätigkeit verdammt, musste er regungslos zuhören, wie Keller seine Kollegin misshandelte. Dann wurde etwas Schweres in den Kofferraum gewuchtet.

»Das war noch nicht alles«, fauchte Keller Kira an. »Los, zurück ins Haus, da liegen noch mehr Taschen, die ins Auto müssen.«

Bei dem Wort *Taschen* zuckte Lukas zusammen. Jetzt fiel ihm wieder ein, wobei er Keller in der Höhle überrascht hatte. Keller hatte dicke Geldbündel in eine große Reisetasche gestopft. Es musste die Beute aus seinen Drogengeschäften sein. Wenn Keller die Tasche in seine Hütte geschleppt hatte, anstatt sie gleich im Auto zu lassen, musste er vorgehabt haben, hierzubleiben, bis Gras über die Sache gewachsen war. Die Änderung seines Plans war sicherlich nur dem Auftauchen der Polizisten geschuldet. Da sein Versteck aufgeflogen war, wusste Keller, dass er hier nicht mehr sicher war. Lukas kam nicht umhin, Kellers Voraussicht Respekt zu zollen. So kaltschnäuzig musste man erst mal sein. Keller wusste vermutlich genau, dass sämtliche Flughäfen, Bahnhöfe und Ausfallstraßen überwacht wurden. Er hätte sich tatsächlich hier in seinem kleinen Haus verkrochen, bis sich die Aufregung um seine Person gelegt hatte.

Noch zwei Mal ließ Keller Kira etwas ins Auto wuchten, dann schlug er die Tür endlich zu. »Steig auf der Beifahrerseite ein und rutsch rüber«, befahl Keller. »Du fährst.«

Lukas konnte sein Glück kaum fassen. Er war so erleichtert darüber, dass er mit seiner Vermutung richtiggelegen hatte, dass er fast laut gejubelt hätte. Doch der Freudentanz musste warten. Während Kira, noch immer Kellers Pistole am Kopf, tat, wie ihr geheißen, zog Lukas die Plane ein Stück zur Seite und richtete sich vorsichtig hinter dem Beifahrersitz auf. Als er die Hundeleine umklammerte, die er draußen auf einem Holzblock gefunden und kurzerhand mitgenommen hatte, waren seine Sinne aufs Äußerste gespannt. Auch wenn er Keller richtig eingeschätzt hatte, war es ein gefährliches Unterfangen, ihn von hinten zu überwältigen, solange der Verbrecher seine Waffe nicht runternahm. Falls Lukas es nicht schnell genug schaffte, die Leine über die Kopfstütze und Kellers Kopf zu werfen und fest genug zuzuziehen, war die Gefahr enorm, dass Keller doch noch abdrückte und Kira dabei verletzte oder gar tötete.

»Wieso lassen Sie mich nicht einfach gehen?« Kiras Stimme bebte. »Bis ich im Ort bin und Hilfe rufen kann, sind Sie doch längst in Österreich.«

»Netter Ansatz.« Keller lachte böse. »Denkst du, ich bin bescheuert? Du weißt genau, dass die Schliersbergalm nur ein paar Minuten von hier entfernt ist. Du wirst ja wohl kaum so dämlich sein, erst in den Ort zu laufen, um Hilfe zu holen. Und jetzt halt die Schnauze und fahr los.«

»Dafür brauche ich aber den Schlüssel.«

Kellers Kopf ruckte herum. Verwirrt glitt sein Blick zum Zündschloss des Jeeps. Er hatte den Schlüssel stecken gelassen, da war er sich hundertprozentig sicher. In seiner Verwirrung ließ er die Waffe sinken und seine rechte Hand griff in seine Hosentasche. Als er nicht fündig wurde, stieß er einen Fluch aus. »Wir müssen noch mal ins Haus. Und zwar auf dem gleichen Weg, den wir gekommen sind«, fauchte er Kira an, als ihre Hand zum Türgriff wanderte.

Kira sah eine Reflexion in der Windschutzscheibe. Es dauerte nur einen Augenblick, bis sie begriff, was die Spiegelung zu bedeuten hatte. Sie ließ den Türgriff los, dann deutete sie erschrocken nach vorn. »Was ist denn das?«

Keller ließ sich von ihrem Ausruf ablenken und folgte ihrem Finger mit dem Blick. Lukas ergriff die Gelegenheit, auf die er die ganze Zeit gewartet hatte, stemmte sich ein Stück nach oben, schlang die Hundeleine um Kellers Hals und zog so fest zu, dass Keller nur noch ein Röcheln ausstieß. Im gleichen Augenblick packte Kira Kellers Hand mit der Waffe. Überrumpelt fuhr Kellers rechte Hand zu seinem Hals, doch bevor er die Waffe in seiner Linken losließ, drückte er ab.

* * *

Schwer atmend lehnte sich Seiler gegen die Felswand. Er war den Schacht in Windeseile nach oben geklettert und in seinem Blick stand das Grauen.

»Was hast du da unten gesehen?« Petersen und ein weiterer Kollege hatten ihn an seiner Jacke gepackt und das letzte Stück nach oben gezerrt, kaum dass er seinen Kopf über den Rand des Lochs streckte.

»Da unten liegt nicht nur Hauser«, keuchte Seiler. Nicht die Anstrengung, die es gebraucht hatte, um die Leiter nach oben zu steigen, hatte ihn derart aus dem Gleichgewicht gebracht; dazu war er, wie alle Männer der Eliteeinheit, viel zu trainiert. »Da unten liegen mindestens noch zwei weitere Menschen.«

Entsetzt sah Petersen ihn an. »Noch zwei Menschen?«, echote er. »Konntest du erkennen, ob die noch am Leben sind?«

Seiler schüttelte den Kopf. »Ich habe nur drei Beine gesehen. Hauser muss auf sie draufgefallen sein.«

Schmiedl schloss die Augen. Bei einem Sturz aus einer derartigen Höhe hatte sich Hauser vermutlich beide Beine gebrochen. Dass er dann auch noch auf ein paar Leichen gefallen war, musste ihn um den Verstand gebracht haben. Das würde auch erklären, weshalb er so gequälte Laute von sich gegeben hatte. Und wenn dann auch noch ... »Konnten Sie sehen, ob es dort unten wirklich Ratten gibt?«, fragte er mit brüchiger Stimme. »Dann sollte sich jemand zu ihm abseilen, bis er gerettet werden kann, damit ihn die Biester nicht bei lebendigem Leib auffressen.«

Erneut schüttelte Seiler den Kopf. »Da sind keine Ratten«, sagte er. »Die wären sonst schon längst über die Toten hergefallen. Der ekelhafte Geruch kommt von etwas anderem.«

»Konntest du sehen, ob Hauser lebt?«, bohrte Petersen weiter.

»Nein. Dafür war ich zu weit weg. Aber er rührt sich nicht mehr.«

»Scheiße, Scheiße, Scheiße!« Wütend trat Petersen gegen einen Holzbalken.

Erschrocken sah Schmiedl auf. »Bitte lassen Sie das«, sagte er. »Sonst bricht uns der First noch über dem Kopf zusammen.«

Petersen riss sich zusammen. »Bring den Mann hier weg«, befahl er einem seiner Kollegen. »Wir haben in den nächsten Stunden alle Hände voll damit zu tun, Hauser und die anderen zu bergen, die noch dort unten liegen«, erklärte er Schmiedl. »Heute haben wir keinen Bedarf mehr an Ihrer Hilfe. Gehen Sie nach Hause und schlafen Sie sich aus. Falls wir Sie nochmals benötigen, melde ich mich.«

18. Kapitel

Lukas fuhr erschrocken zusammen. Seine Ohren klingelten von dem unerwarteten Knall in dem beengten Raum. Dann sah er das Blut, das bis an die Windschutzscheibe gespritzt war.

»Kira!«, rief er. Unwillkürlich zog er den Strick um Kellers Hals noch fester zu. Erst als der ein ersticktes Röcheln von sich gab, merkte Lukas, dass er kurz davorstand, den Drogenbaron zu erdrosseln.

»Kira!«, rief Lukas erneut. Er lockerte den Zug der Leine. Mit geschickten Bewegungen schlang er den Strick so um die Stäbe der Kopfstütze, dass Keller keine Chance hatte, sie selbst zu lösen, dann angelte er nach der Pistole, die Keller hatte fallen lassen und die nach wie vor in dessen Reichweite auf der Mittelkonsole lag. Er sicherte sie, ließ das Magazin herausschnappen und steckte sich beides in den Hosenbund. Da sich die Heckklappe nicht von innen öffnen ließ, musste sich Lukas zwischen den beiden Vordersitzen hindurchzwängen. Vorsichtig darauf bedacht, Kira nicht an dem Arm zu berühren, an der das Projektil sie erwischt hatte, schüttelte er sie an den Schultern. »Kira! Komm zu dir.«

Langsam begann Kira sich zu regen. Als die Kugel sie gestreift hatte, war sie in eine Art katatonischer Starre verfallen. Ihre Lider flatterten, dann schlug sie die Augen auf. Als ein scharfer Schmerz durch ihren Oberarm fuhr, zuckte sie

270

zusammen. Unwillkürlich wollte sie die Stelle abdrücken, aus der das Blut auf ihre Uniform sickerte.

»Nicht anfassen!«, warnte Lukas sie. »Besser du lässt das so, damit kein Schmutz in die Wunde gelangt. Ich denke, wir können warten, bis ein Arzt sich das ansieht.« Er löste den Sicherheitsgurt, den sie bereits angelegt hatte, dann beugte er sich über sie, öffnete die Tür und stieß sie auf. »Du musst zuerst aussteigen«, sagte er. »Ich würde dir gern dabei helfen, aber solange du dich hier so breitmachst, habe ich schlechte Chancen, vor dir auszusteigen.«

Kira grinste über seinen Witz, was Lukas erleichtert zur Kenntnis nahm. »Es sieht gleich besser aus, wenn du wieder lachen kannst«, sagte er. »Also los, raus mit dir. Faulenzen kannst du später noch lange genug.«

Als Lukas nach Kira aus dem Auto sprang, wartete er, bis sie sich ins Gras gesetzt hatte, dann lief er um den Wagen herum, um Keller aus seiner misslichen Lage zu befreien. Er löste die Leine, packte Keller am rechten Arm, zerrte ihn aus dem Wagen, stieß ihn in die Kniekehle, damit er zusammensank, drückte ihm ein Knie in den Rücken und zerrte seine Arme nach hinten. Nachdem Lukas Keller Handschellen angelegt und sich vergewissert hatte, dass sie eng genug saßen, nahm er die Hundeleine und fesselte Keller damit auch noch die Füße. Dann lief er zurück auf die andere Seite des Jeeps und erschrak, da Kira nicht mehr dort saß, wo er sie zurückgelassen hatte.

»Ich bin hier«, rief sie, als sie sah, dass Lukas sie suchte. Sie hatte sich mit leichenblasser Miene auf eine alte Holzbank geschleppt, die an der Hauswand lehnte.

Lukas zog sein Handy aus der Tasche, entsperrte es und rief einen Rettungswagen. Nachdem er beschrieben hatte, wo genau sie sich befanden, legte er auf und setzte sich neben Kira auf die Bank.

»Der RTW ist in einer Viertelstunde hier«, klärte er sie auf. Dann besah er sich ihren Arm. Viel konnte er im Schein der

Außenlampe, die sich automatisch mit Anbruch der Dunkelheit eingeschaltet hatte, zwar nicht erkennen, aber da die zerfetzte Uniformbluse zwei Löcher aufwies, war klar, dass die Kugel sie entweder nur gestreift hatte oder aber zumindest auf der anderen Seite wieder ausgetreten war.

»Auch wenn du bestimmt höllische Schmerzen hast, kann man sagen, dass du noch Glück gehabt hast. Die Kugel hat keine Arterie verletzt. Deswegen würde ich jetzt nicht daran herum-doktern wollen. Wenn ich dich verbinden würde, würde dir das nur unnötig Schmerzen zufügen«, sagte Lukas eindringlich. Er wollte sichergehen, dass Kira verstand, worauf er hinauswollte. »Kannst du deine Hand bewegen?«

»Ja.« Zur Bestätigung krümmte Kira einen Finger nach dem anderen.

Aufmerksam sah Lukas ihr zu. »Du machst das sehr gut. Das heißt, dass auch keine wichtigen Nerven oder eine Sehne verletzt wurden. Ist es in Ordnung, wenn ich dich ein paar Minuten allein lasse?«

Kira nickte. »Kein Problem.«

Lukas lief zum Wagen und zog einen Autoschlüssel aus sei-ner Hosentasche. Als er ihn ins Zündschloss steckte, grinste er. Er hatte den Schlüssel in weiser Voraussicht abgezogen, als er in den Fond des Jeeps geklettert war. Damit hatte er sichergestellt, dass Keller keine Möglichkeit haben würde, Kira mit dem Wagen zu entführen. Dass seine Berechnungen zu fast hundert Prozent aufgegangen waren, war nicht nur Kalkül, auch ein Quäntchen Glück war dabei gewesen. Lediglich Kiras Verletzung war nicht Teil des Plans. Er setzte ein paar Meter zurück, da er Kira und Keller gleichzeitig im Auge behalten wollte, dann stellte er den Motor ab und rief Emma an.

»Emma, mein Engel, wir haben Keller geschnappt.«

Emma stieß einen Seufzer der Erleichterung aus. »Gott sei Dank«, rief sie so laut aus, dass Lukas sofort vermutete, dass sie

Fiedler dadurch auf das Gespräch aufmerksam machen wollte. »Seid ihr alle in Ordnung?«, wollte sie wissen. »Oder braucht ihr Hilfe? Kommt ihr zurück ins Büro? Soll ich dir einen Streifenwagen schicken, der Keller abholt?«

Lukas lachte. »Das sind ein bisschen viele Fragen auf einmal«, sagte er. »Aber der Reihe nach. Ja, wir sind in Ordnung. Nur Kira hat etwas abbekommen, so wie es aussieht, ist es aber nicht allzu schlimm. Der Krankenwagen müsste in ein paar Minuten hier sein. Und ja, schick ein paar Kollegen, die Keller abholen. Und die Spusi. Die soll das Haus auf den Kopf stellen.«

Bevor Lukas zurück in die Polizeiinspektion fuhr, wählte er Marias Nummer. Als sie nach dem dritten Klingeln abnahm, atmete er erleichtert auf.

»Geht's dir gut?«, hielt er sich nicht mit langem Vorgeplänkel auf.

»Es geht so«, sagte sie gedehnt.

Lukas horchte auf. »Was ist los?«

Maria seufzte. »Die wollten uns unbedingt hier im Krankenhaus behalten. Zumindest über Nacht. Dass weder Leon noch ich großes Verlangen danach hatten hierzubleiben, hat niemanden interessiert.«

»Ich kann beide Seiten verstehen«, sagte Lukas. »Einerseits hätte ich auch keine Lust auf Klinik, andererseits darfst du nicht vergessen, dass das, was ihr erlebt habt, doch ziemlich traumatisch war.«

»Papperlapapp«, sagte Maria. »Damit will ich natürlich nicht sagen, dass es ein Kindergeburtstag war. Ich darf nur nicht daran denken, was passiert wäre, wenn ihr nicht rechtzeitig gekommen wärt und uns befreit hättet, sonst bekomme ich doch noch einen Herzinfarkt«, gab sie zu. »Aber ich weiß einfach nicht, was es ändern soll, dass wir heute in Agatharied übernachten.«

Die gleichen Gedanken hatte sich Lukas bereits selbst gemacht. Körperlich waren die beiden unversehrt, und was ihre Psyche anbelangte, würde die Zeit zeigen, wie gut sie das Erlebte verdauen konnten. Und dabei konnte ihnen allenfalls ein Seelenklempner helfen. Lukas hatte allerdings seine Zweifel, dass das Krankenhaus auf die Schnelle Termine bei einem Psychologen freimachen konnte.

»Es ist eh schon spät und wenn du morgen früh aufwachst, hast du es geschafft«, sagte er. »Aber eine Sorge haben wir weniger. Wir haben Keller geschnappt, und die beiden Handlanger, die euch entführt haben, sitzen ebenfalls hinter Schloss und Riegel.«

»Oh Gott!« Maria stieß einen so abgrundtiefen Seufzer der Erleichterung aus, dass Lukas lachen musste.

»Ich musste dir das unbedingt sofort sagen«, sagte er. »Deswegen braucht ihr euch also nicht die Nacht um die Ohren zu schlagen.«

»Lukas, ich danke dir von Herzen. Für alles.« Maria war den Tränen nahe. »Ich hoffe, wir haben bald Gelegenheit, uns richtig kennenzulernen. Natürlich nur, wenn du das willst«, fügte sie leise hinzu.

»Und ob ich das will! Schließlich bist du meine einzige lebende Verwandte, und ich brenne seit Jahren drauf, dich endlich zu treffen.«

»Na ja, nicht ganz«, berichtigte ihn Maria. »Da ist immer noch Tante Magda.«

»Ach ja, stimmt«, sagte Lukas gedehnt. Seine Mutter hatte ihm vor ihrem Tod viel von ihrer Familie erzählt. Maria war immer ihre Lieblingsschwester gewesen, Magda allerdings hatte sie nur wenig Zuneigung entgegengebracht. Die spießige, bigotte Schwester war so ziemlich das genaue Gegenteil von Lukas' Mutter Eliza. Die war mit sechzehn von zu Hause durchgebrannt, hatte sich nach Portugal durchgeschlagen und die folgenden Jahre in einer einzigen Abfolge von Partys verbracht. Das durch und durch gottesfürchtige Elternhaus hatte ihr selbst vierzig Jahre nach ihrer Flucht noch immer Schauer des Entsetzens über den Rücken gejagt.

»So verkehrt ist sie gar nicht«, riss Maria ihn aus seinen Gedanken. »Magda ist einfach nur –na ja, etwas unbedarft und hilflos.«

Das war eine ziemlich schmeichelhafte Beschreibung der Frau, die Lukas, wie auch bis vor ein paar Stunden Maria, nur vom Telefon kannte. Doch zu Maria hatte er sofort Vertrauen gefasst; sie war mit ihrer lustigen, herzlichen Art seiner Mutter wesentlich ähnlicher als Tante Magda, die sich, kaum dass sie zehn Worte mit ihm gewechselt hatte, in einer Tirade an Vorwürfen und guten Ratschlägen erging. Jedenfalls konnte er gut darauf verzichten, sie kennenzulernen.

»Hör zu, ähm, Tante Maria, ich muss Schluss machen«, sagte Lukas mit unüberhörbarem Bedauern in der Stimme. »Wir müssen Hans Keller vernehmen, weil wir noch immer nach Markus Hankes Schwester suchen.«

»Oh Gott!«, wiederholte sich Maria. »Habt ihr sie im Bergwerk denn nicht gefunden?«

»Nein«, sagte Lukas bedrückt, der noch keine Ahnung hatte, dass das SEK mehrere Leichen entdeckt hatte. »Nach wie vor fehlt von ihr jede Spur. Darf ich dich später noch mal anrufen?«

Maria lachte glücklich. »Natürlich darfst du das. Und jetzt sieh zu, dass du die Frau findest.«

* * *

»Du siehst fürchterlich aus«, attestierte ihm Emma. »Meinst du nicht, es wäre besser, wenn du dich für ein paar Stunden aufs Ohr legst?«

275

Lukas schüttelte den Kopf. »Es wäre zwar nicht verkehrt«, gab er zu, »aber wir müssen aus Keller herausbekommen, wohin er Leni Hanke gebracht hat.«

»Hat das nicht Zeit bis morgen? Du brauchst dringend ein paar Stunden Schlaf.« Was auch auf Fiedler und sie selbst zutraf. »Falls Keller sie bisher nicht ermorden wollte, hat er doch sicher dafür gesorgt, dass sie genügend Wasser und was zu essen hat. Und jetzt kann er ihr schließlich nichts mehr antun.«

»Das stimmt zwar, aber solange wir keine Gewissheit haben, habe ich keine ruhige Minute. Ich möchte mir später nicht zum Vorwurf machen, dass ich sie hätte retten können, wenn ich nur auf eine Stunde Schlaf verzichtet hätte.«

»Bevor wir in die Vernehmung gehen, sollten wir Doktor Teufel einen Besuch abstatten.« Fiedler stand mit verschränkten Armen in der Tür. Insgeheim musste er Emma recht geben. Sein neuer Hauptkommissar sah aus, als hätte er seit Tagen nicht geschlafen. Aber es war auch schon nach zehn Uhr abends und sie hatten alle einen langen Tag hinter sich. »Sind Sie sich sicher, dass Sie das noch packen?«

Lukas zuckte mit den Schultern. »Ich habe schon Schlimmeres erlebt«, wischte er sämtliche Bedenken zur Seite. »Muss das jetzt noch sein? Das mit der Rechtsmedizin, meine ich.«

»Besser wäre es«, beharrte Fiedler. »Während Sie Keller hinterhergejagt sind, haben sich im Bergwerk dramatische Szenen abgespielt.« In kurzen Sätzen informierte Fiedler Lukas über das, was sich im Steigschacht ereignet hatte.

»Der Mann vom SEK ist wegen einer manipulierten Leiter abgestürzt und hat dabei ein paar Menschen, die dort gefangen gehalten wurden, erschlagen?«

»Haben Sie mir nicht zugehört?« Fiedler musterte Lukas misstrauisch. »Das Einzige, was an Ihrer Zusammenfassung den Tatsachen entspricht, ist, dass der Mann aufgrund einer angesägten Leiter abgestürzt ist. Dass er dabei jemanden erschlagen hat, habe ich nicht behauptet.«

Lukas massierte sich die Schläfen. Fiedler hatte recht. Nach dem langen Tag war seine Aufmerksamkeit deutlich eingeschränkt. »Entschuldigung«, sagte er. »Ich bekomme es nicht ganz auf die Reihe.«

Fiedler verzog den Mund. »Also gut. Der Mann ist in die Tiefe gestürzt und dabei auf drei Körper gefallen, die dort unten lagen. Alle drei sind vermutlich schon seit längerer Zeit tot.«

»Und um wen handelt es sich bei den Leichen?«

»Das wird uns Doktor Teufel wohl gleich erzählen.«

»Ich würde das lieber hintanstellen«, sagte Lukas. Wenn Fiedlers Verdacht stimmte und die Toten schon länger im Bergwerk lagen, konnte Leni Hanke nicht darunter sein. »Schließlich kann diesen Menschen nichts mehr passieren. Leni Hanke lebt aber möglicherweise noch. Wenn wir jetzt erst zu Doktor Teufel gehen, vergeuden wir wertvolle Zeit, in der wir Keller befragen könnten.«

Das sah Fiedler anders. »Vielleicht verlieren wir eine Stunde. Aber wenn wir mehr Informationen über die Leichen haben, können wir Keller damit unter Druck setzen.«

Das leuchtete Lukas ein. Obwohl seine Glieder sich schwer wie Blei anfühlten, hievte er sich aus dem Stuhl, der in Emmas Büro an der Wand stand. »Dann bringen wir es besser hinter uns.«

»Einen Moment noch«, hielt Emma die beiden Männer zurück. »Lukas, ich brauche unbedingt deine Adresse. Die Verwaltung hat schon wieder angemahnt, dass sie noch immer nicht wissen, wo du wohnst.«

Lukas winkte ab. »Das ist doch nun wirklich nicht dringend«, sagte er unverbindlich. »Erinnere mich morgen noch mal daran.« Bevor Emma noch etwas hinzufügen konnte, rannte er fast aus dem Zimmer und kümmerte sich nicht darum, ob Fiedler ihm folgte.

Fiedler zuckte mit den Schultern. »Ich habe keine Ahnung, warum das so kompliziert zu sein scheint.«

»Dann sehen Sie doch mal zu, dass Sie auf der Fahrt etwas aus ihm herausbekommen.«

* * *

»Ich kann noch nicht sagen, woran die Frauen gestorben sind.« Hanna Teufel, die ihre Hand bereits nach dem Laken ausgestreckt hatte, hielt inne, als Lukas einen erstickten Laut ausstieß. Ein Mordermittler, der den Anblick von Leichen nicht ertragen konnte. Interessant. Sie machte sich in Gedanken eine Notiz, dass sie herausfinden wollte, was ihn derart aus der Bahn geworfen hatte. Doch das musste warten. »Von daher kommt Ihre Frage unverschämt früh.« Ein verschmitztes Lächeln zeigte Lukas, dass sie sie ihm aber nicht übel nahm. »Uns stehen noch umfangreiche Untersuchungen bevor.«

»Ach, kommen Sie, Doc.« Lukas schenkte ihr sein charmantestes Lächeln. »Ein bisschen was werden Sie doch schon haben.«

Teufel musste ihren Kopf in den Nacken legen, um zu Lukas aufsehen zu können. Als sie merkte, dass er in gebückter Haltung dastand, drehte sie sich um, trat ein paar Schritte zurück, zog einen Schemel unter dem Obduktionstisch hervor und stellte sich darauf. Nun war sie auf Augenhöhe mit ihm. »Nicht dass Sie noch vor mir auf die Knie fallen«, witzelte sie. »Dann müssten Sie sich nämlich in Acht nehmen, dass ich das nicht als Heiratsantrag auffasse.«

»Ich denke darüber nach«, versprach Lukas. Erneut stellte er fest, wie gut ihm die Art der Rechtsmedizinerin gefiel. »Und jetzt spannen Sie uns nicht länger auf die Folter, Doktor. Irgendwas können Sie uns doch bestimmt sagen.«

Teufel seufzte »Die, na ja, sagen wir mal etwas unkonventionelle Entdeckungsmethode macht mir zu schaffen«, ließ sie sich dazu herab, den Männern einen ersten Einblick zu geben.

»Sie meinen, dass jemand auf die Leichen gefallen ist?«, wollte Fiedler wissen.

Teufel nickte. »Genau. Aber nicht nur, dass der Mann daraufgestürzt ist, sondern dass er zum Zeitpunkt seines Sturzes auf einer Leiter stand. Die Sprossen, die durch das Gewicht des Mannes zusammengeknickt sind wie Streichhölzer, haben den zuoberst liegenden Körper quasi in der Körpermitte zerteilt und von dem darunterliegenden Leichnam ein Bein abgetrennt. Vielleicht können Sie sich damit vorstellen, mit welcher Wucht das Ganze passiert ist.«

»Moment mal.« Lukas kniff die Augen zusammen. Irgendetwas konnte an der Geschichte nicht stimmen. »Die Leiter müsste doch eigentlich bis zum Grund des Steigschachts gereicht haben«, sagte er. »Wenn sie also wirklich die Ursache wäre, dass die Leichen zerteilt worden sind, hätte sie weit über dem Boden enden müssen.«

»Das hat sie offensichtlich auch«, sagte Fiedler. Er hatte Lukas auf der Fahrt ins rechtsmedizinische Institut mit weiteren Fakten der Ereignisse im Bergwerk versorgt. Bis zu der gebrochenen Leiter war er aber noch nicht gekommen. »Die Leiter wurde abgesägt, damit jemand, der sich gegebenenfalls über einen unteren Schacht nähern wollte, nicht mehr daran hätte hochklettern können.«

»Und damit jemand, der von oben kommt, sich möglichst gleich den Hals bricht, wurden die Leiterrohre zusätzlich ein ganzes Stück weiter oben angesägt«, kombinierte Lukas.

Fiedler nickte. »Ein wahrhaft perfider Plan.«

»Das würde zu Keller passen«, murmelte Lukas düster. »Je mehr Dreck wir aufwühlen, umso mehr kommt zutage, wie skrupellos der Mann ist.«

Doktor Teufel hatte den Männern wortlos zugehört. »Wollen Sie nun noch mehr wissen? Über die Leichen, meine ich?«

Lukas und Fiedler sahen die Rechtsmedizinerin überrascht an. »Ich dachte, Sie haben noch nichts«, gab Fiedler zurück.

»Das habe ich nicht behauptet. Ich habe lediglich gesagt, dass uns noch jede Menge Untersuchungen bevorstehen, bevor ich Ihnen einen vollständigen Bericht geben kann.« Teufel wandte sich an Lukas. »Während Sie auf dem Schliersberg Räuber und Gendarm gespielt haben, habe ich zumindest an einer der Leichen ein paar Röntgenuntersuchungen durchführen können. Anhand derer ist es mir gelungen, die erste Leiche zu identifizieren. Es ist Gerti Bauer.«

Lukas erinnerte sich, dass er den Namen in den Unterlagen seines Vorgängers gelesen hatte. »Das war die junge Frau, aufgrund derer Bergmaier überhaupt auf Kellers Drogenküche aufmerksam geworden ist?« Fragend sah Lukas seinen Chef an.

Fiedler nickte und schloss die Augen. Endlich konnten sie der Familie mitteilen, was mit dem Mädchen passiert war. Gertis Eltern hatten jahrelang zwischen Hoffen und Bangen gelebt und waren daran fast zerbrochen. Auch wenn Fiedler lange der Meinung gewesen war, dass es nichts Schlimmeres gab, als Eltern den gewaltsamen Tod eines Kindes mitteilen zu müssen, hatten die Bauers ihn eines Besseren belehrt. Die Ungewissheit, die wie eine schiffbrüchige Barkasse über Jahre hinweg doch nur auf die Tatsache zusteuerte, dass der Mensch verstorben war, konnte noch schlimmer sein. Wie oft hatte Helene Bauer weinend vor seinem Kollegen gesessen, immer wenn sie Berichte über Zwangsprostitution, Loverboys oder Ähnliches gehört hatte. Dazu kamen die Fälle, in denen Frauen jahre-, wenn nicht sogar jahrzehntelang, in unterirdischen Verliesen gefangen gehalten, unzählige Male vergewaltigt und sogar geschwängert wurden, bis sie irgendwann durch einen Zufall fliehen konnten oder sonst wie entdeckt und aus ihrer Hölle befreit wurden. Fiedler hatte Helene Bauer so oft gewünscht, dass sie endlich ihren Frieden finden würde. Zum Schluss hatte sie nur noch darum gebettelt, sich von ihrer Tochter verabschieden zu können. Sie ein letztes Mal sehen zu dürfen. Fiedler schämte sich der Tränen nicht, die ihm in die Augen traten. Endlich konnte er der Familie mitteilen, was mit ihrer Tochter geschehen war.

Hanna Teufel, die merkte, dass Fiedler etwas Zeit für sich brauchte, packte Lukas am Arm und zog ihn ein Stück zur Seite.

»Das, was ich Ihnen jetzt sage, ist eine reine Vermutung, verstanden?« Als Lukas nickte, fuhr die Rechtsmedizinerin fort: »Wie gesagt, bin ich über eine äußere, flüchtige Leichenschau und einige Röntgenbilder noch nicht hinausgekommen. Anhand der radiologischen Befunde konnte ich jedoch feststellen, dass der Leichnam mehrere Stauchungsbrüche aufweist, die nicht daher rühren, dass ein schwerer Mann auf sie gefallen ist.«

»Ist die Frau gefoltert worden?«, war Lukas' erster Gedanke.

»Möglich«, antwortete Teufel. »So weit bin ich aber noch nicht. Die meisten Brüche, die ich auf den Bildern sehen konnte, weisen keine Kallusbildung auf. Sie sind zu hundert Prozent post mortem entstanden.«

»Sie denken, dass Keller Gerti Bauer nach ihrem Tod in den Schacht geworfen hat?«, kombinierte Lukas.

»Das vermute ich«, bestätigte Teufel. »Allerdings wird es äußerst schwierig werden, die Todesursache festzustellen und auch, ob die Frauen vergewaltigt wurden. Dazu sind aufgrund der besonderen Bedingungen, die in der Zeche herrschen, die Leichen nicht verwest, sondern mumifiziert. Das verkompliziert die Sektion erheblich, da es zu einer derartigen Situation verhältnismäßig wenig Vergleichsstudien gibt.«

Lukas beschlich eine fürchterliche Ahnung. Vielleicht hatte er sich mit seiner vorschnellen Hoffnung ja getäuscht. »Ist Leni Hanke darunter?«

»Nein. Um das festzustellen, brauche ich keinen DNA-Abgleich. Die Frauen lagen alle schon wesentlich länger in dem Schacht, als Frau Hanke vermisst wird.«

Lukas entspannte sich etwas. Dass sie drei weibliche Leichen gefunden hatten, die ganz sicher nicht freiwillig in den Schacht gesprungen waren, war zwar an sich schon schrecklich genug, aber zumindest erlosch der Funke Hoffnung noch nicht, den er wegen Leni Hanke so beharrlich am Brennen hielt.

»Aufgrund der Beschaffenheit der Haut ist es schwer zu sagen, was mit den Frauen passiert ist, bevor man sie in den Schacht geworfen hat«, fuhr die Ärztin leise fort. »Allerdings habe ich an den Handgelenken Fesselspuren gefunden. Die stammen jedoch nicht von einem Strick, dafür sind die Marken zu breit.« Teufel deutete mit Daumen und Zeigefinger eine Spanne von etwa sieben Zentimetern an.

Bedrückt sah Lukas die Rechtsmedizinerin an. »Eine breite Fesselmarke würde zu dem passen, was wir in der Höhle gefunden haben«, sagte er. »Dort waren Ketten mit Eisenmanschetten in die Wand eingelassen, die offensichtlich nicht nur dazu dienten, einen Gefangenen an der Flucht zu hindern, sondern ihm auch einen nur sehr eingeschränkten Bewegungsradius zu ermöglichen.«

»Ja, das würde passen«, bestätigte Teufel. »Wenn wir die DNA-Spuren ausgewertet haben, werden wir wissen, ob die Frauen dort eingekerkert waren.«

Teufel hatte Lukas auf eine Idee gebracht. »Haben Sie sich die Fingernägel der Toten angesehen?«

»Sie denken, dass wir dort Hautreste desjenigen finden könnten, der den Frauen das angetan hat?« Teufel hatte sofort verstanden, worauf der junge Hauptkommissar hinauswollte. »Natürlich habe ich die Fingernägel gesäubert. Aber auch dazu liegen noch keine Ergebnisse vor.«

»Nehmen wir mal an, Sie würden die Proben einem DNA-Schnellverfahren unterziehen«, überlegte Lukas laut.

Nachdenklich sah Teufel ihn an. »Sie wollen Keller aufs Glatteis führen?«

»Uns bleibt nicht viel anderes übrig«, gab Lukas zu. »Wir haben zwar mittlerweile einen halben Lkw voller Indizien, aber bis auf das Drogenlabor haben wir keinen einzigen Beweis. Zumindest bis wir die Toten mit Keller in Verbindung bringen können.« Müde wischte er sich mit dem Unterarm über die Stirn. »Im Grunde ist es mir egal, wie lange die Untersuchungen dauern. Von mir aus darf Keller gern ein paar Wochen lang in U-Haft schmoren, bis wir ihm die Beweise präsentieren. Dadurch, dass wir sein Drogengeschäft ausgehebelt haben, wird uns der Richter sowieso einen Haftbefehl ausstellen.«

»Aber Ihnen geht es darum, die vermisste Frau zu finden. Und dafür brauchen Sie etwas, womit Sie ihn ködern können«, kombinierte Teufel.

»Genau.«

»Es gibt inzwischen ein Schnellverfahren. Allerdings hat unser Labor die Möglichkeiten noch nicht.«

»Kann ein Unbeteiligter das wissen?«

»Ich wüsste nicht, woher.« Leichtfüßig lief die Rechtsmedizinerin zu einem Regal, das mit Aktenordnern und Zeitschriften vollgestopft war. »Ich habe da etwas gelesen«, sagte sie mehr zu sich selbst und fing an, die Zeitschriften nacheinander aus dem Regal zu ziehen. Jede, in der sie das Gesuchte nicht finden konnte, ließ sie kurzerhand auf den Boden fallen. Plötzlich stutzte sie, dann erhellte sich ihr Gesicht. »Wusste ich es doch.« Sie hielt ihm eine aufgeschlagene Seite hin. »Nehmen Sie die Zeitschrift mit. Falls Keller Ihnen nicht glaubt, dann können Sie ihm den Artikel zeigen.«

Lukas überflog den ersten Teil des Berichts nur flüchtig, dann grinste er zufrieden. »Doc, Sie sind ein Schatz.«

Teufel kniff ein Auge zusammen. »Das weiß ich. Trotzdem ist es für einen Heiratsantrag noch zu früh.«

Lukas musste lachen. »Ich verspreche, mich zusammenzureißen.«

19. Kapitel

Es war schon fast Mitternacht, als Lukas, gefolgt von seinem Chef, in den Vernehmungsraum stürmte, in den zwei Kollegen Keller gebracht hatten. Die Hände breit vor sich auf den Tisch gelegt sah er den Hauptkommissaren mit stoischer Ruhe entgegen.

Lukas warf einen Packen Papier auf den Tisch, sodass es knallte. Keller zuckte leicht zusammen, doch das überhebliche Grinsen wich nicht von seinem Gesicht.

»Das Spiel ist aus, Keller«, sagte Lukas. »Verstoß gegen das Betäubungsmittelgesetz, Entführung mehrerer ziviler Personen sowie einer Polizeibeamtin, tätlicher Angriff auf zwei Polizeibeamte und nicht zuletzt Mord«, las er genüsslich vor. Obwohl es in ihm brodelte, wusste er, dass er verloren hatte, wenn er sich seine Emotionen anmerken ließ. »Das ist eine hübsche Liste, finden Sie nicht? Zudem wir nun in der glücklichen Lage sind, Ihnen all das nachweisen zu können. Sie müssen sich die nächsten Jahre also keine Gedanken mehr darum machen, wovon Sie leben sollen. Also können Sie den Verlust der halben Million Euro, die wir in Ihrem Kofferraum sichergestellt haben, sicher gut verschmerzen.«

Hasserfüllt starrte Keller den Hauptkommissar an. Seine Fassade fing an zu bröckeln. Er verschränkte die Arme vor der

Brust und lehnte sich mit seinem Stuhl zurück. Du kannst mir gar nichts, sollte seine Haltung sagen.

»Haben Sie etwas zu Ihrer Verteidigung vorzubringen?«, fragte Fiedler in neutralem Ton. »Was mein Kollege aufgezählt hat, reicht jedem Richter, um einen Haftbefehl auszustellen. Das heißt auch, dass Sie auf alle Fälle bis zur Verhandlung in Untersuchungshaft bleiben. An Ihrer Stelle würde ich nicht damit rechnen, gegen Kaution freizukommen. Vermutlich ist jedem Richter die Fluchtgefahr zu groß.«

»Wie ich sehe, waren Sie noch nie im Knast«, griff Lukas den Faden auf, nachdem er Kellers Akte interessiert überflogen hatte. Natürlich hätte er nicht nachsehen müssen, er konnte Kellers Vergehen und seinen Lebenslauf im Schlaf herunterbeten. Das musste der Fiesling aber nicht wissen. »Trotzdem wird sich kein Richter darauf einlassen, Sie auch nur vorübergehend auf freien Fuß zu setzen. Ich glaube, Ihre Fantasie reicht aus, um zu wissen, dass das kein Spaß werden wird. Vor allem, da eine der Personen, die wir in Ihrer privaten Gruft gefunden haben, zum Zeitpunkt der Entführung ein erst dreizehn Jahre altes Mädchen war. Kinderschänder gelten selbst unter Knastbrüdern als der allerletzte Abschaum. Von dem her kann ich Ihnen nur raten, uns bei unseren Ermittlungen behilflich zu sein.«

Keller starrte Lukas an, als hätte er ihn nicht richtig verstanden. Dann brach er in ein dröhnendes Gelächter aus. »Ich finde es toll, wozu *Ihre* Fantasie ausreicht«, sagte er mit einem süffisanten Grinsen. »Entführung, Mord, Kindsmissbrauch, was war es noch? Ach ja! Tätlicher Angriff auf zwei Polizeibeamte.« Keller beugte sich nach vorn, stützte seine Hände erneut auf den Tisch und bedachte Lukas mit einem jovialen Lächeln. »Es tut mir sehr leid, dass ich Ihre junge Kollegin vielleicht zu nachdrücklich darum gebeten habe, mir zur Hand zu gehen. Ich muss gestehen, dass ich manchmal ein etwas furchtsamer Mensch bin. Als ich die schwarz vermummten Gestalten gesehen habe, die in mein Haus gestürmt sind, ist mir wohl eine Sicherung durchgebrannt. Ich dachte, dass das von der Konkurrenz angeheuerte Söldner waren, die mich umbringen wollten. Sie können sich ja gar nicht vorstellen, welche schwarzen Schafe es in der Lebensmittel- und Getränkeindustrie gibt. Deswegen erschien es mir als einzige Möglichkeit, Ihre Kollegin als Pfand zu nehmen, da ich verständlicherweise gehofft habe, dass selbst ein Auftragskiller davor zurückschreckt, eine unbeteiligte Person zu ermorden. Natürlich habe ich nur so getan, als würde ich die junge Dame bedrohen.« Das verschlagene Flackern in seinen Augen strafte seine Worte Lügen. »Ich bereue es auch fürchterlich, dass ich Sie angegriffen habe, Herr Hauptkommissar, das müssen Sie mir glauben! Woher hätte ich denn auch wissen sollen, dass Sie von der Polizei sind? Ich habe in dem Loch, in dem Sie mich überrumpelt haben, nur das Geld aufbewahrt, das ich mir in vielen Jahren ehrlicher Arbeit verdient habe. Kein Vertrauen in die Banken, verstehen Sie?«

»Vielleicht erklären Sie uns dann auch, weshalb an jedem dieser Scheine Rückstände von Drogen gefunden wurden«, warf Fiedler ein.

Kellers Lächeln geriet in leichte Schieflage, doch er hatte sich schnell wieder im Griff. »Ganz ehrlich, dass in meiner Firma Drogen gebraut wurden, habe ich nicht gewusst. Ein paar Chemiestudenten haben mich darum gebeten, ihnen einen Platz zur Verfügung zu stellen, an dem sie Experimente durchführen konnten, um sich auf ihre Prüfungen vorzubereiten.« Keller zuckte mit den Schultern. »Und da habe ich ihnen angeboten, die Höhle zu benutzen. Ich hatte dafür sowieso keinen Bedarf. Und was die Geldscheine anbelangt – es wurde doch bereits mehrfach nachgewiesen, dass an so ziemlich jedem Schein, der im Umlauf ist, Spuren von Betäubungsmitteln gefunden wurden.« Keller lächelte siegessicher. »Dazu gibt es ja nun wirklich hinreichend Untersuchungen.«

Lukas starrte Keller fasziniert an. Es war nicht zu fassen, wie der das Blaue vom Himmel herunterlog. »Und das sehen die beiden Personen, die wir gerade noch rechtzeitig befreien konnten, bevor Sie sie unter Drogen setzen konnten, sicherlich genauso, richtig? Vermutlich haben die nur für ein Theaterstück geprobt, und Sie waren ihnen dabei behilflich«, sagte er böse.

Keller setzte eine schuldbewusste Miene auf. »Natürlich nicht. Ich muss zugeben, was ich da gemacht habe, war nicht korrekt. Ich hatte sofort den Verdacht, dass die beiden Industriespionage betreiben. Deswegen habe ich sie unter Druck gesetzt und ihnen damit gedroht, ihnen Drogen zu verabreichen. Wie gesagt, ich wusste ja überhaupt nicht, dass die Studenten in der Höhle kriminellen Handlungen nachgegangen sind. In Wirklichkeit bestehen die Kristalle, die wir in den Pfeifen verdampfen, aus aromatisierten Kochsalzsteinen. Ein reines Genussmittel und völlig harmlos dazu. Ich hätte den beiden doch niemals etwas angetan.« Betreten sah Keller auf seine Hände. »Es tut mir fürchterlich leid, wenn ich die Frau und den Jungen erschreckt habe. Aber ich wollte unbedingt herausbekommen, was sie vorhatten.«

Lukas musste sich beherrschen, dem arroganten Arsch nicht die Zähne auszuschlagen. »Kochsalze, ja? Wie kommt es dann, dass unser Labor bei der Untersuchung der Kristalle festgestellt hat, dass sie aus einem hochpotenten Amphetaminkonzentrat bestehen?«

Keller riss die Augen auf. »Was?«, schrie er laut. »Das darf doch nicht wahr sein! Das muss dieser Victor gewesen sein. Er war es auch, der mein Vertrauen missbraucht hat und anstelle Übungen für seine Uniprüfung Drogen hergestellt hat. Ich habe auch gerade erst erfahren, dass er überhaupt nicht mehr studiert. Ihn müssen Sie vernehmen! Er ist derjenige, der das alles verschuldet hat.«

Bevor Lukas antworten konnte, klopfte es an der Tür. Kira streckte ihren Kopf herein. »Kommt ihr beide mal?«

»Ich fasse es nicht!« Lukas ließ seinen Emotionen freien Lauf. Kira war gerade im rechten Augenblick gekommen, sonst hätte er Keller vermutlich doch noch zusammengeschlagen. »Wieso bist du überhaupt hier?«, wollte er wissen. »Hat dich das Krankenhaus nicht zur Beobachtung dabehalten?«

»Das wollten sie«, sagte Kira. »Aber wozu soll das gut sein? Wie du schon vermutet hast, war es ein glatter Durchschuss, der so ziemlich überhaupt nichts erwischt hat. Es tut nur höllisch weh. Aber vom Im-Bett-Liegen und Zum-Fenster-Hinausstarren werde ich auch nicht schneller gesund.«

»Das geht nicht«, sagte Fiedler energisch. »Sie gehen unverzüglich zum Arzt, lassen sich krankschreiben und dann bleiben Sie auch zu Hause. Sollte Ihnen während einer Krankschreibung im Dienst etwas passieren, dann gnade uns Gott.«

Kira schüttelte den Kopf. »Wenn ich überhaupt zum Arzt gehe, werde ich ihn davon überzeugen, dass er mich lediglich außendienstuntauglich schreibt. Ich kann mich doch immer noch im Büro nützlich machen. Jedenfalls habe ich eine Idee.« Mit schnellen Worten erklärte Kira den beiden Hauptkommissaren, was sie ausgeheckt hatte.

»Das funktioniert nie«, sagte Lukas zweifelnd. »Keller ist viel zu clever, um auf so einen Trick hereinzufallen.«

Doch Fiedler schloss sich Lukas' Meinung nicht an. »Einen Versuch ist es wert.«

»Herr Keller«, sagte Lukas, als sie erneut ihm gegenüber Platz nahmen. »Wir wurden gerade darüber informiert, dass der Staatsanwalt dazu bereit ist, über einen Deal mit Ihnen zu reden.«

Kellers Augen funkelten vor Neugier. »Einen Deal?«, fragte er. »Wenn Sie mir einen Deal anbieten, dann doch nur, weil Sie nichts gegen mich in der Hand haben.«

Genau das war es, was Lukas befürchtet hatte. Er zuckte gleichgültig mit den Schultern. »Wenn Sie das so sehen, dann ist es uns auch recht. Ich war eh dagegen, dass man Ihnen Geld anbietet.«

Nun erwachte Kellers Interesse schlagartig. »Geld?«, hakte er nach. »Welches Geld denn? Und wofür?«

»Der Staatsanwalt sagte uns, dass er unter Umständen bereit wäre, die halbe Million, die wir bei Ihnen gefunden haben, auf einem Konto zu deponieren, an das Sie aber erst herankommen, wenn Sie Ihre Haftstrafe verbüßt haben. Das ist im Moment zwar für Sie nicht von Belang, weil Sie, wie ich hoffe, nie wieder auf freien Fuß gesetzt werden, was allerdings nach deutscher Rechtsprechung nur schwer zu verwirklichen ist. Bei guter Führung sind Sie in fünfzehn oder zwanzig Jahren wieder draußen.« Lukas warf einen Blick in Kellers Akte und rechnete schnell nach. »Sie sind jetzt achtunddreißig. Bei guter Führung wären Sie also spätestens mit Ende fünfzig wieder ein freier Mann. Und dann wäre eine halbe Million Euro als Startkapital nicht schlecht.«

Keller war sich darüber entweder nicht im Klaren, dass sich kein deutscher Staatsanwalt auf einen derart windigen Handel einlassen würde, oder seine Geldgier hatte ihm vollends den Verstand vernebelt. »Und was soll ich dafür tun? Nur interessehalber, meine ich. Immerhin bin ich an dem, was Sie mir vorwerfen, sowieso unschuldig.«

Da hat er gerade noch mal die Kurve gekriegt, dachte Lukas bei sich. Laut sagte er: »Wir wollen nur eine einzige Information von Ihnen: Wo haben Sie Leni Hanke versteckt?«

Ein verständnisloser Ausdruck glitt über Kellers Gesicht. »Leni wer?«

»Anna-Lena Hanke. Besser als Leni Hanke bekannt.«

Keller schüttelte den Kopf. »Kenne ich nicht, tut mir leid. Wer soll das sein?«

»Die Frau, die Sie vor knapp zwei Wochen entführt haben.«

Keller lächelte milde. »Ach, kommen Sie, Herr Hauptkommissar. Ich habe Ihnen doch schon gesagt, dass ich niemanden entführt habe.«

Lukas hätte fast die Geduld verloren. Mit mühsamer Beherrschung stieß er hervor: »Hören Sie auf, Ihre blöden Spielchen zu spielen, Keller! Ihnen ist offensichtlich nicht klar, in welcher Lage Sie sich befinden. Sie können Ihren Arsch nur noch dadurch retten, indem Sie uns sagen, wo die Frau ist!«

»Es tut mir leid, ich weiß wirklich nicht, von wem Sie reden.«

Lukas starrte Keller ohnmächtig an, dann zog er sein Handy aus der Hosentasche. Er entsperrte den Bildschirm, öffnete den Fotoordner und suchte, bis er das Bild gefunden hatte, das Markus Hanke ihm geschickt hatte. Er vergrößerte den Ausschnitt und hielt das Telefon so, dass Keller draufsehen konnte.

Keller zog die Augenbrauen hoch. »Ach, das ist Leni Hanke? Das wusste ich nicht. Aber die Frau kenne ich. Die war vor ein paar Wochen bei mir und hat sich als Journalistin ausgegeben. Angeblich wollte sie einen Artikel über meine Firma schreiben.«

»Weiter«, forderte Lukas ihn auf.

»Ich habe damals vermutet, dass die nur rumschnüffeln wollte. Vermutlich auch von der Konkurrenz, verstehen Sie? So wie die Frau und der Bursche.«

»Sie denken also, die drei arbeiten zusammen?«, hakte Fiedler nach.

Keller biss sich auf ein Stückchen Nagelhaut. »Keine Ahnung«, sagte er uninteressiert und spuckte den Hautfetzen auf den Boden.

»Herr Keller, nun kommen Sie schon. Ihre Fabrik ist schließlich keine Goldgrube. Was sollte die Konkurrenz schon bei Ihnen ausspionieren wollen?«, fragte Lukas.

»Das weiß ich auch nicht. Aber ich weiß genauso wenig, weshalb eine Journalistin einen Artikel darüber schreiben wollen würde.«

Wollte sie auch nicht, dachte Lukas. Leni Hanke wollte zwar spionieren, aber nicht, was die Saftfabrik anbelangte. Sie war hinter den Drogen her gewesen.

»Also gut«, sagte er resigniert, klappte den Aktenordner zu und stand auf. »Kommen Sie, Chef. Das hier hat keinen Sinn mehr. Wir können dem Staatsanwalt sagen, dass wir das Geld nicht brauchen.«

»Warten Sie«, sagte Keller schnell, als auch Fiedler aufstand. »Der Reporterin habe ich von Anfang an misstraut. Und ich gebe zu, dass ich noch mal mit ihr reden wollte. Deswegen habe ich meine Männer gebeten, vor ihrem Hotel zu warten, bis sie wieder auftaucht. Ist sie aber nicht. Dafür kamen die Frau und der Junge. Deswegen dachte ich ja, dass die alle unter einer Decke stecken. Na ja, dann haben meine Männer eben die beiden mitgenommen. Etwas unsanft«, gestand er. »Aber das habe ich ihnen nicht aufgetragen«, fügte er schnell hinzu. »Ich weiß wirklich nicht, wo die Journalistin ist. Sonst hätte ich meine Männer doch nicht angewiesen, sie vor dem Hotel abzupassen.«

* * *

»Ich gebe es nur ungern zu, aber das, was Keller gerade gesagt hat, ergibt durchaus einen Sinn«, sagte Fiedler zu Lukas, als sie den Vernehmungsraum erneut verlassen hatten. »Außerdem habe ich das Gefühl, dass er diesmal die Wahrheit gesagt hat.«

Lukas musste ihm recht geben. Immer, wenn Keller etwas vertuschen oder verschweigen wollte, benahm er sich völlig affektiert. Doch als sie ihn nach Markus' Schwester gefragt hatten, hatte er seine Maskerade fallen lassen.

»Verdammter Mist«, fluchte er. »Das heißt, wir stehen bei der Suche nach Leni Hanke wieder ganz am Anfang.«

Bevor Fiedler etwas dazu sagen konnte, kam Emma um die Ecke und seufzte erleichtert auf, als sie die beiden Kommissare im Flur stehen sah. »Da seid ihr ja. Ich suche euch schon die ganze Zeit.«

»Wir waren kurz an der frischen Luft, weil wir Kellers Geschwafel nicht mehr ausgehalten haben«, erklärte Fiedler ihr. »Warum suchst du uns? Gibt es was Wichtiges?«

»Dieser nette alte Herr gibt keine Ruhe. Dieser Franz Schmid oder Schmiede ...«

»Schmiedl«, korrigierte Lukas. »Und was will er?«

»Er hat die letzten beiden Stunden im Viertelstundentakt hier angerufen, hat aber nie gesagt, worum es geht. Doch bei seinem letzten Anruf ist er damit rausgerückt, dass er über eine Frau mit euch sprechen wollte.«

Alarmiert sahen Lukas und Fiedler Emma an. »Eine Frau?«, fragten sie gleichzeitig. »Hat er einen Namen genannt?«

Emma verdrehte die Augen. »Natürlich nicht. Sonst hätte ich ihn euch doch gleich gesagt. Ich dachte mir nur, dass es sich vielleicht um Leni Hanke handelt.«

Lukas sah auf die Uhr. Kurz nach Mitternacht. Er war zum Umfallen müde. Dennoch fragte er: »Weißt du, wo Schmiedl jetzt ist?«

»Ich nehme an, bei sich daheim«, sagte Emma. »Zumindest hat er mir eine Festnetznummer gegeben, auf der er erreichbar ist.«

Da Lukas sich sicher war, dass Emma den alten Herrn richtig verstanden hatte, wunderte er sich nicht schlecht, als der ihm im Flur entgegenkam und schon von Weitem winkte, als er

Lukas sah. Nachdem er einige Male vergeblich versucht hatte, den Hauptkommissar ans Telefon zu bekommen, hatte er sich kurzerhand in ein Taxi gesetzt und war zur Polizeiinspektion gefahren.

»Als wir in der Zeche waren, habe ich mitbekommen, dass ein Hund nach einer Frau suchen sollte, die vor einer guten Woche verschwunden ist«, sagte Schmiedl aufgeregt. »Und da dachte ich, dass ich Ihnen vielleicht helfen kann.«

Lukas horchte auf. »Wissen Sie etwas über die Frau?«

»Ich bin mir nicht sicher, aber da könnte was sein.« Schmiedl hatte ein bisschen ein schlechtes Gewissen, weil es schon so spät war. Und der Hauptkommissar stand offensichtlich tierisch unter Stress. Jedenfalls konnte er sich kaum noch auf den Beinen halten. »Vor zwei Wochen hat mich eine junge Frau aufgesucht, die ebenfalls etwas über das Bergwerk wissen wollte.«

»Können Sie mir beschreiben, wie die Frau aussah?« Mit einem Mal war Lukas wieder hellwach. Eine Frau, die sich nach der Zeche erkundigt hatte, das konnte kein Zufall sein!

»Ich habe schon darüber nachgedacht. Aber mein Gesichtsgedächtnis ist nicht besonders gut. Ich kann Ihnen aber sagen, dass sie blond war.«

Das war nun nicht besonders hilfreich. Immerhin war in Deutschland grob geschätzt die Hälfte der weiblichen Bevölkerung blond, wenn auch in den wenigsten Fällen von Natur aus. »Warten Sie einen Augenblick«, sagte Lukas, zog sein Handy aus der Hosentasche und zeigte Schmiedl das gleiche Foto, das er schon Hans Keller unter die Nase gehalten hatte.

»Ist sie das?«

Obwohl er eine Brille auf der Nase hatte, musste Schmiedl das Telefon ein Stück weit von sich weghalten, damit er die Aufnahme richtig erkennen konnte. Nachdem er sie ein paar Sekunden lang eindringlich gemustert hatte, nickte er. »Ja. Das ist die Frau, die bei mir war.«

Lukas schaffte es kaum, seine Anspannung zu zügeln. Doch er wusste, dass es keinen Sinn machte, den alten Mann unter Druck zu setzen. »Was genau wollte sie von Ihnen wissen? Und wie ist sie überhaupt auf Sie gekommen?«

»Die zweite Frage ist einfach zu beantworten«, sagte Schmiedl verlegen. »Ich bin einer der letzten Bergleute, die noch im Ort leben. Außerdem kannten nur wenige die Zeche so gut wie ich. Deswegen schicken die Leute hier im Ort die meisten Interessenten zu mir. So sind Sie ja auch auf mich gestoßen.«

Lukas nickte. Das leuchtete ein. »Und was wollte Frau Hanke von Ihnen?«

»Sie wollte wissen, ob es noch irgendwelche geheimen Stollen gibt, durch die man in die Fabrik gelangen kann.« Schmiedl sah den Hauptkommissar entschuldigend an. Vermutlich hatte er sich nur in etwas verrannt. Nur weil eine Frau sich nach dem Bergwerk erkundigt hatte, war es töricht, den Ermittlern mitten in der Nacht die Zeit zu stehlen.

Doch Lukas wirkte wie elektrisiert. »Erzählen Sie bitte weiter«, sagte er eindringlich. »Die Frau, nach der wir suchen, ist Journalistin und wollte einen Bericht über die Fabrik schreiben«, erklärte er, doch dann korrigierte er sich schnell: »Das heißt, eigentlich war sie auf der Suche nach dem Drogenlabor. So zumindest hat es uns ihr Bruder erzählt. Von dem her ergibt es absolut Sinn, dass sie versucht haben könnte, durch das Bergwerk unbemerkt auf das Gelände zu gelangen«, setzte Lukas hinterher, obwohl er sich nicht vorstellen konnte, wie ein Mensch, der noch bei Sinn und Verstand war, auch nur im Traum daran denken konnte, allein durch eine stillgelegte Mine zu laufen. Die Gefahr, sich zu verirren, war riesengroß; man musste damit rechnen, dass kaum Sauerstoff vorhanden war, und zudem war der Stollenausbau an vielen Stellen morsch oder sogar eingestürzt. Falls Leni Hanke wirklich einen Zugang gefunden und sich auch tatsächlich auf den Weg gemacht hatte, war das ein reines Himmelfahrtskommando gewesen.

»Das passt zusammen«, sagte Schmiedl. Ihm stand das schlechte Gewissen ins Gesicht geschrieben. »Ich hatte keine Ahnung, dass sie wirklich vorhatte, das Bergwerk zu betreten. Sonst hätte ich ihr ganz sicher nicht verraten, welche Möglichkeiten es früher gab.« Verzweifelt sah er Lukas an. »Aber falls sie nicht nur eine Reportage schreiben wollte, so wie sie es mir erzählt hat, sondern sich wirklich …« Er rieb sich mit fahrigen Fingern über den Kopf. »Um Himmels willen!«

»Sie hat Ihnen nicht verraten, dass sie vorhatte, in die Grube einzusteigen?«, hakte Lukas nach. Er spürte, dass Schmiedl sich die allergrößten Vorwürfe machen würde, falls Leni Hanke seine Tipps wirklich befolgt hatte und dabei schlimmstenfalls zu Tode gekommen war.

»Nein. Sie hat nur gesagt, dass sie einen Artikel darüber schreiben wollte.« Schmiedls Blick wanderte zu einer Stelle an der Wand, wo jemand einen Moskito erschlagen hatte. Er schüttelte den Kopf. »Mein Gott. Ich glaube, sie hat mich belogen. Ich habe ihr nämlich …« Er fasste sich erneut an die Stirn. »Geben Sie mir eine Minute«, bat er. »In meinem Kopf dreht sich alles. Ich muss das erst mal auf die Reihe bekommen.«

»Das kenne ich«, sagte Lukas. »Lassen Sie sich ruhig Zeit. Soll ich Ihnen ein Glas Wasser holen? Oder einen Kaffee?« Lukas spürte, dass eine Druckerhöhung den alten Herrn nur noch mehr durcheinanderbringen würde. Deswegen wollte er ihm, unabhängig davon, dass ihnen die Zeit unaufhaltsam durch die Finger rann, die Möglichkeit geben, allein nachzudenken.

Schmiedl nickte. »Ein Wasser wäre gut.«

Lukas stand auf. »Bringe ich Ihnen. Ich muss auch noch kurz etwas mit der Sekretärin besprechen. Machen Sie sich einfach bemerkbar, falls es Ihnen zu lange dauert.«

Es dauerte keine fünf Minuten, dann hörte Lukas, wie Schmiedl seinen Namen rief.

»Erzählen Sie«, forderte Lukas sein Gegenüber auf, als er sich wieder zu ihm setzte.

»Die Frau wollte wissen, ob es in der Gegend noch Zugänge zur Mine gibt. Anfangs waren ihre Fragen ziemlich allgemein gehalten«, erinnerte sich Schmiedl. »Erst im Laufe des Gesprächs wurde sie konkreter. Deshalb habe ich auch keinen Verdacht geschöpft. Doch jetzt fällt mir auf, dass alle Fragen nur darauf abzielten, ob es eine Möglichkeit gibt, unbemerkt in die Fabrik zu gelangen.« Erschüttert sah Schmiedl den Polizisten an. »Wie konnte ich nur so dumm sein?«

»Das waren Sie nicht, Herr Schmiedl«, besänftigte ihn Lukas. »Woher hätten Sie denn wissen sollen, was die Frau vorhatte?«

»Na ja, immerhin hat sie mich gefragt, ob ich dazu bereit wäre, die Grube wieder zu betreten und ihr den Weg zu zeigen.«

Ungläubig sah Lukas den alten Mann an. »Sie wollte Sie dazu überreden, mit ihr in die Mine einzusteigen?«

Schmiedl nickte. »Ja. Aber ich habe das nicht ernst genommen. Ich habe ihr gesagt, dass das viel zu gefährlich ist. Der Berg war schließlich noch nie ein Spielplatz. Und heute ist er es weniger denn je.« Schmiedl war über seinen eigenen Worten blass geworden. Die Vorstellung, dass sich die Frau allein auf den Weg gemacht hatte, würde ihn nie wieder ruhig schlafen lassen.

»Herr Schmiedl!«, sagte Lukas eindringlich. »Machen Sie sich bloß nicht verrückt. Falls Frau Hanke wirklich eine Möglichkeit gefunden hat, in die Zeche zu gelangen, dann können Sie nichts dafür.«

»Aber verstehen Sie das denn nicht?«, rief Schmiedl verzweifelt aus. »Ohne mich hätte sie nie erfahren, wo es noch Zugänge gibt, und auch nicht, worauf sie achten muss. Dann wäre sie doch überhaupt nicht auf die Idee gekommen, es zu versuchen.«

»So dürfen Sie nicht denken.« Da war sich Lukas ganz sicher. »Erstens sind Sie nicht der Einzige, der noch über Kenntnisse verfügt. Frau Hanke hätte vermutlich so lange weitergeforscht, bis sie jemand anderen gefunden hätte, der ihr diese Informationen geben konnte. Außerdem ist sie eine erwachsene Frau. Und wenn Sie sie noch dazu eigens auf die Gefahren hingewiesen haben, dann ist es ganz allein Frau Hankes eigene Verantwortung.« Lukas sah auf seine Uhr. Viertel vor eins. Lange würde er nicht mehr durchhalten. »Bitte konzentrieren Sie sich jetzt darauf, welchen Zugang zur Mine Sie Frau Hanke beschrieben haben.«

»Als Erstes habe ich ihr natürlich den beschrieben, den wir heute abgegangen sind«, erinnerte sich Schmiedl. »Das ist der kürzeste Weg zu den Verwaltungsgebäuden. Aber falls sie den genommen hat, dann hätten wir sie finden müssen!« In Schmiedls Augen glomm Hoffnung auf. »Vielleicht hat sie es ja doch bleiben lassen.«

»Ich denke eher, dass sie Kellers Fluchtfahrzeug gesehen hat«, machte Lukas Schmiedls Hoffnungen zunichte. »Deswegen hat sie sich für eine andere Möglichkeit entschieden, da die Gefahr, bei ihrem waghalsigen Unterfangen entdeckt zu werden, zu groß war.« Lukas gab Schmiedl einen Augenblick Zeit, um das zu verdauen. Dann hakte er nach: »Welche Wege haben Sie ihr sonst noch beschrieben?«

»Ich habe ihr von zwei weiteren Zugängen erzählt, die jeweils in einen Rettungsstollen führen. Es ist aber besser, wenn ich Ihnen zeige, wo die sich befinden.«

»Sind Sie sich sicher, dass die Eingänge überhaupt noch existieren?«

Schmiedl hob die Schultern. »Nein, das weiß ich nicht. Aber der, den Keller benutzt hat, war ja auch noch offen.« Plötzlich wirkte Schmiedl irritiert.

»Was ist los?«, wollte Lukas wissen, der sofort bemerkte, dass den alten Mann etwas beschäftigte.

»Ich erinnere mich gerade, dass vor vielen Jahren ein Mann zu mir kam und fast die gleichen Fragen gestellt hat.« Mit weit aufgerissenen Augen starrte Schmiedl Lukas an. »Das muss Keller gewesen sein!«, flüsterte er entsetzt. »Ich habe ihm damals erzählt, dass es mehrere Fluchtwege aus der Zeche gab, und vor allem, dass einer in der Höhle hinter der Fabrik mündete. Was bin ich nur für ein Idiot!«, stieß er hervor. »Die Öffnung an der Treppe haben wir zugemauert, als wir die Zeche stillgelegt haben. Die Gefahr, dass kleine Kinder oder abenteuerlustige Jugendliche sich in der Mine verirren könnten, war viel zu groß. Keller muss die Mauer wieder eingerissen haben, nachdem ich ihm erzählt habe, dass dahinter ein Stollen liegt. Hätte ich ihm nur nie verraten, dass es diese alten Gänge überhaupt noch gibt. Dann hätte er die Fabrik nie gekauft und all das wäre nie passiert.«

Fassungslos starrte Lukas den alten Mann an. Es durfte einfach nicht sein, dass der sich jetzt deswegen Vorwürfe machte. »Herr Schmiedl, schauen Sie mich an.« Als der alte Bergmann nicht reagierte, fasste Lukas dessen zitternde Hände und drückte fest zu. Als Schmiedl seinen Blick hob und Lukas endlich in die Augen sah, stand das pure Grauen darin.

»Hören Sie auf, sich Vorwürfe zu machen. Sie sind doch kein Hellseher!« Lukas hatte keine Ahnung, was er dem Mann sagen konnte, damit der aufhörte, sich für etwas verantwortlich zu machen, womit er überhaupt nichts zu tun hatte. »Hätte Keller die Fabrik nicht gekauft, hätte er sich eine andere Möglichkeit gesucht, wo er seine Drogen hätte produzieren können. Vielleicht hätten wir nicht diese drei Leichen gefunden, aber dann hätte er andere Menschen umgebracht. Das liegt in seiner Natur. Nichts in der Welt hätte ihn davon abgehalten, verstehen Sie das?«

»Wir machen Schluss für heute«, sagte Fiedler bestimmt, als Lukas Schmiedl nach Hause geschickt hatte und in sein Büro kam. »Fahren Sie heim und schlafen Sie ein paar Stunden.«

»Das geht nicht«, beharrte Lukas. »Ich habe gerade einen Hinweis bekommen, dem wir sofort nachgehen müssen.« Obwohl er seit fast zwanzig Stunden auf den Beinen war, fühlte er sich plötzlich wieder hellwach. Schnell fasste er zusammen, was er in der letzten Stunde von Schmiedl erfahren hatte.

»Kommt überhaupt nicht infrage«, donnerte Fiedler. »Erstens sind wir alle viel zu müde, um jetzt nach dem Stollen zu suchen, und zweitens würden wir den in der Dunkelheit sowieso nicht finden. Außerdem haben wir keinerlei Ausrüstung, mit der wir da vordringen können. Wir warten, bis es hell wird, und fordern den Suchhund und ein SEK an, das eine entsprechende Ausrüstung mitbringt, oder wir müssen warten, bis das erste Sportgeschäft öffnet.«

20. Kapitel

»Was soll das denn?« Fassungslos sahen Lukas und Fiedler der Prozession entgegen, die auf den Parkplatz der Miesbacher Polizeidienststelle zusteuerte. Sie hatten den Besitzer eines Sportgeschäfts ausfindig gemacht, ihn um sechs Uhr morgens aus dem Bett geklingelt, seine Proteste zur Seite gewischt und ihm nahegelegt, mit ihnen zu kooperieren. Auf die erneute Anforderung eines SEK-Teams hatten sie verzichtet, da sich ein weiterer Einsatz nicht rechtfertigen ließ, nachdem Keller keine Bedrohung mehr darstellte, sondern sie nur noch nach einer vermissten Person suchen mussten. Lediglich den Suchhund hatten sie ein drittes Mal angefordert. Sie mussten also allein in den Schacht.

»Herr Schmiedl!«, rief Lukas erstaunt aus, als er erkannte, wer den Zug anführte. »Was machen Sie denn hier?« Ungläubig musterte er die zwölf alten Männer, die sich, angeführt von Franz Schmiedl, in einem Kreis um die Kommissare aufstellten.

»Ich habe in der Nacht die Kumpel zusammengetrommelt, die noch rüstig genug sind, um in den Berg einzufahren.« Der Blick seiner hellwachen Augen zeugte davon, dass er es sich nicht nehmen ließ, den Schaden, den er seiner Meinung nach angerichtet hatte, wiedergutzumachen. »Wir sind die Einzigen, die sich da drin auskennen. Wenn Sie da mit lauter Grünschnäbeln reingehen, verlaufen die sich nur, und anschließend müssen wir doch noch ausrücken, um Sie alle zu suchen. Also ist es besser, wir kommen gleich mit.«

Energisch schüttelte Fiedler den Kopf. »Auf keinen Fall werde ich es zulassen, dass Sie hier Ihr Leben riskieren.«

»Chef, auf ein Wort«, sagte Lukas leise. Er bat die Männer, die sich in ihre alten Bergmannskluften geworfen hatten, um einen Augenblick Geduld, packte Fiedler am Arm und zog ihn ein Stück zur Seite. »Schmiedl hat recht«, sagte er zu seinem Vorgesetzten. »Wir haben zwar den Suchhund, aber was ist, wenn im Berg irgendwas passiert? Die Männer sind zwar alt, aber sehen Sie sie sich doch an! Die sind allesamt fitter als wir beide zusammen.«

Fiedler maß Lukas mit einem strafenden Blick. »Das glauben Sie doch selbst nicht!«

Lukas, der in seinem Sabbatjahr fast täglich Sport getrieben hatte, grinste. »Na ja, vielleicht nicht so ganz. Aber unbestritten ist doch die Tatsache, dass wir keine Ahnung haben, was wir tun sollen, wenn im Bergwerk etwas passiert.«

»Zieringer, das sind Zivilisten. Ich mag mir nicht ausmalen, welche Hölle über uns hereinbricht, wenn den alten Männern etwas zustößt.«

»Wir können das jetzt drehen und wenden, wie wir wollen«, sagte Lukas. »Deswegen schlage ich vor, dass wir den Männern den Spaß lassen, uns zumindest ein kleines Stück weit zu begleiten. Je nachdem, wie der Stollen von innen aussieht, können wir sie immer noch zurückschicken.«

Bevor Fiedler weitere Argumente gegen eine Beteiligung der alten Bergarbeiter vorbringen konnte, rief Emma ihn ans Telefon. Zehn Minuten später kam er wutschnaubend zurück. »Ich muss zum Bürgermeister. Irgendetwas, das sich nicht aufschieben lässt. Nehmen Sie die Männer meinetwegen mit, aber sorgen Sie dafür, dass ihnen nichts zustößt.«

Als Lukas den Männern die Nachricht überbrachte, brachen sie in einen aufgeregten Jubel aus. Nur Schmiedl war aller guten Worte zum Trotz noch immer nicht davon überzeugt, dass ihn keine Schuld an Leni Hankes Verschwinden traf. Offensichtlich sah er darin, dass er Lukas seine Hilfe und die seiner elf Kumpel anbot, eine Gelegenheit, das, was er seiner Meinung nach angerichtet hatte, wieder auszubügeln. Und da ihnen von Keller und seinen Schergen keine Gefahr mehr drohte, hatte Lukas keinen Grund zur Sorge, dass die rüstigen alten Herren einem Verbrechen zum Opfer fallen konnten. Außerdem konnte es gut sein, dass die Erfahrungen des ehemaligen Obersteigers und seiner Hauer im Bergwerk von unschätzbarem Wert waren.

»Wo fangen wir an zu suchen?«, wollte Lukas von Schmiedl wissen.

»Ich habe der jungen Dame erzählt, dass der Zugang über die Fluchtwege die einzige Möglichkeit darstellt, das Bergwerk überhaupt noch zu betreten, da alle tiefer gelegenen Ebenen unter Wasser stehen«, erklärte Schmiedl Lukas. Auch seine ehemaligen Kollegen hörten konzentriert zu. »Ich vermute deswegen, dass sie versucht hat, den kürzesten Weg zu nehmen, der gleich hinter Miesbach in den Stollen führt.«

»Der Zugang wurde letztes Jahr zugeschüttet, da der Stollen hinter der Absperrung eingebrochen ist«, meldete sich einer von Schmiedls Freunden zu Wort.

Schmiedl sah ihn erstaunt an. »Bist du dir sicher?«

»Ganz sicher. Ich habe es mitbekommen, weil ich in der Gegend mit meinem Enkelsohn auf Schwammerlsuche war, als der Bautrupp angerückt ist. Da in dem Gelände außer dem alten Eingang nichts ist, habe ich die Männer gefragt, wo sie hinwollten. Ich war neugierig«, gab der alte Hauer verlegen zu. »Sie wollten uns aber nichts verraten. Deswegen habe ich meinen Enkel überredet, dass wir uns ansehen, was die Männer vorhaben. Und dabei haben wir beobachtet, dass sie das alte Holztor entfernt und die Öffnung mit Beton verfüllt haben.«

»Ich frage mich, wieso die Gemeinde das nicht öffentlich bekannt gemacht hat«, sagte Schmiedl ratlos. Dann wandte er sich an Lukas. »Der nächste Zugang liegt etwa zweieinhalb Kilometer vor Wörnsmühl.«

Als wenige Minuten später auch Sepp Glaser und seine Spürhündin eintrafen, liefen die Männer zu ihren Fahrzeugen. Lukas, der Franz Schmiedl gebeten hatte, bei ihm im Wagen mitzufahren und ihm den Weg zu zeigen, setzte sich an die Spitze des kleinen Konvois. Nachdem sie in den Forstweg eingebogen waren, hatte Schmiedl Lukas ein paar Mal angewiesen, abzubiegen, bis er plötzlich sagte: »Halten Sie an.« Bevor Lukas etwas fragen konnte, riss der alte Herr die Tür auf und sprang, offensichtlich beflügelt von der Aussicht, seinen Beitrag zur Rettung der jungen Frau leisten zu können, behände wie ein junger Bursche aus dem Auto.

Lukas konnte gerade noch rechtzeitig rufen, dass er warten solle, um keine Spuren zu verwischen.

Schmiedl blieb stehen und drehte sich zu Lukas um. »Entschuldigung«, sagte er zerknirscht. »Das Ganze ist für mich wie Ostern, Weihnachten und Geburtstag zusammen.« Kaum, dass er die Worte ausgesprochen hatte, schlug er die Augen nieder. »Ich meine, es ist fürchterlich, was im Berg passiert ist. Ganz schlimm. Und wenn wir die junge Frau nicht finden ...«

Lukas legte dem alten Herrn freundschaftlich eine Hand auf die Schulter. »Ich habe schon verstanden, wie Sie das meinen. Machen Sie sich keinen Kopf, dass ich Ihre Begeisterung falsch auffassen könnte. Vermutlich ginge es mir an Ihrer Stelle nicht anders.« Lukas meinte es so, wie er es sagte. Er konnte die Wehmut durchaus verstehen, die Franz Schmiedl ergriffen hatte. Vermutlich lief die erste Hälfte seines Lebens gerade wie ein Film vor ihm ab.

Als Lukas sah, dass Sepp Glaser seinen Suchhund aus dem Auto holte, nahm er seine Hand von Schmiedls Schulter und vergewisserte sich, dass das Leuchten in dessen Augen zurückgekehrt war. Gut. Lukas erfasste eine Welle der Zuneigung zu dem alten Mann. So einen Großvater hatte er sich immer gewünscht. Er warf einen Blick in die Runde. »Sind Sie bereit?«

Als alle Umstehenden nickten, bat Lukas Franz Schmiedl, voranzugehen.

Stolz hob Schmiedl eine Hand und forderte die Männer auf, ihm zu folgen. Nach wenigen Metern erreichten sie eine Stelle, an der ein kaum noch sichtbarer Weg von der Forststraße abzweigte. Schmiedl blieb stehen. »Von hier ist es nicht mehr weit«, erklärte er Lukas.

Lukas staunte, so wie er sich auch schon darüber gewundert hatte, dass Schmiedl ihn, ohne auch nur ein einziges Mal zu zögern, fast blind zu der Stelle navigiert hatte. Schließlich sah im Wald alles so ziemlich gleich aus. »Ich kann mir nicht vorstellen, wie Leni Hanke diesen Platz gefunden haben soll«, sagte er zweifelnd.

»Oh, das hat sie ganz sicher. Zumindest, wenn sie sich an die Wegbeschreibung gehalten hat, die ich ihr mitgegeben habe.« Schmiedl hätte sich in den Hintern beißen können, weil er der neugierigen jungen Frau eine so detaillierte Beschreibung gegeben hatte. Plötzlich nahm er im Augenwinkel etwas wahr, das nicht hierhergehörte. Er blinzelte gegen die Sonne an und schob ein paar Äste zur Seite. »Schauen Sie mal.«

»Das darf doch nicht wahr sein!«, murmelte Lukas, als er das Mountainbike sah, das Schmiedl entdeckt hatte. Es war so gut versteckt gewesen, dass man schon Augen wie ein Luchs haben musste, um es in dem Dickicht zu finden. Er wandte sich an den Hundeführer und drückte ihm einen Plastikbeutel in die Hand, in dem ein T-Shirt der Vermissten steckte, das er von Markus Hanke bekommen hatte.

Sepp gab seinem Schützling ein Leckerli, schenkte ihm ein paar aufmunternde Worte und führte ihn zu dem Fahrrad. Dann öffnete er den Beutel und ließ den Hund daran schnuppern. »Los, Mara, such!«

Die Hündin hob den Kopf und spitzte die Ohren. Nur die leichte Weitstellung ihrer Nasenlöcher zeugte davon, dass sie nicht lauschte, sondern versuchte, den Geruch, den sie in der Tüte aufgenommen hatte, auch hier draußen zu wittern.

»Vermutlich wird es mehr bringen, wenn wir den Stollen erreicht haben«, sagte Sepp, als Mara keine klare Bestätigung gab. »Hier draußen überlagern zu viele andere Gerüche einen einzelnen Duft. Außerdem hat es vor ein paar Tagen heftig geregnet, was auch nicht gerade hilfreich ist. Und falls auch noch ein Fuchs in der Nähe sein Revier markiert hat, kann sie kaum eine Fährte aufnehmen.«

»Wie weit ist es bis zum Eingang?«, wollte Lukas von Franz Schmiedl wissen.

»Vielleicht fünf Minuten«, antwortete Schmiedl. »Der Rettungsstollen wurde damals bewusst so angelegt, dass nicht jeder, der durch Zufall hier entlangkam, sehen konnte, wo er sich befindet.«

Tatsächlich brauchten sie etwas länger, da der Wald den schmalen Pfad, der seit über fünfzig Jahren nicht mehr benutzt worden war, längst zurückerobert hatte. An einigen Stellen war das Gestrüpp so dicht, dass nichts mehr davon zeugte, dass es hier einst überhaupt einen Weg gegeben hatte. Lukas kämpfte sich skeptisch hinter Schmiedl durch das Gebüsch. Hoffentlich hatte sich der alte Steiger nicht geirrt.

»Hier ist vor nicht allzu langer Zeit jemand entlanggekommen«, riss Schmiedl den Hauptkommissar aus seinen Gedanken.

»Wie kommen Sie darauf?«

Schmiedl bückte sich, riss den bodennahen Trieb einer jungen Fichte ab und zeigte ihn Lukas. »Sehen Sie sich die Bruchstelle an. Gleich daneben sehen Sie einen weiteren Knick, der zwar auch noch ziemlich frisch, aber etwas dunkler ist, zudem hat die Stelle bereits angefangen zu verharzen. Der Baum heilt sich selbst. Das bedeutet, dass der erste Bruch ein paar Tage alt ist. Da ich schon ein paar dieser Stellen gesehen habe, muss schon vor uns jemand hier gewesen sein.«

Kaum, dass sie weitergegangen waren, blieb Schmiedl erneut stehen und straffte seine Schultern. Mit einem triumphierenden Ausdruck drehte er sich um. »Wir sind da.«

Lukas musste die Augen zusammenkneifen und gegen das Sonnenlicht anblinzeln, das zwischen den Bäumen hindurchbrach. Und dann sah er es. Tatsächlich, hinter einem massiven Absperrgitter war ein verwittertes Tor zu sehen. Er musste Schmiedls Gedächtnis Bewunderung zollen. Lukas setzte den großen Bolzenschneider, den einer der Hauer mitgebracht hatte, an die dicke Kette, die durch ein korrodiertes Schloss zusammengehalten wurde, und durchtrennte die Glieder mit einem Ruck.

Mit gemeinsamen Kräften rissen die Männer ein Dornengestrüpp aus dem Boden, das den Eingang versperrte und, für jedermann ersichtlich, vor Kurzem niedergetrampelt worden war. Und dann sahen sie, dass das alte Holztor aufgehebelt worden war.

Lukas ging davor in die Hocke. »Das ist noch frisch«, stellte er fest, als er die hellen Stellen in dem gesplitterten Holz sah. Er bat Sepp, der mit Mara hinter den Bergleuten die Nachhut gebildet hatte, nach vorn. Mit vereinten Kräften zogen sie das Tor auf.

»Und das soll eine einzelne Frau aufbekommen haben?«, fragte der Hundeführer ungläubig. »Das kann ich mir beim besten Willen nicht vorstellen.«

Lukas schüttelte den Kopf. »Den Anspruch, es aufzuziehen, hatte sie sicher nicht. Nachdem sie über das Gitter geklettert ist, hat ihr ein schmaler Spalt gereicht, um hindurchschlüpfen zu können.« Um sicherzugehen, dass es sich bei dem Einbrecher tatsächlich um Leni Hanke handelte, bat er Sepp erneut, Mara an dem T-Shirt schnuppern zu lassen.

Folgsam steckte die Hundedame ihre Schnauze in den Beutel, dann hob sie den Kopf, spitzte die Ohren und stieß einen kurzen Laut aus.

»Mara hat sie gewittert!« Die Belohnung, die die Hündin umgehend bekam, hatte sie sich redlich verdient.

Die Bergleute, die das Geschehen genauso gespannt verfolgt hatten wie Lukas, brachen in einen lauten Jubel aus.

»Lassen Sie mich vorgehen. Bitte!«

Lukas wollte Schmiedl seine Bitte schon abschlagen, als er sah, was es dem alten Herrn bedeutete. Also nickte er.

Wenig später wunderte sich Lukas. »Wieso ist der Stollen nicht genauso ausgebaut wie der unter der Fabrik?«

Schmiedl lächelte milde. »Weil hier alles solider Fels ist, den man nicht stützen muss.«

Rasch drangen sie in den alten Felsengang vor. Doch dann blieb Schmiedl abrupt stehen. »Sehen Sie, dass hier ein anderes Gestein ist?«, fragte er Lukas und deutete auf die Wände. Er kratzte mit dem Fingernagel über eine Stelle, die ihm interessant erschien. »Kalkstein«, stellte er fest. »Weich und unberechenbar. Schöne Scheiße. Und da vorn beginnt der Ausbau.« Er hob seine Taschenlampe, sodass die Männer hinter ihm die vermoderten Pfeiler sehen konnten, die die Decke abstützten. »Das ist nicht gut«, setzte er hinterher. »Sehen Sie das?«

Lukas, der an dritter Stelle hinter Schmiedl und dem Hundeführer stand, zwängte sich nach vorn. Dann sah er, worauf Schmiedl deutete. Etwa dreißig Meter vor ihnen lagen einige Balken auf dem Boden.

»Gar nicht gut«, wiederholte sich Schmiedl heiser. »Der Berg schüttelt sich.« Es war schlimmer, als er befürchtet hatte. Und doch war er insgeheim stolz darauf, wie gut seine Kumpel, die den Gang vor weit über hundert Jahren gegraben hatten, das Gestein eingeschätzt hatten. Ohne die Hilfsmittel, die heute zur Verfügung standen, hatten sie punktgenau beurteilen können, wo der Berg ihnen gefährlich werden konnte und wo nicht. Und doch hatte es nichts genützt. Der Zahn der Zeit war stärker als jedes Holz.

»Sepp?«, fragte Lukas. »Was meint Mara dazu?«

Der Hundeführer forderte seine Hündin erneut auf, die Fährte aufzunehmen. »Mara, los, such weiter.«

Zielstrebig lief die Hündin auf die zusammengebrochenen Balken zu. Ohne zu zögern, kletterte sie darüber hinweg, wartete auf der anderen Seite und gab einen fordernden Laut von sich.

»Die Frau ist definitiv hier gewesen«, sagte Sepp. Dann besah er sich die Decke. »Ich vermute, dass die Dame komplett verrückt ist. Wer sonst käme auf die bescheuerte Idee, hier noch weiterzugehen?«

Lukas konnte den Unmut seines Kollegen verstehen. Die Stützen sahen wenig vertrauenerweckend aus. Ein mulmiges Gefühl kroch seinen Rücken hinauf. Er wandte sich an Schmiedl. »Was denken Sie?«

Schmiedls Stirn hatte sich in Sorgenfalten gelegt. »Es ist keine gute Idee, hier noch weiter einzudringen«, sagte er beklommen. »Aber es nützt ja nichts, oder?«

Lukas atmete die abgestandene Luft tief ein und musste prompt husten, als der feine Staub seine Lunge reizte.

»Atmen Sie nicht zu tief«, sagte Schmiedl rasch. »Das hier ist zwar kein Flöz, wir können aber nicht ausschließen, dass Methan nach oben gestiegen ist, nachdem die Gänge nicht mehr mit Frischluft gespült werden.«

Vorsichtig versuchte Lukas, flacher zu atmen, und der Hustenreiz verschwand. Dann traf er eine Entscheidung. Er drehte sich zu den Bergleuten um, die wie eine Geisterarmee mit ernsten Gesichtern hinter ihm standen. »Ich danke Ihnen, dass Sie sich bereit erklärt haben, uns zu helfen. Ich weiß, dass Sie uns gern weiter begleiten würden, aber das kann ich nicht zulassen. Wie Ihr Obersteiger mir gerade mitgeteilt hat, ist es unverantwortlich, von hier aus weiterzugehen. Deswegen würde ich Sie bitten, draußen auf uns zu warten.«

»Zu warten?«, fragte einer der Männer. »Heißt das etwa, Sie wollen weitermachen?«

Von wollen kann keine Rede sein, dachte Lukas. Er spürte, wie eine eisige Hand seinen Hals umklammerte und ihm die Luft zum Atmen nahm. Plötzlich hatte er eine Idee. »Denken Sie, dass wir hier einen Quadrocopter reinschicken können?«, wollte er von Franz Schmiedl wissen.

Der sah ihn verständnislos an. »Sie wollen was machen?«

»Eine Drohne verwenden. Eines dieser Fluggeräte, die zurzeit so in Mode sind.«

»Sie meinen diese ferngesteuerten Krachmacher?«

Lukas nickte. »Ja. Damit könnten wir die Gänge abfliegen, um zu sehen, wie weit Leni Hanke gekommen ist.«

Schmiedl schüttelte entsetzt den Kopf. »Auf gar keinen Fall. Erstens entstehen durch den Lärm und den Wind, den so ein Ding macht, Schall- und Druckwellen, die dafür sorgen könnten, dass hier alles zusammenbricht. Außerdem mag ich mir nicht vorstellen, was passiert, wenn es gegen einen Balken knallt.«

Lukas biss sich auf die Unterlippe. Dann würde wohl nichts anderes übrig bleiben, als dass er sich selbst auf den Weg machte. »Verstehe.« Er wandte sich an Sepp. »Ich werde dich nicht dazu auffordern, mit mir zu kommen. Aber würdest du mir deinen Hund überlassen?«

Franz Schmiedl und der Hundeführer begannen gleichzeitig, auf Lukas einzureden.

»Ruhe«, bat sich Lukas aus. »Einer nach dem anderen.« Als beide Männer nacheinander beteuerten, dass sie ihn nicht allein lassen würden, gab Lukas auf. Auch wenn er absolut dagegen war, dass insbesondere Franz Schmiedl sich in Gefahr begab, wusste er genau, dass er keine Chance hatte, den alten Herrn zurückzuhalten. Als dann auch noch die Bergmänner dagegen aufbegehrten, dass sie zurückbleiben sollten, kam Schmiedl Lukas zu Hilfe.

»Der Hauptkommissar hat recht«, sagte Schmiedl. Er hielt ihnen einen kurzen Vortrag darüber, dass mit jedem einzelnen Mann, der in den Stollen eindrang, die Gefahr überproportional wuchs, dass der Ausbau weiter zusammenbrach. Als sie sich dennoch nicht zufriedengeben wollten, sagte Lukas deutlich: »Ich verspreche Ihnen, dass Sie die Gelegenheit bekommen werden, in die Stollen unter der Saftfabrik einzusteigen, die wesentlich besser erhalten sind als dieser hier. Ich kann verstehen, dass Sie noch einmal in den Berg zurückkehren wollen. Aber hier und heute ist kein guter Zeitpunkt, weil uns das alle gefährden würde.«

Bevor Lukas losmarschieren konnte, hielt Franz Schmiedl ihn zurück. »Einen Moment noch, Herr Hauptkommissar.« Verlegen zupfte er sich am Ohr. Das, was er sagen wollte, lag ihm schon die ganze Zeit auf der Zunge, irgendwie hatte er sich aber noch nicht getraut, es anzusprechen. Doch nun, wo sie fast auf sich alleine gestellt waren, konnte er nicht mehr anders. Er hoffte nur, dass der junge Polizist es nicht als Respektlosigkeit auffasste, selbst wenn Schmiedl der Ältere war. »Im Berg müssen die Kumpel auf Leben und Tod zusammenrücken. Für Förmlichkeiten ist hier unten kein Platz. Also, wenn es Sie nicht stört, ich bin der Franz.«

Lukas schluckte schwer, als er Schmiedls ausgestreckte Hand ergriff. Am liebsten hätte er den alten Mann umarmt. Er konnte nur beten, dass sie später noch die Möglichkeit dazu hatten. »Danke, Franz, ich heiße Lukas.«

Vorsichtig kletterte Lukas dem Hund hinterher über die verfaulten Balken, die kreuz und quer am Boden lagen. Als er ein Stück weit gekommen war und zwischen zwei Bohlen einen festen und sicheren Stand fand, drehte er sich um und reichte Franz Schmiedl eine Hand, die der alte Herr dankbar annahm. Kurz darauf kamen sie an eine Stelle, an der das Erdreich abgesackt war. Mit einem unwohlen Gefühl betrachtete Lukas die kleine Senke.

»Vermutlich hat der Berg hier Löcher wie ein Schweizer Käse«, befürchtete Schmiedl, als er zu Lukas aufgeschlossen hatte. »Ich muss gestehen, dass mir das überhaupt nicht gefällt.«

»Geht mir genauso«, gab Lukas zu. Die Enge war derart bedrückend, dass er am liebsten kehrtgemacht hätte und nach draußen gerannt wäre. Er wischte sich den Schweiß von der Stirn und sagte mit mehr Zuversicht, als er empfand: »Wenn dir das zu viel wird, dreh bitte um. Niemand ist dir böse, wenn du hier aufgibst.«

Schmiedl hätte lügen müssen, wenn er behauptete, dass genau dieser Gedanke nicht bereits seit einer Weile durch sein Hirn geisterte. Dennoch kam es nicht infrage, den jungen Hauptkommissar allein zu lassen. Allein waren sie nämlich, wenn man von dem Hund absah. Sie hatten bereits vor etwa zehn Minuten entscheiden müssen, dessen Herrchen zurückzulassen, da Sepp Glaser, ähnlich wie Fiedler, für einen derart niedrigen und schmalen Gang einfach zu groß und kräftig war. Doch was im Falle des Stollens unter der Fabrik noch vertretbar gewesen war, wäre hier ein reines Selbstmordkommando, da der Ausbau in einem furchterregenden Zustand war.

»Gib mir deine Hand«, hatte Sepp zu Lukas gesagt. Als Lukas seinen Worten Folge leistete, packte der Hundeführer ihn am Handgelenk und hielt sie dem Hund vor die Nase. »Mara, sei ein braver Hund. Das ist Lukas. Geh mit ihm und hilf ihm.« Er murmelte ein paar beruhigende Worte, die Mara offensichtlich mit etwas assoziierte, das sie kannte. Nach einer Weile richtete Sepp sich auf und sagte zu Lukas: »Ruf sie zu dir.«

Als Lukas tat, wie ihm geheißen, musterte der Hund ihn mit einem undefinierbaren Ausdruck, dann ruckte sein Kopf herum und er sah sein Herrchen mit schief gelegtem Kopf an.

»Ja, es ist in Ordnung. Geh mit ihm.«

Mara gab einen kurzen Bestätigungslaut von sich, machte zwei Schritte auf Lukas zu und setzte sich so dicht an dessen rechtes Bein, dass Lukas die Wärme spüren konnte, die von der Hündin ausging.

»Leg eine Hand auf ihren Kopf.« Damit sollte Lukas ihr zu verstehen geben, dass er das Angebot annahm.

»Mara, komm her«, rief Lukas die Hündin, die vorausgeeilt war, nun zu sich. Er wollte unbedingt vermeiden, dass sie zu weit vorauslief.

Doch anstatt zu gehorchen, fing der Hund an zu kläffen.

Panisch sah Franz Schmiedl Lukas an. »Der Hund muss sofort aufhören zu bellen.«

Erneut rief Lukas nach Mara. Obwohl Sepp ihm auf die Schnelle nur die wichtigsten Kommandos beigebracht hatte, reagierte der Hund zum Glück, als Lukas den Befehl »Still!« gab.

Während sie sich weiter vorankämpften, fing Lukas leise an zu fluchen. Was hatte Leni Hanke sich nur dabei gedacht, auf eigene Faust loszuziehen! Er hätte es ja noch verstanden, wenn der Weg wieder besser geworden wäre, das war er aber nicht. Lukas duckte sich unter einem Balken weg und traute seinen

Augen nicht. Tatsächlich sah der Stollen dahinter mit einem Mal wieder völlig intakt aus.

»Hier sieht es wieder gut aus«, rief er Schmiedl zu. Er wartete, bis der Obersteiger zu ihm aufgeschlossen hatte, und beleuchtete den Gang vor ihnen. Tatsächlich. Hier war der Ausbau unbeschädigt. Lukas rief erneut nach dem Hund und bekam ein kurzes Bellen als Antwort.

Vor ihnen machte der Weg einen Knick. Als Lukas um die Ecke bog, spürte er instinktiv, dass etwas nicht stimmte. Bevor er den Krater im Boden jedoch sehen konnte, bröckelte bereits weiterer Fels unter ihm weg. Mit einem Aufschrei warf er sich nach hinten, doch da war es bereits zu spät. Mit einem Höllenlärm brach das Gestein unter ihm ein und riss auch den Hund, der am Rande des Lochs gesessen hatte, mit in die Tiefe.

Schmiedl, der einige Meter hinter Lukas gewesen war, zuckte zusammen. »Lukas!«, rief er. Atemlos wartete er, bis der Steinschlag verklang, der noch immer nachhallte. Dann rief er erneut. »Lukas? Hörst du mich?« Als wieder keine Antwort kam, wurde Franz Schmiedl klar, dass er zu weit von der Stelle entfernt war. Vermutlich konnte der Polizist ihn deshalb nicht hören. Als Schmiedl sich hinkniete, zitterte er am ganzen Körper. Vorsichtig legte er sich auf den Bauch und robbte vorwärts. Während er sich Zentimeter um Zentimeter näher an das Loch heranarbeitete, klopfte er ständig mit der Taschenlampe auf den Boden und beobachtete das Gestein. Es hielt. Erst als er nur noch wenige Zentimeter von der Einbruchstelle entfernt war, bildeten sich neue kleine Risse. Fast regungslos lag Schmiedl da und sah zu, wie weitere kleine Bröckchen abbrachen, doch es hörte so schnell auf, wie es angefangen hatte. Er streckte einen Arm nach vorn und befühlte den Rand. Offensichtlich befand sich unter ihm eine Kaverne. Eine Luftblase, die viele Jahrzehnte unbeschadet überstanden hatte. Wäre es nicht nur ein Fluchtstollen gewesen, der nur gelegentlich inspiziert

313

worden war, um auszuschließen, dass wilde Tiere sich dort einnisteten, wäre er sicher viel früher eingebrochen. Vorsichtig kroch Schmiedl näher an den Rand heran. Er leuchtete mit der Taschenlampe nach unten. Dann sah er, dass das Loch nicht senkrecht, sondern in einer leichten Schräge nach unten verlief. Hoffnung keimte in ihm auf. Falls die Luftblase im Fels nicht allzu groß gewesen war, hatte Lukas gute Chancen, den Sturz ohne größere Blessuren überstanden zu haben. Immer wieder rief er den Namen des Hauptkommissars. Mit einem Mal wurde dem alten Bergmann bewusst, wie sehr er den jungen Mann schätzte. Es durfte nicht sein, dass er den Absturz nicht überlebt hatte. Gerade als er erneut rufen wollte, hörte er ein Stöhnen.

»Lukas«, rief er eindringlich. »Hörst du mich?«

Erneutes Stöhnen. Dann ein Fluch. »Verdammter Dreck!«

Erleichtert atmete Schmiedl auf. »Bist du verletzt?«

Als erneut keine Antwort kam, rief Schmiedl eindringlich: »Lukas, rede mit mir! Ich muss wissen, ob du verletzt bist.«

»Ich habe mir nur den Kopf gestoßen, glaube ich zumindest.« Dumpf drang Lukas' Stimme aus der Öffnung. »Und mir vermutlich ein paar blaue Flecken geholt.«

»Was ist mit dem Hund?«

»Der sitzt auf mir und leckt mir das Gesicht.«

»Kannst du etwas sehen?«

»Nein. Das heißt, ich sehe, dass von oben her Licht kommt. Das wird deine Taschenlampe sein.«

Zur Bestätigung wackelte Schmiedl mit dem Licht. »Siehst du das?«

»Ja. Aber ich habe meine eigene Lampe verloren. Ich vermute, dass sie bei dem Sturz zerbrochen ist, oder sie liegt unter dem Geröll begraben, das wir mit uns gerissen haben.«

Schmiedl überlegte. Dann fasste er einen Entschluss. »Lukas, allein schaffe ich es nicht, dich da herauszuholen. Aber ich muss meine Lampe mitnehmen, sonst finde ich hier nicht mehr raus.«

Lukas schloss die Augen. Die Vorstellung, dass Schmiedl mindestens eine halbe Stunde brauchen würde, bis er zurückkam, und er in dieser Zeit wie in einer tiefschwarzen Gruft gefangen war, ließ sein Herz vor Angst fast zerspringen. Aber es nützte nichts. Einzig, dass der Hund bei ihm war, spendete ihm Trost.

»Es ist schon in Ordnung«, sagte Lukas, während ihm fast seine Stimme versagte. »Franz?«

»Ja?«

»Sei bitte vorsichtig!« Bei dem Gedanken, dass der alte Steiger von nun an auf sich allein gestellt war, wurde ihm regelrecht schlecht. Lukas hatte ihm doch das ein oder andere Mal helfen müssen, als sie an Stellen gekommen waren, an denen der Ausbau zusammengestürzt war. »Mach langsam. Ich habe Mara bei mir und kann mir die Zeit damit vertreiben, mir den aufdringlichen Hund vom Leib zu halten.«

»Ich bin vorsichtig«, versprach Schmiedl. »Und du verlieb dich inzwischen nicht in den Hund. Am besten, du machst die Augen zu, weil ich mich jetzt zurückziehe.«

Lukas tat, was Schmiedl ihm geheißen hatte. Die Augen zu schließen war ein probates Mittel, um nicht wahrzunehmen, dass er lebendig begraben war. Nun begann die lange Zeit des Wartens. Lukas konnte nicht verhindern, dass ein grausiges Bild durch seine Gedanken geisterte. Die Vorstellung, wie der SEK-Mann auf die mumifizierten Leichen gefallen war, stieg in ihm auf und ließ sich nicht mehr verdrängen. Leni Hanke war höchstwahrscheinlich an genau der gleichen Stelle abgestürzt, und es war gut möglich, dass sie sich dabei den Hals gebrochen hatte. In dem Fall war Lukas vermutlich auf sie draufgestürzt. Der Gedanke, auf einer Leiche zu liegen, die bereits angefangen hatte zu mumifizieren, war im Moment das Schlimmste, was

Lukas sich vorstellen konnte, und für einen Augenblick war er heilfroh, dass seine Taschenlampe zu Bruch gegangen war.

Schmiedl brauchte für den Rückweg nur zehn Minuten. Zumindest bis zu der Stelle, an der der Hundeführer auf dem Boden saß und darauf wartete, dass der Polizist und der alte Mann zurückkamen.

Sepp schreckte hoch. »Was ist passiert?«, fragte er, als er sah, dass der Steiger allein war.

»Lukas ist abgestürzt«, sagte Franz Schmiedl mit zitternder Stimme. »Wir müssen ihn da sofort rausholen.«

»Wie bitte?«, fragte Sepp fassungslos. »Was heißt das, er ist abgestürzt? Wo denn?«

»Wir haben eine Stelle gefunden, an der der Boden eingebrochen ist. Vermutlich ist die Frau dort ebenfalls verunglückt, denn Mara hat angeschlagen. Als Lukas sich genähert hat, ist noch mehr Gestein weggebrochen. Und jetzt sitzt er zusammen mit dem Hund in dem Loch und wartet darauf, dass wir sie herausholen.«

»Es geht ihm also gut?«, fragte Sepp ungläubig. »Und Mara auch?«

»Ja«, bestätigte Schmiedl. »Lukas vermutet, dass er sich nur den Kopf angeschlagen und sich ein paar blaue Flecken geholt hat. Soweit er es beurteilen kann, fehlt Mara nichts, außer dass sie ziemlich anhänglich ist. Aber ich kann nicht einschätzen, wie tief sie gestürzt sind, da man sie von oben nicht sehen kann.«

»Himmel, Arsch und Zwirn«, fluchte der Hundeführer. »Wir müssen eine Rettungsmannschaft anfordern.« Fieberhaft überlegte er, wen er anrufen konnte. Die Bergwacht schied aus naheliegenden Gründen aus und …

»Wir haben doch bereits eine Mannschaft«, riss Schmiedl ihn aus seinen Gedanken.

»Was?« Ungläubig sah Sepp den alten Herrn an. »Nein! Das ist nicht Ihr Ernst!«

»Das ist sogar mein voller Ernst.« Schmiedl nickte bekräftigend. »Wenn jemand sich im Berg auskennt, dann sind es meine Männer. Sie haben ja gesehen, dass die den Arsch in der Hose haben, um weiterzumachen.«

Durch das regelmäßige Schnaufen, das Lukas an seinem Ohr mehr spürte, als dass er es hörte, war er in eine Art gnädiger Trance verfallen. Er schreckte erst wieder hoch, als jemand seinen Namen rief. Vorsichtig versuchte er, seine Glieder zu lockern. Sein linker Arm war eingeschlafen, da der gut dreißig Kilo schwere Schäferhund mit seinem vollen Gewicht darauf lastete.

»Ich bin immer noch hier unten«, witzelte er kläglich.

»Du könntest langsam mal wieder aufwachen«, erwiderte Franz Schmiedl den Scherz. »Es ist ein Unding, dass du uns die ganze Arbeit machen lässt, während du da unten auf der faulen Haut liegst.«

Lukas biss die Zähne zusammen, als ihm bewusst wurde, dass Schmiedl genau seine größten Befürchtungen ausgesprochen hatte.

Offensichtlich war auch dem Steiger der gleiche Gedanken gekommen. »Ich habe das nicht so gemeint. Vergiss das ganz schnell wieder.«

»Das würde ich gern«, rief Lukas. »Wenn ihr mich endlich herausholen würdet.«

»Wir sind schon dabei. Ist der Hund noch bei dir?«

»Ach, ein Hund ist das? Ich dachte schon, ich hätte ein behaartes Baby auf die Welt gebracht.«

Lukas hörte Schmiedl leise lachen. »Hoffentlich hast du ihm nicht die Brust gegeben.«

Lukas entspannte sich ein wenig. Dass er nicht mehr allein war, war Balsam für seine Nerven.

»Wir lassen ein Hundegeschirr an einer Leine herunter. Und eine eingeschaltete Taschenlampe.« Schmiedl verstummte einen Moment lang. Dann sagte er zögernd: »Lukas, ist dir klar, dass du möglicherweise gleich etwas zu sehen bekommst, was du dein Leben lang nicht mehr vergessen kannst?«

Lukas atmete tief durch. »Seitdem ich hier unten hocke, denke ich an nichts anderes mehr.«

»Denkst du, es wäre besser, wenn jemand von uns zu dir hinuntersteigt?«

»Auf keinen Fall! Ich habe keine Ahnung, wie tragfähig der Schotter ist, auf dem ich liege. Solange ich nichts sehen kann, kann ich dir nicht mal sagen, wie groß die Spalte ist. Wenn ihr noch jemanden herunterschickt, dann laufen wir Gefahr, dass noch mehr zusammenbricht.«

Angestrengt blickte Lukas dem Lichtschein entgegen, der immer heller wurde. Als die Taschenlampe in dem fast kreisrunden Loch erschien, kniff er die Augen zusammen. »Ruhig, Mara«, flüsterte er der Hündin zu, die sich nervös drehte, und streichelte beruhigend über ihr Fell. Als er sah, dass sich der Lichtschein nicht mehr bewegte, öffnete er die Augen. Die Taschenlampe und das zusammengebundene Hundegeschirr waren etwa dreißig Zentimeter über ihm auf einem Felsbrocken hängen geblieben. Vorsichtig streckte er die Hand aus und tastete nach dem kalten Stahl. Als er die Taschenlampe mit den Fingerspitzen ertasten konnte, streckte er sich, bis er sie greifen konnte. Er biss die Zähne zusammen, zog sie zu sich her und leuchtete sein Umfeld ab, bange darauf gefasst, in ein paar tote Augen zu blicken.

Zwei Minuten später, in denen er ständig mit Franz Schmiedl in Kontakt stand, hatte er festgestellt, dass das Loch, in das er gestürzt war, in einer riesigen Höhle mündete. Von einer Leiche hingegen sah er keine Spur.

»Die Frau ist nicht hier«, rief er.

»Bist du dir sicher?«

»Ich brauche mehr Licht. Aber vorher schicke ich euch den Hund nach oben.«

Lukas legte die Taschenlampe so auf einen Stein, dass er Mara das Hundegeschirr anlegen konnte. »Braver Hund«, flüsterte er. »Gleich ziehen dich die Männer nach oben.« Als er sich sicher war, dass der Hund fest im Geschirr saß, hakte er den Karabiner ein, der an einem dicken Seil befestigt war.

»Der Fisch hängt am Haken«, witzelte er. »Ihr könnt ihn hochziehen.«

Als Mara spürte, wie etwas an ihr zerrte, winselte sie leise und warf Lukas einen panischen Blick zu. Er flüsterte ihr ein paar aufmunternde Worte zu und dann verschwand sie auch schon im Schacht.

Vorsichtig streckte Lukas seine Glieder. Während der Schäferhund auf ihm gesessen hatte, war er von den Prellungen abgelenkt gewesen, die er sich zugezogen hatte. Er kletterte von dem kleinen Hügel herunter, der aus den Steinen bestand, die aus der Decke gebrochen waren. Nun erst konnte er das Ausmaß der Höhle erkennen. Als er den Lichtstrahl auf eine unregelmäßig geformte Wand richtete, die in einigen Metern Entfernung zu erkennen war, stutzte er. Das war keine Wand, es waren unzählige Tropfsteine. Mit offenem Mund bestaunte Lukas das bizarre Wunder, das sich vor ihm auftat. Irgendwann musste hier ein unterirdischer Fluss hindurchgerauscht sein. Er ließ den Lichtkegel von den Tropfsteinen zurück bis zu seinen Füßen wandern, ging in die Hocke und fühlte mit den Fingern über den Fels. Er war so glatt wie Seide. Ja, dafür konnte nur ein reißender Fluss verantwortlich sein. Erneut richtete er den Lichtstrahl auf die unzähligen Stalaktiten und Stalagmiten, die an den niedrigeren Stellen der Höhle bereits zusammengewachsen waren. Als der Lichtstrahl über die unterirdischen Gestalten glitt, stellte Lukas fest, dass die Höhle sicher über hundert Meter lang war.

Er vergewisserte sich, dass er den Steinhaufen, der sich beim Einbruch der Decke gebildet hatte, nicht aus dem Blick verlor, und ging vorsichtig auf die Tropfsteine zu. Als er den Ersten erreichte, richtete er die Lampe gegen die Decke. Unfassbar! Vorsichtig streckte er seine Hand aus und berührte den Koloss. Er war feucht. Es gab also noch immer Wasser. Und dann hörte er es. Irgendwo tropfte es. Lukas war so fasziniert, dass er der Versuchung kaum widerstehen konnte, den Wald aus Kalkstein näher zu inspizieren. Mit einem Mal waren seine Ängste wie weggewischt. Wie magnetisch wurde er von den Kobolden angezogen, zu denen das kalkhaltige Wasser diese Gebilde geformt hatte.

»Lukas«, scholl es plötzlich aus unzähligen Stimmen von der Höhlendecke.

Erschrocken drehte Lukas sich um. Vor lauter Staunen hatte er ganz vergessen, Franz Schmiedl darüber in Kenntnis zu setzen, was er hier unten trieb. »Alles klar, Franz. Hier ist eine riesige Tropfsteinhöhle.«

»Hast du die Frau gefunden?«

»Nein. Die Höhle ist viel zu groß.« Plötzlich schoss ein Gedanke durch Lukas' Kopf. Wie dämlich! Wieso hatte er nicht daran gedacht, dass er den Hund hier unten brauchen würde, um Leni Hanke zu finden? Lukas hätte sich selbst in den Hintern beißen können. Irgendwie war er wie selbstverständlich davon ausgegangen, dass er nur in eine kleine Luftblase gestürzt war und dass Leni Hanke, vermutlich längst verstorben, in der Nähe des Abbruchs liegen musste. Niemand hatte damit rechnen können, dass hier unten ein Naturschauspiel stattfand. Lukas kratzte sich am Kopf und stöhnte auf. Er hatte genau die Stelle erwischt, die er sich bei seinem Sturz aufgeschlagen hatte. Einen Moment lang sah er auf seine blutigen Finger, dann wischte er sie an seiner Hose ab.

Lukas hatte ein ungutes Gefühl bei dem Gedanken, wie er ungesichert und ohne entsprechende Ausrüstung nach Leni Hanke suchen sollte. Doch dann erregte etwas seine Aufmerksamkeit. Erst dachte er, er hätte sich getäuscht, doch als er das Licht erneut über die Stelle gleiten ließ, sah er es wieder. Irgendetwas reflektierte dort. Und das war etwas, das nicht die Natur erschaffen hatte.

Plötzlich stürmten alte Ängste auf ihn ein und zwangen ihn fast in die Knie. Er hatte Leni Hanke gefunden, da war er sich sicher. Irgendwie hatte sie es fertiggebracht, dorthin zu kriechen, wo es Wasser gab. Vielleicht hatte sie es sogar geschafft, ein paar Tage zu überleben. Mit kurzen Schritten lief Lukas zu der Stelle, an der er die Reflexion wahrgenommen hatte, doch erst, als er dort angelangt war, sah er, dass wirklich eine Gestalt hinter den Tropfsteinen lag. Bereit, dem Tod ins Gesicht zu blicken, ließ Lukas den Lichtstrahl über ihren Körper wandern. Erst sah er die Beine, dann kam ihr Oberkörper in Sicht. Sie lag auf der Seite. Als er ihr Gesicht ableuchtete, atmete er erleichtert auf. Sie sah aus, als würde sie nur schlafen. Schnell ging Lukas in die Knie und streckte seine Hand nach ihr aus. Als er ihr Gesicht berührte, zuckte er erschrocken zurück.

Lukas schluckte. Nach einem kurzen Augenblick berührte er sie erneut.

»Franz?«, rief er nach oben.

»Himmel, Lukas! Wir waren schon drauf und dran, doch noch jemanden zu dir runterzuschicken«, schimpfte Franz Schmiedl. »Was treibst du da unten eigentlich?«

»Ich habe die Frau gefunden! Habt ihr genügend Seil, damit ihr sie hinaufziehen könnt?«

»Darauf kannst du Gift nehmen!«

»Denkst du, dass die Höhlendecke das aushält?«

»Wir haben das Loch mit mehreren Balken abgesichert«, antwortete Schmiedl. »Die Seitenwände sind stabil. Das dürfte kein Problem sein. Aber glaubst du nicht, dass es besser wäre, wenn wir sie auf einer Bahre hochziehen?«

»Das wäre es vermutlich. Aber woher willst du die nehmen?«

»Wir schicken jemanden los, der eine aus dem Dorf holt. Es kommt ja wohl nicht mehr auf ein oder zwei Stunden an, oder?«

»Doch, das tut es«, rief Lukas. »Die Frau lebt!«

Eine Weile war es totenstill. Plötzlich redeten etwa zehn Stimmen durcheinander.

»Lukas?«, fragte Schmiedl ungläubig, als wieder Ruhe eingekehrt war. »Haben wir dich richtig verstanden? Sagtest du, dass die Frau lebt?«

»Ja«, rief Lukas glücklich. »Sie ist bewusstlos, aber ich kann ihren Puls spüren.«

Ein paar Minuten später wurden drei batteriebetriebene Baustellenlampen durch das Loch herabgelassen. Erleichtert, dass es um ihn herum nun wirklich hell genug war, platzierte Lukas die lichtstarken Lampen so, dass sie ihm wie eine Straßenbeleuchtung den Weg zu der bewusstlosen Frau wiesen. Als er sich den Tropfsteinen erneut näherte, stutzte er. Leni Hanke war verschwunden. Doch dann merkte er, dass er ein paar Meter zu weit nach links geraten war. Der hintere Teil der Höhle war wie ein Labyrinth, in dem man sich nur allzu leicht verirren konnte. Er konnte von Glück sagen, dass er den Schotterhügel so schnell wiedergefunden hatte. Nachdem er die Stalagmiten etwa zwei Minuten lang abgesucht hatte, atmete er erleichtert auf. Für einen Moment hatte er befürchtet, dass Leni Hanke wach geworden war und sich weitergeschleppt hatte.

Vorsichtig kletterte Lukas über eine niedrige Formation, die der Kalk vor einem riesigen, zusammengewachsenen Tropfstein gebildet hatte, und ging neben der Frau in die Hocke. Er hatte keine Ahnung, wie er sie aus diesem Stangenwald herausbringen sollte. Hochheben konnte er sie nicht, da die Höhlendecke derart von Kalk überwuchert war, dass sie nach oben nur etwa einen Meter sechzig Platz bot. Wenn er versuchen würde, sie hochzuheben, lief er Gefahr, sich einen Bandscheibenvorfall einzufangen. Nein, es musste anders gehen.

Um Leni Hanke nicht zu verletzen, legte Lukas ihre Arme behutsam hinter ihren Kopf, dann kniete er sich hinter sie und fing vorsichtig an, sie über die Kalkgebilde zu ziehen. Nachdem er sie etwa fünfzig Zentimeter unter dem letzten Vorsprung hervorgeholt hatte, ging es etwas besser. Er kreuzte ihre Hände über der Brust und stemmte sie an ihren Schultern in eine halb sitzende Lage. Jetzt konnte er unter ihren Achseln hindurchgreifen und sie in den Rettungsgriff nehmen.

Fünf Minuten später war Lukas schweißgebadet, doch er hatte es geschafft, sie unter der niedrigen Stelle hervorzuziehen. Kurz überlegte er, ob er sie doch hochheben und tragen sollte, doch dann entschied er sich für die einfachere Variante. Sie trug feste Bergschuhe, und er würde sie nicht verletzen, wenn er sie über den Boden bis zu dem kleinen Schutthügel zog. Zudem konnte er nicht einschätzen, ob sie bei dem Sturz nicht irgendwelche Knochenbrüche davongetragen hatte. Sollte sie sich die Wirbelsäule verletzt haben, war die Gefahr, dass sie sich einen Nerv einklemmte, wenn er sie hochhob, deutlich höher, als wenn er sie behutsam über den Boden zog. Als er den Steinhaufen erreichte, rief er nach Franz Schmiedl.

»Ich habe sie hierhergebracht. Habt ihr eine Möglichkeit gefunden, sie nach oben zu schaffen?«

»Gib uns noch ein paar Minuten«, antwortete Schmiedl. »Wir basteln gerade an etwas.«

Lukas nutzte die Zeit, um die Lampen einzusammeln und so um den Hügel herum aufzustellen, dass er ausreichend Licht zur Verfügung hatte.

»Lukas?«

»Ja?«

»Wir lassen dir eine provisorische Bahre hinunter. Mach dich aber darauf gefasst, dass das eine ziemlich vertrackte Angelegenheit wird. Wir müssen das Seil über die Holzbohlen nach oben ziehen, und es kann sein, dass dabei noch mehr Gestein abbricht. Du gehst also besser in Deckung.«

Kaum dass Franz Schmiedl zu Ende gesprochen hatte, rutschte ein seltsames Konstrukt den Schacht hinunter. Erst wusste Lukas nicht, was die Männer da zusammengebaut hatten, dann sah er, dass sie mehrere Leinen so miteinander verflochten hatten, dass sie eine halbwegs solide Matte bildeten. Er schlug das Konstrukt auseinander und rief, dass die Männer noch mehr Leine zugeben sollten. Dann zog er die Unterlage so weit herunter, dass er sie neben Lenis Oberkörper legen konnte. Er war heilfroh, dass sie bewusstlos war und nicht mitbekam, was ihr geschah. Er hatte mehrfach ihren Puls kontrolliert, der leicht, aber regelmäßig schlug. Nun stemmte er ihren Oberkörper hoch und lehnte ihn gegen seine Schulter. Mit vielen Verrenkungen gelang es ihm schließlich, die Matte so hinter sie zu zerren, dass er sie darauf ablegen konnte.

Als sie einigermaßen stabil auf dem Flechtwerk lag, klappte Lukas den oberen Teil über ihren Kopf. Den dadurch entstandenen Umschlag befestigte er mit zwei losen Enden so, dass ein neuerlicher Steinschlag sie nicht noch zusätzlich am Kopf verletzen würde. Er brauchte etwa eine Viertelstunde, um das Geflecht mit den überstehenden Leinenenden so einzuwickeln, dass sie wie eine Mumie verpackt war. Als er fertig war, betrachtete er sein Werk. Ja, so müsste es gehen. Die Unterlage war nicht lang genug, dass ihr ganzer Körper darauf zu liegen kam, vor allem, da er einen beträchtlichen Teil dazu benutzt hatte, um ihren Kopf zu schützen. Immerhin war ihre Wirbelsäule bis zum Steißbein gut eingepackt.

»Ich bin so weit«, rief er nach oben. »Ihr könnt sie hochziehen.«

Entgegen Schmiedls Ratschlag, dass er selbst in Deckung gehen sollte, kniete sich Lukas neben Leni und schob von unten nach, als die Männer zu ziehen anfingen. Dann spürte er, dass der lose Untergrund unter ihm ins Rutschen geriet. In letzter Sekunde konnte er einem Stein ausweichen, der von oben herabfiel, dann hatten die Männer es geschafft, den Körper der Frau so weit hochzuziehen, dass Lukas nur noch ihre Füße sehen konnte, die frei in der Luft baumelten.

»Verdammte Scheiße!«, rief Lukas, als die Steinbrocken unter ihm ins Rutschen gerieten. Jeden festen Halts beraubt, schaffte er es nicht, dem Geröll auszuweichen, das von oben nachrutschte. Und dann brach unter der Last der Frau ein weiteres Stück von der Höhlenwand ab und ein Steinhagel prasselte auf Lukas herab. Er hob die Hände, um seinen Kopf zu schützen, als der Steinhaufen auch noch den Rest an Stabilität einbüßte. Er schrie auf, dann stürzte er und wurde wenige Sekunden später von unzähligen Steinen begraben.

Einen Moment lang wusste Lukas nicht, wo er war. Ein zentnerschwerer Druck lastete auf seiner Brust und irgendetwas kratzte ihm im Hals. Dann hörte er Stimmen, die seinen Namen riefen. Mit Mühe schaffte er es, seinen rechten Arm freizubekommen. Er spürte, wie die Panik sein Rückgrat entlang nach oben kroch. Er atmete tief ein und bekam prompt einen Hustenanfall.

»Ich – es ist alles okay«, keuchte er. Erneut schüttelte ihn ein Hustenanfall. Mit dem freien Arm gelang es ihm, einige große Steine, die auf ihn herabgeprasselt waren, zur Seite zu schieben, sodass er wieder besser atmen konnte. Kurz darauf schaffte er es, auch seinen zweiten Arm freizubekommen.

Zum gefühlt hundertsten Mal erkundigte sich Franz Schmiedl, ob er nicht doch einen Mann zu Hilfe schicken sollte.

»Auf keinen Fall«, sagte Lukas mit einer Stimme, die ihm selbst fremd erschien. Der feine Staub hatte sich auf seine Stimmbänder gelegt. Er räusperte sich und spuckte aus. »Lasst mir einfach nur ein Seil herunter.«

Mit einem mulmigen Gefühl richtete Lukas sich auf. Vorsichtig, um keinen weiteren Steinschlag auszulösen, kletterte er den Schotterhügel, der nach dem Erdrutsch ein gutes Stück flacher geworden war, nach oben. Als er das Seil sah, das in dem nahezu kreisrunden Loch erschien, atmete er erleichtert auf.

»Wie viel Meter habt ihr noch?«

»Etwa zwanzig«, schätzte Schmiedl. »Reicht das?«

Das war gut. Sehr gut sogar. Mit zitternden Fingern band Lukas zwei große Schlaufen in das Seilende und schlüpfte mit den Beinen hinein. Zum Glück hatte er im letzten Jahr ein paar Wochen bei der Bergwacht verbracht und dort gelernt, wie man einen provisorischen Hosenträgergurt anfertigte, ohne dass er dem zu rettenden Opfer bei der Bergung die Genitalien abschnitt. Als er fertig war, warf er einen letzten Blick in die Höhle. Da er darauf verzichten wollte, den Steinhaufen noch mal hinunter und wieder hinaufzuklettern, würden die Baustellenlampen die große Höhle noch so lange beleuchten, bis die Batterien leer waren. Mit einem leisen Bedauern verabschiedete sich Lukas von der märchenhaften Untertagewelt. Würde die Höhle nicht ausgerechnet in einem Bergwerk liegen, hätte man eine Touristenattraktion daraus machen können. Doch da es unter der Höhle weitere Kavernen und Hohlräume geben konnte, die durch Einsackungen während des Bergbaubetriebs entstanden waren, war es zu gefährlich, dort Menschenmassen hineinzulassen. In einer letzten Eingebung zog Lukas sein Handy aus der Hosentasche. Obwohl er nicht damit gerechnet hatte, dass es die beiden Stürze überlebt hatte, schien es keinen Schaden genommen zu haben. Er entsperrte das Display und machte ein paar Fotos, auch wenn er keine Hoffnung hegte, dass die Aufnahmen auch nur eine einigermaßen gute Qualität haben würden. Doch vielleicht hatte er Glück und man konnte darauf zumindest die Dimension der neu entdeckten Tropfsteinhöhle erahnen.

Dann gab er den Männern ein Zeichen, dass er so weit war, und sofort straffte sich das Seil. Lukas biss die Zähne zusammen, als die Seile ihn an den Oberschenkeln einschnitten. Nur ein paar Minuten, sagte er sich, dann hast du es geschafft.

Als sein Kopf in dem Loch auftauchte und er die alten Männer sah, die sich um das Loch drängten und ihr Leben dafür riskierten, ihn zu retten, musste er schlucken. Er hätte nicht sagen können, womit er eigentlich gerechnet hatte – wahrscheinlich damit, dass Sepp seinen Chef oder die Bergwacht anrufen würde. Doch um sich herum sah er nur in die Gesichter der alten Hauer, die zurück in ihren Berg gekommen waren, um ihm zur Seite zu stehen. Sie waren einfach unglaublich. Die letzten Zentimeter stemmte Lukas sich selbst nach oben, indem er sich mit einer Hand an dem Holzbalken festhielt, der über das Loch gelegt war, und mit der anderen einen kleinen Vorsprung im Felsen ergriff. Helfende Hände streckten sich ihm von allen Seiten entgegen, zogen an seiner Kleidung und seinen Oberarmen, bis er wie eine Robbe auf einer Eisscholle auf dem Bauch lag. Lukas hob den Kopf und sah in das Gesicht des Mannes, dem er seine Rettung zu verdanken hatte.

Franz Schmiedls Augen glänzten feucht, als er dem jungen Mann vom Boden aufhalf. Ein paar Sekunden lang standen sich die ungleichen Männer gegenüber, dann fielen sie sich in die Arme.

EPILOG

Es war ein Frühsommertag, wie er schöner nicht hätte sein können. Obwohl es erst Ende Mai war, war der Tag schon seit den frühen Morgenstunden außergewöhnlich warm. Und jetzt am Nachmittag standen alle Zeichen gut, dass sich die Wärme bis in die späten Abendstunden hinein halten würde. Perfekt für das, was sie vorhatten.

Lukas hatte geschlagene drei Tage damit verbracht, Fakten zu sammeln, zu sortieren und seinen Bericht zu schreiben, auch wenn es ihm schwergefallen war. Viel lieber hätte er die Zeit mit seiner Tante verbracht, doch die hatte fröhlich abgewunken.

»Wir haben noch genügend Zeit, um uns kennenzulernen. Ich habe jedenfalls nicht vor, schon so bald wieder abzureisen.« Dazu kam, dass sie von Franz Mayer die Bestätigung erhalten hatte, dass sie zumindest noch drei Wochen in der Pension Wendelstein bleiben konnte.

Nachdem sie ihre Aussagen über die Geschehnisse zu Protokoll gegeben hatten, nutzten Maria und Leon die Zeit, um die Gegend zu erkunden, da nach einem langen Telefonat mit Belinda Wieser klar geworden war, dass die Krimirallye in diesem Jahr aufgrund der besonderen Umstände gestrichen wurde.

Mit gekonnten Schlägen zapfte Franz Schmiedl das Holzfass an, das Michael Fiedler gestiftet hatte. Es zischte, dann sprudelten eineinhalb Liter Schaum aus dem Zapfhahn, bevor der goldgelbe Gerstensaft klar und süffig in den großen Glaskrug lief.

Dankbar nahm Lukas die erste Maß entgegen. »Ich trinke auf die tapfersten Männer, die ich jemals kennengelernt habe«, sagte er und prostete den Bergleuten zu, die einträchtig zusammensaßen. Nie würde er das Bild vergessen, wie sie sich in voller Montur ins Zeug gelegt hatten, um Leni Hanke und ihn selbst zu retten. Als er, mit unzähligen Schrammen und von oben bis unten voller Staub, in dem alten Stollen stand, hatte jeder der Männer ihn berührt und ihm *Glück auf!* gewünscht. Ob es das diffuse Licht im Stollen gewesen war oder die besondere Aufgabe, die ihnen zuteilgeworden war – Lukas hätte es nicht sagen können, aber an dem Tag sah keiner der Männer älter aus als dreißig.

Nachdem er mit jedem angestoßen hatte, überließ er die Gruppe sich selbst und nahm sein Bier mit an den Nachbartisch, an dem seine Tante Maria, Leon, Fiedler, Emma, die Rechtsmedizinerin Hanna Teufel, Sepp und Mara und auch Markus Hanke saßen.

Der alte Bergmann hatte die gesamte Truppe auf ein Gartenfest zu sich nach Hause eingeladen, kaum dass sie Leni Hanke gerettet und dem Krankenwagen übergeben hatten. »Der Berg hat uns wieder freigegeben«, hatte er gesagt. »Das muss gefeiert werden!«

Und so waren sie alle zusammengekommen. Neben dem Bierfass stand ein Grill, auf dem Würstchen und Steaks brutzelten, mit Argusaugen von Mara bewacht, die, als sie Lukas wiedererkannt hatte, mit einem Riesensatz an ihm hochgesprungen war.

»Ich glaube, Herr Schmiedl würde dich am liebsten adoptieren«, sagte Maria mit einem wehmütigen Lächeln.

Lukas folgte ihrem Blick. Die Zuneigung beruhte auf Gegenseitigkeit. »Das würde ich mir glatt überlegen«, erwiderte er Marias Lächeln. »Ich mag den alten Herrn. Und da meine einzig lebende Verwandte ein paar Hundert Kilometer von mir entfernt wohnt, wäre es gar nicht so schlecht, noch eine Art Großvater hinzuzugewinnen.«

»Von wegen einzige Verwandte. Du vergisst ...«

»Tante Magda«, ergänzte Lukas Marias Satz und verdrehte die Augen.

Maria spürte, dass ihm das Thema unangenehm war. »Habt ihr was mit der Bierdose und den Zigarettenstummeln anfangen können, die ich dir gegeben habe?«, lenkte sie ab. Sie hatten die Sachen, die sie und Leon in der Nähe der abgebrannten Scheune gefunden hatten, fast schon vergessen gehabt, als Leon sie zufällig im Kofferraum ihres Leihwagens wiederentdeckte.

»Die DNA an den Zigarettenstummeln hat sich keinem unserer Tatverdächtigen zuordnen lassen, aber an der Dose hat das Labor Fingerabdrücke von Heiner Semmelbach gefunden«, sagte Lukas. »Damit ist erwiesen, dass er sich in der Nähe des Tatorts befand, und das wiederum hat dem Staatsanwalt gereicht, um einen Durchsuchungsbeschluss für seine Wohnung rauszurücken. Hinter einer Wandverkleidung hat die Spurensicherung eine Pistole gefunden, die sich im ballistischen Abgleich als die herausgestellt hat, mit der Sven Lohmann erschossen wurde. Aus der Nummer kommt Semmelbach nicht mehr raus, und das haben wir allein deiner Umsicht zu verdanken.«

Maria wurde vor Freude über das Kompliment rot. Lukas drückte sie an sich, als er merkte, dass ihr die Aufmerksamkeit ein wenig peinlich war. Er wandte sich an Markus Hanke. »Apropos Sven Lohmann. Wie geht es deiner Schwester?«

Markus öffnete die Augen. Das erste Mal seit gut zwei Wochen entspannte er sich und genoss die warmen Strahlen, mit denen die Nachmittagssonne Muster auf sein Gesicht malte. Ausgestanden waren die Ängste, die er um Leni gehabt hatte. Sie hatte überlebt, und das war alles, was zählte. »Das mit Sven weiß sie noch nicht«, sagte er leise. »Die Ärzte haben dazu geraten, ihr die Nachricht von seinem Tod erst zu überbringen, wenn es ihr wieder besser geht. Sie hat jedenfalls unglaubliches Glück gehabt. Als sie abgestürzt ist, hat sie sich eine schwere Gehirnerschütterung zugezogen und kann sich an fast nichts erinnern. Sie weiß eigentlich nur, dass sie fürchterliche Kopfschmerzen und schrecklichen Durst hatte, aber irgendwie an Wasser kam. Der Rest versinkt zum Glück in einem dichten Nebel. Hoffentlich bleibt das auch so.« Markus fröstelte trotz der Hitze bei der Vorstellung, welch ein Albtraum es wäre, wenn Leni die ganze Tragweite dessen bewusst werden würde, was ihr zugestoßen war.

»Ich habe schon vermutet, dass sie auf der Suche nach Wasser irgendwie zu den Tropfsteinen gefunden hat. Vielleicht war es das Plätschern, das zu hören ist, wenn man ganz leise ist«, sagte Lukas. »Sie weiß also noch nicht, dass sie quasi in einem schwarzen Loch gefangen war?«

Genau das hatte Markus sich in den ersten beiden Tagen gefragt, als seine Schwester noch in einer gnädigen Bewusstlosigkeit lag. Doch dann war sie vor einem Tag aufgewacht und hatte ihm, zumindest vorerst, seine Ängste genommen. »Bis jetzt nicht. Die Ärzte geben ihr eine gute Chance, dass das auch so bleibt. Sie vermuten, dass sie zwar etwas wahrgenommen hat, ihr Verstand aber abgeschaltet hat, damit sie darüber nicht verrückt wird. Die Verletzungen rechtfertigen jedenfalls nicht, dass sie ins Koma gefallen ist. Aber letztendlich wird erst die Zeit zeigen, ob sie ein Trauma zurückbehält. Sie hat stark abgenommen, und wenn ihr das bewusst wird, wird sie sich ganz sicher fragen, was wirklich mit ihr passiert ist.«

Maria seufzte. »Vielleicht sollte ich mich ja auch mal zehn Tage in eine schwarze Höhle legen«, sagte sie und strich sich das T-Shirt glatt, das ein winziges Speckröllchen verbarg.

»Ich kann Ihnen gern ein Kühlfach in der Rechtsmedizin anbieten«, scherzte Hanna Teufel. »Kalt, eng und dunkel können wir nämlich auch.«

»Oh, danke, das wäre mir zu gruselig neben all den Leichen«, sagte Maria und rieb sich die Gänsehaut vom Arm. Sie zögerte, doch dann gab sie sich einen Ruck. »Was ist eigentlich bei der, äh, Untersuchung herausgekommen?«

Hanna Teufel sah Maria ernst an. »Die Sektion hat ergeben, dass die Frauen zum Teil stark unterernährt waren und, ihrem niedrigen Vitamin-D-Spiegel zufolge, über einen längeren Zeitraum kein Tageslicht gesehen haben. Allem Anschein nach hat Keller sie in der Höhle gefangen gehalten.«

»Die KTU konnte anhand von DNA-Spuren nachweisen, dass alle Frauen in der Kaverne eingekerkert waren«, ergänzte Lukas. »Zudem wurde an allen Leichen DNA von Hans Keller gefunden. Der kann sich also nicht mehr herausreden, dass er von nichts gewusst hat, und es seinen Handlangern in die Schuhe schieben.«

»Hat er sie denn ...« Maria stockte. Sie war sich gar nicht so sicher, ob sie das überhaupt wissen wollte.

»Umgebracht?«, fragte Teufel. »Ja und nein. Die Frau, die wir zuerst identifizieren konnten, Gerti Bauer, war durch die lange Gefangenschaft in einem extrem schlechten Allgemeinzustand. Dazu hat sie sich eine Lungenentzündung eingefangen, die ihr wohl den Rest gegeben hat. Im weitesten Sinne könnten wir hier also von einer natürlichen Todesursache sprechen.«

»Das heißt, Keller kommt in dem Fall davon?«, fragte Maria entsetzt.

»Nein«, beruhigte Lukas sie. »Wegen Entführung, Geiselnahme und Totschlag durch unterlassene Hilfeleistung ist er auf jeden Fall dran. Dazu werden wir in den nächsten Tagen und Wochen ein Spezialteam in die noch zugänglichen Bereiche des Bergwerks schicken. Im Umfeld der Saftfabrik sind in den letzten Jahren noch weitere Frauen spurlos verschwunden, und wir werden alles dransetzen, sie zu finden. Falls wir Glück haben, können wir Keller am Ende so viele Delikte nachweisen, dass er nie wieder auf freien Fuß kommt. Und außerdem war die Teufelin noch nicht am Ende ihrer Ausführungen.« Lukas blinzelte der Rechtsmedizinerin zu.

Die nahm die Bezeichnung mit Humor. »Die zweite Leiche konnten wir ebenfalls schnell identifizieren. Es war Magdalena Kruzpa, ein dreizehnjähriges Mädchen, das beim Betteln in Miesbach spurlos verschwand. Sie hatte diverse, kaum verheilte Knochenbrüche, die ihr in ihren letzten Lebensmonaten zugefügt wurden. Ihren Eltern zufolge war sie ein echter Wildfang, und wir haben keinen Grund zur Annahme, dass sie sich ihrem Schicksal gefügt hat. Vermutlich hat Keller sie regelmäßig verprügelt, was die Verletzungen erklären würde. Todesursächlich war ein Schädelbasisbruch, der definitiv prämortal entstanden ist.«

»Keller hat sie also erschlagen?« Maria traten Tränen in die Augen. »Das arme Kind. Und die armen Eltern. Wie entsetzlich!« Sie hatte genug gehört. Was der dritten Frau zugestoßen war, wollte sie lieber gar nicht wissen.

»Ihr habt doch noch eine Tote gefunden«, hakte Leon nach, als Maria nichts mehr sagte.

»Ja.« Doktor Teufel nickte bedrückt. »Das war das Schlimmste von allen. Sie ...«

»Bitte«, sagte Maria mit erstickter Stimme. »Keine weiteren Details. Mir ist auch so schon schlecht.«

»Entschuldigung«, sagte Leon, dem Marias blasse Gesichtsfarbe schon zuvor aufgefallen war. »Ich dachte nur, du willst es wissen.«

»Wollte ich auch.« Maria zog ein Taschentuch aus ihrer Jacke und putzte sich die Nase. »Aber ich bin wohl zu zart besaitet, als dass ich mir so etwas Schreckliches noch länger anhören will.«

»Das kann ich verstehen«, sagte Hanna Teufel mitfühlend. »Keine Details, versprochen. Nur noch so viel: Wir konnten die Frau anhand eines Zahnschemas und ihrer DNA zweifelsfrei identifizieren. Sie war eine Anhalterin und verschwand vor zwei Jahren in einer regnerischen Nacht auf der Bundesstraße nach Rosenheim.«

Nach Hanna Teufels Ausführungen wollte keine rechte Stimmung mehr aufkommen. Schließlich war es Sepp Glaser, der Hundeführer, der die Situation rettete. Er bückte sich unter den Tisch und flüsterte Mara etwas ins Ohr. Die ließ es sich nicht zweimal sagen, robbte zwischen den ganzen Beinen hindurch, bellte kurz und sprang Lukas auf den Schoß. Der wäre vor Schreck fast rückwärts von der Bank gefallen, konnte sich aber gerade noch festhalten.

»Sie hat wirklich einen Narren an dir gefressen«, sagte Sepp. »Was so eine zweisame Kuschelrunde in einer finsteren Höhle doch auslösen kann.«

Nachdem das Lachen am Tisch verklungen war, fragte Fiedler: »Hat heute schon jemand Zeitung gelesen?«

Dazu hatte noch niemand Muße gehabt. Lukas hatte den Vormittag damit verbracht, seinem Bericht den letzten Schliff zu verpassen, Maria und Leon waren Franz Schmiedl beim Aufbau für die Gartenparty behilflich gewesen, und Markus hatte die Zeit bei seiner Schwester verbracht.

Fiedler nahm seine Jacke von der Lehne und zog eine zusammengerollte Zeitung aus dem Ärmel. »Dann solltet ihr das jetzt nachholen.«

Deutscher Krimiklub hebt Drogenring aus

Was ein unterhaltsames Spiel hätte werden sollen, wurde zum blutigen Ernst: Durch ihre Siege bei den jeweiligen Landesmeisterschaften kamen Maria Wagner, Markus Hanke und Leon Trattner in den Genuss von drei Wochen Ferien im schönen Oberbayern, wo sie ein neues Rätsel gemeinsam lösen sollten. Doch daraus wurde nichts, denn durch einen Zufall geriet das Trio in einen echten Kriminalfall. Und diesmal waren die bösen Buben real: Der Saftfabrikant Hans K. und drei seiner Mitarbeiter waren die Drahtzieher eines Drogenringes, den die Polizei Miesbach seit Längerem im Visier hatte und durch die unfreiwillige Mithilfe des Trios endlich hinter Schloss und Riegel brachte.

»Offensichtlich hat denen niemand verraten, dass du gar kein Mitglied des Krimiklubs bist, sondern dich unter Vortäuschung falscher Tatsachen bei uns eingeschlichen hast«, konnte sich Maria die kleine Spitze nicht verkneifen.

Markus wurde prompt rot. »Darüber bin ich nicht unbedingt enttäuscht«, verriet er. »Mir ist das Ganze auch so peinlich genug.«

»Jedenfalls werden wir jetzt auch noch berühmt«, scherzte Leon, der es kaum erwarten konnte, seinen Klassenkameraden vom größten Abenteuer seines Lebens zu erzählen.

»Apropos Schule«, sagte Maria. »Du hast ja nur noch die mündlichen Prüfungen, dann bist du damit quasi durch. Hast du dir schon überlegt, was du nach dem Abi machen willst?«

Unschlüssig starrte Leon auf seine Schuhspitzen. »Keine Ahnung«, gestand er. »Mit dem, was mir wirklich Spaß macht, kann ich kein Geld verdienen.« Zumindest nicht legal, doch das konnte er in Gegenwart der Polizisten schlecht hinzufügen.

»Und das wäre?«, fragte Lukas neugierig.

Leon wurde rot. »Äh, na ja, also ...«

Maria gab ihm einen Knuff. »Komm, erzähl schon. Schließlich ist er gerade nicht im Dienst.«

Als Leon trotzdem nichts sagte, versprach ihm Lukas, dass, egal was es sei, nichts davon vor Gericht gegen ihn verwendet werden würde.

»Vor Gericht?« Leon wurde blass.

»Das war ein Scherz«, beruhigte Lukas ihn. »Los, erzähl schon, was es ist, was uns so beunruhigen dürfte.«

»Hacken«, flüsterte Leon fast unhörbar.

Lukas hatte ihn trotzdem verstanden. »Du meinst, in fremde Rechner eindringen? Große Firmenrechner knacken?«

»Mhm.«

Lukas grinste. »Also ich kann dich gut verstehen«, sagte er. »Das ist bestimmt eine aufregende Sache. Und wie kommst du darauf? Hast du schon mal so was gemacht?«

Erst als Maria ihn dreimal dazu aufgefordert hatte, beantwortete Leon Lukas' Frage.

»Wow«, war schließlich alles, was Lukas dazu einfiel, während Fiedler nach Luft schnappte und ein gepresstes »Ich habe nichts gehört« von sich gab.

»Ach, kommen Sie schon, Chef, das ist doch interessant«, fand Lukas. Dann sah er Leon nachdenklich an. »Hast du schon mal darüber nachgedacht, dass du aus deinem Talent was machen könntest? Informatik studieren zum Beispiel?«

Leon zuckte mit den Schultern. »Klar hab ich darüber nachgedacht. Aber das ist doch langweilig.«

»Das kommt nur darauf an, welchen Weg du später einschlägst«, war sich Lukas sicher. »Mit einem gut abgeschlossenen Studium kannst du dich bei der Polizei bewerben und es sogar bis ins LKA oder ins BKA schaffen. Dort würdest du weniger programmieren als vielmehr genau das tun, was dir am Herzen liegt. Nur eben völlig legal.«

»Und wir hätten ein kriminelles Früchtchen weniger, das wir hochnehmen müssten«, knurrte Fiedler. »Also ich finde, das ist eine echt gute Idee.«

Bevor Leon etwas darauf antworten konnte, gab es am Gartenzaun einen kleinen Tumult.

»Was ist denn da los?«, fragte Maria. »Das ist doch ...« Staunend riss sie die Augen auf, als eine ihr bekannte Person in Franz Schmiedls Garten gestakst kam. »Frau Wieser? Was machen Sie denn hier?«

Geziert nahm Belinda Wieser auf dem Stuhl Platz, den Lukas ihr hinschob. »Ich war bereits gestern in der Polizeidienststelle, um eine Aussage zu machen«, sagte die Chefsekretärin des Deutschen Krimiklubs. »Herr Zieringer hat mir von der Party erzählt und dass die vielleicht genau der geeignete Rahmen wäre.«

»Der Rahmen für was?«, fragte Maria verständnislos.

Hektisch kramte Belinda Wieser in ihrer Handtasche und zog ihr Handy hervor. Ohne die Frage zu beantworten, wählte sie eine Nummer und quietschte »Wo bleiben Sie denn?« hinein.

»Ich komme ja schon«, rief ein schwer atmender Koloss, der quer über die Wiese gestapft kam und einen großen Fresskorb am Arm hängen hatte.

Nachdem der Neuankömmling sich als Jörg Brumba, Geschäftsführer des Klubs, vorgestellt hatte, bat er um Ruhe. Als die Gespräche nach und nach verstummten, setzte er zu einer Rede an.

»Liebe Frau Wagner, lieber Leon und, ähm, nun ja, auch Sie, lieber Herr Hanke.« Bei der Erwähnung des Letzteren verzog Brumba das Gesicht, als hätte er in eine besonders saure Zitrone gebissen. »Ich freue mich sehr, dass ich Sie alle so gesund und munter hier vorfinde. Was Sie in den letzten Tagen geleistet haben, war so außerordentlich, dass es mir heute ein Vergnügen ist, jedem von Ihnen die goldene Nadel des Deutschen Krimiklubs überreichen zu können. Dazu gehört selbstverständlich auch eine lebenslange Ehrenmitgliedschaft.« Brumba wartete, bis der Applaus verklungen war. »Wer hätte auch ahnen können, dass ausgerechnet unsere Mitglieder ausschlaggebend dazu beitragen würden, einen Fall zu lösen, den die örtliche Polizei seit Jahren erfolglos bearbeitet hat? Kurzum, wir alle sind sehr stolz auf Sie!«

»Weiß der eigentlich, dass Markus überhaupt kein Mitglied im Klub ist?«, flüsterte Leon Maria zu.

»Bestimmt«, antwortete sie ebenso leise. »Sonst hätte er sicher nicht so sparsam aus der Wäsche geguckt.«

Keine fünf Minuten später beantwortete Brumba die Frage auch noch selbst. Nachdem er Franz Schmiedl und dessen Bergmänner mit jeweils einer Bronzenadel bedacht hatte, setzte er sich neben Maria. Er beugte sich über den Tisch und sah Markus mit einem verkniffenen Gesichtsausdruck an.

»Aufgrund dessen, dass Sie unseren beiden Mitgliedern geholfen haben, werden wir davon absehen, gegen Sie Anzeige zu erstatten.«

Maria verschluckte sich prompt an ihrem Radler. »Anzeige?«, fragte sie. »Wieso denn das?«

»Nun ja.« Brumba hüstelte. »Immerhin hat Herr Hanke eines unserer Mitglieder mit nicht gerade wenig Geld bestochen, sich nach Mallorca zurückzuziehen, anstelle bei der Aufklärung des Falles zu helfen. Dazu kommt, dass er sich Ihnen gegenüber als Klubmitglied präsentiert hat, das ist quasi Amtsanmaßung.«

»Ist es nicht«, wiegelte Fiedler ab. »Das würde nur zutreffen, wenn Herr Hanke sich als Mitarbeiter einer Behörde ausgegeben hätte.«

»Nun ja«, wischte Brumba alle Bedenken vom Tisch. »Wie gesagt, wir werden sowieso nichts unternehmen, sondern haben beschlossen, Sie ebenfalls als Ehrenmitglied auszuzeichnen.«

»Und was wird aus dem richtigen Christof Bichler?«, wollte Leon wissen.

»Den haben wir auf Lebenszeit aus dem Klub ausgeschlossen«, sagte Brumba säuerlich. »Es kann schließlich nicht angehen, dass ihm der Jahreshauptpreis so wenig bedeutet, dass er ihn für ein paar lumpige Euros verhökert.«

Maria musterte ihren Neffen nachdenklich. »Warum fragt Emma mich eigentlich ständig, ob ich deine Adresse habe?«, wollte sie wissen, nachdem Jörg Brumba und Belinda Wieser sich wieder getrollt hatten.

Lukas grinste schief. »Sie fragt nicht nur dich.«

Maria boxte ihn leicht gegen den Arm. »Das ist keine Antwort!«

Lukas schnitt eine Grimasse. »Ich habe im Moment keine Wohnung.«

Da ausgerechnet in diesem Moment eine Redepause am Tisch entstand, bekamen alle Anwesenden Lukas' Antwort mit.

Emmas Kopf zuckte wie der Schopf eines Haubentauchers nach oben. »Wie bitte, was? Du hast keine Wohnung? Habe ich das richtig verstanden?«

Unwillkürlich zog Lukas seine Schultern hoch. »Ich hatte noch keine Zeit, mich darum zu kümmern.«

»Was ist denn das für eine faule Ausrede?«, dröhnte Fiedler quer über den Tisch. »Zieringer, das sind keine Zustände. Nehmen Sie sich die nächsten drei Tage frei und kümmern Sie sich darum, dass Sie ein Dach über den Kopf bekommen.« Dann musterte er seinen Mitarbeiter misstrauisch. »Wo haben Sie eigentlich die ganze Zeit gepennt?«

Lukas stellte seine Ohren auf Durchzug. »Ist doch jetzt egal.«

»Ist es nicht«, eiferte sich Fiedler. Dann schoss ihm etwas durch den Kopf. »Sagen Sie bloß ...«, allein bei der Vorstellung bekam er Schnappatmung, »sagen Sie bloß nicht, dass Sie im Puff übernachtet haben.«

Die Vorstellung war so schräg, dass Lukas' Kinnlade nach unten klappte. »Äh, nein, natürlich nicht«, quetschte er schließlich hervor. »Wie kommen Sie denn auf so einen albernen Gedanken?«

»Du schläfst in dem Wohnmobil, das vor der Polizeiinspektion steht, stimmt's?«, sagte Leon mit glühenden Wangen.

Lukas hätte dem Jungen am liebsten den Hals umgedreht. Doch bevor er auch nur ein Wort sagen konnte, rief Kira aus: »Echt? Dir gehört das Monstrum? Wir haben uns schon darüber lustig gemacht, wem das Ungetüm gehören könnte, das immer wieder vor der Wache auftaucht.«

Nachdem sich die Aufregung über Lukas' Unterkunft etwas gelegt hatte, zog Maria ihren Neffen zur Seite. »Irgendwie ist das ja sicher recht romantisch in so einem Wohnmobil«, stellte sie fest. »Aber ich gebe deinem Chef recht, dass das kein Zustand ist. Schließlich bist du ein Beamter, da kannst du doch nicht in einem Caravan schlafen.«

Lukas musterte Maria belustigt. »Und ich habe schon gedacht, du wärst überhaupt nicht spießig.«

Maria zögerte nur eine Sekunde, dann schnappte sie sich eine der vielen Fliegenpatschen, die Schmiedl überall verteilt hatte, und ließ sie auf Lukas' Oberschenkel klatschen.

Lukas konnte sich vor Lachen kaum halten. »Au! Spinnst du?«

Drohend wedelte Maria mit der Fliegenklatsche vor Lukas' Nase. »Ich geb dir gleich was von wegen *spinnst du*. Und spießig bin ich auch nicht. Na ja, vielleicht ein bisschen. Aber zu deiner Frage, ob ich noch etwas bleiben könnte, habe ich eine Idee.«

NACHWORT

Liebe Leserinnen und Leser,

ich hoffe, es hat Ihnen Spaß gemacht, mit Maria und Leon in der vermeintlichen Krimirallye zu ermitteln und Lukas, Kira und Franz Schmiedl in die bedrückend engen Stollen des Bergwerks Hausham zu folgen.

Während ich dieses Buch geschrieben habe, wurde mir bewusst, dass viele, gerade jüngere Menschen nichts davon wissen, dass die bayerische Kohle vor über hundert Jahren einen enormen wirtschaftlichen Aufstieg im südlichen Königreich Bayern ermöglichte. Insbesondere große Städte wie München, Rosenheim und Augsburg benötigten Unmengen des schwarzen Goldes als Heizmaterial oder als Antrieb für die Dampfmaschinen, die Energie für unzählige Industriebetriebe liefern mussten.

Das Pechkohlebergwerk Hausham war zur damaligen Zeit der größte Arbeitgeber der Gemeinde. Trotz der beschwerlichen wie auch gefährlichen Tätigkeit war die Arbeit begehrt, da sie nicht nur sehr gut bezahlt wurde, sondern die Männer wegen ihres überdurchschnittlichen Einkommens bei den unverheirateten Frauen hoch im Kurs standen. Man darf jedoch nicht übersehen, dass viele Bergleute einen Großteil ihres Gehalts unmittelbar nach der alle zehn Tage stattfindenden Auszahlung in einem der örtlichen Wirtshäuser durchbrachten, was letztlich dazu führte, dass sich an den Zahltagen vor dem Lohnbüro Dramen abspielten, da die Ehefrauen parat standen, um ihren Männern zumindest einen Teil des Lohns für ihr Haushaltsgeld abzuringen.

Wenn man heute durch Hausham fährt, fällt einem der markante Förderturm des Klenzeschachts ins Auge, der unter Denkmalschutz steht. Dazu findet man überall im Ort alte Hunte (offene Förderwagen), auf denen man den bergmännischen Glücksspruch *Glück auf!* lesen kann und die noch immer an die gut hundert Jahre dauernde Zeit des Bergbaus erinnern.

Die im Buch beschriebenen Fluchtwege sind allein meine Erfindung; sie haben in dieser Form nie existiert. Einen Zugang von der Oberfläche über Treppen gab es nicht; die Bergbauarbeiter fuhren über große Aufzüge in die Zeche ein. Das Bergwerk wurde 1966 geschlossen, da Öl zu dieser Zeit billig war und dem Bergbau in Effizienz und Kosten schnell den Rang ablief. Da mit der Schließung die großen Pumpen abgestellt wurden, die die Zeche trocken hielten, war es nur eine Frage der Zeit, bis alle Stollen voll Wasser gelaufen waren, weswegen es schon nach kurzer Zeit nicht mehr möglich gewesen wäre, die Grube wieder zu öffnen.

Herzlichen Dank an dieser Stelle an Herbert Scholl, der sich die Zeit genommen hat, mir die harte Arbeit der Bergleute in einer Privatführung durch das Bergbaumuseum Hausham (geöffnet jeden 1. Samstag im Monat) zu veranschaulichen.

Schwarzes Gold in Oberbayern

»Der Kohlebergbau im bayerischen Oberland reicht bis ins 16. Jahrhundert zurück. Das Haushamer Kohlevorkommen ist als Mulde ausgebildet, deren Länge etwa 15 Kilometer und

deren Breite etwa 2,5 Kilometer beträgt [...]. Von den sechsundzwanzig Flözen waren nur drei mit einer durchschnittlichen Mächtigkeit von 1,2 Metern abbauwürdig. Die Muldentiefe liegt bei einer Teufe [Tiefe] von rund 1.000 Metern.

Der Kohleabbau in der Gemeinde Hausham begann um 1860.

1966 wurde die Grube Hausham, die zuletzt eine Belegschaft von ca. 1.600 Mann und eine Jahresfördermenge von rund 450.000 Tonnen Kohle hatte, aus Rentabilitätsgründen stillgelegt. Heute erinnert nur noch der unter Denkmalschutz stehende Förderturm des Klenzeschachts an die über hundertjährige Bergbauzeit.«

Aus: Schwarzes Gold in Oberbayern. Der Kohlebergbau zwischen Lech und Inn, Herausgeber Knappenverein Peißenberg e. V.

Danksagung

Auch wenn der Prozess, in dem ein Manuskript wächst und gedeiht, eine durchaus einsam zu nennende Beschäftigung ist, haben außer mir viele weitere Personen Anteil daran, dass ein fertiges Buch schließlich zu einer runden Sache wird. Allen voran danke ich meiner Agentin Lianne Kolf, die es auf eine sehr unaufgeregte Art immer wieder schafft, mir einen Floh ins Ohr zu setzen, aus dem sich meist in kürzester Zeit die Idee für einen neuen Plot entwickelt. Ein herzliches Dankeschön auch ihren Mitarbeiterinnen, insbesondere Simone Hasselmann und Tatjana Seel, die sich um alle administrativen Angelegenheiten kümmern.

Ein besonderer Dank gilt meiner Editorin bei Amazon Publishing, Andrea Weilguni, für ihr großes Engagement und den inspirativen Austausch, den ich auch für weitere Folgen nicht mehr missen möchte. Meinen LektorInnen Hilke Bemm und Rainer Schöttle danke ich für ihre aufmerksamen Hinweise und für viele gute Ideen, die dem Buch den letzten Schliff gegeben haben. Ein großes Dankeschön auch an Manuela Tiller für ihren kritischen Blick und das sorgfältige Korrektorat.

Auch meinen guten Freunden (ihr wisst, wen ich meine) danke ich von ganzem Herzen, dass ihr jederzeit dazu bereit seid, euch auf meine verrückten Gedankengänge einzulassen und mit mir zu überlegen und zu diskutieren, welche Richtung eine Story nehmen soll.

Und nicht zuletzt danke ich meinen Lesern. Ob es nun Ihr begeistertes Feedback ist oder auch eine leise Kritik – mit all Ihren Kommentaren und Leserbriefen tragen Sie dazu bei, dass ich noch immer so viel Freude daran habe, neue Geschichten zu entwickeln.

Zeitfracht Medien GmbH
Ferdinand-Jühlke-Straße 7
99095 Erfurt, Deutschland
produktsicherheit@kolibri360.de

Druck:
CPI Druckdienstleistungen GmbH
im Auftrag der
Zeitfracht Medien GmbH
Ein Unternehmen der Zeitfracht - Gruppe
Ferdinand-Jühlke-Str. 7
99095 Erfurt